MARKUS MATZNER

Wahlschlacht

WETTLAUF GEGEN DIE ZEIT Ausnahmezustand – die Schweizer National- und Ständeratswahlen stehen bevor. Dementsprechend hektisch geht es in den Studios des Deutschschweizer Fernsehens zu. Just in dieser Zeit werden auf dem TV-Areal die Leichen eines Obdachlosen und einer jungen Aufnahmeleiterin gefunden. Mit Fahndungsglück findet die Zürcher Kriminalpolizei einen Verdächtigen. Doch bald wird klar, dass dieser unschuldig ist und die Ermittlungen stehen wieder am Anfang. Als darüber hinaus der pensionierte TV-Produzent Nico Vontobel und sein jüngerer Fernsehkollege Mario Ettlin entführt werden und schließlich ein Polizist spurlos verschwindet, wird klar, dass kein Einzeltäter am Werk ist. Vielmehr ist ein Bombenanschlag auf das Wahlstudio geplant. Ein Wettlauf gegen die Zeit beginnt …

Markus Matzner, geboren 1964, lebt in der Nähe von Zürich, ist verheiratet und Vater zweier Kinder. Er hat an der Universität Zürich Medienwissenschaften und Psychologie studiert und ist seit zwei Jahrzehnten als TV-Redakteur und Produzent für das Schweizer Fernsehen tätig. www.markusmatzner.ch

MARKUS MATZNER

Wahlschlacht

Kriminalroman

GMEINER *Original*

Besuchen Sie uns im Internet:
www.gmeiner-verlag.de

Im Ehnried 5, 88605 Meßkirch
Telefon 07575/2095-0
info@gmeiner-verlag.de

1. Auflage 2013

Lektorat: Claudia Senghaas, Kirchardt
Herstellung: Julia Franze
Umschlaggestaltung: U.O.R.G. Lutz Eberle, Stuttgart
unter Verwendung eines Fotos von: © Daniel Vaia
Druck: GGP Media GmbH, Pößneck
Printed in Germany
ISBN 978-3-8392-1372-8

Personen und Handlung sind frei erfunden. Ähnlichkeiten mit lebenden oder toten Personen sind rein zufällig und nicht beabsichtigt. Der Autor hat sich die Freiheit genommen, Orte zu erfinden oder abzuändern und fernsehtechnische Abläufe zu vereinfachen. Ebenso wollen die im Buch geschilderten polizeilichen Ermittlungsarbeiten nicht den Anschein erwecken, mit der realen Polizeiarbeit identisch zu sein.

KAPITEL 1

Ein merkwürdiger Geruch hing über dem Leutschenbach-Quartier.

Das Flüsschen konnte es nicht sein. Seit man es vor bald zehn Jahren renaturiert hatte, galt es als städteplanerisches Vorzeigeobjekt und stank nur noch in Ausnahmefällen. Auf seinem kurzen oberirdischen Stück floss es, von üppiger Vegetation begleitet, zwischen dem Gebäude des Deutschschweizer Fernsehens und dem World Trade Center in nordöstlicher Richtung, um nach eineinhalb Kilometern in die Glatt zu münden. Woher dieser unappetitliche Geruch stammte, ließ sich nicht so leicht eruieren. An der Leiche, die auf einer der Betonterrassen über dem Gewässer lag und vielleicht als letztes Andenken an diese Welt das muntere Plätschern des Leutschenbachs mitbekommen hatte, konnte es nicht liegen. Dieser Mensch war erst vor Kurzem gestorben.

Wohl eher kam der süßliche Duft von der Kehrichtverbrennung, die je nach Windrichtung grüßen ließ. Oder er stammte von der Kantine des Fernsehens und erinnerte daran, dass die Köche bereits um diese Morgenstunde damit begonnen hatten, die Bratensoße für das Mittagessen aufzuwärmen.

Wie auch immer, dachte Jean-Jacques Trümpi, als er den Toten betrachtete, bei dem Gestank könnte man kotzen. Wieso traf es immer ihn, fragte sich der Kriminalpolizist ärgerlich.

Neben ihm stand der diensthabende Nachtwächter, der auf seiner morgendlichen Tour rund ums Fernseh-Areal den Toten gefunden und die Polizei alarmiert hatte.

Ja, diesen Mann würde er schon kennen, antwortete der Polizist auf die Frage des Nachtwächters, der gehofft hatte, einen Wissensvorsprung zu haben. Doch Trümpi machte ihm einen Strich durch die Rechnung und fügte an: »Wer kennt den nicht? War ein stadtbekanntes Original!«

Und wahrlich, der Beamte hätte viel erzählen können, war dem langhaarigen Mann schon vor Jahren auf Streife begegnet, wusste, dass er vor über 25 Jahren aus Berlin in die Schweiz gekommen war, zu Platzspitzzeiten*, wie viele andere auch. Er hatte einzig aus dem Grund überlebt, weil er dank der Hilfe eines Obdachlosenpfarrers in ein Methadon-Programm aufgenommen wurde. Doch Trümpi war es nicht ums Reden, besonders bei diesem aufdringlichen Typen, der gleichsam von Kollege zu Kollege mit ihm redete, als wäre da kein himmelweiter Unterschied zwischen einem Nachtwächter und einem Kriminalen. Doch das schien der beflissene Mann mit dem schwarzen Béret und seiner blauen Uniform, an dessen Ledergurt anstelle einer Pistole eine phallische Taschenlampe samt sackartigem Schlüsselbund baumelte, nicht zu bemerken. Der war heiß darauf, seine Informationen weiterzugeben:

»Hab ihn heute um 7.37 Uhr gefunden. War natürlich sofort klar, dass da ein Verbrechen vorgefallen sein muss – bei der Delle am Kopf und diesen Blutflecken!«

»War der Luzius häufig hier?«

Der Sicherheitsmann stutzte. Er hatte nicht gewusst, dass der Tote Luzius hieß. Kleinlaut meinte er: »Ich habe diesen Luzius schon ein paarmal hier gesehen. Häufig hielt er sich im Andreaspark oder am See vorn auf. Nicht selten übernachtete er unter der Leutschenbach-Brücke. Wir haben ihn einige Male vertrieben, doch er kam immer wieder. Irgend-

* Der Platzspitzpark beim Zürcher Landesmuseum kam Ende der 1980er Jahre in die Schlagzeilen, da sich hier eine offene Drogenszene bilden konnte. Zeitweise verkehrten bis zu 2.000 Drogensüchtige auf dem Gelände. Das Problem konnte erst behoben werden, als die politischen Instanzen einsahen, dass Repression allein nichts nutzte.

wann haben wir ihn in Ruhe gelassen. War ja ein netter Kerl. Ab und zu haben wir ihm einen Kaffee gegeben, denn immer draußen zu pennen, das geht doch an die Nieren ...«

»Ja«, sagte Trümpi, »verstehe.«

Nachdem er mit der Zentrale Kontakt aufgenommen und die Kollegen der Spurensicherung und das restliche Rösslispiel* angefordert hatte, wandte er sich wieder dem Nachtwächter zu und fragte ihn, ob er heute Morgen noch andere Obdachlose gesehen habe. Oder sonst etwas Auffälliges?

»Nein, nur die üblichen Verdächtigen!« Der Uniformierte lachte, als wäre es angebracht, angesichts einer Leiche einen dummen Spruch zu machen.

»Seit wann sind Sie heute im Dienst?«, fragte Trümpi ohne erkennbare Gefühlsregung.

»Erst seit sechs Uhr. Wir haben immer eine Woche Nachtdienst und dann wieder zwei Wochen Tagschichten. Fast wie bei euch, nicht?«

Der Polizist nickte, weil er keine Lust auf Erklärungen hatte. Dann meinte er beiläufig: »Wie viele Leute kommen zwischen sechs und acht zum Arbeiten?«

»Oh, das sind vor allem die Putzequipen, dann die Leute von der Kantine, externe Handwerker, einige von den technischen Abteilungen, aber kaum Journalisten oder Kader. Die kommen«, die Stimme des Sicherheitsmannes wurde verschwörerisch, »in der Regel nicht vor halb neun oder noch später!«

Trümpi nickte erneut. Er hatte auch nichts anderes erwartet und blickte sich um. Noch gut konnte er sich erinnern, als hier draußen in der Agglo** kaum ein Haus stand. Das Fern-

* Rösslispiel: eigentlich Pferdekarussell, meint im Polizeijargon jedoch ein Großaufgebot

** Agglo: verbautes Umfeld oder Einzugsgebiet eines städtischen Zentrums

sehstudio Leutschenbach, Anfang der siebziger Jahre gebaut, war jahrelang das einzige Hochhaus weit und breit. Heute wucherten unzählige Bürokomplexe in den Himmel, und die gläsernen Fassaden standen in einem reziproken Verhältnis zur Arbeit, die dahinter erledigt wurde: je mehr Glas, desto intransparenter das Geschäft!

Trümpi drehte seinen Kopf wieder zurück und betrachtete den Eingangsbereich des Senders. Ein großes DSF* prangte links von der Glasschiebetür, die zum Empfang führte. Daneben befand sich die mit Schranken bewehrte Zufahrt. Noch weiter links erblickte er den Eingang zu den technischen Bereichen. Allein hier zählte Trümpi drei Videokameras, die das Areal filmten.

»Habt ihr überall Videoüberwachung?«

»Ja, alle großen Eingänge werden überwacht!«, antwortete der Sicherheitsmann mit professionellem Stolz in der Stimme. »Man könnte diese auswerten. Aber Sie glauben doch nicht, dass es einer vom Fernsehen war?«

»Ich glaube gar nichts«, sagte Trümpi schroff, »in einer Viertelstunde sind die Kollegen da, denen können Sie dann die Aufzeichnungen zeigen.«

Der Polizist realisierte, dass mehrere Passanten oberhalb der Terrasse auf dem Weg entlang des Baches stehen geblieben waren und mit unterschiedlichen Mienen zur Leiche herunterblickten. Er animierte sie weiterzugehen, was nur wenig nützte. Immer mehr Menschen glotzten auf den armen Luzius herab und wähnten sich in einem Kriminalfilm, als wenige Minuten später Sirenen durchs Quartier hallten. Fortan wimmelte es von Polizeibeamten, die routiniert ihrer Arbeit nachgingen und den Fundort mit einem weißen Plastikzelt vor neugierigen Blicken schützten.

* DSF: Deutschschweizer Fernsehen

Trümpi rapportierte seinem Chef seine Erkenntnisse. Severin Martelli, der Einsatzleiter der kantonalen Kriminalpolizei, Abteilung Zürich Nord, wirkte nicht sonderlich interessiert und kehrte ihm den Rücken zu. Wie Trümpi schon zuvor gewusst hatte, konnte er nun gehen. Tötungen und Verbrechen an Leib und Leben krallte sich Martelli. Ihm blieben nur noch die Krumen polizeitechnischer Abklärungen und – immerhin – das Dossier ›Extremismus‹, auf das er sich seit einigen Jahren eingeschossen hatte und das Martelli nicht interessierte. Trümpi war froh, dass er diesen Ort verlassen konnte. Die Nacht war lang, dachte er, als er in seinen aschgrauen BMW stieg und sich auf den Feierabendkaffee freute. Im Rückspiegel seines Autos sah er, wie die Leiche des Luzius Schröder weggetragen wurde, um sie im forensischen Institut untersuchen zu lassen.

»Kann man sagen, wann's passiert ist?«, fragte Martelli.

»War wohl schon vor einiger Zeit. Würde sagen, vor etwa neun bis zehn Stunden«, meinte der Gerichtsmediziner, der hinter den Bestattern die Treppe zur Straße hochstapfte.

Martelli blickte auf seine Uhr. »Also circa um 23.00 Uhr.«

»So etwa in der Zeit. Eher früher …«

Martelli kannte die Angewohnheit der Gerichtsmediziner, die sich nie auf die Äste hinaus lassen wollten und machte sich dennoch einen Sport daraus, sie wie eine widerspenstige Zitrone auszupressen: »Kann man schon sagen, womit er erschlagen wurde?«

Der Forensiker seufzte, aber er blieb stehen und drehte sich um. Widerwillig fügte er an: »Nein, noch nicht sicher. War wohl kein Stein, eher ein Hammer oder etwas in der Art …«

»Also aus Metall?«

»Ja, natürlich Metall.«

Martelli nickte und ließ den Mediziner gehen, dann blickte er zurück zum Ort, wo die Leiche gelegen hatte. »Wer bringt einen alten Obdachlosen um?«, dachte er und richtete sich an seine Leute, die in den Gebüschen und unten beim Bach nach Spuren oder Gegenständen suchten: »Das Tatwerkzeug könnte so etwas wie ein Hammer gewesen sein. Irgendwas Schweres aus Metall!«

KAPITEL 2

Die morgendliche Sonne wärmte das dunkle Holz des kleinen Häuschens und wirkte wie ein Heizstrahler. Nicolas Vontobel lehnte am Türrahmen, nippte an seinem Tee und genoss die spätsommerliche Stimmung. Er blickte in den weitläufigen Garten hinunter, der sich vor ihm gegen Süden erstreckte und von niederstämmigen Obstbäumen umgrenzt war. Bereits hatten einzelne Blätter begonnen, sich zu verfärben, doch die Wiesen und Rebfelder, die sich gegen Westen ausdehnten, stemmten sich mit ihrem kräftigen Grün gegen den nahenden Herbst.

Wie ich diese Jahreszeit liebe, dachte Nicolas und erfreute sich an den Reizen. Rechts vom Eingang beobachtete er minutenlang eine Spinne. Ihr Netz zierten kleine Tautropfen, die sie nicht ungenutzt verdunsten lassen wollte und sich einverleibte. Dann erblickte er in der Ferne einen Eichelhäher, der sich auf die Wiese plumpsen ließ und mit seinem Schnabel nach einem Frühstück suchte.

Noch keine zwei Jahre war es her, dachte Nico, da hätte

er um diese Zeit mindestens drei Zigaretten geraucht gehabt, ein halbes Dutzend Tageszeitungen durchforstet und mehrere Tassen Kaffee getrunken. Mit übersäuertem Magen hätte er seinen Computer gestartet, die Mails gecheckt, das Agentursystem auf Geschichten abgeklopft und die Newslage auf CNN, Bloomberg und anderen Kanälen überblickt gehabt, sodass er für die erste Redaktionssitzung des Tages gerüstet gewesen wäre. In einer Art konditioniertem Reflex hätte er sich dann kurz aus dem Großraumbüro verabschiedet, wäre mit dem Lift ins Parterre gefahren, vor die Tür getreten und hätte sich einen weiteren Glimmstängel in den Mund gesteckt. Meistens war er da auf andere Kollegen gestoßen, die sich ebenfalls aufgrund des allgemeinen Rauchverbots in den Gebäuden vor die Tür gestellt hatten. Man sprach über dies und das, nicht selten über die gestrige Sendung oder erörterte die Weltlage. Fünf Minuten später fuhr er wieder in den dritten Stock hoch, um das tägliche Abenteuer mitzuschreiben, das ›Tagesschau machen‹ hieß.

Nico nippte an seinem nicht mehr ganz so heißen Tee. Wie hatte er es nur all die Jahre beim Fernsehen ausgehalten? Wie konnte er nur 30 Jahre lang sein ganzes Handeln, Denken und Fühlen in den Dienst dieser Institution legen, obschon die Arbeit ungesund gewesen war, und man ihm nicht nur einmal Steine in den Weg gelegt hatte? Das letzte Mal war gar nicht so lang her. Vielleicht fünf Jahre, als er eigentlich aufgrund seines Leistungsausweises Nachrichtenchef hätte werden müssen, man ihm aber stattdessen einen Jüngeren vor die Nase gesetzt hatte.

Seine Kolleginnen und Kollegen hatten gestaunt, als er vor zwei Jahren, es war im November gewesen, das Angebot der Frühpensionierung von Seiten seines Arbeitgebers angenommen hatte. Alle prophezeiten ihm, dass er vor Langeweile vergehen und schon bald wieder reumütig zurückkehren würde. Und selbst bei seinem Abschiedsfest versprach ihm der Chefredakteur nochmals vor der ganzen, versammelten Schar, dass er jederzeit zurückkommen könne.

Noch vor vier Jahren hatte er nicht im Traum daran gedacht, freiwillig kürzerzutreten. Dabei hatte Alice damals mit dem Krebs gekämpft, der eigentlich ihn hätte treffen müssen. Denn sie hatte nicht halb so ungesund wie er gelebt. Und als sie ihn im Spital für immer verlassen hatte, da war er schon am folgenden Tag wieder im Büro erschienen.

Nun war er 64 Jahre alt und erfolgreicher Frührentner. Seit eineinhalb Jahren lebte er hier und nahm jeden Tag wie ein junger Hund: Er aß, wenn er hungrig war, trank, wenn er Durst hatte, und tat das, wonach ihm der Sinn stand. Erstaunlicherweise begann sich sein Leben aber dahin gehend zu ordnen, dass er nicht nur auf der faulen Haut lag und die Stunden zählte. Aus einem für ihn noch nicht ganz durchschaubaren Antrieb heraus, begann er so zu leben, wie es manche der alten Philosophen seit Jahrhunderten vorschlugen. Er lebte im Hier und Jetzt und nahm die Aufgaben des Tages mit Freude an, sodass er selbst da lustvolle Momente erlebte, wo ihm früher nur Unbehagen begegnet war.

Im Garten arbeitete er genau so viel, wie er musste, damit die Früchte nicht überreif von den Ästen fielen, das Gras nicht alles überwucherte und die Schnecken seinen Gemüsegarten nicht ratzekahl abfraßen. Jeden Morgen blätterte er anstatt in der Tageszeitung in einem der vielen Bücher, die er seit Jahren besaß, aber nie zu Ende gelesen hatte.

Und er war zufrieden wie seit Langem nicht mehr. So konnte er sich sogar vom Schlag, den Alices Tod bedeutet hatte, erholen und wieder optimistisch in die Zukunft blicken.

Nico musste unwillkürlich schmunzeln: Optimistisch, ja,

dieses Wort gehörte wieder zu seinem Wortschatz! Selbst nach 30 Jahren Newsjournalismus, der sich nur durch Krisen, Kriege und Katastrophen definierte.

Er betrachtete sein Stück Land, das so nah an der Großstadt lag und doch so erstaunlich weltentrückt schien. Selbst der Lärm der wenige Kilometer entfernten Autobahn, die Zürich mit Bern verbindet, drang nur noch als leises Rauschen hierher und hätte genauso gut Meeresrauschen sein können.

Nico fühlte sich so frei wie noch nie. Nicht mal die sanfte Vorankündigung des unaufhaltsam näher rückenden Winters bereitete ihm Sorgen. Es war Mitte September, und es galt, aus den Früchten dieser Jahreszeit haltbare Produkte zu machen, die ihm auch nächstes Jahr Freude bereiten würden. Darüber hinaus gab es auch noch jede Menge Pilze im Gubrister Wald, der sich hinter seinem Häuschen zwischen Zürich und Weiningen erstreckte. Und weil er bereits ein paar ertragreiche Plätze gefunden hatte, versprach er sich auch da einiges.

Ja, Nico war sehr zufrieden mit seinem Leben und den damit verbundenen Perspektiven.

Dann erblickte er eine Gestalt, die vom Sträßchen unterhalb des Gartens zu ihm hochkam. Erst als der Mann fast vor ihm stand, traute Nico seinen Augen:

»Ja, Gopfriedstutz*, bist das wirklich du, Pavel?«

Pavel Bilek, der angesichts des steilen Geländes merklich schnaufte, schaute hoch und setzte sein typisches Lächeln auf, auch wenn es nicht ganz so entspannt wirkte wie damals, als sich die beiden häufig auf einem der Schnittplätze, in der Cafeteria oder auf einer der Raucherinseln begegnet waren.

---

* Gopfriedstutz: leichter Fluch, der auch als Ausdruck des Erstaunens gebraucht wird; Gopf ist ein Kraftausdruck für ›Gott‹

»Hallo, Nico, wie geht's? Dachte, ich komm' mal vorbei und bringe ein paar Gipfeli* mit!«

»Das ist eine ganz schlechte Idee! Frische Gipfeli sind eine große Kalorienbombe!«, sagte Nico schroff.

Pavel blickte ihn etwas entgeistert an, bis er das Grinsen in seinem Gesicht richtig deutete und selber zu lachen begann.

»Immer noch der Alte, immer einen Spruch auf den Lippen …«

Nico machte einen Schritt auf den anderen zu, packte ihn und klopfte ihm freundschaftlich auf den Rücken.

»Verdammt lang her, dass wir uns das letzte Mal gesehen haben!«

»Ja, ziemlich genau eineinhalb Jahre, damals bei deinem Abschied«, meinte Pavel und wand sich aus der innigen Umarmung, »hab gedacht, dass ich es früher schaffen würde, mal vorbeizukommen. Aber du weißt ja, wie es ist. Die Zeit rast einfach weiter. Dabei hätte es mich schon lang interessiert zu sehen, wie es einem Frührentner so geht. Schließlich spiele auch ich mit dem Gedanken …«

»Was, du und Frührentner? Du bist ein paar Jahre jünger als ich und hast doch Kinder mit deiner Ex!«

»Reiß keine Wunden auf! Immerhin muss ich keine Alimente mehr bezahlen. Endlich sind beide groß genug, um auf eigenen Beinen zu stehen. Dir ist viel erspart geblieben!«

»Na, so hat jeder seine Bürde zu tragen! Aber komm, lass uns einen Tee trinken und die Gipfeli essen. Ich glaub, ich hab auch noch ein bisschen Butter, und dazu gibt's meine selbst gemachte Konfi**.«

Pavel blickte sich um und ließ die Umgebung auf sich wirken. »Schön hast du's hier! Verdammt, was habe ich dich

---

* Gipfeli: Hörnchen
** Konfi: Marmelade

beneidet, als ich hörte, dass du den Ausstieg aus der Tretmühle wirklich geschafft hast.«

»Wolltest drum nicht zu früh vorbeikommen, was?«

»Ja, ich hätt' mich hintersonnen, dass ich fast die Hälfte meines Lohnes meiner Ex überweisen musste und kaum genügend Geld hatte, um mir zwei Wochen Ferien am Meer zu leisten. Aber jetzt ist es anders. Jetzt sieht die Welt besser aus. Muss nur noch ...«

Weiter kam Pavel nicht, weil ihm Nico verschiedene Teepackungen entgegenhielt:

»Kaffee hab ich keinen, nur Tee, dafür Dutzende Sorten. Welchen willst du?«

»Du säufst Tee? Meine Herren, am Ende rauchst du auch nicht mehr und trinkst nix!«

»Das Rauchen hab ich mir schon nach Alices Tod abgewöhnt. Ich brauch's wirklich nicht mehr. Eigentlich erstaunlich, wie leicht das geht, wenn der richtige Zeitpunkt gekommen ist. Was den Alkohol betrifft, so will ich wenigstens ein Laster behalten. Bei so vielen Rebstöcken als Nachbarn wäre Abstinenz eine Gotteslästerung!«

»Fürwahr«, staunte Pavel, und Nico nahm in seinem Blick ein kleines Körnchen Neid wahr. »Und das hier rundherum gehört alles dir?«

»Nein, mir gehört nur dieser Streifen bis runter zum Sträßchen. Rechts bis zu den Obstbäumen und links bis zu den Nussbäumen. Das Rebfeld neben mir gehört einem Winzer aus dem Nachbardorf, und der Wald hinter dem Haus, der gehört der Gemeinde.«

»Und wie findet man ein solches Paradies?«

»Das war – einmal mehr – purer Zufall. Vor fast zwei Jahren kam ich beim Spazierengehen mit einer alten Frau ins Gespräch. Sie saß drüben in Weiningen auf einem Bänklein am Waldrand und sah erschöpft aus. Sie trug zwei schwere

Papiertaschen voll mit Gemüse, und ich hab ihr angeboten, ihr zu helfen. Auf dem Weg ins Dorf hinunter hat sie mir erzählt, dass sie verwitwet sei und ein Stück Land besitze, dessen Bewirtschaftung ihr immer mehr Mühe bereite. Da hat ein Wort das andere gegeben, und irgendwann keimte bei mir die Idee, dass ich meine Stadtwohnung verkaufen und dafür dieses Land samt Häuschen übernehmen könnte. Die alte Frau und ich waren uns schnell einig, und so wurde ich quasi über Nacht Bauer, Jäger und Sammler.«

»Beneidenswert, wenn ich bedenke, dass ich immer noch acht Stunden am Tag damit verbringe, irgendwelche Scheißbilder aus irgendwelchen Krisengebieten zusammenzuhacken oder blödsinnige Interviews von Politikern zu kürzen.«

»Könntest du denn nicht wieder längere Filme schneiden oder für Magazine arbeiten?«

»Machst du Witze? Seit wir das neue Schnittsystem haben, das im ganzen Haus nur noch virtuelle Daten hin- und herschickt und unfassbar umständlich ist, setzt die Chefetage ausschließlich auf junge Cutter, die virtuos, schnell und nervenstark sind. Ich gehöre zusammen mit einigen anderen zur Gattung der alten Säcke: unbelehrbar, nicht mehr so agil und zu teuer! Ich hatte gehofft, dass es mit der Fusionierung von Radio und Fernsehen und den in die Wege geleiteten Reformen wieder besser würde, aber weit gefehlt. Wegen der vielen Kader-Wechsel in den letzten vier Jahren herrscht ein epochaler Machtkampf um Pfründen und Gelder!«

Es erstaunte Nico, wie wenig es ihn interessierte, was an seinem ehemaligen Arbeitsort passierte. Zwar hatte er noch selber mitbekommen, wie sich die beiden Welten Radio und Fernsehen vor bald fünf Jahren angenähert hatten und zusammengeschmolzen waren, doch der Prozess war mühsam und glich einer Zwangsehe. Von Liebe konnte nie die Rede sein. Da regierte höchstens Vernunft – und allzu oft auch die nicht.

»Und wie ist der neue Direktor?«, wollte Nico wissen, während Pavel seinen Kräutertee betrachtete und ob des sonderbaren Geruchs ein wenig irritiert wirkte.

»Der Zahner? Der schert sich noch weniger um die Arbeitsqualität als seine Vorgänger. Weil die Onlinewerbung auf unseren Seiten nach wie vor stark eingeschränkt wird, muss jeder Franken zusammengekratzt werden. Eine Sendung, die keine Sponsorengelder generieren kann oder zu wenige Downloads aufweist, gilt als ökonomisch verdächtig, selbst wenn sie gute Quoten macht. Ergo diskutiert man nicht mehr über Inhalte, sondern nur noch über den Marktwert. Die Folge liegt auf der Hand: Immer mehr Sendungen müssen sich den Sponsoren anpassen, um auch im nächsten Jahr noch Geld zu bekommen. Das hat fatale Konsequenzen, und nicht selten bleibt der kritische Journalismus auf der Strecke.«

»War dieser Zahner nicht mal Abteilungswirtschafter beim Sport?«

»Nein, er hat den Einkauf der Übertragungsrechte im Sport gemanaged.«

»Ja, jetzt fällt's mir wieder ein! Er kam damals in den neunziger Jahren ins Gerede, weil er den News-Sendungen die Champions-League-Bilder erst nach der Sportsendung geben wollte. Das gab ein ziemliches Gewitter in der Chefredaktion!«

»Genau. Und jetzt ist er unser aller Chef. So geht das eben!« Pavel biss in eines seiner mitgebrachten Gipfeli und blickte gedankenverloren in die Ferne.

Während die beiden Männer Erinnerungen und Neuigkeiten austauschten, verstrich die Zeit beiläufig und ohne Hektik. Das ist wohl das Geheimnis dieses Ortes, mutmaßte Nico, denn er bemerkte es an sich selber wie auch an seinen Besuchern: Hier wich der Zeitdruck einer entspannten Lebensqualität.

Umso erschrockener fuhr Pavel plötzlich hoch, als er auf

seine Uhr blickte. Eine dunkle Erinnerung verdüsterte sein Gesicht: »Oh, es ist ja gleich 12 Uhr. In weniger als einer Stunde muss ich ins Bergwerk und davor sollte ich noch einiges erledigen! Ach, sag, könntest du mir einen Schraubenschlüssel und einen Hammer leihen, bei meiner alten Vespa ist wieder mal die Zündung am Arsch.«

»Fährst du noch immer mit diesem benzinfressenden Möbel herum?«

»Ja, kann mich nicht trennen, ist ja schon bald ein Oldtimer. Aber du hast recht, die Tankkosten sind mittlerweile enorm. Früher konnte man fast ein Auto für dieses Geld betanken.«

Die beiden gingen zum Schopf*, wo Nico das Werkzeug aufbewahrte. Während sich der Cutter bediente, meinte der Hausherr: »Komm doch mal an einem Abend vorbei, dann können wir bei einem Glas Wein gemütlicher zusammensitzen!«

»Klar, mach ich! Wie wär's mit … morgen?«

Nico staunte über Pavel. Jahrelang kam er nie, dann konnte er nicht genug kriegen. Mit einem Lächeln antwortete er: »Ja, dann bis morgen!«

»Brauchst du das Werkzeug heute noch, oder kann ich's dir später zurückgeben? Ich glaube nämlich, dass mir meine alte Vespa noch mehr Streiche spielen wird.«

»Kein Problem. Außerdem habe ich noch irgendwo einen zweiten Hammer. Im Übrigen werde ich heute im Wald Pilze sammeln gehen, da genügt ein Messer.«

»Wahrlich, bist ein Glück*spilz*, kannst nur hoffen, dass die Strähne nicht plötzlich abreißt!«

»Da habe ich keine Angst mehr, denn es kommt ohnehin, wie es kommen muss.«

---

* Der Schopf ist ein zumeist holzartiger An- oder Nebenbau bei einem Bauernhaus.

Pavel blickte den anderen etwas irritiert an, verabschiedete sich dann mit einem flüchtigen Gruß und stapfte mit schwerem Schritt den Weg zum Sträßchen hinab. Nico blickte seinem alten Kumpel hinterher. Der gefällt mir irgendwie nicht, dachte er, er wirkt so gedankenverloren und einsam.

Und während er aus der Ferne metallene Schläge vernahm, die allem Anschein nach von Pavels Vespa stammten, tauchten bei Nico Bilder auf.

Jahrelang hatten sie zusammengearbeitet, viele hundert Stunden nebeneinander an irgendeinem Schnittplatz gesessen und vielbeachtete Filme zustande gebracht. Zum Beispiel, als sie eine Affäre um dubiose Machenschaften einer großen Schweizer Privatbank während der Zeit der Apartheid aufdeckten oder in einem Report aufzeigten, wie nationalistisch gesinnte Politiker heimliche Zahlungen an Rechtsextreme leisteten, um sie zu Übergriffen auf farbige Ausländer zu animieren und Asylbewerber einzuschüchtern. Stets war Pavel an Nicos Seite gewesen, hatte dem Bilderchaos eine Ordnung gegeben und ein brauchbares Endergebnis hergestellt. Ja, ohne Pavel wäre Nico wohl nie so weit gekommen. Umso schöner, dass das Band zwischen ihnen noch nicht gerissen war, sondern sich erneuern ließ. Als Nico in der Ferne den aufheulenden Motor eines Rollers vernahm, ging er ins Haus, nahm den Korb und das Messer und machte sich auf den Weg, um im Wald oberhalb seines Häuschens nach Steinpilzen zu suchen.

KAPITEL 3

Die junge Frau war kaum zu beruhigen. Sie japste und keuchte, dazwischen fiel sie wieder in einen Weinkrampf, schniefte herzerweichend und klammerte sich an die Kollegin, die sie stützte. Als die Polizisten die Kiste mit der Leiche vorbei trugen, begann sie erneut zu schluchzen. Sie atmete ruckartig ein, doch die Luft schien nicht bis zu den Lungenflügeln durchzudringen. Sie blickte aus ihren verquollenen Augen heraus ins Leere. Ihr Körper zitterte. Endlich wandte sich der Notfallmediziner an sie und wollte ihr ein Beruhigungsmittel spritzen. Doch die junge Frau wehrte sich verzweifelt dagegen. Erst als ihre Kollegin ruhig auf sie einredete, gab sie nach, und der Arzt konnte die Injektion setzen, wissend, dass kein Mittel dieser Welt etwas gegen dieses Bild ausrichten konnte, das sich im Hirn der bleichen Frau für alle Zeiten eingebrannt hatte. Ein Bild wie aus einem Horrorfilm, mit dem Unterschied, dass es nicht von einer begabten Maskenbildnerin entworfen worden, sondern grauenvolle Realität war! Die Tote war merkwürdig verdreht zwischen Waschbecken und Wand in einem blutverschmierten Toilettenabteil gelegen. Ihr Kopf war zertrümmert worden, die offenen Augen starrten ins Leere.

Auch der abgebrühte Kriminalist Martelli hatte noch nicht viele derart zugerichtete Leichen gesehen. Es machte den Anschein, als wäre das Opfer, als es sich die Hände waschen wollte, komplett überrascht worden. Alles musste sehr schnell gegangen sein.

Durch Martellis Kopf wanderten Bilder. Es gehörte zu seinem Job, sich den Tathergang plastisch vorzustellen, und er war ein Meister darin. Doch bisweilen verfluchte er diese Gabe, weil ihn die Bilder bis in den Schlaf verfolgten.

Er sah die junge Frau förmlich vor sich, panisch vor Angst, als plötzlich die Tür aufsprang, ein Wahnsinniger auf sie losging und wild wütend auf ihren Kopf eindrosch.

Was war das für ein Mensch? Wer bringt eine wehrlose Frau um?

Martelli erinnerte sich, dass er heute früh beim Anblick des toten Obdachlosen bereits ähnliche Gedanken gehabt hatte. Nun war also ein zweiter Mord geschehen, und alle Anzeichen deuteten darauf hin, dass es der gleiche Täter war. Somit stand fest, dass er die Spur zu ihm in den Gebäuden des Deutschschweizer Fernsehens suchen musste. Das war ja wenigstens mal ein Anfang. Und was hatte die Tote, eine 37-jährige Aufnahmeleiterin, die eben zur Chefin ihrer Abteilung ernannt worden war, mit einem 49-jährigen Obdachlosen zu tun? Martelli schüttelte den Kopf. Er brauchte frische Luft.

Die Kunde über den Mord an Branka Samirovic verbreitete sich wie ein vom Föhn angefachtes Feuer. Als wäre es undenkbar, dass ein Medienhaus, welches seit seinem Bestehen über Verbrechen und menschliche Abscheulichkeiten berichtete, je selber Ort einer derartigen Handlung werden könnte, machte sich lähmende Fassungslosigkeit breit. Nicht wenige und teilweise auch gestandene Journalistinnen und Journalisten, die schon so manche menschliche Tragödie hautnah mitbekommen hatten, ließen ihren Gefühlen und ihrem Unvermögen, das Grauen als real zu erfassen, freien Lauf. Die Kantine, zur Mittagszeit bis auf den letzten Platz gefüllt, war von dieser Geschichte wie überschwemmt worden. So plastisch sie auch erzählt wurde, den Appetit der Medienleute schien sie nicht zu hemmen. Jeder, der irgendetwas Neues wusste, und war es nur die Farbe des Leichenwagens, wurde sogleich von Dutzenden Leuten umringt, und sein Wissen wurde Allgemeingut. Alle wussten genau, wo sich die Toiletten befanden, die

Schauplatz dieser unerklärlichen Tat geworden waren. Und alle spürten, dass sie an diesem Ort nie mehr würden vorbeigehen können, ohne an den Mord zu denken.

Aufgrund der herrschenden Stimmung und der Unmöglichkeit, einfach zum Alltag zurückzukehren, sah sich der Fernsehdirektor genötigt, zusammen mit dem Polizisten, der vor einer halben Stunde zu ihm ins Büro gekommen war, vor die versammelten Mitarbeiter zu treten und kundzutun, was eigentlich schon alle wussten.

Das Studio, das Zahner kurzerhand für die Ansprache rekrutierte, war bis in die hinterste Ecke gefüllt. Die Menschen standen zwischen den Kulissenelementen einer Unterhaltungssendung, die noch vor Kurzem die heile Welt vorgegaukelt hatte.

Sichtlich bleich und zum ersten Mal mit einer Situation konfrontiert, bei der marktwirtschaftliche Zusammenhänge komplett nebensächlich waren, suchte der Direktor nach Worten des Mitgefühls. Dank eines Mikrofons waren sie bis in den letzten Winkel zu hören.

»Liebe Kolleginnen und Kollegen«, begann Rolf Zahner vorsichtig und abtastend, »ihr habt es wohl schon gehört. Es ist etwas unfassbar Schlimmes und Tragisches geschehen, was einem die Worte raubt! Zwei Menschen wurden nur unweit von hier Opfer einer absolut unmenschlichen und verabscheuungswürdigen Tat. Wer hierfür verantwortlich ist, kann freilich im Moment noch nicht gesagt werden. Vom Täter – und ich gehe jetzt mal einfach davon aus, dass es ein und derselbe Täter war – fehlt jede Spur. Wie auch immer, eines sage ich mit aller Klarheit: Wir werden alles daran setzen, dass diese Tat aufgeklärt wird! Es kann nicht sein, dass so etwas ohne Konsequenzen bleibt, und ich bitte euch alle, habt Vertrauen in die Arbeit unserer Polizei, deren Vertreter ich euch hiermit vorstellen möchte: Es handelt sich um den Abteilungsleiter der Kripo Zürich Nord, Severin Martelli.«

Die Menschenmenge wartete gespannt auf die Worte des Polizisten, der noch nie vor einer derart großen Menge hatte reden müssen. Martelli räusperte sich und begann etwas umständlich zu erklären, dass es im Moment überhaupt keine Anhaltspunkte gebe, wer diese Tat zu verantworten habe. Sicher sei indes, dass sich das Verbrechen bereits am Vorabend zwischen 22.00 und 23.00 Uhr ereignet habe. Alle, die über diesen Zeitraum etwas Erwähnenswertes zu berichten wüssten, sollten dies bitte umgehend tun. Hierfür werde im 12. Stock des Hochhauses ein Büro eingerichtet. Ebenso würde ein Care-Team der Kantonspolizei zur Verfügung stehen, um Betroffene zu betreuen und ihnen zu helfen. Außerdem ersuchte er, alles zu unterlassen, was die Gerüchteküche anheizte. Er wisse, dass er sich in einem Medienhaus befinde, wo die Wände sprichwörtlich Ohren hätten, aber er appelliere an ihre eigene Betroffenheit und an ihr Mitgefühl.

Eine fast schon beunruhigende Stille breitete sich aus, als Martelli seine Rede beendet hatte. Unzählige Augenpaare waren weiterhin auf ihn und Zahner gerichtet, und es machte nicht den Anschein, als wollte sich die Menge gleich wieder auflösen. In diese Stille drangen plötzlich die Worte einer jungen Journalistin: »Viele von uns haben heute Nachtschicht. Was werden Sie unternehmen, dass uns nicht Ähnliches passiert?«

Als hätten diese Worte die Masse geweckt, begann sofort eine aufgeregte Diskussion. Viele teilten die Bedenken der jungen Frau. Andere fanden, dass man eine Sondersendung im Sinne von Aktenzeichen XY machen müsse, um den Mörder schnellstmöglich zu finden. Einer aus der Abteilung Kultur forderte, den Bildschirm zur vollen Stunde eine Minute lang schwarz zu lassen und Mozarts Requiem zu spielen.

Auf diese Ideen schien Direktor Zahner vorbereitet zu sein, denn er erhob mahnend seine Arme und meinte mit hörbar eindringlicherer Stimme: »Liebe Kolleginnen und Kollegen! Was auch immer wir empfinden, und wie sehr uns diese Situation betroffen macht, eines ist klar: Wir müssen erstens unseren Sendeauftrag erfüllen und zweitens haben wir leider jeden Tag mit ähnlichen Verbrechen zu tun und berichten ebenfalls darüber. Es würde also bei unserem Publikum sehr bigott ankommen, wenn wir – erstmals selber von einer unsäglichen Gewalttat betroffen – die Berichterstattung einstellten. Nein, wir können und wollen nicht zulassen, dass die verabscheuungswürdige Tat eines Einzelnen uns auch noch unserer Handlungsfreiheit beraubt und uns das weitere Vorgehen diktiert!«

Natürlich werde die Sicherheit gewährleistet, meinte er mit funkelnden Augen. Hierfür würden einige abgestellte Beamte der Polizei sorgen, außerdem werde das Kontingent an Nachtwächtern von bisher einem auf vier aufgestockt. Um jede Diskussion im Keim zu ersticken, fuhr er gleich weiter:

»Die Koordination unserer Berichterstattung auf den drei Vektoren TV, Radio und Internet und das *Wording* über diesen Vorfall werde ich sogleich mit den Abteilungs- und Bereichsleitern definieren. Aber sicher ist, dass sich das DSF nie und nimmer von der irren Tat eines Verbrechers unterkriegen lässt!«

Wieder ging ein Raunen durchs Publikum, doch erneut ließ Zahner keinen Raum für eine Diskussion. Mit klarer Stimme sprach er weiter: Im Übrigen gelte bei Unklarheiten der Dienstweg. Anfragen oder Kontaktnahmen von auswärtigen Medien seien ohne Ausnahme an die zuständigen Pressesprecher weiterzuleiten. Dies gelte umso mehr, als noch in dieser Woche die größte Sendung in der Geschichte der SMG*

---

* SMG: Die Schweizerische Medien Gesellschaft verbreitet seine Inhalte in vier Landessprachen auf 18 Radio- und 7 Fernsehsendern.

über die verschiedenen Sender verbreitet werde: die National- und Ständeratswahlen 2015.

Zahner wirkte wie ein Politiker an einer Wahlveranstaltung. Die uneingeschränkte Aufmerksamkeit seiner Untergebenen schien ihm Auftrieb zu geben. Abschließend beschwor er die Zuhörer: »Ich bitte euch trotz Betroffenheit, zurück an eure Arbeit zu gehen. Wer eine Betreuung oder ein Gespräch benötigt, kann sich selbstverständlich an das Care-Team wenden, das sich bis auf Weiteres in den Sitzungsräumlichkeiten im 12. Stock einrichten wird. Sobald wir mehr sagen können, werden wir euch informieren. Das verspreche ich! Vielen Dank!«

KAPITEL 4

Martelli stand vor dem Büro der Aufnahmeleiter, das sich im ersten Stock des Studiotraktes in einem düsteren Seitengang befand. Aufgrund der verwirrenden Architektur und den sich ähnelnden, endlosen Bürofluchten, die sich hier auf allen Stöcken ausbreiteten, brauchte er einen Moment, um zu verstehen, dass er sich genau einen Stock über dem Ort des Verbrechens befand und dass es auch hier eine Toilettenanlage gab. Dann trat er ins Büro ein.

Mehrere Männer und Frauen blickten ihn stumm an, und Sandro Rizzo, der 40-jährige Studiochef, der dem Polizisten zur Seite gestellt worden war, begann die Personen vorzustellen. Insgesamt vier Männer und fünf Frauen. Martelli ließ sich erklären, was die Aufnahmeleiter zu tun hatten, und erfuhr, dass sie im Studio der verlängerte Arm der Regie waren. Sie mussten den Moderatoren das Zeichen für ihren Einsatz geben, ihnen die richtige Kamera zuweisen. Außerdem hatten sie dafür zu sorgen, dass die Gesprächspartner auf dem richtigen Platz saßen und rechtzeitig wieder verschwunden waren. Last, but not least waren sie verantwortlich dafür, dass das Publikum zum richtigen Zeitpunkt herzhaft applaudierte. Martelli musste innerlich grinsen und begriff, dass es offenbar nur selten spontane Handlungen in Livesendungen gab. Da war jedes Element bis ins Letzte geplant und geprobt.

Als er auf das Opfer zu sprechen kam, bemerkte er, wie sich die anfängliche Anspannung in den Gesichtern der Aufnahmeleiter etwas löste. Es tat ihnen augenscheinlich gut, über ihre ehemalige Kollegin sprechen zu können. Martelli erfuhr, dass sie ein warmherziger und motivierter Mensch gewesen sein musste. Sie arbeitete gestern Abend bei einer Medizinsendung, die von 21.05 bis 21.42 Uhr dauerte, wie Rizzo zu berichten wusste. Danach habe Branka – wie üblich – kurz vor zehn Uhr das Studio verlassen und sei zurück in ihr Büro gegangen.

Ihr Schreibtisch, den sich Martelli zeigen ließ, war aufgeräumt, und der Computer war ausgeschaltet. Nichts deutete darauf hin, dass es hier zu einer folgenschweren Begegnung gekommen wäre. Viel eher sah es so aus, als hätte Branka das Büro verlassen, um die Toilette zu benutzen, bevor sie nach Hause gehen wollte.

»Ist es denkbar«, fragte Martelli in die Runde, »dass Frau Samirovic Feinde oder Neider hatte?«

Die Antwort war eindeutig. Nein, gegen einen Menschen wie Branka schienen keine Ressentiments zu existieren. Selbst dass sie zur neuen Chefin bestimmt worden war, schien bei ihren Kolleginnen und Kollegen nur auf einhellige Zustimmung gestoßen zu sein. Von Neid keine Spur. Martelli stutzte ein wenig über diese Einhelligkeit und spürte, dass hier ein möglicher Schlüssel zum Einstieg in den Fall liegen könnte. Denn irgendwer musste sehr wohl feindlich gestimmt gewesen sein – allenfalls auch als Resultat einer Abfuhr.

»War Frau Samirovic verheiratet oder in einer festen Beziehung?«

Keiner wollte antworten, und alle blickten auf Rizzo, der sich räusperte und dann meinte: »Branka war nur mit ihrem Job verheiratet. Sie war Single …«

Mehr wollte Rizzo anscheinend vor versammelter Mannschaft nicht sagen, doch Martelli ahnte, dass da noch mehr im Busch war. Er verabschiedete sich deshalb von den Aufnahmeleitern mit dem Wunsch, sie möchten ihn umgehend informieren, wenn sie noch irgendetwas zur Aufklärung des Falles beitragen könnten. Während sich zwei weitere Beamte Brankas Schreibtisches annahmen, schob Martelli den verdutzt blickenden Rizzo auf den Gang hinaus und schloss die Bürotür: »Also heraus mit der Sprache, was war Frau Samirovic für ein Mensch, und wie war Ihre Beziehung zu ihr?«

Rizzo lief rot an und stockte kurz, als suche er nach einem Pfad auf unwegsamem Gelände:

»Branka war kein Kind von Traurigkeit, wenn Sie verstehen. Sie war ein eingefleischter Single, was allerdings nicht heißt, dass sie nicht verschiedene Beziehungen hatte.«

»Das hab ich mir fast zusammengereimt …«, brummte Martelli, »auch mit Ihnen?«

Wieder erschrak Rizzo ob der Direktheit der gestellten Frage, um dann wie ein ertappter Junge anzufügen: »Wir hatten mal ein kurzes Verhältnis, aber das ist schon einige Monate her. Sie müssen wissen, ich bin verheiratet, und es ist einfach passiert … seitdem habe ich mit Branka nicht mehr so viel gesprochen. Aber man hat das eine oder andere gehört …«

»Zum Beispiel?« Martelli wurde langsam ungeduldig. Er mochte es nicht, wenn man jemandem die Würmer aus der Nase ziehen musste.

»Naja, sie ging häufig nach der Arbeit aus, traf sich mit Journalisten, Moderatoren und Technikern. Wie schon gesagt, sie nahm das Leben von der leichten Seite und sah ja auch super aus.«

»Haben Sie eine Ahnung, was sie gestern nach der Sendung machen wollte?«

»Nein, aber ...«, wieder stockte Rizzo.

»Was?«

»Naja, jeder wusste, dass der Moderator der Medizinsendung ein Auge auf sie geworfen hatte. Nicht selten lud er sie noch zu einem Glas Champagner in irgendeine edle Lounge in der Stadt ein.«

»Und wie heißt der Moderator?«

»Max Bertschi.«

»Ah der? Ja, ich glaub, seine Sendung habe ich auch schon gesehen. Übrigens«, Martellis Augen wanderten durch den halbdunklen Gang, »sind diese Toiletten da defekt?«

»Nicht dass ich wüsste«, gab Rizzo überrascht Antwort.

»Okay«, brummte der Beamte und kniff die Augen zusammen. »Dann werde ich jetzt zu diesem Bertschi gehen. Wo finde ich den?«

Keine fünf Minuten später fuhr Martelli mit dem Lift in den 5. Stock des Hochhauses. Von Rizzo hatte er sich verabschiedet, er brauchte kein Kindermädchen. Als er ins Sekretariat eintrat, blickte er in die rehbraunen Augen einer etwa 50-jährigen Frau, die ihn begrüßte, als würde sie ihn seit Langem kennen.

»Ah, Herr Martelli, hab Sie schon erwartet! Mein Name ist Pulver, Hannelore Pulver, ich bin die Produktionsassistentin der Sendung ›Operation Gesundheit‹.«

Sie streckte ihre feingliedrige Hand aus und schüttelte Martellis Pranke.

»Ist das nicht schrecklich, das mit Branka? Dann noch der Mord an diesem Obdachlosen! Ich verstehe das nicht, dabei war Branka ein so goldiger Mensch, mit so viel Charme und Einsatzwillen. Alle liebten sie!«

»Tja, vielleicht war das gerade ihr Verhängnis, dass sie zu vielen Menschen gefiel …«

Martellis Worte vermieden jede Sentimentalität. Zu seinem Jobprofil gehörte Mitgefühl augenscheinlich nicht, wie die Sekretärin registrierte. Dennoch meinte sie nach kurzem Nachdenken: »Vielleicht haben Sie damit einen wunden Punkt getroffen. Daran habe ich noch gar nicht gedacht!«

»Sagen Sie, Frau Pulver, wer war in die gestrige Sendung involviert?«

»Naja, da waren zum einen zwei Redakteure, dann ich und natürlich unser Moderator, Max Bertschi, der auch gleichzeitig der Chef der Sendung ist.«

»Bertschi ist Arzt, nicht?«

»Nein, er hat nur ein paar Semester Medizin studiert, aber das Studium nie abgeschlossen, kam stattdessen zum Journalismus. Der übliche Werdegang im Fernsehen.« Pulver lächelte vieldeutig.

»Verstehe. Und wo finde ich Herrn Bertschi?«

»Er ist in seinem Büro, aber ich weiß nicht, ob er gestört werden möchte …«

»Das lässt sich leider nicht vermeiden!«

Martellis Worte waren unmissverständlich, dennoch zögerte Hannelore Pulver, bevor sie zum Telefonhörer griff, eine vierstellige Nummer wählte und wartete, bis am anderen Ende der Leitung abgenommen wurde.

»Bitte entschuldige, aber da ist der Herr von der Polizei …«

Martelli verstand die Antwort nicht, aber konnte sich die Worte zusammenreimen, zumal Frau Pulver deutlich machen musste, dass es unumgänglich sei. Plötzlich sprang eine Tür auf, und Martelli blickte in die graublauen Augen von Max Bertschi, der mit seiner ganzen Größe von fast zwei Metern in der Tür stand. Sein grau meliertes Haar, seine buschigen Augenbrauen und seine mediterrane Bräune, die ihn um einige Jahre jünger machte, ließen Martelli unwillkürlich klein und ungepflegt erscheinen. Dabei war auch er weit über 1,80 und sicher einige Jahre jünger als der Fernsehdoktor.

Bertschi hieß den Polizisten Platz zu nehmen und setzte sich ihm gegenüber. Zwischen ihnen war ein großer Schreibtisch, dessen schwarze Tischplatte glänzte. Auf dem riesigen Tisch stand nur der Computer samt Tastatur, daneben lag das neueste multifunktionale Handy der Marke ›Mandarin‹, das nebst den üblichen Fähigkeiten auch über eine virtuelle, laserprojizierte Tastatur verfügte. So konnte man auf jeder geraden Fläche bequem schreiben. Martelli hatte schon viel darüber gelesen und wusste, dass es erst in China offiziell erhältlich und sündhaft teuer war.

»Funktioniert das wirklich – das mit der virtuellen Tastatur?«

»Ja, vorausgesetzt, man vertippt sich nicht«, schmunzelte Bertschi und freute sich, dass er mit dem neuen Teil Eindruck schinden konnte. »Aber ich gehe wohl recht in der Annahme, dass Sie nicht wegen des ›Mandarins‹ gekommen sind?«

»Nein, natürlich nicht«, antwortete Martelli und bemerkte, dass dieses Büro absolut papierfrei war. Überhaupt erschien der Raum karg und einfach eingerichtet. Ein verschlossener Bücherschrank und das berühmte Bild von Edward Hopper, das eine hell erleuchtete Bar in dunkler Umgebung zeigte, waren alles.

»Wie kann ich Ihnen helfen?«, fragte der Moderator in einem Ton, als wäre sein Gast ein Patient, was Martelli ärgerte. Er spürte förmlich die Aura, mit der sich Bertschi als selbst ernannter Halbgott in Weiß von anderen Menschen distanzierte. Der Polizist musste sich zwingen, seine Fragen ebenso direkt zu stellen wie bei allen anderen.

»Sie haben vom Tod von Branka Samirovic gehört?«

»Ja, unfassbar. Ich bin tief betrübt. Sie war ein echter Sonnenschein!«

Martelli suchte im Gesicht von Bertschi nach Indizien, die das Gesagte irgendwo spiegelten. Aber von Empathie sah er nichts.

»Wie standen Sie zur Toten?«

Bertschi blickte dem Polizisten unverhohlen in die Augen und meinte dann aufreizend lässig: »Ist das ein Verhör, oder anders gefragt: Werde ich verdächtigt?«

Nun gefiel es Martelli. Der Moderator hatte – einer Schachpartie nicht unähnlich – die Eröffnung verpatzt, und so konnte der Polizist schön einen Zug um den anderen machen und angreifen.

»Gäbe es denn Grund für Verdächtigungen?«

So einfach schien es allerdings doch nicht zu werden. Dafür war Bertschi zu gerissen. Er lachte plötzlich auf: »Gut, lassen wir das Versteckspielen. Wie Ihnen zu Ohren gekommen sein dürfte, habe ich Frau Samirovic – wie einige andere Männer auch – ein wenig besser gekannt. Nicht selten habe ich sie nach der Sendung zu einem Glas Champagner eingeladen. Doch gestern hatte ich leider keine Zeit und verließ das Areal kurz nach der Sendung, weil meine Frau Geburtstag hatte.«

»Ihre Frau?«

»Ja, tun Sie nicht so scheinheilig. Meine Frau ist sehr tolerant. Außerdem unterrichte ich sie nicht über Details. Das wäre unfein!«

»Verstehe. Wo waren Sie mit Ihrer Frau zwischen 22.00 Uhr und Mitternacht?«

»Zu Hause. Zusammen mit meiner Tochter feierten wir ihren Geburtstag und haben darauf angestoßen. Wir sind nicht mehr weggegangen.«

»Können Sie sich einen Grund vorstellen, wieso jemand Branka Samirovic umgebracht hat?«

»Nein«, sagte Bertschi, und zum ersten Mal schien er seine eingeübte Selbstbeherrschung zur Seite zu legen und erlaubte seinem Gesicht Emotionen, »es ist mir absolut unverständlich, wie jemand eine solche Tat verüben konnte. Gut, es gab wohl einige Männer, die bei ihr abgeblitzt sind. Aber das ist doch kein Grund, sie umzubringen!«

»Frau Samirovic war gestern Abend Ihre Aufnahmeleiterin. War sie anders als sonst? Vielleicht unkonzentrierter?«

»Nein, nein, sie war wie immer: hoch professionell und ein Sonnenschein. Wenn sie in der Nähe war, dann fühlte sich jeder Moderator sicher. Es konnte nichts passieren, wenn Sie verstehen, was ich meine.«

Martelli nickte und wartete mit der nächsten Frage, weil Bertschi zu überlegen schien.

»Das Einzige, das mir auffiel, war, dass Branka sehr bald nach der Sendung das Studio verließ. Augenscheinlich hatte sie keine Lust mehr, mit der Crew ein Glas trinken zu gehen. Das war unüblich. Gut, sie wusste, dass ich keine Zeit hatte, aber das war ab und zu der Fall. Und sie schien mir, wenn ich mir das noch mal so richtig überlege, etwas gehetzt.«

Als Martelli einige Minuten später in den 12. Stock hochfuhr, um sich bei seinen Mitarbeitern über den Stand der Ermittlungen zu informieren und mit den Betreuern des Care Teams zu sprechen, staunte er nicht schlecht, dass derart viele Menschen – vornehmlich Frauen – im schmalen Gang standen und angeregt diskutierten. Auch wenn ihre Gespräche kurzzeitig verstummten, als der Beamte vorbeiging, durchschaute Martelli sogleich, dass sich die hier anwesenden TV-Leute auch erhofften, zu weiteren Informationen zu gelangen. Sie wollten verständlicherweise die beiden Morde in eine Relation setzen und sich einen Reim darauf machen können. Martelli erklärte sich dies mit dem Umstand, dass Medienschaffende in der Recherche und im Verständnis der Zusammenhänge auch eine Art Trost fanden.

Noch in diese Gedanken versunken, trat er in eines der Büros ein. Sogleich kam Lukas Rütimann, ein Beamter seines Teams, auf ihn zu, um ihm den Stand der Ermittlungen zu rapportieren. Er kannte seinen Chef schon geraume Zeit, sodass er wusste, welche Erkenntnisse ihn am meisten interessierten: »Die Gerichtsmedizin hat angerufen: Es ist so gut wie sicher, dass beide mit demselben Gegenstand getötet worden sind. Es dürfte sich um einen Zimmermannshammer handeln, also einen mit einem lang gezogenen, schnabelartigen Ende. Bei einem ordentlichen Schlag mit einem solchen Gerät würde jeder Schädel zertrümmert, sagte der Mediziner.

Außerdem haben wir die technische Crew der gestrigen Medizinsendung zusammengerufen und alle befragt. Unisono sagen sie aus, dass Branka Samirovic das Studio allein verlassen hat. Eine Kamerafrau fügte an, sie habe aufgeschnappt, dass sie schnell nach Hause wollte, weil sie über Kopfweh klagte.«

Martelli musste unwillkürlich an den Hammer denken, der eben diesen Kopf zerstört hatte. Manchmal hasste er seinen Beruf, nicht selten hasste er auch die Menschen.

»Gibt es irgendwelche Hinweise, wen Samirovic nach der Sendung noch gesehen haben könnte?«

»Nein, leider nicht. Sie schien allein in ihr Büro gegangen zu sein, während die anderen entweder noch im Studio zu tun hatten oder nach Hause aufbrachen.«

»Ergab die Videoauswertung der Ausgänge schon etwas?«

»Leider nein«, sagte Rütimann. »Laut einem der Sicherheitsleute war es gestern ungewöhnlich ruhig. Außer den Leuten von der Medizinsendung waren nur noch die Crews der Nachrichtensendungen im Haus, deren Studios aber in einem anderen Gebäude untergebracht sind. Allerdings werden nicht alle Eingänge mit Video überwacht, sondern nur die Haupteingänge. Mit anderen Worten kann jeder, der sich im Areal auskennt, ungefilmt rein und raus!«

»Scheiße«, sagte Martelli unwillkürlich, »dann haben wir noch nicht sehr viel!«

Martelli blickte gerade zu den Fernsehleuten hinüber, als sich die Lifttür öffnete und ein groß gewachsener Mann mit dunklen Haaren heraustrat.

»Chef«, rief Enzo Baldini aufgeregt und drosselte seine Stimme gleich wieder, als er bemerkte, dass sich sofort mehrere Augenpaare auf ihn richteten. Martelli winkte ihn in ein leeres Sitzungszimmer, wo der Beamte dann lossprudelte: »Wir haben wahrscheinlich die Tatwaffe gefunden! Einen Hammer mit einer schnabelartigen Verlängerung!«

»Wo?«

»Er lag eingepackt in einen Plastiksack auf dem Gepäckträger einer alten Vespa, die unten bei den Fahrradständern abgestellt ist. Und wenn wir uns nicht täuschen, hat es noch Blut drauf!«

»Wem gehört die Vespa?«

»Zuppinger ist daran, dies rauszufinden!«

»Sehr gut, gehen wir.«

Martelli und Baldini fuhren mit dem Lift ins Parterre, verließen durch einen Hintereingang das Hochhaus und steuerten auf den Fahrradständer zu. Als Zuppinger seinen Chef erblickte, hob er den in einem durchsichtigen Plastiksack steckenden Hammer triumphierend in die Höhe. Als sie näher kamen, meinte er: »Da ist definitiv Blut am Hammer, auch hier an der Vespa!«

Martelli nickte, erfreut über die Fortschritte der Ermittlungen.

»Und wem gehört diese Vespa?«

»Einem Pavel Bilek aus Zürich Seebach, 58 Jahre alt, von Beruf Videoeditor.«

»Gut, den gehen wir jetzt besuchen.«

Per Telefon rief Martelli den Studiochef zu sich. Rizzo war sichtlich überrascht, als er gefragt wurde, wo der Videoeditor Bilek zu finden sei. Dennoch führte er die Beamten ohne weitere Fragen in den Filmtrakt. Ein fünfstöckiges Gebäude, das die Fortsetzung des Hochhauses gegen Süden bildete. Sie kamen an der Lounge des Newsstudios vorbei und blickten in die Regieräume. Von hier aus werden also jeden Tag die Nachrichten gesendet, dachte Martelli und blieb kurz beim Gedanken hängen, was wohl heute in der Tagesschau zu den beiden Morden berichtet würde. Und als hätte er verborgene Geister geweckt, steuerte in diesem Moment eine Gruppe von vier Männern auf sie zu. Einer trug eine Kamera, ein zweiter eine Mikrofonstange. Die beiden anderen waren offenbar fürs Reden zuständig, denn der ältere der beiden stellte sich als Produzent und seinen Kollegen als Redakteur vor. Er fragte, ob Martelli etwas zu den bisherigen Ermittlungen sagen würde, und ob es schon Hinweise gebe, die Licht ins Dunkel bringen könnten. Martelli ließ sich beinahe überrumpeln und hätte fast vom gefundenen Hammer erzählt, besann sich aber im letzten Moment der üblichen Standardantwort, wonach alles noch zu unklar wäre und die Ermittlungen voll im Gange seien, weswegen er die Herren zur bereits einberufenen Pressekonferenz um 17.30 Uhr bitten wolle. Da werde er selbstverständlich – soweit es bis dann schon etwas zu sagen gebe – Rede und Antwort stehen. Die Journalisten waren ob des Gehörten sichtlich unbefriedigt, und der Produzent, dessen Namen Martelli bereits vergessen hatte, meinte mit einem überheblichen Lächeln, dass er hier ja vielleicht eine Ausnahme machen würde, weil doch das Verbrechen eine Kollegin aus dem Haus betreffe und man deshalb auf einen gewissen Informationsvorsprung hoffen könne. Martelli ließ sich nicht beirren und sagte in einem Ton, der seinen Spielraum klar umriss, dass er im Moment nichts sagen und er schon gar nicht irgendwelche Spekulationen vom Stapel lassen würde. Er hoffe deshalb, dass die Ermittler, gerade im Interesse des Opfers, ihre Arbeit unbehelligt von journalistischen Anfragen machen könnten. Im Übrigen habe ja Direktor Zahner klar festgehalten, wie der Informationsfluss abgewickelt werde.

Der Name Zahner schien die beste Waffe gewesen zu sein, denn das Kamerateam entfernte sich, beobachtete jedoch mit Interesse, wo die Polizisten samt Studiochef Rizzo hinsteuerten. Das Grüppchen durchschritt einen gläsernen Durchgang und gelangte zu den ultramodernen Schnitträumen des News-Centers. Hier befanden sich, wie Rizzo kurz erklärte, 16 Schnittplätze, die im Zweischichtbetrieb benutzt wurden. In den meisten Schnittkabinen, jede nur ein paar Quadratmeter groß und vollbepackt mit elektronischem Equipment, wie Martelli beeindruckt feststellte, arbeitete ein Cutter zusammen mit einer Redakteurin oder einem Redakteur. Da die Türen der meisten Plätze nur angelehnt waren, schwappten von überall her akustische Fragmente in den Gang. Musik vermischte sich mit Wortfetzen in unterschiedlichen Sprachen, irgendwo ratterte ein Maschinengewehr, nochmals woanders heulte ein Tier. Martelli realisierte, dass die Leute, die hier arbeiteten, sehr konzentriert waren, da sie die Männer kaum beachteten. Martelli vermutete, dass sie alle unter großem Zeitdruck standen. In der Zwischenzeit war Rizzo zum Einsatzplan gegangen, der an einer Wand hing, und suchte den Namen Bilek. Schon nach kurzer Zeit deutete er auf einen Raum am anderen Ende des Centers hin.

»Bilek arbeitet zurzeit als EVN-Operator*, das heißt, er nimmt das von anderen Sendern und den Korrespondenten eingespielte Material entgegen, sichtet und ordnet es und stellt es in den Austausch-Server. Sein Platz ist da in der 3.«

Martelli konnte sich der Spur nach einen Reim darauf machen, was Rizzo erklärte, und gab Zuppinger ein Zeichen, mit ihm zusammen in den Schnittplatz einzutreten.

Pavel Bilek schien höchst erstaunt, als zwei Männer der Kripo bei ihm auftauchten und ihn beim Überspielen eines Interviews stoppten.

»Sind Sie Pavel Bilek?«, fragte Martelli, nachdem er sich vorgestellt und den Polizeiausweis gezeigt hatte.

Pavel nickte und wunderte sich bald nicht mehr, sondern zuckte ob der folgenden Frage zusammen.

Ob ihm der Hammer gehöre, den man auf seiner Vespa gefunden habe?

Pavel stutzte. Als er vor eineinhalb Stunden vom Mord an Branka gehört hatte, wäre er fast in Ohnmacht gefallen. Vor seinem geistigen Auge sah er die junge Frau mit ihren klaren, blauen Augen und ihrem sinnlichen Mund, der niemals mehr lachen würde. Wieder spürte er, wie sich sein Magen zusammenzog. Vorsichtig antwortete er: »Nein, der Hammer gehört nicht mir, den habe ich nur zufällig …«

»So, zufällig?«, fuhr Martelli regungslos fort, »und es ist auch nur Zufall, dass er blutverschmiert ist?«

---

* EVN: Material des Eurovision News Exchange, eine Art Austauschbörse für TV-Bilder

Pavel wollte aufbegehren und die mit der Frage in den Raum gestellte Verdächtigung sogleich von sich weisen, indem er sich energisch erheben und auf die beiden Polizisten zugehen wollte. Doch so schnell konnte er gar nicht handeln, da sprang Zuppinger schon auf ihn zu und packte ihn am Ellbogen. Pavel schrie angesichts des plötzlich in seinen Arm fahrenden Schmerzes auf. Als Folge des unerbittlichen Polizeigriffs knallte er vornüber auf den Tisch. Martelli war mit einem Mal sehr kurz angebunden, hatte, wie auch sein Untergebener, in Pavels Gesicht ein unberechenbares Gefahrenpotenzial ausgemacht und danach gehandelt. Alles ging so schnell und überraschend, dass Rizzo, der hinter den beiden Beamten stand, nur noch eine kribbelnde Gänsehaut spürte. Er konnte bei den Polizisten die eingeübte Routine, die Kompromissen keinen Platz ließ, förmlich riechen. Pavel jammerte und winselte, während ihm Zuppinger Handschellen anlegte, doch es nützte nichts mehr. Als er wie ein Verbrecher aus dem Schnittplatz geführt wurde, folgten ihm schockierte Blicke. Geistesgegenwärtig schulterte der Kameramann, der zusammen mit seinen drei Kollegen am anderen Ende des Centers gewartet hatte, seine Kamera und begann zu filmen, was Martelli sofort wütend unterband:

»Schalten Sie sofort die Kamera ab, sonst werden wir ungemütlich!«, schrie er durch den Raum. Reflexartig stellte sich der Produzent dazwischen und stotterte etwas von Privatgelände, auf dem sie filmen dürften, was sie wollten, doch Martelli scherte sich nicht um den Einwand. »Ich sagte: Kamera aus!« Und um seinen Worten noch mehr Gewicht zu verleihen, hielt er demonstrativ seine Hand vor die Linse. Derweil bugsierte Zuppinger den sich wehrenden Bilek zur Tür hinaus. Die verdatterten Fernsehleute starrten hinterher und vernahmen plötzlich Pavels Stimme. Wie ein Vermächtnis hallten dessen Worte durch die Räumlichkeiten: »Ich hab nichts getan, und der Hammer, der gehört Nico Vontobel!«

KAPITEL 5

Nicolas Vontobel fiel aus allen Wolken, als er die Stimme seines ehemaligen Kollegen aus der Tagesschau vernahm und hörte, weswegen dieser anrief. Mit ihm, dem 38-jährigen Mario Ettlin, hatte er früher häufig zusammengearbeitet. Als vorgesetzter Produzent hatte er dem Jungspund das kleine Einmaleins des Fernsehhandwerks beigebracht und ihn während seiner Ausbildung gecoacht. Er verband viele Erinnerungen mit diesem jungen Mann, den er schon immer als überaus talentiert eingestuft hatte und den er wegen seiner frischen Art schätzte. Und Ettlin bedankte sich für das in ihn gesetzte Vertrauen mit so manchem Primeur. Nicht zuletzt die Geschichte aus dem Weinort Maienfeld, die für großes Aufsehen gesorgt hatte, weil er den Kampf der Bewohner gegen zwei skrupellose Verbrecher hautnah dokumentieren konnte, war ihm noch sehr präsent. Seit Nico pensioniert war, sahen sie sich nicht mehr so häufig, aber die freundschaftlichen Bande blieben bestehen, auch wenn sie von außen betrachtet eher einem Vater-Sohn-Verhältnis glichen. So rief Ettlin ab und zu an, um einen Tipp für eine Recherche zu bekommen oder auch nur, um wieder mal die Stimme ›des Alten‹ zu hören.

Nun war freilich der Gegenstand des Gesprächs alles andere als erfreulich. Und Nico verstand die Welt nicht mehr, erst recht, als er vernahm, dass die junge Samirovic, die er zwar nur flüchtig aber durchaus auch gekannt hatte, ermordet worden war. Erst mit der Zeit begriff er, was Pavel mit der ganzen Geschichte zu tun haben sollte, und realisierte, dass plötzlich sein Hammer in den Ermittlungen eines Mordfalls eine Rolle spielte.

»Aber das ist doch absurd!«, wiederholte Nico. »Pavel hat den Hammer ja erst heute Mittag mitgenommen, wie sollte er Branka gestern damit erschlagen haben? Und überhaupt, wie kommen diese Idioten von der Polizei auf die abstruse Idee, Pavel hätte etwas damit zu tun?«

Darauf wusste auch Ettlin keine Antwort, versprach aber, ihn auf dem Laufenden zu halten. Zum Abschluss des Gespräches lud ihn Nico für den morgigen Abend ein. Weil er ja schon Pavel eingeladen hatte und sie sich gut kannten, würden sie eine schöne Flasche Wein zusammen trinken, einen Pilz-Risotto essen und über das Fernsehen lästern. Nico war sich sicher, dass die Polizei bis dann herausgefunden haben würde, dass sie bei Pavel auf dem Holzweg war. Mario nahm dankend an und verabschiedete sich.

Nico legte das Handy zur Seite, das er nur zufälligerweise eingeschaltet hatte, weil er es – mehr aus Gewohnheit denn aus praktischen Gründen – im Wald stets bei sich trug, wenn er Pilze sammeln ging oder längere Fußmärsche unternahm. Nun war er wieder bei seinem Häuschen und saß am großen Holztisch vor dem Haus. Er blickte auf die erfreuliche Ausbeute von Steinpilzen und brütete nochmals über das Gehörte, während er die Schwämme sorgfältig reinigte. Aus seinem noch durchaus gut funktionierenden Gedächtnis, das er in letzter Zeit zwar nur wenig brauchte, das aber sofort wie ein gut geölter Motor ansprang, klaubte er alle Informationen über Branka zusammen. Sie war kaum jünger als Mario Ettlin, kam vor sieben oder acht Jahren zum Fernsehen und durchlief die Ausbildung zur Aufnahmeleiterin. Schon bald konnte sie große und anspruchsvolle Sendungen bestreiten und war stets ein Garant dafür, dass im Studio alles klappte. Nico erinnerte sich noch gut an zwei oder drei Wahl- und Abstimmungssendungen, die er damals produziert und bei denen sie mitgewirkt hatte. Er wusste noch gut, wie sie dank ihrer positiven Ausstrahlung auch bei Politikern und Gästen beliebt gewesen war. Sie schaffte es stets, mit scheinbar geringem Aufwand topp motiviert und konzentriert zu arbeiten. Welcher misanthropische Trottel hegte gegen sie einen derartigen Groll, dass er sie tötete? Und wieso? Nico konnte sich keinen Grund vorstellen. Allerdings war auch ihm nicht verborgen geblieben, dass sie die Männer angezogen hatte wie das Licht die Motten. Sie flirtete mit jedem, ohne dass sie es beabsichtigt hätte und ohne sich viel dabei zu denken. So fein ihre Antennen für andere eingestellt waren, so unfähig war sie anscheinend, ihre eigene Wirkung einzuschätzen. Die Folge war, dass jeder, der mit ihr redete, sofort glaubte, für sie etwas ganz Besonderes zu sein. Das führte dann und wann zu Missverständnissen. Gleichzeitig hatte sie nie eine richtige Beziehung eingehen wollen, stets nur Techtelmechtel erlaubt, oberflächliche Geschichten, die selten länger als eine Nacht dauerten. War hier vielleicht ein Motiv? Schlug nun ein abgewiesener Verehrer zu? Einer, der vielleicht mehr als nur einen One-Night-Stand gewollt hatte?

Es wurde bereits Abend, als Nico von seinem Tisch aufstand. Nicht ohne vorwurfsvolles Gegacker hatten sich die drei Zwerghühner zu ihm gesellt, die er wegen ihrer Eier hielt. Sie wollten endlich in ihren Stall gelassen und gefüttert werden. Danach startete Nico seinen Computer, um sich auf *DSF online* den Beitrag über den Stand der Ermittlungen anzusehen. Während er das aufgeschaltete Interview mit dem Einsatzleiter Martelli in voller Länge verfolgte, zerbrach er sich den Kopf, was die beiden Ermordeten miteinander zu tun hatten. Es dünkte ihn sehr merkwürdig, wie eine junge und hübsche Aufnahmeleiterin mit einem stadtbekannten Obdachlosen schicksalhaft verstrickt war. Nach dem Interview schaute er sich den etwas bildschwachen Beitrag an, welcher versuchte, die Zusammenhänge zu erklären. Er schloss mit einer Frage, die auch der alte Fernsehfuchs als Ausgangspunkt für einen vertiefenden Ansatz gewählt hätte: Könnte es sein, dass der zweite Mord die Folge eines dummen Zufalls war? War der Obdachlose vielleicht zum falschen Zeitpunkt am falschen Ort, weil er *fatalerweise* Zeuge geworden war und deshalb beseitigt werden musste?

Wenn dem so gewesen war, dachte Nico weiter, dann war vielleicht der Fundort der Männerleiche nicht mit dem Tatort identisch. Vielleicht hielt sich der Obdachlose sogar im Fernsehgebäude drinnen auf, kam da dem Mörder in die Quere! Plötzlich erschien Nico der Fall plastischer, dennoch fiel ihm keine vernünftige Idee ein, wie die Leiche zum Leutschenbach hinunter gekommen war. Irgendwie passte da nichts zusammen.

Wäre er noch Produzent gewesen, hätte er seine Leute ausgeschickt, um hier mehr zu erfahren und – vielleicht – sogar der Polizei einen Schritt voraus zu sein.

Als er um 19.30 Uhr die Hauptausgabe der Tagesschau verfolgte, musste Nico schmunzeln. Was die ehemaligen Kollegen auf die Beine stellten, lag nicht weit von dem entfernt, wie auch er es getan hätte. Dann folgte ein Live-Gespräch mit der Kommandantin der Zürcher Kriminalpolizei – wohl die Vorgesetzte dieses Martelli, wie Nico vermutete –, die sich augenscheinlich auch in Szene setzen wollte. Was er hörte, war jedoch wie ein Hieb in den Magen. Mit Stolz in der Stimme sagte diese Kathrin Lustenberger in die Kamera, dass sie die Tatwaffe dank ihrer schnellen und effizienten Ermittlungen bereits gefunden hätten, und sie zeigte das Bild eines Hammers, der verteufelt Nicos eigenem glich, auch wenn er sogleich wusste, dass es von diesem Werkzeug Tausende gab. Der Hammer würde Blutreste beider Opfer aufweisen, meinte die Chefin weiter, und wäre deckungsgleich zu deren Wunden. Da sie außerdem auch einen dringend der Tat Verdächtigten ergreifen konnten, der

KAPITEL 6

Pavel Bilek saß auf seinem Stuhl im Vernehmungszimmer 1 der Kripo. Er wähnte sich als Schiffbrüchiger und von Haien umkreist, die nur darauf warteten, dass er von seinem kleinen Stück Holz abrutschte und ins Wasser fiel. Das Zimmer, in dem er seit mehr als zwei Stunden verhört wurde, entsprach überhaupt nicht dem Klischee von Verhörraum, das er aus unzähligen TV-Serien kannte. Es verfügte nicht nur über Tageslicht, sondern war auch mit keiner dieser verräterischen Spiegelwände ausgestattet, durch die man von außen das Gespräch mitverfolgen konnte. Auch sah er nirgends eine versteckte Kamera oder erahnte ein Mikrofon. Dennoch war es Pavel so unwohl, wie seit Jahrzehnten nicht mehr. Nur damals, als er zusammen mit seinen Eltern aus der damaligen Tschechoslowakei geflüchtet war, und sie mit ihrem kleinen Auto an riesigen Panzern vorbeigefahren waren, war es noch schlimmer gewesen. Sie wurden von den Soldaten zwar nicht aufgehalten und erreichten die österreichische Grenze, aber dennoch war es schrecklich! Wie sie hernach erfuhren, hätten sie das Land bereits eine halbe Stunde später nicht mehr verlassen dürfen, wären als Verräter zurück nach Prag gebracht und zu Menschen zweiter Klasse degradiert worden. Noch jahrelang hatte Pavel Albträume – immer wieder tauchten bis zu den Zähnen bewaffnete Soldaten auf und schrien ihn an, demütigten ihn, ließen ihn mit Händen über dem Hinterkopf auf den Knien zurück nach Prag rutschen.

Hier war es nicht so schrecklich, aber dennoch alles andere als angenehm. Pavel schwitzte und bemerkte, dass er wohl einen verräterischen Schweißgeruch verströmte.

Doch Zuppinger, der Polizist, schien dies nicht zu bemerken. Er saß gelangweilt auf dem breiten Fenstersims und betrachtete seine Fingernägel. Rechts vor ihm hatte Martelli Platz genommen. Er wirkte müde und musste sich ein Gähnen verkneifen. Dann seufzte er, als sei ihm selber nicht wohl bei dieser Geschichte. Dennoch spürte er eine wachsende Ungeduld und hoffte, dass Pavel endlich die Wahrheit sagen würde.

»Herr Bilek«, begann Martelli und erhob sich, um ein paar Schritte im Raum zu machen, »nehmen wir für einen Moment an, Sie hätten mit den Morden nichts zu tun. Wie würden Sie sich dann die Tatsache erklären, dass das Blut von Frau Samirovic an Ihrer Vespa klebt?«

Pavel runzelte die Stirne, wieder schoss Schweiß aus den Poren. War das eine Fangfrage? Wie sollte er sich das erklären? Ja wie?

»Herr Inspektor«, sagte er dann unterwürfig, obschon er wusste, dass sein Gegenüber diesen Titel nicht benutzte, »ich hab Ihnen schon ein paar Mal gesagt, dass ich das nicht weiß! Der Hammer, den ich bei mir trug, gehört meinem alten Arbeitskollegen Nico Vontobel, und der ist verschwunden. Also der Hammer, nicht der Nico. Dafür hat mir irgendjemand den anderen auf den Gepäckträger gelegt …«

Zuppinger wurde es nun zu bunt. Mit einem energischen Sprung stemmte er sich vom Fensterbrett weg und beugte sich über Pavel. Der Blick aus seinen schwarzen Augen war durchdringend und wutgeladen: »Bilek, machen Sie dem Ganzen ein Ende! Gestehen Sie endlich, was sich nicht leugnen lässt. Sie haben Branka Samirovic umgebracht und diesen Penner, der Ihnen zufällig in die Quere gekommen ist, gleich auch noch. Dann haben Sie in einer Art Panik den Hammer bei Ihrer Vespa versteckt, um ihn nach Feierabend, wenn die Luft rein wäre, zu entsorgen!«

»Nein, nein«, stammelte Pavel, um bettelnd anzufügen, »so war es nicht! Ich will meinen Anwalt sprechen!«

»Sie werden Ihren Anwalt noch früh genug sehen!«, sagte nun Martelli in schroffem Ton. »Aber eines kann ich Ihnen sagen, wir werden Sie so lang schmoren lassen, bis Sie die Wahrheit sagen! Anwalt hin oder her!«

Dann erhob er sich und gab Zuppinger das Zeichen, Pavel in die Zelle zu bringen. In seinen Augen war eine Wut zu lesen, die er am liebsten handfest ausgelebt hätte. Doch Martelli hatte sich im Griff und verließ den Raum, die Tür hinter sich zuschlagend. Er ging zur Toilette, um sich das Gesicht mit kaltem Wasser zu benetzen. Früher hätte er vor Wut das Waschbecken aus der Wand reißen und gegen das Fenster schleudern mögen. Doch heute blieb er cool, ließ den Frust am Sandsack im Boxtraining aus.

Im Geist ging er das bisher Gehörte durch, versuchte, in den Worten Bileks irgendeinen verborgenen Hinweis zu finden. Dessen unterwürfige Art kotzte ihn ebenso an wie seine Renitenz. Was glaubte dieser Kommunistenflüchtling eigentlich? Nur weil ihn die Schweiz vor 47 Jahren aufgenommen hatte, könne er mit den Behörden Katz und Maus spielen und sich alles erlauben? Wie gern würde er bisweilen eine härtere Gangart wählen, um die Wahrheit ans Licht zu bringen! Er hatte Bücher gelesen über Verhörmethoden aus Chile zu Zeiten Pinochets oder über Portugal aus der Zeit der Militärdiktatur. Er hatte Filme gesehen, in denen man genau nachvollziehen konnte, wie verschiedene Geheimdienste arbeiteten und wie sie zu Informationen kamen, ohne den Beschuldigten äußerlich zu verletzten. Und er war eigentümlich fasziniert gewesen. Doch hier in der Schweiz war das tabu, und die Verbrecher wussten das, lachten sich den Arsch voll! Und sie, die Polizisten, standen da wie Deppen, mussten Stunden mit diesen stinkenden Schweinen in den Verhörzimmern verbringen und hoffen, dass allein ihre wütenden Augen zu einem entscheidenden Weiterkommen führten. Das konnte doch nicht wahr sein! Das war doch nicht richtig!

KAPITEL 7

»Liebe Gesinnungsfreunde«, sagte der rothaarige Mann am Kopfende des Saals mit einer durchdringenden Stimme, »dank eines tapferen Waffenbruders aus der Mittelland-Staffel ist heute nicht nur ein erster, sondern gleichzeitig auch ein zweiter Schlag gegen Keimzellen minderwertigen Genmaterials gelungen!«

Ein feines Lächeln umspielte die blutleeren Lippen, die sich während des Redens zu bleichen Strichen formten. Demgegenüber leuchteten die stechend blauen Augen und glänzten wie Glasmurmeln in ihren Höhlen. »Unser General hat es schon Tausende Male wiederholt: Uns steht ein schwerer Gang bevor, doch mit Gottes Hilfe werden wir es schaffen! Dank der Vision unseres Vordenkers und dessen weitsichtigen Plänen wird es uns in erstaunlich kurzer Zeit gelingen, die Spreu vom Weizen zu trennen und denjenigen, die sich ganz offensichtlich nicht an die natürlichen Vorgaben und Gesetze halten wollen, begreiflich zu machen, dass sie auf dem Holzweg sind!«

Das Publikum lauschte schweigend und gebannt: mindestens zwei Dutzend Männer, die meisten im Alter zwischen 20 und 30 Jahren. Der Redner wanderte mit seinem Blick über die Menge und fuhr fort: »Wir wissen leider, dass diese Gesellschaft nach wie vor zu wenig Bewusstsein entwickelt hat, um fehlgeleitete Entwicklungen zu korrigieren. Doch der Tag wird kommen – und er ist nicht mehr fern – da erreichen wir den Umkehrpunkt und marschieren mit stolzgeschwellter Brust in eine andere, gesündere Richtung!«

Die zuhörenden Männer nickten, was den agilen Redner ermutigte, mit glühenden Worten fortzufahren: »Diesen durch ihre pseudoliberale und sozialistische Denkweise verdorbenen Individuen müssen wir mit unerbittlichem Druck entgegentreten. Die Schlangenbrut verbreitet ihr Gedankengut ungehindert, wohl eine weitere Folge der schleichenden Entpolitisierung der Gesellschaft. Die Folge: Bereits errungene Etappensiege zerbröckeln zu Staub. Wie lang wollen und können wir noch zusehen, bis die linksbürgerliche Classe politique alle unsere mühsam errungenen Werte zunichtemacht? Soll der Einsatz unserer tapferen Vorfahren sinnlos gewesen sein?«

Die Männer im Raum schüttelten schweigend den Kopf und lauschten der sich zum Fortissimo steigernden Stimme ihres Anführers.

»Unser Bruder hat heute beherzt die Gunst der Stunde genutzt und ein Lichtzeichen gesetzt. Ein Licht, das wie der Schein eines Leuchtturms um seine Achse dreht und weit herum erstrahlt. Das Licht der Erkenntnis ist entzündet!«

Die Männer zeigten auf ihren Gesichtern eine Art fieberhafter Ergriffenheit, was die Stimme des Redners wieder leiser werden ließ, bis sie nur noch verschwörerisch flüsterte: »Und was wir nicht durch die pure Masse schaffen, erreichen wir durch präzise Angriffe auf spezifische Ziele. Wir treffen die Hydra in ihrem Zentrum!«

»Jawohl!«, riefen einige. »Bravo!«, skandierten andere,

während sie sich mit der rechten Faust auf die linke Brust schlugen.

Der bullige Mann hob seine Arme. Augenblicklich wurde es wieder still im Saal. Alle Blicke waren gebannt nach vorn gerichtet. Die blauen Augen des Redners wirkten wie ein Laserlicht und wanderten durch die Reihen.

»Ein schwäbischer Schmarotzer und eine balkanesische Hure weniger! Männer, das soll euch ein Vorbild sein! Doch wir werden nicht einfach blindlings zuschlagen, sondern gezielt und durchdacht! Während unser General dank seines Netzwerks den politischen Boden vorbereitet hat, werden wir dafür sorgen, dass die Saat aufgeht. Wir werden denjenigen ihr Morgarten erleben lassen, die uns in Marignano verkauft haben: die Internationalisten, die Sozialisten und die Eurozentristen!«

Wieder schallte Applaus in Form von dumpfen Brustschlägen durch den Raum. Jeder der Anwesenden wusste nun, was es geschlagen hatte. Jahrelang hatten sie geredet, sich im Untergrund organisiert und darauf gewartet, losschlagen zu können. Da glich der Ruf des Rothaarigen einer Erlösung: »Das Horn erschallt, und die ›Helvetische Brüderschaft zur aufrechten Gesinnung‹, diese heilige Institution des volkshygienischen Widerstands, ist bereit!«

Als die meisten Männer bereits den Saal verlassen hatten und drüben in der Gaststube ›Zum Schwert‹ den feierlichen Worten ihres Anführers mit einem echten Schweizer Bier Nachdruck verliehen, läutete dessen Handy. Josef Hauri nahm überrascht ab. Die Stimme, die er hörte, klang trotz des vornehmen bernischen Dialekts überaus ärgerlich. Was diesem Trottel eingefallen sei, gleich zwei Personen umzubringen, schrie sie in den Hörer, und erst noch zu einem Zeitpunkt, da das ganze Unternehmen in dieser delikaten Phase stecke!

Dieser bodenlos hohle Idiot, dieser Strohsack, dieser Armleuchter und Schrumpfkopf habe mit seiner Tat ihrem hehren Ziel einen Bärendienst erwiesen! Nun sei der ganze Polizeiapparat geweckt und schnüffle herum!

Hauri schluckte leer. Noch nie hatte er den General so aufgebracht gehört. Fast packte ihn die Angst, jener bekäme eine Herzattacke. Deshalb beeilte er sich, als der andere kurz schwieg und schwer schnaufte, ein paar Dinge klarzustellen. Nach und nach konnte er seinem Vorgesetzten erklären, dass der besagte Mann im Gegenteil sehr besonnen gehandelt habe. Fast wäre er aufgrund eines dummen Zufalls entdeckt worden, doch er konnte die Person rechtzeitig ausschalten. Dann wollte es das Schicksal, dass dies ein weiterer Zeuge mitbekommen hatte und so musste er auch den beseitigen. In der Folge habe der Mann dafür gesorgt, dass die Polizei komplett auf den Holzweg geführt werde. Und wie es aussehe, sei dies bereits gelungen. Man habe einen Unschuldigen verhaftet. Mit anderen Worten sei die Mission in keiner Weise gefährdet. Im Gegenteil: Die Operation Marignano stehe kurz vor der Entfaltung!

Hauris Worte zeigten Wirkung. Der General beruhigte sich wieder. Am Schluss war er sogar bereit, den Helden von Zürich zu empfangen. Er möge morgen Abend bei ihm vorbeikommen, um den Winkelried-Orden* entgegenzunehmen. Vielleicht würde diese Tat sogar eine Art prophetische Dimension erhalten, wie weiland Tells Geschoss, vermutete der Berner noch, ehe er das Telefon beendete.

---

* Winkelried: mystifizierter Held der Schweizer in der Schlacht von Sempach 1386

KAPITEL 8

Das dumpfe Klopfen an Nicos Haustür blieb lang unbeantwortet. Erst nach dem dritten Mal drangen die Geräusche bis zum Schlafenden, der sich langsam aus seinem Bett schälte und in seinen Birkenstocksandalen zur Tür schlurfte. Als er öffnete, staunte er nicht schlecht. Obschon er nur zwei dunkel gekleidete Männer erblickte, erkannte er sofort, dass es sich um Polizisten handeln musste. Und Nico wusste, warum sie gekommen waren. Dennoch durchströmte ihn ein mulmiges Gefühl. Dieses Brodeln im Bauch kannte er seit den Studentenunruhen damals im Juni 1968, als er als 17-jähriger Gymnasiast mehr durch Zufall als durch bewusstes politisches Handeln in die Studentenbewegung hineingerutscht und bald an vorderster Front mitmarschiert war. Seitdem bestand eine große Aversion gegen jede Form von Uniformierung, selbst wenn sie in zivilen Kleidern daherkam.

»Was wollen Sie?«, fragte Nico mit sichtlichem Missmut.

»Tut uns leid, dass wir Sie geweckt haben«, antwortete ein freundlich dreinblickender Beamter, was Nico noch verdächtiger vorkam.

»Mein Name ist Lukas Rütimann, das ist Enzo Baldini. Wir sind von der Kriminalpolizei Zürich. Dürfen wir kurz hereinkommen?«

Nico öffnete die Tür ganz und ließ die beiden eintreten, obschon das Haus ziemlich unordentlich aussah.

»Sie kommen sicher wegen Pavel Bilek, nicht?«

Rütimann nickte, während sich Baldini umsah und das Bauernbuffet erblickte, wo Dutzende Gläser mit eingelegten Tomaten, Gurken, Zucchetti und anderen Gemüsen und Früchten standen.

»Machen Sie die selber ein?«, fragte Baldini mit einem Strahlen im Gesicht, das Nico verunsicherte. »Meine Nonna hat einmal im Jahr für die ganze Familie Tomatensugo eingemacht, sicher 30 bis 40 Gläser. Und die sahen so aus wie diese! Es geht doch nichts über Hausgemachtes!«

»Sind Sie gekommen, um über das Einmachen von Gemüse zu reden?«

»Nein, natürlich nicht«, nahm Rütimann den Faden wieder auf, ohne seinem Kollegen irgendwie gram zu sein, dass der über ein so nebensächliches Thema redete.

Wie Sie wahrscheinlich vermuten, sind wir wegen Pavel Bilek gekommen. Er behauptet, er habe von Ihnen diesen Hammer erhalten.«

Rütimann öffnete eine mitgebrachte Mappe und holte das Werkzeug hervor. Nico schauderte, als er das schwere Ding mit der schnabelartigen Verlängerung erblickte. Sogleich musste er daran denken, dass es zwei Menschen auf dem Gewissen hatte, und es machte ihn betroffen, dass dieses Mordgerät bei ihm im Wohnzimmer war.

»Das ist nicht mein Hammer«, sagte Nico mit trotzigem Unterton.

»Sind Sie sicher?«

»Meiner war kleiner – und verrostet. Der da ist ja praktisch neu!«

Die beiden Beamten blickten sich an. Als hätten sie ein geheimes Zeichen abgemacht, standen sie auf und wollten sich verabschieden.

»Moment!«, rief Nico. »Nur weil das nicht mein Hammer ist, heißt das noch lang nicht, dass Pavel ein Mörder ist! Ich bin fast sicher, dass man ihm einen bösen Streich spielt!«

Baldinis Gesicht, das zuvor freundlich dreingeblickt hatte, änderte sich schlagartig.

»Alles deutet darauf hin, dass es Bilek war. Außerdem hat er kein Alibi und verstrickt sich in Widersprüchen.«

»Was?« Nico glaubte sich verhört zu haben, und mit fast flehender Stimme fügte er an: »Pavel ist kein Mörder! Glauben Sie mir!«

KAPITEL 9

Das Büro des DSF-Direktors war schlicht, aber geschmackvoll eingerichtet. Die spärlichen Möbel stammten allesamt aus dem obersten Preissegment und verliehen dem Raum die gewünschte Noblesse. Rolf Zahner saß in seinem schwarzen Lederstuhl und blickte selbstverliebt aus dem Fenster des 11. Stockes. Vor ihm prangte auf dem gegenüberliegenden Studiotrakt das riesige und von Weitem sichtbare Logo seines Imperiums: weiße Buchstaben auf rotem Grund. Er war erst seit ein paar Monaten der Herrscher über drei Fernsehkanäle, mehrere Radiosender und eines der größten Webportale der Schweiz, aber gefiel sich schon sehr gut in seiner neuen Rolle.

Er war froh, dass sich das Unternehmen in den letzten Jahren dank seiner Vorgänger stark verändert und sich vom trägen Koloss in ein modernes, agiles Medienunternehmen verwandelt hatte. Doch er wollte noch mehr: den Geist der Vergangenheit endgültig ausmerzen. Denn diese Zeiten waren für ihn untrennbar mit negativen Erinnerungen verbunden. Damals musste er unten durch und konnte in der Entourage der damaligen Führung nicht viele Freunde gewinnen. Dabei hatte er vor, aus der biederen Sportabteilung eine international angesehene und hochkarätige Spezialeinheit zu schmieden, die zu den führenden Playern Europas zählen sollte. Doch der Widerstand in und außerhalb seiner Abteilung, die er im Übrigen ja nie geleitet hatte, auch wenn er es manchmal meinte, war zu groß. Und so blieb ihm nur noch die Flucht nach vorn. Über einen deutschen Sportsender arbeitete er sich zum Geschäftsleitungsmitglied eines mächtigen Privatsenders hoch. Doch im Herzen, da blieb er Schweizer und er wusste, dass er eines Tages die Chance bekommen würde, die Vergangenheit ad acta zu legen und *seiner* Medienanstalt den Stempel aufzudrücken. Dann würde er all jene in die Wüste schicken, die ihn damals geschnitten oder ihm Steine in den Weg gelegt hatten. Er konnte sich ein Lächeln nicht verkneifen, als er sich die Gesichter einiger seiner ehemaligen Vorgesetzten vorstellte, als man ihn zum neuen Direktor bestellte. Dank seiner guten Beziehungen in die Wirtschaftswelt, die nicht selten über die St. Galler Studentenverbindung zustande gekommen waren, verfügte er über ein ausgezeichnetes Netzwerk. Selbst zum offiziellen Bern pflegte er gute Kontakte, die er zum Teil im Rahmen seines Militärdienstes festigen konnte. So war er in den neunziger Jahren Fachoffizier im Grade eines Oberstleutnants und wäre im Ernstfall für den *angemessenen* Informationsfluss im Lande zuständig gewesen. Das alles bildete eine hervorragende Ausgangslage, als es darum ging, den Direktorenposten des DSF neu zu besetzen.

Nun saß er also auf dem Stuhl, den er sich erträumt hatte, leitete über 2.000 Angestellte und war Herr über die Programme und die technischen Abteilungen. Er ließ bei einigen seiner ehemaligen ›Feinde‹ Gnade vor Recht ergehen, weil sie ihm Loyalität versprochen hatten, und erreichte in kurzer Zeit vieles. Dennoch erlaubte er sich kein Schwelgen in diesem Machtgefühl, sondern er wusste, dass er zuerst noch mehr ändern musste, bevor er zufrieden sein konnte. Mit einer ersten Weichenstellung, einer kleinen, aber wichtigen Korrektur, wollte er gleich beginnen.

Vor ihm, auf einem zwar bequemen, aber nicht ganz so imposanten lederbezogenen Fauteuil, saß Max Bertschi, seines Zeichens Chef der Medizinsendung. Er war sich sicher, dass er zum Direktor bestellt worden war, um mehr Licht in die Geschichte rund um Branka zu bringen. Doch er sollte sich getäuscht haben.

»Max, du weißt, ich habe viele Visionen, will einiges verändern«, begann der Direktor, und seine Stimme klang fast ein wenig feierlich. »Hierfür brauche ich Leute, die am selben Strick ziehen und fähig sind, die Zeichen der Zeit zu erkennen!«

Bertschi, der nicht so recht wusste, worauf sein Chef anspielte, nickte vorsorglich. Ihm war es recht, dass man Zahner zum Direktor gewählt hatte, denn die Alternative, weiblich und mit einer für ihn belasteten Vorgeschichte, wäre schrecklich gewesen. Er hätte sich postwendend einen neuen Job suchen müssen. Einzig aus diesem Grund beglückwünschte er Zahner in einem etwas überschwänglich geratenen Mail und schuf damit anscheinend den Grundstein für dieses Gespräch.

Der Direktor fuhr derweil fort: »Wir haben in den nächsten Monaten einige Sendungen, für die wir neue Gesichter brauchen werden. Sendungen, die teilweise erst auf dem Papier oder gar nur im Kopf vorhanden sind.«

Bertschi blickte erstaunt: »Mehrere Sendungen? Aha!«

»Ja, es ist Zeit, ein wenig auszumisten. Viele Moderatorinnen und Moderatoren leben von vergangenem Ruhm und glorreichen Zeiten. Ebenso deren Vorgesetzte. Im Sport wie bei der Unterhaltung. Auch in der Information, aber dort sind es auch die Gefäße, die Patina angesetzt haben.«

»Meinst du da auch meine Sendung?«, fragte Bertschi besorgt, da er mit den sibyllinischen Sätzen nicht viel anfangen konnte.

»Nein, sei unbesorgt«, antwortete Zahner mit einem feinen Lächeln, das Bertschi nicht so recht gefallen wollte. »Ich finde, ihr habt den Turnaround recht gut hingekriegt, konntet das Bewährte mit dem frischen Wind der Erneuerung gut verbinden und seid konvergent unterwegs!«

Bertschi atmete erleichtert aus, eine Entspannung wollte sich allerdings nicht einstellen. Zahner schien dies nicht zu bemerken und fuhr fort:

»Ich will eine Expertengruppe ernennen, die sich um die Rekrutierung der neuen Moderatorinnen und Moderatoren kümmert – und zwar quer über alle Abteilungen hinweg. Und da brauche ich einen erfahrenen Mann, der nicht nur das Haus gut kennt, sondern auch ein gewisses Händchen für Talente besitzt. Und da habe ich an dich gedacht!«

Bertschi grinste geschmeichelt. Er arbeitete seit mehreren Jahrzehnten im Fernsehen, war der unangefochtene ›Anchorman‹ für verschiedene Sendungen, hatte früher Sonder- und Diskussionssendungen moderiert und war eines der bekanntesten Gesichter auf dem Sender. Dann schob ihn der frühere Direktor in die Medizinsendung ab. So stagnierte seine Karriere seit geraumer Zeit. Sollte es nun doch weitergehen?

»Zusammen werden wir diesem Sender ein neues Gesicht verpassen«, meinte Zahner verschwörerisch. »Mir ist wichtig, dass nur hervorragende Vertreter unserer Kultur am Bildschirm erscheinen: junge Frauen und Männer mit Ausstrahlung und Herz, quasi archetypische Köpfe, die das Wesen unserer Schweiz hervorragend repräsentieren!«

»Welche *Schweiz* meinst du da genau?«, wagte Bertschi dazwischenzufragen, was Zahner mit einem leicht irritierten Blick quittierte. Dass er noch deutlicher werden müsste, hatte er nicht gedacht, doch er blieb geduldig: »Was wir brauchen, sind für unser Land und Publikum authentische Charaktere! Mit Tiefgang und Bodenständigkeit! Keine Wischiwaschi-Intellektuellen, keine halb vergorenen Groß-Schnurris oder urbanen Szenegänger, sondern natürliche Persönlichkeiten mit dem Schuss *Swissness*, der ankommt: gesunde und gut gebaute Landmädchen, keine kühlen News-Dominas!«

»Nur Frauen?«

»Nein, natürlich nicht. Auch Männer mit ähnlichen Attributen und Anforderungen! Es muss einfach Schluss sein mit dieser mittelmäßigen Je-Ka-Mi-Haltung. Ich will keinen Moderator mehr auf dem Bildschirm haben, nur weil er vor zehn oder 20 Jahren der Traumschwiegersohn der Nation war und sich nun auf seinen Lorbeeren ausruht! Gerade in der Konkurrenz mit den anderen Sendern und dem Internet brauchen wir unverwechselbare Gesichter, die ganz in ihrer Rolle aufgehen: Sie sind unser Markenzeichen!«

Bertschi nickte. Gegen mehr *Swissness*, wie sie Zahner skizzierte, hatte er nichts einzuwenden, auch wenn er wusste, dass ein sexy Körper und ein gewinnendes Lächeln nicht genug waren, um im toughen Fernsehgeschäft zu bestehen. Um ein wenig klarer zu sehen, fragte er deshalb:

»Und für welche Sendungen suchen *wir* neue Gesichter?«

Zahner strahlte. Er war sich sicher, dass er den richtigen Mann für dieses Projekt gefunden hatte. »Für mindestens fünf Sendungen: zwei im Sport, eine in der Unterhaltung und zwei in der Information – unter anderem auch für deine!«

»Wie bitte?«

»Ja«, lächelte Zahner, »als stellvertretender Fernsehdirektor und als Stabschef ›Planung und Entwicklung‹ wirst du keine Zeit mehr haben, die Medizinsendung zu moderieren!«

Bertschi glaubte, sich verhört zu haben. Was Zahner en passant andeutete, war ein Erdbeben. Er wollte offenbar die gesamte Struktur der Geschäftsleitung umändern, denn diesen

Job, den er angeboten bekam, den teilten sich im Moment zwei Personen: Ulrike Mersbold, die Leiterin der Unterhaltung, und Peter Imgrüt, Chefredakteur der Abteilung Information.

»Das wird aber gewissen Leuten nicht gefallen …«

»Wieso? Ulli hat mir letzthin gesagt, sie wisse nicht mehr, wo ihr der Kopf stehe. Und Peter hat auch genug zu tun!«

»Sicher.« Bertschi zögerte einen Moment, fragte sich binnen Sekundenbruchteilen, ob er diesen Punkt überhaupt ansprechen sollte und gab sich schließlich einen Ruck: »Aber bei der Wahlsendung am kommenden Sonntag werde ich schon noch als Anchorman eingesetzt?«

Zahner lachte. Er wusste, dass dieser Einsatz für Max Bertschis Ego wichtig war. Er hatte auch lang darum kämpfen müssen, weil ihn Imgrüt ausbooten und nur noch ›echte‹ News-Moderatoren einsetzen wollte.

»Natürlich, du wirst wie abgemacht die verschiedenen Talkrunden mit den VIPs leiten. Von meiner vorhin skizzierten Vision wissen nur wir beide. Ich werde es den anderen erst kommende Woche in der Geschäftsleitungssitzung kommunizieren.«

KAPITEL 10

Gegen zehn Uhr griff Nico Vontobel nach seinem Handy und wählte Mario Ettlins Nummer.

»Rate mal, wer grad bei mir war?«, fragte Nico in den

Hörer und fuhr gleich fort, ohne eine Antwort abzuwarten: »Die Polizei. Sie glauben wirklich Beweise dafür zu haben, dass Pavel der Mörder ist!«

»Aber das ist doch grotesk«, rief Mario, »ich kann und will das nicht glauben! Andererseits ...«

»Was?«

»Soviel ich weiß, gefiel ihm Branka schon sehr. Und sie sind ein- oder zweimal zusammen ausgegangen«.

»Moment«, musste Nico klarstellen, »das ist schon mehr als fünf Jahre her!«

»Nein«, konterte Ettlin, »sie haben sich in letzter Zeit auch ein paar Mal getroffen. Aber ich glaube nicht, dass es zu mehr als nur zu einem Abendessen gekommen ist. Ich kann mir nicht vorstellen, dass Branka auf ältere Männer stand!«

»Das soll schon vorkommen ... aber lassen wir das.«

Ettlin lachte in den Hörer. »Trotzdem, ich kann's nicht glauben – und schon gar nicht, dass er gleich zwei Menschen gekillt haben soll! Nein!«

»Ja, mir geht es auch so. Mich lässt die Geschichte nicht mehr los. Sag, würdest du mir deinen Badge leihen?«

»Sicher, aber was hast du vor?«

Zwei Stunden später betrat Nico die Empfangshalle des Senders. Wie immer herrschte hier rege Geschäftigkeit. Ein grimmig dreinblickender Sicherheits-Mann kontrollierte den Eingang. Doch weil eine ganze Meute von ehrfürchtigen Rentnern auf ihre Tour durch die Studios wartete und heftig zu tuscheln begann, als sie einen bekannten Quizmoderator vorbeigehen sah, konnte Nico unbehelligt passieren. Ein gläserner Lift brachte ihn aufreizend langsam zum zweiten Stock hoch, wo sich die Cafeteria befand. Dem Konstrukteur dieses Lifts hätte er früher Gift geben können, dachte Nico amüsiert, aber heute genoss er die Gemächlichkeit und betrachtete den Parkplatz, der sich zwischen Hauptgebäude und Studiotrakt gegen Südosten erstreckte. Auf dem mit GL* angeschriebenen Platz parkte ein großer schwarzer Audi. Anscheinend stand der neue Direktor auf PS, dachte Nico beiläufig.

Dann ging die Lifttür auf, und er betrat unvermittelt die alte Heimat. Sein Geruchssinn erkannte sofort das unverwechselbare Gemisch von Kaffee, Essen und Reinigungsmittel. Wie immer herrschte bei der Cafébar reges Treiben. Auch in der Kantine, die durch eine Glasfront abgetrennt war und in neuer Farbe erstrahlte, waren viele Plätze besetzt. Ist wohl noch immer wie früher, dachte Nico mit einem Schmunzeln: die Kantine, der ultimative Ort für mehr oder weniger dringliche Gespräche. Der einzige Unterschied zu seiner Zeit war, dass heutzutage niemand mehr hier rauchte. Noch vor wenigen Jahren lag der Qualm über den Tischen, sodass es selbst Rauchern den Appetit verschlug. Dies hinderte sie freilich nicht daran, zehn Sekunden nach dem letzten Bissen die obligate Verdauungs-Zigarette anzuzünden.

Nico ging ein paar Schritte und wurde sogleich von verschiedenen Leuten gegrüßt und angesprochen. Einige haben wohl noch gar nicht begriffen, dass ich nicht mehr hier arbeite, dachte er geschmeichelt. Die herrschende Stimmung empfand er indes als eher gedrückt. Die gestrigen Ereignisse hatten offenbar Spuren hinterlassen.

Dann erblickte er Mario Ettlin, der an einem Tisch beim Fenster saß und einen Stapel Zeitungen durchblätterte. Als der junge Mann aufschaute und ihn erblickte, winkte er erfreut und kam ihm entgegen. Die Begrüßung war herz-

* GL: Geschäftsleitung

lich, und Nico merkte, dass ihm der tägliche Kontakt zum einen oder anderen fehlte.

Beim anschließenden Kaffee, den Nico als unglaublich stark einstufte, und der ihm kurzzeitig das Herz zum Pochen brachte, schob der Reporter den Badge über den Tisch.

»Du musst versuchen, Licht ins Dunkel zu bringen! Das ganze Haus liegt in einer lethargischen Starre.«

»Ich bin doch kein Polizist«, entgegnete Nico mit einem Tonfall, der Erwartungen dämpfen sollte.

»Das weiß ich, dennoch kann ich mir gut vorstellen, dass du schneller als andere eine Fährte findest!«

Nico lächelte. Ohne prahlen zu wollen, meinte er: »Mir sind da schon einige Ungereimtheiten aufgefallen, die ich klären will.«

»Dachte ich's mir doch!« Ettlin wurde neugierig: »Was denn zum Beispiel?«

Nico machte den Badge an seinem Gürtel fest und schien zu überlegen. »Zum Ersten ist mir unklar, wie die beiden Morde miteinander zu tun haben. Zum Zweiten frage ich mich, was der Obdachlose im Haus wollte und wie er hereingekommen ist. Und zum Dritten möchte ich wissen, wie Pavel zu diesem ominösen Hammer kam, während meiner verschwunden ist.«

»Dann ist es also wahr, dass er von dir einen ähnlichen Hammer ausgeborgt hat?«

»Ja, er brauchte ihn für seine alte Vespa, doch meiner war alt und angerostet. Das Mordwerkzeug hingegen war fabriksneu.«

Bereits einige Minuten später überquerte Nico die Passerelle, die das Hochhaus mit dem Studiotrakt verband. Er stieg die Treppe ins Erdgeschoss hinab und kam in eine Art Lobby, die als separater Eingangsbereich für Angestellte gebaut worden war. Ein paar Meter gegenüber dem Einlass befand sich eine Glastür, die man ebenfalls nur mit einem Badge durchschreiten konnte. Nico öffnete sie und kam in einen düsteren, fensterlosen Gang. Nur wenige Neonlichter sorgten für helle Inseln, doch der schwarze Boden schluckte alles Licht. Nico wunderte sich, wie man als Erbauer nur auf die Idee kommen konnte, einen so menschenfeindlichen Ort für die Unterbringung von Gästegarderoben zu planen. Denn diesem Zweck diente er, wie die Schilder an den Türen zur Linken verrieten. Nico ging einige Meter tiefer in den Schlund und stand unvermittelt vor einer von der Polizei versiegelten Toilettentür. Obschon man von außen nichts sehen konnte, überkam ihn ein ungutes Gefühl, als er sich vorstellte, was sich dahinter abgespielt hatte. Hier also hatte Branka Samirovic ihr Leben verloren. Wahrlich kein Ort, der ihrem heiteren Wesen auch nur annähernd gerecht geworden wäre.

Schnell verließ er diesen beklemmenden Ort und stapfte die Stufen eines ebenfalls nur schummrig beleuchteten Treppenhauses zum 1. Stock hoch. Er öffnete eine weitere Glastür, bog rechts ab und stand schon nach wenigen Metern vor dem Büro der Aufnahmeleiter. Eine gespenstische Ruhe lag über diesem Teil des Trakts. Und weil in einer Nische ein Kopiergerät vor sich hinbrummte und eine Neonröhre unregelmäßig flackerte, kamen bei Nico Erinnerungen an Horrorfilme auf – fehlte nur noch ein geistesgestörter, axtschwingender Hauptdarsteller à la Jack Nicholson.

Nico blickte sich um, schritt den Gang ab und bemerkte, dass sich hier ebenfalls eine WC-Anlage befand.

Merkwürdig, dachte er, diese Toilette wäre doch viel näher gelegen. Warum hatte Branka die andere benutzt?

In Gedanken versunken ging er zum Großraumbüro der Aufnahmeleiter zurück. Er zögerte einen Moment, doch dann trat er ein. Obschon es gegen elf Uhr ging, war niemand da.

Die einen würden schon in den Studios arbeiten, erklärte er sich diesen Umstand, und die anderen begännen erst am Nachmittag, weil sie für eine Abendsendung eingeteilt waren.

Ohne Probleme fand er Brankas Schreibtisch, da jemand eine Vase mit einem Dutzend Lilien hingestellt hatte. Die weißen Blumen verströmten einen schweren, süßlichen Duft, der so intensiv war, dass er in der Nase schmerzte. Der Schreibtisch war sauber aufgeräumt und wirkte wie entrückt. An der Wand hing eine Kinderzeichnung, auf der sich Menschen in einem Freibad tummelten. Am oberen Bildrand stand in ungelenken Buchstaben: Für Branka von Dragomir.

Plötzlich ging die Tür auf, und Nico blickte in die Augen einer jungen Frau, die er augenscheinlich erschreckt hatte.

»Entschuldigung«, sagte Nico schnell, und die Gesichtszüge seines Gegenübers entkrampften sich umgehend. »Ich bin nur … also …«, Nico räusperte sich, »ich suchte Brankas Schreibtisch.«

»Ja, das ist er. Du stehst davor. Das Kondolenzbuch befindet sich aber im Büro des ehemaligen Chefs auf der anderen Gangseite.«

»Verstehe«, sagte Nico und lächelte. »Ist wohl schwer, hier zu arbeiten, nehme ich an?«

Die junge Frau nickte und seufzte hörbar. Sie legte einen Stapel Unterlagen auf ihren Schreibtisch, der sich neben Brankas befand. Dann reichte sie Nico die Hand.

»Ich heiße Sara Feldberg und arbeite seit zwei Jahren hier.«

Ohne Umschweife berichtete sie von der Betroffenheit, die sie fühlte, von der lähmenden Angst, allein durch den Gang zu gehen, und von der Leichtigkeit, welche das Arbeiten bis gestern ausgezeichnet hatte und nun verloren sei. Nico nickte, und es war ihm, als hätte Sara nur darauf gewartet, jemandem ihr Herz auszuschütten. Sie erzählte, wie die arme Disponentin der Studioequipen Brankas Leiche im WC gefunden hatte, und was für ein schrecklicher Anblick das gewesen sein musste. Die Frau stehe immer noch unter Schock und müsse ärztlich betreut werden, fügte Sara traurig an. Nach und nach gelang es Nico, auch einige Fragen über genaue Sachverhalte einzuflechten, und er bemerkte, dass Sara viel über Branka wusste, weil sie häufig zusammengearbeitet hatten. Beiläufig erfuhr er, dass es Sara gewesen war, die Brankas Badge unter dem Schreibtisch gefunden hatte.

Sie habe ihn wohl verloren, als sie sich umzog, vermutete sie.

»Und der Badge lag hier unter dem Schreibtisch?«

»Ja, neben dem Papierkorb.«

»Seltsam«, dachte Nico laut, »für die Glastür zu den Garderoben im Parterre braucht man den Badge, sonst kommt man nicht durch. Nicht jedoch für die WC-Anlage auf diesem Stock …«

»Stimmt«, ergänzte Sara, »das ist sehr merkwürdig! Mit anderen Worten …«

Nico blickte aufmunternd ins Gesicht der jungen Aufnahmeleiterin und ließ sie fortfahren:

»… musste ihr jemand die Tür geöffnet haben. Wenn es nicht der Täter war, dann hat sie noch jemanden kurz vor ihrem Tod getroffen!«

»An dir ist eine Detektivin verloren gegangen«, lobte Nico in väterlichem Ton, was ihn sogleich ärgerte, denn er kam sich dementsprechend alt vor. Bevor Sara antworten konnte, läutete ihr Handy. Ein Lächeln huschte über ihr Gesicht, als sie die Nummer erkannte. Flink drückte sie auf den Gesprächsknopf. Ihr Gesicht hellte sich noch weiter auf. Augenscheinlich vertrieb die Stimme am anderen Ende ihren Kummer. »Ja, der steht vor mir«, sagte sie lachend und antwortete damit auf die Frage, ob sie Meisterdetektiv Holmes, alias Nico Vontobel, schon gesichtet habe. Nicht ohne ein Zwinkern in den Augen reichte sie den Hörer an Nico weiter. »Es ist Mario Ettlin, er will wissen, wie lang du noch seinen Badge brauchst?«

»Hallo, Nico!«, sprudelte Mario gleich los, als Nico das Telefon an sein Ohr hielt, »wollte dich nicht stören, aber erstens scheint dein Handy nicht zu funktionieren und zweitens wollte ich wissen, wie du sie findest?«

»Wen?«, fragte Nico und stellte sich dumm.

»Na Sara, wen sonst?«

»Ja, gibt eine gute Detektivin ab, hat mir schon sehr geholfen!«

Nun zwinkerte Nico in Saras Richtung, die sofort durchschaute, dass die beiden über sie redeten. Auch wenn sie nicht genau wusste, wer Nico überhaupt war, zweifelte sie keine Sekunde lang, dass er zu den Fernsehleuten gehörte. Sie kannte nur wenige Kollegen von den News-Redaktionen, da jene nur selten in den Studios zu tun hatten. Auch Mario hatte sie nur zufällig auf einer Party kennengelernt. Dennoch waren sie sich gleich auf Anhieb sympathisch gewesen und seither ein paar Mal ins Kino oder essen gegangen. Mit Option auf mehr, wie Sara spürte. Sie war nicht abgeneigt.

In der Zwischenzeit hatte Nico das Gespräch beendet und reichte Sara das Telefon zurück. Sie plauderte nochmals mit Mario. Er schlug ihr vor, Nicos Einladung gemeinsam anzunehmen und heute Abend bei ihm zu essen.

»Wenn's recht ist, begleite ich Mario gern heute Abend«, sagte Sara mit einem warmen Lächeln, als sie das Gespräch mit ihm beendet hatte.

»Das freut und erinnert mich gleichzeitig, dass ich noch einkaufen muss. Es gibt frischen Steinpilzrisotto.«

»Ich liebe Pilze!«

»Perfekt. Bis später.«

Einige Minuten später brachte Nico den Badge zurück und beglückwünschte Mario zu seiner Freundin. Wieder kam er sich altväterlich vor. Mario grinste und korrigierte das Wort ›Freundin‹. Sie sei nur eine Kollegin, meinte er. Nico nickte und fragte sich im Stillen, nachdem er sich von Mario verabschiedet hatte, ob er damals auch so kompliziert gewesen war? Oder war einfach die Liebe kompliziert? Er konnte sich gar nicht mehr an diese Zeit erinnern, als es zwischen ihm und Alice gefunkt hatte. Sie waren aber auch jung gewesen damals, hatten sich während des Studiums kennengelernt und dann fast 40 Jahre zusammengelebt.

Nico trat durch die sich automatisch öffnende Glastür in Richtung Kantine. Just in diesem Moment kam eine Frau mit viel Schwung aus dem Postschalter: schwer beladen und etwas zu zügig. Sie rammte Nico um ein Haar und verlor beim abrupten Bremsmanöver einige Briefe, die zu Boden fielen.

»Hoppla!«, brachte Nico über die Lippen, als er die Frau erkannte, die ihn ansah, als wäre er ein Geist.

»Immer noch mit Vollspeed unterwegs, wie mir scheint!«, lachte Nico und hob die Briefe auf.

»Nico! Was tust du denn hier?« Und ohne eine Antwort abzuwarten, kombinierte sie selber: »Bist du wegen Pavel da?«

Nico nickte und betrachtete Hanni Pulver, die immer noch jugendlich und agil wirkte, obschon sie die Fünfzigerhürde auch schon übersprungen hatte.

»Ja, ich wollte mir selber ein Bild machen …«

»Es ist schrecklich! Ich kann's immer noch nicht glauben, und in mir weigert sich ein starkes Gefühl, das Geschehene überhaupt als real einzustufen. Am liebsten möchte ich es verdrängen. Verstehst du das?«

Nico musste über Hanni schmunzeln. Wie schon früher. Sie war nicht nur ein Feuerwerk und ein Vulkan, sie trug ihr

Herz auf der Zunge und kaschierte ihre Gefühle nicht. Sie dachte schneller als jeder Computer, und ihre Analysen waren nicht selten aus dem Bauch heraus richtig. Mit der Folge freilich, dass sie bisweilen ihr Gegenüber überfuhr oder gar nicht bemerkte, dass dieses nicht so schnell mitkam.

»Ja, kann ich gut verstehen«, antwortete Nico und bemerkte ein warmes Gefühl in seinem Innern, als hätte jemand einen Lichtschalter in dunkler Nacht betätigt. Hanni sagte nichts, blickte ihn nur etwas verwirrt an. Und weil ihr einfiel, dass sie nicht umsonst kurz angebunden war, sondern bei einer Sitzung erwartet wurde, schloss sie das Gespräch in einer für sie typischen Art ab: Sie ging lächelnd an Nico vorbei, öffnete eine Tür ins Treppenhaus, drehte sich dort nochmals kurz um und fragte, als wäre es das Selbstverständlichste der Welt: »Hättest du Lust, morgen Abend zu mir zu kommen? Ich koch was Kleines …«

Nico errötete, ja, er bemerkte gar, wie sein Herz zu pochen begann, so wie er es seit Langem nicht mehr gespürt hatte.

»Wohnst du immer noch am selben Ort?«

»Ja, in Schlieren.«

»Okay. Wann?«

»Sagen wir um halb acht.«

»Werde da sein.«

Dann verschwand Hanni. Ohne weiteres Wort und ohne Gruß.

Nico ging weiter, verließ das Fernsehareal und untersuchte den Fundort der zweiten Leiche unten beim Leutschenbach.

KAPITEL 11

Severin Martelli blickte den Forensiker fragend an. Was er eben gehört hatte, machte die Sache noch konfuser. Und während der Arzt die Leiche wieder zudeckte und sich der Handschuhe entledigte, wiederholte der Polizist das Ergebnis der Untersuchung: »Die Frau wurde also weder vergewaltigt noch schien ein Kampf stattgefunden zu haben. Man fand keine Spuren des Täters, der allem Anschein nach ein Mann war – schon allein wegen der Wucht und wegen des Einschlagwinkels auf Brankas Schädel. Er ließ seinem Opfer praktisch keine Zeit mehr zu reagieren oder zu schreien. Immerhin war bereits der erste Schlag tödlich, sodass die arme Aufnahmeleiterin nicht lang leiden musste.«

Wieder hasste sich Martelli, dass er über eine präzise Vorstellungskraft verfügte.

»Und wie groß war der Täter nach deinen Berechnungen?«

»Mindestens 1,90, eher größer«, sagte der Arzt.

»Wie sicher ist das?«

»Ziemlich sicher. Außer, der Täter brachte einen Schemel mit, um sich draufzustellen, als er zum Schlag ausholte.«

»Scheiße«, brummte Martelli und verließ diesen Ort, den er hasste. Schon allein wegen des Geruchs, der hier herrschte und wie ein düsterer Schleier über den Räumlichkeiten hing.

Dann würde wohl Bilek als Täter wegfallen, dachte er missmutig, denn der war ja nur 1,70, fast gleich groß wie das Opfer. Somit standen er und seine Mitarbeiter wieder am Anfang.

Die schlechte Kunde von der forensischen Abteilung sprach sich in den Büros der Kriminalpolizei, die mitten in Zürich an der Kasernenstraße beheimatet waren, schnell herum. Martelli rief seine Leute zusammen und ging nochmals das Wenige durch, das sie bislang herausgefunden hatten. Baldini und Rütimann zuckten mit den Schultern, als ihr Chef faktisch ausschloss, dass sie mit Bilek bereits den Täter gefunden hätten. Zuppinger, der den Video-Cutter stundenlang verhört hatte, stieß ein kurzes, aber deutliches Fäkalwort aus und blickte seinem Chef unverfroren in die Augen: »Müssen wir ihn also freilassen?«

»Fluchtgefahr besteht bei dem sowieso nicht. Aber ich werde vorher mit Staatsanwalt Leuthold sprechen. Würde mich allerdings wundern, wenn der das anders sähe!«

Bald darauf zerstreute sich die Runde, nicht ohne neue Aufträge vom Chef gefasst zu haben. Die Männer sollten den Kreis der möglichen Täter aufgrund der medizinischen Fakten einkreisen. Nötigenfalls müssten sie jeden Mitarbeiter des Fernsehens, der über 1,85 groß war, auf dessen Alibi hin abchecken. Die Männer wussten, was das hieß: endlose Suche nach der Nadel im Heuhaufen.

Derweil telefonierte Martelli mit Leuthold. Seine Laune könne ja nicht mehr tiefer sinken, dachte er noch, bevor er die Nummer eingab. Doch er täuschte sich. Der Jurist hielt ihm eine regelrechte Gardinenpredigt. Nicht nur weil er den Falschen verhaftet hatte, sondern vor allem, weil ihm zu Ohren gekommen war, dass er Bileks Recht auf einen Anwalt in den Wind geschlagen hatte.

»Wir haben nichts verhindert, nur etwas hinausgezögert«, versuchte Martelli zu präzisieren, doch Leuthold ließ diese Ausrede nicht gelten. Er, Martelli, könne nur hoffen, dass Bilek keinen Anwalt auf ihn hetze. Grund für unangenehme Ermittlungen bestünde genug.

Martelli saß wie ein begossener Pudel an seinem Schreibtisch, als er den Hörer aufgelegt hatte. Dann erließ er den Befehl, Bilek freizulassen.

KAPITEL 12

Der Abend an diesem Mittwoch war lau, als Mario Ettlin in Begleitung von Sara Feldberg den steilen Weg zu Nicos Häuschen erklomm. Etwas außer Atem blickten sie übers Limmattal und staunten, dass man von hier bis weit in die Glarner Alpenwelt sehen konnte. Der Uetliberg, Zürichs Hausberg, mit seiner unverkennbaren Form und dem Aussichtsturm, war zum Greifen nah.

»Erstaunlich, was für eine Aussicht du hier hast«, bemerkte Mario, als er Nicos Hand schüttelte. Und Sara fügte entwaffnend ehrlich an: »Hätte es nie für möglich gehalten, dass man im Limmattal schön wohnen kann. Und erst noch einigermaßen ruhig.«

Es würde wahrlich für dieses vom Verkehr und vom wuchernden Bauboom geschundene Tal sprechen, dass es immer noch viele intakte Stellen gebe, meinte Nico mit einem Lächeln. Dann erzählte er davon, wie er 1985 als Jungreporter einen kritischen Beitrag über den geplanten Bau der Zürcher Nordumfahrung gemacht und die hirnrissige Autobahnführung angeprangert hatte, die den schönsten Teil des Tals verschandelte. Der damalige Chefredakteur zensierte eigenhändig den Bericht und ließ ihn mit einem zahnlosen Text veröffentlichen. Das habe einen regelrechten Aufruhr provoziert. Die News-Redaktionen dachten ernsthaft über einen Streik nach, sodass der Chefredakteur zurückkrebste. Seine Rache war, dass das Deutschschweizer Fernsehen die Eröffnung des Gotthard-Tunnels zwei Jahre später als riesiges Medienspektakel feierte. Doch das waren *Tempi passati!*

Nico kam in Fahrt und philosophierte über die Entwicklungen im Verkehrswesen. Noch vor wenigen Jahren sei es unvorstellbar gewesen, was heutzutage verkehrstechnisch abgehe, meinte er verschwörerisch. Infolge der Erdölknappheit hatte sich das technische Umrüsten auf Hybridmotoren stark beschleunigt. Zudem sorgten neuerdings moderne Sonnenpaneele, die direkt auf den Autos angebracht waren, bei gutem Wetter für eine erstaunliche Leistung. Das habe wenigstens den Vorteil, fuhr er fort, dass man viele Autos nicht mehr höre. So oder so störe es ihn aber nicht mehr, dass in ein paar Jahren die dritte Gubriströhre eröffnet werde und dann noch mehr Autos unter seinem Bett hindurchführen. Ebenso sei ihm die logische Tatsache egal, dass damit der Stau nur verlagert werde. Das beschäftige ihn in seinen Träumen nicht wirklich.

Sara musste lachen. Sie mochte Nicos Sinn für doppelbödigen Humor. Vorab hatte sie sich von Mario einiges über den Jungrentner erzählen lassen und verglich nun das Gehörte mit dem realen Abbild. Als sie bereits beim zweiten Glas Wein und weiteren Anekdoten waren, schritt noch eine Person das Weglein herauf. Nico ließ vor Schreck fast das Glas fallen, als er sie erkannte:

»Pavel, bist es wirklich du?«

»Ich dachte, ich sei eingeladen«, antwortete Bilek mit einem schelmischen Grinsen und trat zum Tisch, der vom Sonnenuntergang in ein warmes Rot getaucht war.

Nicht ohne Pathos erzählte Pavel in der Folge, was er alles erlebt hatte und wie sehr ihm die letzten Stunden noch in den Knochen steckten. Speziell Saras Mitgefühl, das sich in seufzenden Zwischenrufen und warmherzigen Fragen äußerte, war für Pavel Balsam auf seine Wunden, und er genoss die Aufmerksamkeit der jungen Frau, die er bisher nur flüchtig gekannt hatte. Es hätte nicht viel gefehlt und Nico hätte sich genötigt gesehen, Pavel in die Küche zu zitieren und ihm klarzumachen, dass sie mit Mario gekommen war. Doch der erstklassige Steinpilzrisotto und der süffige Rotwein aus der Bündner Herrschaft vom superben 11er Jahrgang ließen die Erlebnisse wenigstens vorübergehend in den Hintergrund treten.

Als es bereits Nacht geworden war und zwei Dutzend Kerzen und Fackeln für eine mediterrane Stimmung sorgten, kam das Gespräch unweigerlich auf das Geschehene zurück.

»Für das Fernsehen«, meinte Mario mit einem Seufzen, »sind diese Morde wohl dasselbe wie terroristische Anschläge auf ein Land: Irgendwie hat unser Haus die Leichtigkeit verloren!«

»Kommt darauf an«, spann Sara den Faden weiter, »wie lang es dauert, bis alles aufgeklärt ist. Schlimm wäre es, wenn man den Täter nicht binnen nützlicher Frist fassen könnte. Dann käme die Angst – speziell bei uns Frauen! Wenn ich an kommendes Wochenende mit den National- und Ständeratswahlen denke, dann graut mir jetzt schon. Ich wäre mit Branka im Studio eingeteilt gewesen, doch nun …«

Sara stockte, was Pavel nicht realisierte. Er war bei einem anderen Satz hängen geblieben:

»Für mich hat das Fernsehen schon längst die Leichtigkeit verloren«, meinte er bitter. »Es wiederholt sich doch immer dasselbe: Aus ehemaligen Kollegen werden zufällig Vorgesetzte, und binnen weniger Monate machen die eine Gehirnwäsche durch, mimen plötzlich die unangreifbare Instanz und dulden keinen Widerspruch mehr. Wenn solche Emporkömmlinge Nero spielen und mal den Daumen nach oben, mal nach unten halten und sich keinen Deut drum scheren, was ihre Entscheide bei Einzelnen für Konsequenzen haben, kommt bei mir eine Wut hoch, die ich auch am liebsten mit einem Hammer ausleben würde!«

Sara erschrak und fragte sich, wie sie diese Worte einordnen sollte, doch Nico dachte weiter: »Du glaubst, die Morde haben einen – sagen wir mal – hausinternen Hintergrund?«

»Da bin ich mir sicher!«, doppelte Pavel nach. »Keiner bringt zwei Menschen grundlos um – und schon gar nicht so!«

Nico zog seine Augenbrauen skeptisch in die Höhe, ihm wollte diese Kausalität nicht einleuchten.

»Bedenke«, entgegnete Mario, »weder Branka noch der Obdachlose gehörten zu diesen ›Neros‹, wie du sie nennst. Außerdem fehlt jeder Zusammenhang zwischen den beiden!«

»Doch! Branka wurde befördert«, insistierte Pavel, »sie wurde zur Chefin der Aufnahmeleiter ernannt, obschon sie fachlich nicht besser war als andere. Zudem stammte sie aus Kroatien, und jeder weiß, wie offen die Schweizer für Ausländer sind …«

»Moment!« Sara sah sich genötigt, zu protestieren: »Erstens war Branka Doppelbürgerin. Zweitens freuten wir uns alle, dass sie das Rennen gemacht hat, und drittens spielt in unserem Job die Herkunft keine Rolle!«

»Spielt sie nicht?« Pavels Ton war spitz und angriffig. Wohl die Folge des Weins, wie Nico vermutete, selten hatte er den Freund so emotional erlebt. Derweil verteidigte Pavel seine These: »Jedes Mal, wenn ein Deutscher oder ein anderer Ausländer eine Chefposition einnimmt, geht ein Raunen durch die Gänge! Das wird niemand bestreiten. Schweizer lassen sich nicht gern fremde Vögte vor die Nase setzen, selbst wenn sie Multi-Kulti-Linke sind!«

»Ich weiß nicht«, entgegnete Nico, »mir scheint das zu konstruiert, zumal der Obdachlose nichts mit dem Fernsehen zu tun hatte. Bei ihm gehe ich eher von einem schrecklichen Zufall aus, während ich bei Branka eine persönliche Konstellation annehme!«

»Genügend Männer gab es ja, die bei Branka abgeblitzt sind«, meinte Sara spitz. Pavel schwieg und nippte an seinem fast leeren Glas.

KAPITEL 13

Alt-Nationalrat August Kappeler erhob sich von seinem Schreibtisch, als sein Gesinnungsgenosse Josef Hauri mit einem weiteren Mann im Schlepptau in sein Büro in der Berner Altstadt eintrat. Er streckte seine knochige Hand aus und schüttelte die entgegengehaltene Pranke des sportlichen, groß gewachsenen Mannes, der etwas scheu und zurückhaltend wirkte.

»Major Hauri hat mir von Ihnen erzählt«, begann Kappeler mit einem Lächeln auf dem Gesicht und in seeländischem Dialekt, der, verglichen mit anderen Idiomen berndeutscher Sprache, vornehm und aristokratisch klang. »Auch wenn es nach meinem Dafürhalten etwas gewagt war, verstehe ich mittlerweile das Motiv für Ihre Tat und attestiere, dass Sie richtig gehandelt haben! Sie haben ein Zeichen des Aufbruchs gesetzt! Bravo!«

Der andere nickte ergeben. Dass ihn der General der ›Bruderschaft‹ empfing, glich einem Ritterschlag. Kappeler, diese Galionsfigur des helvetischen Widerstands, der es stets verstanden hatte, das Berner Cliquensystem für sich auszunutzen und immer wieder erstaunliche Allianzen schmieden konnte, tat für die Schweizer Sache mehr als irgendwer sonst. Im Schatten seiner Tätigkeiten konnte sich ein strammes Netzwerk bilden, das wie ein Geheimbund organisiert war. In der ›Helvetischen Bruderschaft zur aufrechten Gesinnung‹, kurz HBZAG, gab es verschiedene Sektionen und Unterabteilungen, die in sogenannte Staffeln eingeteilt waren und teilweise sehr autonom funktionierten. Sie rekrutierten ihre Leute in Kreisen *rechtschaffener* Schweizer, die mindestens seit drei Generation hier verwurzelt waren und es nicht mehr einfach stillschweigend hinnehmen wollten, dass der Ausländeranteil exponentiell weiter wuchs. Wie viele Sympathisanten die Bewegung bereits hatte, wusste wohl Kappeler selber nicht genau. Aber dank seiner Kontakte in die einflussreichen Kreise, die in Bundesbern agierten, waren seine Ideen erstaunlich salonfähig geworden. Wenigstens dann, wenn man unter sich war und keine Maulwürfe befürchten musste.

So lobbyierte der 80-Jährige für seine Lösungsansätze, wie er es nannte, und wirkte keineswegs wie ein verdrehter oder fanatischer Geist. Im Gegenteil! Er, der emeritierte Geschichtslehrer und pensionierte Nationalrat, überzeugte stets durch Argumente und verfügte über ein stupendes Faktenwissen. Stundenlang konnte er darlegen, wieso die Schweiz, wenn sie so weitermachte, dem Untergang geweiht war. Folglich lautete seine oberste Maxime, keine historischen Fehler zu wiederholen. Doch genau das würde nun passieren, indem man sich dem europäischen Moloch an den Hals werfe und mit vorauseilendem Gehorsam Problemen aus dem Weg gehe. Zur Belegung seiner These griff er tief in die historische Schublade und begann bei der verlorenen Schlacht bei Marignano im 16. Jahrhundert. In diesem kleinen Örtchen südlich von Mailand mussten die Eidgenossen ihre Großmachtspolitik begraben. Jedoch nicht, weil sie dem französischen Gegner unterlegen gewesen wären, sondern weil sich ihr Bund entzweit hatte. Namhafte Verbände waren ausgeschert und hatten sich vom Franzosenkönig kaufen lassen.

Und als Quintessenz kam er stets zum gleichen Schluss: Gestern wie heute herrsche der Glaube vor, man könne auf zwei Hochzeiten tanzen! Schon damals meinten viele, sie hätten mit dem Franzosenfrieden das Bestmögliche herausgeholt, dabei wurde die Eidgenossenschaft de facto zu einem Protektorat Frankreichs. Und heute, 500 Jahre später, geschehe erneut dasselbe!

Kappeler schmetterte seine druckreifen Sätze in den Raum,

als hörten Hunderte zu: »Heute ist anstelle des französischen Gifts die europäische Versuchung getreten, die unterm Strich die gleiche, verheerende Wirkung besitzt! Wieder glauben die linken und liberalen Landesführer, sie könnten von einer Sowohl-als-auch-Haltung profitieren. Doch sie sind ein zweites Mal auf den Holzweg geraten! Dabei würde es der Schweiz gut anstehen, ein Fels in der Brandung zu bleiben: unbeirrbar, uneinnehmbar, unverrückbar!«

Kappelers Stimme wurde heiser, aber nicht minder eindrücklich. Der junge Zuhörer war genauso ergriffen wie Hauri, der neben ihm stand. Als Vorsteher und operativer Leiter kannte er seinen Mentor seit Jahrzehnten und war ihm bis zur Selbstaufgabe ergeben. Dennoch spürte er noch jedes Mal dieses Kribbeln am ganzen Rücken, diese Ergriffenheit, wenn Kappeler zu seinen Reden ansetzte. Das war reine Magie für ihn – und die Wahrheit. Nichts als die Wahrheit!

Derweil fuhr Kappeler fort und beschwor die beiden Anwesenden, den Widerstand aufzunehmen, aus Vaterlandsliebe die nötigen Risiken einzugehen und dementsprechend zu handeln. Denn ihm beschere es schlaflose Nächte, wie sein geliebtes Land dem internationalen Wischiwaschi-Liberalismus geopfert werde, und gewisse Politiker alles unternähmen, sich dem europäischen Untergangskommando anzuschließen. Aber er wisse, dass mittlerweile eine erstaunlich große Anzahl Politiker und Wirtschaftsführer seine Gedanken und Ideen teile. Nun gelte es, mit gezielten Taten aufzuzeigen, dass eine Umkehr vonnöten sei. Major Hauri und seine Männer seien deshalb aufgerufen, in diesem Plan eine zentrale Rolle einzunehmen. Sie werden die Speerspitze des Widerstands sein, Akzente setzen und provozieren, sodass es auch dem letzten Parlamentarier einleuchte, dass man die Zügel fester halten müsse. Der Staat und einige seiner Diener würden gewissermaßen Nachhilfe benötigen. Und weil sie nur bedingt lernfähig seien, müsse man das eben mit der nötigen Härte durchziehen, um die Spreu vom Weizen zu trennen.

Der junge Mann lauschte den pathetischen Worten Kappelers, der wie ein Feldherr das weitere Vorgehen seines Kampfes erläuterte, bis er wieder auf ihn zu sprechen kam:

»In Anbetracht Ihrer Leistung, Soldat, überreiche ich Ihnen hiermit den Winkelried-Orden und beglückwünsche Sie zur überzeugenden Aktion!«

Der junge Mann lächelte, und Hauri knipste ein paar Fotos, die er auf seinen verschiedenen Homepages, die nur eingetragenen Mitgliedern zur Verfügung standen, veröffentlichen wollte. Kappeler wartete einige Blitze ab und fuhr fort: »Ich erwarte noch viel von Ihnen und ernenne Sie deshalb zum Leutnant Ihrer Einheit. Weitere Befehle erhalten Sie von Major Hauri!«

Mit einer kleinen Verbeugung verdankte der neu ernannte Zugführer seine Ehrung und begab sich, nachdem er sich stramm mit der Faust auf die linke Brust geschlagen hatte, zum Ausgang.

Hauri lud ihn in den Kornhauskeller zum Essen ein. Ein italienisches Restaurant. Sie hätten noch viel zu besprechen, sagte er, während sie in die Berner Nacht hinausschritten.

KAPITEL 14

Es war Donnerstag. Im Lauf des Morgens waren Wolken aufgezogen, und es drohte zu regnen. Martelli blickte zum schwarzen Himmel hoch, als er beim Eingang zum Fernsehstudio stand und auf seine Mitarbeiter wartete. Um 8.30 Uhr tauchten Baldini, Zuppinger und Rütimann auf. Obwohl sie pünktlich waren, bemerkten sie eine nervöse Anspannung bei ihrem Chef. Er war schlechter Laune und wartete nur auf einen Grund, laut werden zu können. Seit er gestern vom Staatsanwalt einen Rüffel erhalten hatte, wollte er den Fall mit der Brechstange lösen. Das hieß – einmal mehr – Überstunden. Zum x-ten Mal schritten sie den mutmaßlichen Weg vom Büro der Aufnahmeleiter zum Ort des Verbrechens ab, registrierten ebenfalls, dass Branka Samirovic nur mithilfe eines anderen Menschen durch die Glastür getreten sein konnte, da man ihren Badge beim Schreibtisch gefunden hatte. Ebenfalls bemerkten die Beamten, dass der Weg zur anderen Toilette weit kürzer gewesen wäre. »Ich vermute«, meinte Martelli bei einer Kaffeepause, die sie in der Kantine abhielten, »dass Samirovic jemanden im Eingangsbereich getroffen hat, den sie kannte und der ihr die Tür geöffnet hat. Diese Person muss aber nicht unbedingt der Täter sein.«

»Könnte es nicht der spätere Täter gewesen sein«, spann Baldini den Faden weiter, »der erst aufgrund dieses kurzen Treffens, quasi als Folge einer normalen Höflichkeit, die Tür öffnete und dann beobachtete, wo das Opfer hinging?«

Die anderen nickten, nur Martelli war davon nicht überzeugt. Dann fiel ihm ein, dass sich Branka nach der Sendung im Büro umgezogen hatte. Sie trug ein kurzes Sommerkleid, sah damit recht sexy aus. Als er dies den anderen in Erinnerung rief, zählte Zuppinger eins und eins zusammen: »Klar«, meinte er lässig, »da steckt ein sexuelles Motiv dahinter!«

»Eben nicht«, konterte der Chef, da er selber schon so weit gedacht hatte, »beim Opfer findet sich keine Spur von Kampf, geschweige denn Zeichen einer sexuellen Handlung oder dergleichen. Einfach nichts!«

»Und wenn es schlicht und einfach noch nicht so weit gekommen ist?«, fragte nun Rütimann in die Runde.

»Du meinst, der Täter wollte sie anbaggern. Sie gab ihm einen Korb, drehte ihm den Rücken zu und trat ins WC ein. Da brennen ihm die Sicherungen durch und er drischt mit dem Hammer auf sie ein?« Wieder klang Martelli sehr skeptisch.

»Moment mal, Leute«, warf nun Zuppinger ein, »wie auch immer es sich verhalten hat, eines ist klar: Keiner dieser Fernsehheinis trägt einen Hammer bei sich. Mit anderen Worten muss es ein Techniker oder ein Handwerker gewesen sein. Und wer sagt denn, dass sich die beiden nicht schon vorher, also im Büro, getroffen hatten? Vielleicht hat er auf sie gewartet, sie haben miteinander geredet, er wollte sie zu einem Drink überreden, sie wollte nicht. Ein Wort gab das andere und sie …«

Baldini riss die Augen auf, als hätte er plötzlich den Ablauf klar vor Augen: »Sie hat sich *seinen* Badge ausgeliehen, um aufs Klo zu gehen. Er folgt ihr, sie streiten, er ist beleidigt, fühlt sich zurückgewiesen, sie geht ins WC, er dreht durch: peng!«

»Vielleicht haben sie gar nicht gestritten«, nahm Rütimann seinen vorherigen Gedanken nochmals auf, »vielleicht war Branka so überrascht von der Situation, weil sie mit ganz was anderem gerechnet hat?«

»Du glaubst, er und sie wollten eine schnelle Nummer abziehen? Doch Branka kriegt anstelle von Sex eines über die Rübe gezogen?« Baldinis Stimme war nicht frei von Zynismus.

»So abwegig finde ich diesen Vorschlag gar nicht«, schaltete sich Martelli wieder ein. »Das würde erklären, warum sie keine Anstalten machte, sich zu wehren. Wie auch immer«, bilanzierte der Chef, weil er nicht mehr weiter spekulieren wollte und das Brainstorming für ausgeschöpft hielt, »wir müssen wissen, wer am Montag im Haus gearbeitet hat – inklusive der externen Handwerker!«

»Eine Liste mit rund 30 Namen von Technikern haben wir bereits«, erklärte Rütimann, »aber die Abklärungen haben vorderhand nichts ergeben. Bei den externen Firmen haben wir angefragt, aber gestern Nachmittag nicht mehr viel erreicht. Wir wissen nur, dass weit über 60 Leihbadges im Umlauf sind.«

»Na, das ist ja schon mal was!«, rief Martelli enthusiastisch, »dann werdet ihr jetzt den Chefs dieser Firmen auf die Pelle rücken. Ich will jeden einzelnen Namen aller externen Handwerker bis heute Abend!«

Und während seine Untergebenen abzogen und wussten, dass ein mühsames Stück Arbeit vor ihnen lag, wählte Martelli die Nummer des Studiochefs. Sandro Rizzo war gerade dabei, im Studio 1 die Bauarbeiten für das eidgenössische Wahlstudio zu begutachten. Die Podien für die verschiedenen Gesprächsinseln standen bereits, die Stühle und Stehpulte waren zwar noch eingepackt, aber parat, ebenso das Gros der Infrastruktur. Die Leute vom Bau und den verwandten Bereichen hatten ausgezeichnet gearbeitet, dennoch herrschte immer noch ein absolutes Chaos bei der Technik. Dutzende von Kilometern Kabel mussten noch verlegt, Computer vernetzt, Lichtpläne revidiert werden. Unzählige Leute wuselten in der Halle umher, und Rizzo war gefordert. Dennoch blieb er freundlich und zuvorkommend, als er den Kripo-Chef am Ohr hatte und dessen Wunsch hörte. Natürlich sei es möglich, nochmals das Studio der Medizin-Sendung zu besichtigen. Allerdings würden zurzeit Moderations-Aufzeichnungen für ein Wissenschaftsmagazin stattfinden.

Das sei kein Problem, versicherte Martelli, er wolle einfach mehr über die Abläufe bei einer Fernsehsendung wissen. Vielleicht würden sich dann weitere Fragen oder Puzzleteilchen ergeben, welche die Aufklärung des Falls beschleunigten.

Keine zehn Minuten später standen Rizzo und Martelli im Studio 8, das mehreren Sendungen als Heimat diente. Die verschiedenen Dekors – die meisten kannte Martelli vom Bildschirm – standen wie Theaterkulissen im Halbdunkel der Halle. In diesem Licht wirkte alles popelig und billig.

Aufgrund dieser Mehrfachnutzung würden die Redaktionen viel Geld sparen, dozierte der Studiochef im Flüsterton, da gerade eine Moderation für das Wissenschaftsmagazin aufgenommen wurde. Alle Sendungen würden von derselben Regie aus bedient, und die Kameras könnten einfach dorthin verschoben werden, wo man sie brauchte. Martelli nickte. Auch bei der Polizei war Sparen das höchste aller Ziele. Aus diesem Grund war seine Abteilung auch so klein, obschon er doppelt so viele Mitarbeiter gebraucht hätte.

Als Rizzo weitere Erklärungen zum technischen Ablauf einer Fernsehsendung machen wollte und darauf hinwies, dass es allein für diese Aufzeichnung ein Dutzend Leute brauche, fuchtelte die zuständige Aufnahmeleiterin mit ihren Armen und deutete den beiden Männern an, etwas ruhiger zu sein. Sie war einige Jahre älter als Branka, auch weniger hübsch, dafür ziemlich penetrant, wie Martelli fand.

Rizzo ließ sich nicht beeindrucken. Er kannte alle Personen mit Vornamen und erklärte in der Drehpause, dass einer der drei Kameraleute auch für die Medizinsendung von letztem Montag gearbeitet hatte. Martelli wollte sofort mit dem Kameramann sprechen, musste jedoch warten, da die Anmoderation zum Thema des Artensterbens im Mittelmeer wiederholt werden musste. Und just dieser Kameramann namens Erich Zündel bediente die Führungskamera.

Martelli betrachtete die Szenerie und fand das Brimborium reichlich albern. Für eine Moderation von knapp vier Sätzen einen solchen Aufwand zu betreiben, sei doch unangemessen, meinte er. Der Studiochef zuckte nur mit den Schultern, da er für die Inhalte nicht zuständig war, und erklärte, dass ihn einzig der reibungslose Ablauf einer Sendung interessiere.

Wieder war das Gespräch zwischen den Männern etwas zu laut geraten, sodass die Aufnahmeleiterin mürrisch herüberblickte.

Dann war offenbar Pause. Die Kameraleute verließen ihre Pumpstative und plauderten in einer Ecke des Studios. Rizzo gab ein Zeichen, und Martelli folgte ihm zu Zündel. Der grüsste ihn freundlich, dann wurde er Martelli vorgestellt und schüttelte ihm die Hand.

»Sie standen letzten Montag bei der Medizinsendung im Einsatz«, stellte Martelli bewusst rhetorisch fest.

»Ja, das ist korrekt.« Der junge Mann wirkte interessiert und offen, als würde es ihm schmeicheln, gefragt zu werden.

»Wie lang dauerte die gesamte Aufzeichnung?«

»Die Sendung war keine Aufzeichnung, sondern live«, berichtigte Zündel, »das heißt, wir hatten um 17.00 Uhr Stellproben. Um 21.05 Uhr begann die Sendung. Dazwischen gab es eine Essenspause.«

»War Branka Samirovic während der Pause beim Team?«

»Ja, sie aß mit uns und wirkte wie immer: aufgeräumt und aufgestellt. Kein Anzeichen, dass etwas nicht normal gewesen wäre.«

Martellis Gesicht verriet, dass er sich etwas mehr erhofft hatte. »Gab es denn überhaupt nichts, das irgendwie anders oder speziell war an diesem Abend?« Seine Stimme klang schon fast verzweifelt.

»Nein, wirklich nicht. Alles lief routiniert ab. Wir zogen die Sendung ohne wesentliche Probleme durch.«

Zündel zuckte mit den Achseln. Gern hätte er Substanzielles beigetragen. Als ihm Martelli für die Auskünfte dankte und er schon zurück zu seinen Kollegen gehen wollte, wandte sich der Kameramann nochmals an Rizzo. Ob er den Lapsus der Krankamera bemerkt habe, fragte er mit einem Grinsen im Gesicht.

»Welchen Lapsus?«, wollte der Angesprochene wissen und folgte ihm zur Kulisse der Medizinsendung.

Zündel deutete auf eine Stelle im Dekor. Hier sei sie während der Proben reingeprallt und habe ein Loch in die Wand geschlagen. Rizzo rollte mit den Augen und fluchte, weil er das nicht umgehend erfahren hatte. Doch der Kameramann beruhigte ihn: Es sei ja wieder geflickt. Von der Redaktion habe es ohnehin niemand bemerkt, da diese Stelle so gut wie nie im Bild sei. Rizzo zeigte sich nicht sonderlich angetan von dieser Erklärung, musste jedoch zugestehen, dass die Reparaturarbeit professionell ausgeführt worden war. Man sah kaum einen Unterschied im Dekor.

Martelli betrachtete noch einige Minuten die Aufzeichnungen und verließ dann das Studio. Er wollte sich nochmals den mutmaßlichen Weg des Täters nach der Tat anschauen und den möglichen Begegnungspunkt mit dem zweiten Opfer suchen.

Kurze Zeit später stand er vor der Damentoilette und blickte sich erneut um. Irgendwie kam ihm alles sehr merkwürdig vor. Um ein Motiv für den zweiten Mord zu haben, brauchte der Täter einen Auslöser!

Martelli ließ den finsteren Gang auf sich wirken und plötzlich wurde der ganze Ablauf klar! Natürlich, der Täter und das zweite Opfer mussten sich hier, also kurz nach dem ersten Mord, begegnet sein. Alles andere ergab keinen Sinn. Doch wie war der Obdachlose hier reingekommen? Ohne Badge? Und – noch verworrener – wie gelangte er dann wieder runter zur Plattform beim Leutschenbach?

In seinem Kopf versuchte der Polizist, wie ein Filmregisseur die Szene nachzuzeichnen: Er sieht den Mörder aus der Toilette kommen. Da begegnet er im Gang dem Penner, der vielleicht aufgrund des Lärms aus dem daneben liegenden Herren-WC auf den Gang getreten ist. Der Täter weiß, dass er einen Zeugen hat, den er beseitigen muss. Schröder flieht und wird verfolgt. Irgendwo holt ihn das Schicksal ein …

Martelli schritt den Gang ab. Er brauchte Spuren, die seine Vermutung stützten. Doch er sah nichts, was auch nur entfernt wie Blut aussah. Also, so folgerte er, musste Schröder weiter gekommen sein. Martelli öffnete am Ende des Ganges die Glastür zu einem Treppenhaus, das nach unten führte. Langsam schritt er die Betonstiege hinab. Dank seiner geübten Augen registrierte er jede farbliche Veränderung, doch nichts sprach für seine Theorie. Unten öffnete er eine Tür und stand unvermittelt in der sogenannten Werkstraße, einem breiten Verbindungstrakt zwischen den Studios und den Werkstätten. Hier nach Blutspuren zu suchen, war ein aussichtsloses Unterfangen. Eine lähmende Müdigkeit übermannte den Polizisten. Er schritt ins Treppenhaus zurück und ließ die Tür hinter sich ins Schloss fallen. Plötzlich zog es ihn nach oben. Er erklomm Stufe um Stufe, war in sich versunken, aber dachte nichts Bestimmtes. Eine Art Flowzustand, wie er ihn gut kannte, hatte von ihm Besitz ergriffen und führte ihn. Er ruhte in sich und war doch gespannt wie eine Sprungfeder. Und eine unsichtbare Macht zog ihn hoch. Ein einziger Gedanke ging ihm plötzlich durch den Kopf: Was wäre, wenn der Obdachlose nicht hinunter-, sondern hinaufgerannt wäre?

Sein Blick scannte die Wände ab, und tatsächlich: Zwischen dem ersten und dem zweiten Geschoss gab es eine Zwischentür, die zu den Regieräumen führte, und da fand er, wonach er gesucht hatte!

An den Wänden machte er die Reste roter Farbspritzer aus. Durchaus möglich, dass dies Blut war. Sofort bot Martelli den Spurendienst auf und wartete einige Stunden auf das Ergebnis. Umso befriedigter war er von der Meldung, dass er richtig gelegen hatte: Die Flecken beim gesichtslosen Treppenausgang stammten von Schröders Blut. Damit war der Ort des zweiten Mordes ebenfalls gefunden!

Wenigstens mal was, dachte Martelli erfreut und trat in die Sicherheitszentrale beim Haupteingang, wo zwei Leute des Sicherheitsdienstes ihre Tagesschicht absaßen. Sie fanden schnell heraus, wer am letzten Montag Nachtschicht hatte.

»Ah, das war der Meininger!«, rief der eine, als er den Einsatzplan studierte.

Da habe er aber Glück, sagte der andere hierauf zum Polizisten. Meininger sei in der Kantine, trete in Kürze seine Nachtschicht an.

Martelli fuhr in den zweiten Stock hoch und fand den Nachtwächter, der allein an einem Achtertisch vor einem Berg Pommes frites saß und eine Zeitung durchblätterte. Er war rund 50 Jahre alt, ein etwas untersetzter Typ, mit strähnigen Haaren und großporiger Haut.

»Herr Meininger?«

Der Angesprochene sah auf und nickte.

»Darf ich mich kurz setzen? Martelli, Kriminalpolizei.«

Meininger blickte erstaunt auf den Polizeiausweis, der ihm entgegengestreckt wurde. Er machte ein Gesicht, als ahnte er, was kommen würde.

»Sie haben diese Woche Nachtschicht. Und waren auch am letzten Montag im Einsatz. Ist das richtig?«

Der andere nickte, immer noch wortlos seine Fritten kauend.

»Gab es besondere Vorkommnisse?«

Kleine Schweißperlen bildeten sich auf Meiningers Stirn.

Und als ihn Martelli streng anblickte, brach es aus ihm hervor: »Ich weiß, ich hätte es nicht tun dürfen, aber ich kannte Luzius schon lang, und ab und zu ließ ich ihn rein, damit er auf die Toilette gehen konnte, bevor er sich unter seine Brücke zurückzog. Er tat mir leid, und ich wusste, dass er nie Probleme machte. Verstehen Sie? Aber bitte, sagen Sie es niemandem, ich würde meinen Job verlieren …«

Martelli nickte und lächelte insgeheim. Wieder hatte sich ein Puzzleteil eingefügt. Dann klemmte er den flehenden Meininger in seinem Redeschwall ab. Er werde vorderhand diese Information für sich behalten und, soweit es die Ermittlungsarbeiten erlaubten, werde er seinen Namen nicht nennen.

KAPITEL 15

Nach einem kurzen Regenschauer am Morgen drehte der Sommer im Laufe des Nachmittags nochmals auf. Der warme Abend erfreute viele Spaziergänger, Jogger und Mountainbiker, und sie nutzten die Wege zwischen Höngg und Weiningen auf der Sonnenseite dieses Moränenzugs, der die Verlängerung des Zürichbergs in Richtung Westen bildete. Auf dem Glaubeneich, einer großen Lichtung in der Nähe des Gubrists, herrschte reger Betrieb. Man hätte es kaum für möglich gehalten, dass einige Dutzend Meter tiefer die meistbefahrene Autobahn der Schweiz hindurchführte. Hier oben herrschte eine friedliche Stimmung. Neben einer Gruppe von

Studenten von der ETH-Hönggerberg* hatten es sich zwei Familien aus Sri Lanka gemütlich gemacht und ein Feuer angezündet. Während ihre Fische und Fleischspieße auf dem Grill brieten, hasteten einzelne Jogger oder Gruppen von Sportlern die steilen Wege empor, um am anderen Ende der Lichtung wieder im Wald zu verschwinden. Alle waren entspannt, als fünf junge Männer von Regensdorf her kommend auf den Platz traten. In ihren dunkelgrünen Bomberjacken und mit ihren kurz geschorenen Schädeln wirkten sie seltsam fremd, als wären sie Fremdkörper und gehörten nicht hierher. Dabei trugen einige von ihnen rote T-Shirts mit weißem Kreuz darauf. Andere hatten das Emblem des Schweizer Kreuzes auf ihre Jacken aufgenäht. Sie waren schwer beladen, als wollten sie nicht nur grillieren, sondern gleich für mehrere Tage campieren. Dass sie in ihren Taschen vor allem einen ansehnlichen Biervorrat mitschleppten, weil sie zu Ehren ihrer Mittelland-Staffel ein Fest feiern wollten, blieb den hier versammelten Menschen verborgen. Nicht aber die düsteren Blicke, die von den fünf Männern ausgingen. Es missfiel ihnen augenscheinlich, dass alle Grillplätze besetzt waren.

»Hast du nicht gesagt, an den Abenden sei hier nichts los, Lutz?«, fragte ein grobschlächtiger, zwei Meter großer Mittzwanziger seinen Kollegen, der kaum älter war, aber kleiner und zierlicher.

»Ich verstehe das auch nicht. Jedenfalls ist das scheiße, verdammt!«

»Wir sind schon mit anderen Problemen fertig geworden«, warf ein Dritter ein, der eine tiefe Narbe über der rechten Augenbraue zur Schau stellte.

»Ja, ich glaube, diese indischen Stinktiere dort drüben wollten ohnehin gleich gehen«, meinte nun ein Vierter, den

* ETH: Eidgenössische Technische Hochschule

die anderen Trümpi nannten. Er deutete zu einer Grillstelle, wo die tamilischen Familien picknickten. Ein Grinsen flog über die Gesichter, und als hätten sie einen Befehl erhalten, marschierten sie wie eine Wand zur Feuerstelle und stellten demonstrativ ihre Taschen ab. Den beiden dunkelhäutigen Männern und ihren Frauen wurde es sichtlich unwohl, die drei Kinder, die kurz zuvor noch munter umhergesprungen waren und gespielt hatten, suchten Schutz bei den Erwachsenen. Einer der tamilischen Männer nahm allen Mut zusammen und trat vor die Skins. Freundlich meinte er in perfektem Schweizerdeutsch: »Entschuldigung, Sie können gern das Feuer nach uns nutzen, aber es dauert noch zehn Minuten.«

»Schnauze, Schoggikopf*«, raunte der mit der Narbe, »du hast genau zwei Minuten, um hier zu verschwinden! Klar? Das ist unser Territorium!«

»Entschuldigung«, versuchte es der Tamile erneut mit freundlichem Gesicht, »das ist öffentlicher Grund, hier kann jeder grillieren!«

»Bist du taub?«, zischte nun Trümpi. »Ausländer haben hier nichts zu suchen! Und schon gar nicht solche wie ihr!«

Die beiden Familien blickten entgeistert, eines der Kinder begann zu weinen, was dessen Vater ernst werden ließ. Grimmig griff er nach der Grillzange und hielt sie wie ein Schwert: »Lasst uns in Frieden, wir wollen nur essen, nichts weiter! Hat Platz für alle!«

Verächtliches Grinsen war alles, was er erntete.

»Los, Ebinger, zeig dem Schmutzli**, wo der Bartli den Most holt«, rief Trümpi zum zwei Meter großen Glatzkopf, der bedrohlich auf den anderen zuging und ihn um zwei Köpfe überragte. Der junge Mann wollte sich nicht einfach

---

* Schoggi: Schokolade
** Schmutzli: Knecht Ruprecht

einschüchtern lassen und wich keinen Zentimeter zurück, auch wenn in seinem Gesicht blanke Angst regierte. Immer noch fuchtelte er mit der Grillzange herum. Ebinger packte zu und entriss sie ihm. In hohem Bogen flog sie in den Wald. Nun begehrte eine der Frauen auf. In unverständlichen Worten, die ein Mittelding zwischen Fluchen und Flehen waren, schrie sie so laut, dass jeder auf dem Platz wusste, dass es ernst galt. Einen Moment lang starrten alle Menschen, die sich auf der Lichtung aufhielten, regungslos zur Feuerstelle. Dann ging ein Ruck durch die Menge. Wie auf Kommando erhoben sich die Studenten, die eben noch den Beginn der Unihockey-Meisterschaft gefeiert hatten. Es waren fast 20 sportliche Männer, die von ihren Bänken aufgestanden waren und über den Platz zur Feuerstelle der Tamilen schritten. Plötzlich sahen sich die Skins von einer weit größeren Anzahl Gegner umzingelt. Derweil fluchte die srilankische Frau weiter und trat mit einem Gemisch von Verzweiflung und Wut vor die Skins, schrie und fuchtelte mit ihren Armen.

Mit diesem Widerstand hatten jene nicht gerechnet. Doch klein beigeben wollten sie auch nicht. Einige bange Sekunden lang standen sich die Gruppen wortlos gegenüber, dann rief der Kapitän der Hockeymannschaft: »So, fertig lustig, ihr habt da nichts zu suchen! In zweikommafünf Sekunden habt ihr das Feld geräumt, oder wir helfen nach!«

»Was, was! Du Großmaul!«, erwiderte Ebinger und machte einen Schritt auf die Gegner zu. Als er jedoch merkte, dass ihn seine Kollegen im Stich ließen, brach sein Mut zusammen.

»Okay, okay«, raunte Trümpi, der so etwas wie der Anführer der Gruppe war, »steckt euch doch eure indischen scheiß Spieße sonst wo hin. Jungs, wir gehen. Mir kommt sonst das Kotzen!«

Und unter den zornigen Blicken der Anwesenden packten die Glatzen ihre Säcke und Taschen und bliesen zum

Rückzug. Einen Angriff nicht ausschließend, marschierten sie rückwärts in Richtung Gubrist davon.

Während sich die Tamilen überschwänglich bei den Studenten bedankten und ihnen Essen und Trinken anboten, herrschte bei den Skins eine düstere Stimmung.

Wieder war es Trümpi, der als Erster etwas sagte: »Jungs, es ist keine Schande, gegen eine zehnfache Übermacht den Rückzug anzutreten. Das hat uns auch der Hauri eingebläut. Erinnert euch an Marignano. Da traten die Eidgenossen auch einen geordneten Rückzug an. Aber seid versichert, wir werden das noch rächen!«

»Wieso nicht gleich?«, fragte Ebinger, immer noch säuerlich, dass ihn die anderen im Stich gelassen hatten, »mir schien diese Übermacht nicht so groß!«

»Es hätte nichts gebracht«, meinte der mit der Narbe.

»Du warst eben schon immer ein Feigling, Lautenschlager!«, schrie Ebinger gereizt.

»Pass auf, was du sagst!«

»Hört auf«, befahl Trümpi, bevor ein Kampf zwischen seinen Leuten ausbrach, »wir sind zum Feiern hier! Was wollen wir uns wegen ein paar Schoggiköpfen den Grind* verschlagen!«

Einige Minuten später traten sie auf eine kleinere Lichtung. Sie befanden sich nun exakt auf dem höchsten Punkt des lang gezogenen Hügels, mithin auf dem Gubrist.

»Los, Villinger, Lutz, ihr sucht Holz fürs Feuer, du, Ebinger, gibst jedem von uns ein Bier, und Lautenschlager ist der Grillchef. Gopfverdammi**, und dann feiern wir die Beförderung des neuen Zugführers, schließlich hat der den Winkelried-Orden bekommen und ist ab sofort unser Leutnant!« Trümpis Stimme überschlug sich fast.

---

* Grind: abschätzig für Kopf

** Gopfverdammi: Kraftausdruck im Sinne von »Gott verdamme mich«

»Kennst du ihn eigentlich persönlich?«, wollte Ebinger nach einigen Bieren wissen.

»Nein, noch nicht, aber er muss ein *wahrer Eidgenosse* sein!«

»Und er hat die Balkanhure und den Schwaben mit dem Hammer erschlagen?«, fragte Lutz sichtlich beeindruckt.

»Ja, zwei schöne, gerade Schläge! Wahre Handwerkskunst!«

KAPITEL 16

Nico konnte sich nicht mehr daran erinnern, wann er das letzte Mal wegen einer Frau so aufgeregt war. Zwischen Alice und ihm hatten stets eine unerklärliche Vertrautheit, eine Tiefe und Verbundenheit geherrscht, die keinen Raum für vordergründige, fast einfältige Erotik beanspruchte. Wenn sie miteinander schliefen, dann war es eine gegenseitige Flow-Experience gewesen, eine Art gemeinsames Wellenreiten. Gut, die Schattenseite dieses Gleichklangs war, und das wusste und durchschaute Nico durchaus, dass es kaum mehr Überraschendes und Fremdes gab. Und mit der Zeit wich das Körperliche ganz natürlich zurück, um dem Geistigen oder Seelischen Platz zu machen, und dann war eine Geste, ein Blick oder nur schon ein Satz so magisch und vollkommen wie das tantrische Ringen nach einem perfekten Orgasmus.

Doch nun war er mit Hanni Pulver verabredet, die ihn vor

bald 15 Jahren – ganz kurz, dafür umso heftiger – aus dem Konzept gebracht hatte.

Diesen Abend, als er das erste und einzige Mal bei Hanni zu Hause war, würde er nie vergessen. Sie hatte Coquilles St. Jacques gekocht, und die waren delikat gewesen. Dazu tranken sie einen fruchtigen Sancerre von der Loire. Als natürliche Folge des Weins spürten sie eine magische Anziehung, und wie ein balzendes Vogelpaar umrundeten sie sich stundenlang nur verbal mit Blicken und flüchtigen Gesten. Irgendwann legte sich Hanni einladend aufs Sofa und schien nur darauf zu warten, dass Nico sich diese Blume pflückte.

Stattdessen stand er auf und blickte Hanni fragend von oben herab an. Ihr Körper, der sich unter dem sommerlichen Kleid abzeichnete, war verlockend und wäre jede Sünde wert gewesen. Ihr Gesicht war schön und ebenmäßig und ihr Blick verriet, dass sie sich bewusst war, nicht auf eine Beziehung hoffen zu können, sondern diesen Moment als einmalige Episode zu betrachten. Aber er sah auch, dass sie sich nach Umarmung und Liebe sehnte und bereit dazu war. Ihre Prinzipien, nie mit einem verheirateten Mann ins Bett zu steigen, hatte sie nicht leichtfertig über Bord geworfen, aber in diesen Stunden keimte als Produkt ihrer Stimmung die Lust, das perfekte Vorspiel zu seinem Höhepunkt zu bringen.

Dennoch deutete sie Nicos Blick richtig und war nur leise enttäuscht, als er unverrichteter Dinge in die Nacht davongestapft war. In Gedanken bei Alice.

Nico fuhr mit seinem Rad durchs abendliche Limmattal, kaufte in einer Blumenhandlung ein sündhaft teures, dafür kunstvolles Gesteck mit lila Astern, und folgte der Kantonsstraße nach Süden. Die untergehende Sonne tauchte die Landschaft in ein erhabenes, herbstliches Licht, sodass selbst die Autobahn wie ein impressionistisches Gemälde wirkte. Der

Fluss, der dem Tal seinen Namen gab, schien sich auf seiner trägen Linkskurve in ein goldschimmerndes Gleißen aufzulösen, ganz so, als würde er es den Übeltätern verzeihen, die ihn vor 100 Jahren in dieses enge Bett gezwängt hatten.

Als es in Schlieren bergauf ging, musste Nico schnaufen. Aber er stieg nicht ab, sondern strampelte sich hoch. Noch vor wenigen Jahren hätte er bereits nach 50 Metern aufgegeben.

Ohne Probleme fand er das Haus, in dem er vor 15 Jahren zum letzten Mal gewesen war. Es erschien ihm seltsam, wie sich gewisse Dinge für alle Zeiten im Gedächtnis hielten, und andere, durchaus wichtigere Erinnerungen sich verflüchtigten. Nico registrierte, dass das mehrstöckige Gebäude in der Zwischenzeit renoviert worden war. Er drückte auf den Knopf, neben dem der Name ›Pulver‹ stand. Ein Klacken verriet, dass mit der Betätigung des Knopfes eine Kamera ihren Betrieb aufnahm und Bilder vom Eingangsportal in die Dachwohnung übermittelte, von wo nach einigen langen Sekunden ein fragendes und eher rhetorisches »Ja?« erklang. Nico musste schmunzeln. »Da ist der Samichlaus*«, sagte er und winkte in die Kamera. Ein Surren öffnete das Schloss, und er trat ein. Hanni wunderte sich, dass er den Lift verschmähte und flink wie ein 30-Jähriger die Treppe erklomm. Anstatt ihn zu begrüßen, meinte sie keck:

»Bist wohl unter die Sportler gegangen, was?«

Nico trat in die Wohnung ein, die er noch vor seinem geistigen Auge hatte. Sogleich aber bemerkte er, dass sie ganz anders aussah. Sie wirkte weit größer und moderner, profitierte von einer Rundumerneuerung. Hatten sich früher Teppiche durch die Räume gespannt, sorgte nun edles Parkett für eine helle Weite. Die wenigen Möbel, die im Wohnzimmer für

* Samichlaus: Nikolaus

optische Akzente sorgten, waren alles andere als zufällig dort. Es waren ausgewählte Einzelstücke, die Geschmack und eine persönliche Handschrift verrieten. Hanni trug weiße Jeans, dazu eine in der Taille zusammengebundene blaue Wickelbluse. Sie war barfuß. Ihr mittellanges Haar war nach hinten frisiert, und ihr Gesicht wirkte noch immer erstaunlich jugendlich.

»Willst du etwas trinken? Wein, Wasser oder am Ende ein isotonisches Getränk?«

Nico lachte ertappt und fühlte sich etwas verschwitzt. Kurz flackerte ein komisches Gefühl auf, und er fragte sich, was er hier eigentlich verloren hatte. Doch dann wischte er es zur Seite. Was war auch dabei, wenn er sich mit einer alten Bekannten traf? Alice war seit bald vier Jahren tot und hätte ohnehin nichts dagegen gehabt. Er hasste sich, dass er überhaupt auf diese albernen Gedanken kam und meinte fast trotzig, dass er gern einen Wein tränke.

Hanni holte eine Flasche aus dem Kühlschrank. »Ist Sancerre recht?«

»Natürlich, ich liebe Sauvignon blanc!«

»Ja, ich hab den auch am liebsten …«

»Ich weiß.«

Nico lächelte, und Hanni kam mit dem Glas auf ihn zu. Sie blickte ihn an, als würde sie nicht nochmals 15 Jahre auf das nächste Treffen warten wollen.

KAPITEL 17

Die fünf Männer hatten ein paar Würste gebraten und waren bereits nach wenigen Stunden am Ende ihres Biervorrats angelangt. Den Ärger über die missglückte Konfrontation mit den Studenten spülten sie wortwörtlich hinunter und schon bald grölten sie über jeden zotigen oder rassistischen Witz. Als Mitternacht bereits vorbei war, stand Trümpi auf und intonierte die alte Landeshymne. Reflexartig schossen auch die anderen empor und stiegen lautstark ein. Sie sangen zweimal die erste Strophe, weil sie die zweite vergessen hatten. Aber dafür waren sie hernach einigermaßen wach und auf den Beinen.

»Lutz, du bist doch ursprünglich von Regensdorf«, lallte Trümpi, »dann wirst du es wohl sicher schaffen, uns wieder von diesem beschissenen Berg hinunter zu führen!«

»Ist das ein Befehl?«

»So klar wie Bierpisse!«, lachte Trümpi und hielt sich an einem Baum fest. Irgendwie drehte sich alles in seinem Kopf. Dennoch nuschelte er:

»Nur weil ihr Penner sterbensfaul seid, kann ich morgen nicht einfach nicht im Geschäft erscheinen!«

Ebinger, der gut und gern vier Liter Bier intus hatte, blickte aus seinen schmalen Augenschlitzen in die Runde. »Was heißt da *faul*? Ich steh mir als Türwächter Nacht für Nacht die Beine in den Bauch in diesem Schwuchtelclub in Kloten!«

»Wieso Schwuchteln, dachte, das wäre so ein Jugoschuppen?«, wunderte sich Lautenschlager.

»Diese scheiß Jugos sind alle bisexuell! Die haben zwar einen Harem, aber treiben's auch mit Männern, da bin ich mir sicher. Hab schon mehr als einmal im Pissoir zwei Arschficker erwischt. Noch schlimmer sind die Türken, die greifen sich selbst auf der Tanzfläche gegenseitig zwischen die Beine und würden am liebsten gleich dort herummachen.«

»Pack, verruchtes! Aber das wird jetzt ausgemistet!« Mit erstaunlicher Körperbeherrschung stand Trümpi stramm und klopfte sich auf die linke Brust. Seine Kollegen versuchten selbiges mit mehr oder weniger Erfolg. Speziell Ebingers Armhaltung erinnerte eher an einen kommunistischen Gruß als an den gewünschten.

Danach führte Lutz das Grüppchen in den Wald. Der Mond zeigte nur eine dünne Sichel im Südwesten, sodass man im Dickicht der Bäume kaum fünf Meter weit sah. Nach einigen Minuten standen die Skins an einem Steilhang. Obschon er es trotz seines Zustandes durchaus bemerkte, wollte Lutz nicht zugeben, dass er sich verlaufen hatte. Mutig schritt er in den Steilhang, die anderen folgten.

Bald rutschten sie ungebremst in die Tiefe. Äste peitschten in ihre Gesichter, die Stacheln der Brombeersträucher rissen ihnen die Haut auf, Lautenschlager prallte gegen einen Baum, sodass er blutete. Trümpi stürzte mehrere Meter in die Tiefe und verstauchte sich die Hand, Ebinger machte Bekanntschaft mit Brennnesseln. Als sie endlich unten waren, hätten sie Lutz am liebsten verprügelt, doch zu ihrer Verwunderung bemerkten sie, dass sie ihn verloren hatten.

»Dieses Arschloch«, fauchte Trümpi, »hat uns komplett in die falsche Richtung geführt!« Er blickte in die Ebene, die sich vor ihnen gegen Süden erstreckte, auf der sie unzählige Lichter erblickten. »Das ist, *Gopfverdammi,* das Limmattal und nie und nimmer Regensdorf!«

»Scheiße!«, brüllte Lautenschlager. »Jetzt müssen wir alles wieder zurück! Wo ist eigentlich dieser Hurensohn Lutz?«

»Der schläft wohl seinen Rausch aus oder hat Angst, dass wir ihm eins überziehen«, meinte Villinger verächtlich. »Am besten bestellen wir, wenn wir unten sind, ein Taxi. So kommen wir am schnellsten nach Regensdorf.«

»Also, Abteilung marsch!«, schrie Trümpi unnötigerweise in militärischem Ton. Denn das Trüppchen wirkte nicht eben schlagkräftig, als es sich langsam Richtung Osten in Bewegung setzte.

KAPITEL 18

»Musst du morgen arbeiten?«, fragte Nico und betrachtete Hanni, die neben ihm hüllenlos auf dem Bauch lag und etwas schläfrig wirkte. Eindrücke dieses Abends schwirrten ihr durch den Kopf, und am liebsten wäre sie sanft in den Schlaf gesunken. Allein die Höflichkeit gebot ihr, in Gesellschaft eines Mannes in ihrem Schlafgemach wach zu bleiben. Zumal der Gast offenbar Anstalten machte, noch spät abends aufzubrechen und – mindestens vorübergehend – das Weite zu suchen. Müde antwortete sie deshalb: »Ja, um 8.30 Uhr stehe ich wieder auf der Matte. 5. Stock, Hanni Pulver zu Diensten!«

»Dann werde ich dich jetzt wohl besser in Ruhe lassen«, meinte Nico mit einem sanften Lächeln und dem Blick zum Wecker gerichtet, der kurz nach eins anzeigte. Trotz der Sinnesfreuden, die er in den letzten Stunden in vollem Maß genossen hatte, zog es ihn heim. Er wollte vermeiden, sich nach Jahren der Abstinenz eine Überdosis Weiblichkeit einzuverleiben. Dafür war die Beziehung zu Hanni, wollte man dieses Wort überhaupt schon gebrauchen, zu jung und ungefestigt. Gerade der Morgen nach einer sinnlichen Nacht konnte mehr zerstören als bringen. Zudem zog er es schon immer vor, im eigenen Bett aufzuwachen. Das war selbst mit Alice so, weshalb sie während der meisten Zeit zwei Schlafzimmer benutzten. Nico glaubte fest daran, dass in dieser partiellen Trennung viel Potenzial für eine lange Partnerschaft lag und Überdruss vermieden werden konnte.

Hanni sah das anders und versuchte Nico zu überreden dazubleiben. Sie hätte nichts dagegen gehabt, neben Nico einzuschlafen und morgen früh – vielleicht – noch mal die Gunst der Stunde zu nutzen, ehe sie den Arbeitsweg unter die Räder nahm.

Aber Nico blieb hart, auch wenn die von Hanni vorgeschlagene Option durchaus etwas Verlockendes hatte. Er zog sich an, versprach, bis zum nächsten Besuch nicht weitere 15 Jahre verstreichen zu lassen, und ging in die Nacht hinaus. Die frische Luft tat gut, und die Anstrengung, seinen Körper samt Velo* von Schlieren ans andere Ende des Limmattals zu bringen, machte ihn wieder hellwach. In Gedanken schwelgte er immer noch in den Stunden mit Hanni. Sie liebten sich nach dem delikaten Muschelgericht, das Hanni wie keine andere zuzubereiten wusste. Zuerst stürmisch, dann gefühlvoll. Und während er die Momente ihrer innigen Vereinigung noch einmal Revue passieren ließ, erinnerte er sich daran, dass dieses Gericht nicht umsonst als aphrodisisch gepriesen wurde. Wahrlich, diese Stunden waren mit allem gespickt, was das weite Feld der Erotik bereitstellte. Der erstklassige Sancerre fügte eine weitere Genusskomponente hinzu, und das Zitronensorbet, das sie danach mit Hannis Eismaschine selber

* Velo: Fahrrad

machten und mit einem schönen Schuss Wodka verfeinerten, war gleichsam kühler Höhepunkt in einem Reigen von sinnlichen Momenten. Nico musste lang in seinen Erinnerungen kramen, bis er auf ein erotisches Gesamtkunstwerk ähnlichen Ausmaßes stieß.

Als der Weg nach Hause steiler wurde und er die schlafenden Einfamilienhäuschen von Unterengstringen hinter sich gelassen hatte, entschied er spontan, nicht den üblichen Heimweg, sondern den Waldweg zu benutzen. So konnte er es vermeiden, das Fahrrad die 54 Stufen auf der engen Treppe zum Häuschen hinaufzutragen. Dafür musste er den Waldweg erklimmen, der Engstringen mit Weiningen verband und oberhalb seines Grundstücks vorbeiführte. Schon bald hatten sich seine Augen an die bläuliche Dunkelheit gewöhnt. Er stieg vom Fahrrad ab und stieß seinen Drahtesel den steilen Pfad zum Sträßchen hinauf. Trotz des fahlen Mondscheins sah er bald die Konturen der Bäume, hörte Geräusche von Tieren in den Wipfeln über sich oder im Unterholz, und die hellen Steine auf dem Waldweg leuchteten matt, als würden sie von einer schwachen Lichtquelle gespeist.

Nico spürte deshalb klar und deutlich, bevor er es wirklich hörte, dass im Wald noch andere Wesen herumirrten. Doch er ließ sich davon nicht beeindrucken, fuhr mit seinem Fahrrad langsam weiter, als er nach einigen Hundert Metern ein Grüppchen von Menschen entgegenkommen sah. Kurz überlegte er, ob er sich vorübergehend verstecken sollte, doch sogleich verwarf er diese Idee, ärgerlich über sich selber, einen so feigen Plan geboren zu haben. Wo käme er hin, wenn er sich nicht mehr getraute, seinen Heimweg zu jeder Tages- und Nachtzeit unter die Füße zu nehmen. Gleichwohl wunderte er sich, was vier offensichtlich angetrunkene Gestalten zu dieser Zeit im Wald verloren hatten, und spürte einen Anstieg seiner Pulsfrequenz.

Nico hätte später nicht mehr sagen können, wann er realisierte, dass es sich um Skinheads handelte. Aber es war sicher, bevor das erste Wort fiel. Ebenso sah er den kurzzeitigen Schrecken in den Gesichtern der Entgegenkommenden, als sie ihn bemerkten. Als wäre er eine Erscheinung, kamen sie mit gedrosseltem Tempo näher und betrachteten ihn vorsichtig aus dem Augenwinkel heraus, ehe ihre Angst einer präpotenten Selbstsicherheit wich. Der zwei Meter große Ebinger war der Erste, der zu Worten fand: »He, da kommt ein Velo!«

»Das würde uns den Marsch verkürzen«, lachte Lautenschlager, und in den Gesichtern der vier bildete sich eine Entschlossenheit, diese Gelegenheit nicht ungenutzt verstreichen zu lassen, auch wenn klar war, dass ein Fahrrad kein geeignetes Vehikel für die ganze Gruppe war. Doch diesen fast schon philosophischen Gedanken machten sie sich nicht. In ihren Augen stand mit einem Mal das Wort ›Beute‹, und als Nico an ihnen vorbeifahren wollte, stellte sich Ebinger ihm in den Weg: »Recht spät für eine Waldtour!«

Nico blickte dem Hünen furchtlos in die Augen und versuchte auszuweichen. Doch der machte einen Schritt zur Seite, sodass er stehen bleiben musste.

Was in der Folge en détail passierte, konnte Nico hernach nicht mehr rekonstruieren. Ein Wort gab jedenfalls das andere, und obschon nur dieser grobschlächtige Riese handgreiflich wurde, hatte Nico keine Chance. Nach einem Faustschlag ins Gesicht ließ er reflexartig das Fahrrad los und wollte sich verteidigen, als ihn ein mächtiger Fußtritt ins Leere katapultierte. Er spürte förmlich, wie er Opfer der Schwerkraft wurde, rücklings mehrere Meter eine steile Böschung hinabfiel und in einer stachligen Brombeerhecke landete. Zum Schrecken gesellte sich augenblicklich eine diffuse Welle von Schmerzen, die nur dadurch gelindert wurde, dass die Skins keine Lust hatten, ihm ins Dornendickicht zu folgen. Lachend und grölend zogen sie weiter. Wer schlussendlich den Drahtesel benutzte, blieb Nico verborgen, interessierte ihn freilich auch nicht. Denn er wollte nur eines: der Umklammerung dieser Hecke entfliehen. Doch das war gar nicht so einfach. Mit jeder Bewegung antworteten die widerspenstigen Pflanzen mit einer Kaskade von Stichen und Kratzern. Wo er hingriff und Halt suchte, warteten heimtückische Stacheln. Er brauchte unendliche Minuten, bis er sich aus ihren Fängen befreien konnte. Als er wieder auf dem Weg stand, taumelnd und zitternd, realisierte er, dass seine Hände den zerfetzten Kleidern glichen, die an seinem Körper herunterhingen. Nico roch förmlich das Blut, das aus Dutzenden kleiner Wunden strömte.

Zu Hause operierte er sich mit einer Pinzette so viele Stacheln heraus, wie er erreichen konnte und desinfizierte die Wunden, so gut es ging. Dann griff er nach einer Obstlerflasche und versuchte, mit jedem Schluck mehr Distanz zum Erlebten zu gewinnen. Doch vergeblich. Immer wieder holten ihn die Bilder seines schmerzhaften Falls ein und drängten jeden rationalen Gedanken aus dem Kopf. Er war gefangen in einem Albtraum. Dazu gesellten sich eine nicht fassbare Scham, eine zehrende Ohnmacht und eine grenzenlose Wut. Nico fiel ein, dass seinem alten Journalistenkollegen Meienberg einst Ähnliches passiert war. Auch er wurde auf offener Straße vor seinem Haus von Unbekannten verprügelt. Im Gegensatz zu den physischen Wunden heilten die psychischen nie mehr.

So weit wollte es Nico nicht kommen lassen. Schon allein deshalb, weil er sicher sein konnte, dass im Gegensatz zu Meienberg der Angriff auf seine Person nur die Folge eines blöden Zufalls gewesen war. Wäre er fünf Minuten früher oder später vorbeigekommen, wäre er unbehelligt geblieben. Aus diesem Grund nahm sich Nico vor, sich nicht von diesen engstirnigen Idioten das Leben kaputtmachen zu lassen. Diese Nachtbuben werden noch bereuen, mir begegnet zu sein, schwor er sich.

Im Osten klarte bereits der Himmel, als er bäuchlings liegend in einen unruhigen Schlaf fiel.

KAPITEL 19

Hanni Pulver saß – wie immer – um 8.30 Uhr an ihrem Pult und bearbeitete die eingegangenen Mails. Noch etwas schläfrig, aber mit einer inneren Energie, die sie seit Langem nicht mehr gespürt hatte. Sie musste sich konzentrieren, die Anfragen zu den Themen der letzten Sendung sinngemäß zu beantworten. Am liebsten hätte sie allen geraten, sich einfach zu verlieben, dann würden die meisten Probleme von selber verschwinden.

Immer wieder wurden die getippten Sätze von Erinnerungen an die letzte Nacht verdrängt. Und sie musste sich zusammenreißen, um nicht einfach trottelig lächelnd und mit verträumtem Blick dazusitzen, wenn die Kollegen oder gar der Chef eintrudelten. Zu ihrem Erstaunen schienen die anderen ihren Zustand irgendwie zu bemerken. Jedenfalls bekam sie mehr Komplimente als sonst, selbst von schlurfenden und dem Äußeren nicht viel Beachtung schenkenden Journalisten oder von halb blinden Egozicken, die nur sich selbst im Auge hatten. Auch der Chef war einen Moment lang irritiert.

Er blickte sie an und wünschte einen ›guten Morgen‹, was er sonst nie machte. Dann erbot er sich sogar, ihr einen Kaffee aus der Kantine zu holen, wenn sie das wollte. Sie war wirklich im siebten Himmel und wartete nur darauf, die Nummer ihres Lovers – wie das tönte, dachte sie und errötete fast ein wenig – einzugeben und ihm einen guten Morgen zu wünschen. Freilich wusste sie, dass sie es vor zehn Uhr gar nicht probieren musste, weil Nico sicher noch ausschlief.

So quälte sie sich durch ihr Pflichtenheft und trank den Cappuccino, den ihr Bertschi mit einem Lächeln serviert hatte.

Um 9.55 Uhr, als es im Büro gerade ruhig war, tippte sie mit zittrigen Fingern Nicos Handynummer ein. Sie spürte ein Kribbeln im Bauch, als es läutete. Die Spannung stieg, und sie stellte sich vor, wie Nico aus dem Bett gekrochen kam und das Handy in die Hand nahm. Umso größer war die Enttäuschung, als sich die dämliche Stimme der Combox meldete. Hanni hängte auf, wartete ein paar Minuten und rief erneut an. Sie hatte sich bereits einen Spruch überlegt, den sie auf dem Beantworter hinterlassen wollte, als eine Stimme mit einem heiseren »Hallo« abnahm.

»Bist das du, Nico?«

»Ja … wer spricht?«

»Na wer wohl?«, lachte Hanni, »die Lottofee. Sie haben den Hauptpreis gewonnen: eine Nacht mit mir! Gratuliere!«

Am anderen Ende blieb es seltsam ruhig. »Hallo?«, fragte sie amüsiert, »bist du gleich in Ohnmacht gefallen?«

»Hanni«, flüsterte die Stimme, »mir geht es nicht sonderlich gut. Hatte gestern Nacht einen … Unfall.«

»Um Himmels willen! Bist du verletzt?«

»Wie man's nimmt …«

Hanni gefiel sein Ton gar nicht. »Red Klartext! Was ist passiert?«

»Ich wurde überfallen.«

»Was? Wo?«

»In der Nähe meines Hauses. Vier Skinheads … warfen mich in einen Graben und ich … landete in einer Brombeerhecke. Fühle mich wie ein Fakir. Alles tut weh!«

»Bleib, wo du bist. Ich komme so schnell, wie ich kann. Deine Adresse hab ich ja!«

»Nein, das brauchst du nicht …«

»Keine Widerrede. Und bleib einfach liegen!«

»Aber ich steh schon. Es geht …«

Nicos Stimme riss ab. Hanni zögerte keine Sekunde, meldete sich bei ihrem Chef für den restlichen Morgen ab. Sie müsse zum Arzt, sagte sie, ohne eine Antwort abzuwarten. Und gelogen war das ja nicht. Denn sie war sicher, dass sie Nico ins Spital oder wenigstens zum Hausarzt bringen musste.

Obschon sie noch nie bei Nico gewesen war und auch diese Seite des Limmattals nicht gut kannte, fand sie – GPS sei Dank – fast auf Anhieb zu Nicos Adresse. Bis sie jedoch checkte, dass das Haus rund 20 Höhenmeter oberhalb des Briefkastens am Ende eines geschwungenen, steilen Weges lag, dauerte es einige Sekunden. Doch dann erklomm sie das Weglein und sah Nico vor der Haustür stehen. Als sie näherkam, erschrak sie. »Meine Güte, wie siehst denn du aus?«

»Sag es nur: verschissen! Ich weiß, aber du solltest meinen Rücken sehen.«

Hanni wusste nicht, ob sie weinen oder lachen sollte. Nico erinnerte sie an diese sich selbst kasteienden Opus-Dei-Priester. Mit dem Unterschied allerdings, dass er auch im Gesicht von Striemen und Rissen gezeichnet war. An einigen Stellen waren die Wunden entzündet, und sie konnte sich lebhaft vorstellen, wie der restliche Körper aussah.

»Hast du noch Merfen oder Jod und Verbandsmaterial im Haus?«

»Nicht mehr viel, habe gestern fast alles gebraucht …«

»Gut, ich hab im Auto noch Desinfektionsmittel. Aber lass mich erst den Schaden sehen!«

Hanni grinste, wie Nico fand, einen Tick zu maliziös. Ein wenig mehr Mitleid wäre angebracht gewesen. Deshalb zögerte er einen Moment, ehe er den Morgenmantel öffnete und ihn auszog. Hannis Gesicht veränderte sich schlagartig, als sie Nico, nur in Unterhosen, vor sich stehen sah. »Jesses!«, hauchte sie. »Das muss doch unglaublich brennen und schmerzen! Vielleicht sollte ich dich zum Arzt fahren?«

»Nein, ich hasse Ärzte. Die machen vieles nur schlimmer. Wenn die Stacheln raus und die Wunden desinfiziert sind, wird es schnell wieder besser. Ich hätte es auch selber gemacht. Aber am Rücken kam ich mit der Pinzette nicht hin.«

In den nächsten Minuten mutierte Hanni, die Sekretärin, zu Hanni, der Krankenschwester. Mit einer Engelsgeduld und feinmotorisch überaus begabt, fischte sie mit der Pinzette die abgebrochenen Überreste der Brombeerstacheln aus dem Fleisch. Nico biss auf die Zähne, seufzte nur ab und zu. Nach rund einer halben Stunde war der Rücken einigermaßen stachelfrei, und Hanni verteilte die Jodtinktur. Nico wusste nicht, was mehr wehtat, das Pulen im Fleisch oder das Brennen der Desinfektionsflüssigkeit.

»Und wie sieht es unter der Unterhose aus?«, fragte sie und bemerkte die Doppeldeutigkeit ihrer Worte erst, als Nico sie etwas irritiert anschaute.

»Da hatte ich Glück, glaube ich«, antwortete er und schob die Hose zur Demonstration ein wenig runter.

»Von wegen!«, antwortete Hanni und fuhr mit ihrer Behandlung fort. Als sie auch den Hintern entmint hatte, ging das Jod aus.

»Für den Bauch und die Beine hole ich meine Autoapotheke. Warte!«

Nico blieb bäuchlings liegen. Was hätte er auch anderes tun sollen. Derweil eilte Hanni die 54 Stufen zur Straße hinunter. Ihr Smart war ein paar Meter unterhalb des Briefkastens auf einem öffentlichen Parkfeld parkiert. Sie holte den Verbandskoffer und schloss gerade das Auto ab, als ein junger Mann aus dem Wald trat. Er torkelte eigenartig und hinkte. Sein Arm steckte in einer Art Schlaufe, die er aus seiner Jacke gebastelt hatte. Hanni durchschaute sofort, dass den jungen Mann höllische Schmerzen plagten. Ohne zu zögern, ging sie auf ihn zu: »Sind Sie gestürzt?«

Der Mann nickte scheu. Er sah bemitleidenswert aus. »Ist der Arm gebrochen?«, fragte Hanni weiter. Wieder bejahte der Mann stumm.

»Sie müssen zu einem Arzt! Kommen Sie, ich bringe Sie ins Dorf. Da hat es bestimmt einen Doktor.«

Obschon der junge Mann nicht viel sagen wollte oder konnte, gehorchte er und setzte sich mit einem Seufzer und schmerzverzerrtem Gesicht auf den Beifahrersitz. Hanni legte den ersten Gang ein und fuhr ins Zentrum.

»Wie ist denn das passiert?«, wollte sie wissen.

Der Mann blickte stur geradeaus und schwieg. Hanni dachte schon, er könne gar nicht sprechen oder sei der deutschen Sprache nicht mächtig, als er endlich mit abgehackten Worten antwortete. Er sei beim Wandern einen steilen Hang hinuntergerutscht und habe sich beim Aufprall den Arm gebrochen. Er irre seit Stunden herum und sei sehr froh, dass sie ihm helfe. Ein dankbares Lächeln huschte über sein bartloses Gesicht.

Und als wäre der Bann gebrochen, fragte er, ob sie mit dem neuen Solar-Smart zufrieden sei. Hanni stutzte über dieses Thema und erfuhr, dass der Mann Automechaniker bei ebendieser Automarke war. Immerhin schien ihn dieses Thema von seinen Schmerzen abzulenken, und so plauderten sie über die neuen Sonnen-Paneele auf Dach und Motorhaube, welche die Batterien speisten und die Stromkosten massiv senkten.

Wenige Minuten später hielt Hanni an der Zürcherstraße bei einem hässlichen Geschäftshaus aus den 1960er Jahren an. Hier sei, so sagte ihr eine Frau, die sie zuvor auf der Straße gefragt hatte, die Arztpraxis. Der junge Mann bedankte sich für die Hilfe.

Keine Ursache, meinte Hanni, sie sei froh, dass sie habe helfen können. Immerhin schon der zweiten Person heute, weil auch ihr Freund einen Unfall hatte. Manchmal gebe es schon merkwürdige Zufälle.

Der Verletzte stieg nickend aus und bestand darauf, allein hochzugehen. Er werde das schaffen, meinte er. Hanni nickte und ließ ihn gehen, weil sie ja noch einen anderen Patienten versorgen musste.

Nico wunderte sich über das lange Wegbleiben *seiner* Krankenschwester und fühlte sich fast ein wenig versetzt, als ihm Hanni den Grund für die Verzögerung erzählte.

»Den Arm gebrochen?«, fragte er nach.

»Ja, sah ziemlich böse aus. Würde mich nicht wundern, wenn er gleich ins Spital gebracht wurde.«

»Und wie kam es dazu?«

»Hat er nicht so recht erzählen wollen. Er sei beim Wandern abgerutscht und in die Tiefe gestürzt.«

Nico kam das merkwürdig vor. »Was wollte der denn im Wald? Pilze sammeln?«

»Kaum, er sah nicht nach Pilzen aus. Es war eher ein sportlicher Typ, von Beruf Automechaniker.«

»Woher weißt du das?«

»Er hat es gesagt und mich über die Solar-Paneele auf meinem Smart ausgefragt. War ein ganz sympathischer, junger

Mann. Abgesehen von seinen kurz geschorenen Haaren und seinem Outfit!«

»Was für ein Outfit?«

»Er trug so halbhohe Stiefel und ein T-Shirt mit dem Schweizer Kreuz drauf!«

Als wäre gleichzeitig bei beiden der Groschen gefallen, fand Hanni zuerst zu Worten: »Du glaubst, das war auch einer von dieser Gruppe, die dich …?«

Nicos Gesicht versteinerte sich. »Gut möglich, allerdings war von den Typen, die mir begegnet sind, keiner verletzt.«

»Ich fass es nicht! Da bin ich einmal in meinem Leben als Samariterin gefordert und dann helfe ich nicht nur dem Opfer, sondern auch den Tätern!« Hanni war außer sich, und es nützte nichts, dass ihr Nico versicherte, dass es auch ganz anders sein könne. Hanni ließ sich nicht beschwichtigen und drängte darauf, dass Nico umgehend bei der Polizei Anzeige erstattete.

KAPITEL 20

Lukas Rütimann hatte allerhöchstens vier Stunden geschlafen. Dafür verfügte er nun über eine Liste mit allen Handwerkern, die letzten Montag im Areal des Deutschschweizer Fernsehens gearbeitet hatten und einen eigenen Badge benützten. Gemäß Auskunft der verschiedenen Firmen sollten von den insgesamt 23 Personen 18 am Arbeiten sein. Nicht ohne Stolz legte er die Liste seinem Vorgesetzten um 7.30 Uhr auf den Tisch. Martelli, der ebenfalls schon da war, fand das nicht sonderlich erwähnenswert. Er bedankte sich nicht mal, erachtete diesen Sondereffort wohl als normal. Man müsse sich mit Haut und Haar dem Job verschreiben, predigte er immer den Polizeiaspiranten anlässlich ihres Praktikums bei der Kripo. Ein Fahnder müsse irgendwo auch ein Berserker sein, pflegte er nachzudoppeln und mit einem süffisanten Lächeln zu würzen. Immerhin wusste jeder, der in die Abteilung eintrat, dass er ab nun das Wort Freizeit kaum mehr gebrauchen würde. Dementsprechend waren es vor allem junge und ungebundene Männer und Frauen, die da arbeiteten. Nur Baldini war mit einer Thailänderin liiert, doch er hatte schon lang nicht mehr von ihr gesprochen, weshalb die anderen annahmen, dass sich dies auch wieder erledigt hatte.

Eine halbe Stunde später waren Rütimann und Baldini in Richtung Fernsehstudio unterwegs. Einmal mehr! Doch diesmal war die Aufteilung klar. Jeder musste neun Männer aufsuchen und ihre Alibis überprüfen. Zuppinger kümmerte sich um diejenigen, die nicht in den Studios tätig waren.

Derweil saß Martelli im Sitzungszimmer auf der Hauptwache. Zusammen mit anderen Mitarbeitern ging er nochmals die Fakten durch. Bereits gestern war klar geworden, dass Martelli tatsächlich Blutspuren des Obdachlosen gefunden hatte. Auch ließen sich an der Tür und an den Wänden weitere DNA-Spuren* isolieren, welche jedoch auch von unbeteiligten Leuten stammen konnten. Aufgrund weiterer umfangreicher Ermittlungsarbeiten verfügten die Polizisten über eine recht klare Vorstellung, welchen Weg der Täter mit dem bereits toten Schröder zurückgelegt haben musste. Da es am Vortag gereg-

---

* DNA: Desoxyribonukleinsäure ist ein in allen Lebewesen vorhandenes Molekül und Trägerin der Erbinformation. Im Normalzustand ist DNA in Form einer Doppelhelix organisiert.

net hatte, musste man jedoch einige Spuren abschreiben. Das ärgerte Martelli maßlos. Zudem war weiterhin unklar, wie der Täter den immerhin 72 Kilo schweren Clochard 65 Meter weit zum Leutschenbach getragen und ihn im Schutz der Dunkelheit auf einer der Terrassen beim Fluss deponiert hatte.

Aus diesem Grund verbrachte Martelli gestern Abend um halb elf eine Stunde oberhalb des Fundorts, der rund 50 Meter vom Hauptportal des Fernsehens entfernt lag, um sich ein Bild zu machen. Dank der vielen Scheinwerfer und Lichter war es fast taghell, insgesamt passierten 23 Personen den Weg oberhalb der Terrasse. Mit anderen Worten war es so gut wie unmöglich, um diese Zeit eine Leiche unbemerkt vorbeizutragen. Daraus folgerte der Kriminalist, dass sie erst im Lauf der Nacht hierher gebracht worden war.

Damit hing die nächste Frage in der Luft: Wo wurde die Leiche mehrere Stunden lang aufbewahrt?

Mit beachtlichem Aufwand wurde noch in der Nacht nach dem Zwischenlager der Leiche gesucht, aber bislang nicht gefunden. Jeder Raum in der Nachbarschaft wurde minutiös durchsucht, selbst angrenzende Zonen wurden einbezogen. Doch Fehlanzeige.

Während sich Martelli einen weiteren Kaffee gönnte und damit die Müdigkeit vertreiben wollte, ließ er seine Leute in Form eines Brainstormings mögliche Erklärungen für diesen Umstand suchen. Viel Brauchbares hatte er bislang nicht gehört, als sich Lena Salzmann, eine junge Aspirantin, zu Wort meldete.

»Also ich würde so einen schweren Mann doch nicht in der Gegend herumtragen. Ich hätte den in eine Schubkarre oder dergleichen gelegt. Und wenn die Luft rein gewesen wäre: ab die Post!«

Martelli musste plötzlich laut herauslachen. »Natürlich: ab die Post! Und zwar mit uns allen. Das ist doch die Lösung!

Wir suchen das Areal nach einem geeigneten Untersatz ab. Bin sicher, so kommen wir weiter!«

Rund 20 Minuten später brauste ein Konvoi von vier zivilen Polizeiautos mit Blaulicht und Sirene durch den Milchbucktunnel in Richtung Fernsehstudio. Als sie da mit Getöse ankamen, wirkte es wie ein Überfallkommando. Die Angestellten, die zu der Zeit in ihre Büros gingen, mussten annehmen, die Polizei sei dem Täter dicht auf den Fersen. Sofort wurden wilde Gerüchte im Haus verbreitet, die sogar Direktor Zahner erreichten. Umso enttäuschter war er, als er vom Polizisten erfuhr, dass sie nur auf der Suche nach einem fahrbaren Untersatz für den Transport einer Leiche waren.

»Und hierfür machen Sie so einen Aufwand?«

»Manchmal ist das kleinste Puzzleteilchen das entscheidende«, dozierte Martelli ungerührt.

»Ja, aber bitte führen Sie Ihre Untersuchungen künftig etwas diskreter durch. Im Haus entstehen sonst Gerüchte, und die Moral ist ohnehin angeschlagen.«

Martelli versprach es, obschon er sich keiner Schuld bewusst war.

Kurz nach ein Uhr mittags hellte sich die Miene des Chefs auf. Man habe wahrscheinlich den Untersatz gefunden, meldete ihm ein Beamter per Telefon.

»Wo?«

»In der Malerwerkstatt, gar nicht so weit vom Tatort entfernt.«

»Und wieso seid ihr sicher, dass es der richtige Wagen ist?«

»Wir haben nicht nur Blutflecken festgestellt, sondern auch einen Knopf, der unzweifelhaft von Schröders Hemd stammt.«

Martelli, der sich in der Cafeteria befand und eben ein

Sandwich verdrückte, war zum ersten Mal zufrieden an diesem Tag.

KAPITEL 21

»Hier spricht Hauri! Ich hätte einen Bericht von Ihnen erwartet, Leutnant!«

Der Mann, der die Stimme des Kantonsrates und Majors auch ohne Namensnennung erkannt hätte, zuckte zusammen. Er wusste, dass sein Vorgesetzter eine Schilderung des Projektstandes ›Marignano‹ erwartete, aber er dachte, das habe noch Zeit bis zum Feierabend. Wie stellte er sich das auch vor? Er konnte doch nicht einfach von der Arbeit weglaufen und irgendwo im stillen Kämmerlein einen mehrseitigen Bericht schreiben. Hauptsache, alles hatte geklappt und war bereit fürs Feuerwerk! Dass er sich vorbildlich aus der Misere gelöst hatte, als das Projekt zu scheitern drohte, das attestierte Hauri ja selber.

Dennoch sagte er kleinlaut: »Ich bitte um Entschuldigung, Herr Major, aber ich … arbeite. Und um nicht aufzufallen, braucht es eine tadellose Arbeitsleistung.«

Das wisse er schon, antwortete Hauri in einem etwas freundlicheren Ton, er wolle auch nicht zu viel Druck machen, aber es wäre gut, das Eisen zu schmieden, solang es heiß sei. Es wäre deshalb vorteilhaft, ein weiteres Leuchtzeichen zu setzen!

»Wie meinen Sie das?«

Hauri machte eine Kunstpause und erklärte, dass sie Informationen erhalten hätten, wonach die ermittelnde Polizeiabteilung aufgrund fehlender Zusammenhänge wild drauflos schnüffle und mehrere Dutzend Räumlichkeiten nach irgendwelchen Indizien untersuche. Somit steige das Risiko, dass sie zufällig am falschen Ort fahndeten, was fatal wäre. Aus diesem Grund wäre es vorteilhaft, die Polizei vom Sektor X wegzulocken, ihnen ein wenig zu helfen, die Ermittlungen in eine andere Richtung auszudehnen.

»Haben Sie eine konkrete Idee?«

»Mit der Tatsache, dass Sie eine junge Frau beseitigen mussten, könnte man meinen, es stecke ein abgewiesener Verehrer dahinter. Vielleicht steht dieser bedauernswerte Psychopath auch auf andere schöne Frauen …«

»Sie meinen, eine Art ›Jack the Ripper‹?«

»Ein gutes Stichwort. Machen Sie den Frauen Angst, sorgen Sie für Panik. Dies wird unser wahres Motiv verschleiern und die Spuren verwischen!«

»Und wann erwarten Sie meinen nächsten Einsatz? Heute ist Freitag …«

Die Stimme des Mannes klang wenig begeistert. Der letzte Montag stellte auch für ihn, der mental wie körperlich bestens trainiert war, eine ziemliche Leistung dar. Allein diesen stinkenden Obdachlosen, der so jämmerlich wimmerte und um Gnade flehte, zu erschlagen und so zu verstecken, dass man ihn erst am nächsten Morgen beim Fluss fand, war ein hartes Stück Arbeit gewesen. Emotional weit schwieriger war es, den Anblick dieser Frau zu verdauen, die er töten musste.

Dabei hatte dieser Tag gar nicht schlecht begonnen. Er musste im Studio 1 die Stromleitungen für die anstehende Wahlsendung verlegen. Am Abend, als seine Kollegen längst ihren Feierabend genossen, kam er kurz nach 21.00 Uhr zurück. Auf einem Handwagen, den er sich in der Malerei ausgeborgt hatte, transportierte er eine spezielle Fracht ins Studio und schaffte es, sie unter der Tribüne neben der sogenannten Elefanten-Runde zu verstecken. Er war eben damit beschäftigt gewesen, die Zündungsvorrichtung der Bombe auf Sonntag, 16.00 Uhr, einzustellen, als er plötzlich Schritte hörte.

Zu seiner grenzenlosen Überraschung spazierte eine junge Frau durch das fahl beleuchtete Studiodekor, die ihm durchaus bekannt war: Branka Samirovic. Sie hatten einander schon einige Male in den Studios oder auch bei anderer Gelegenheit getroffen und – man kann es fast sagen – ein wenig geflirtet. Offenbar war es ihr nicht verborgen geblieben, dass er über einen athletischen Körper und ein markantes Gesicht verfügte.

Auch Branka war überrascht, schien dieses Aufeinandertreffen aber sofort als Fügung des Schicksals zu interpretieren. Sie kam näher und fragte kokett, ob er Überstunden mache.

Wonach es denn sonst aussehe, wollte er wissen und lächelte vieldeutig. Sie rollte mit den Augen und meinte, indem sie auf das blinkende Teil zu seinen Füßen blickte, wenn sie es nicht besser wüsste, würde sie sagen, er installiere eine Bombe.

»Guter Witz!«, grinste er. Auch sie lachte hell auf und sah ihn unverblümt an:

Ob er vielleicht Zeit und Lust hätte, mit ihr eins trinken zu gehen?

Um von der heiklen Situation abzulenken, richtete sich der Mann auf, stand keine 50 Zentimeter vor ihr, blickte in ihre blauen Augen und roch ihr Parfum. Sie gefiel ihm, aber er durfte nicht schwach werden, musste klar im Kopf bleiben, seine Mission durchziehen, notfalls auf Kosten alles anderen.

Das sei eine sehr verlockende Idee, meinte er dann, er sei in zehn Minuten fertig, müsse noch kurz ins Büro und komme dann zum Ausgang.

Prima, antwortete sie, dann könne sie sich noch umziehen und den Computer herunterfahren.

Als er einige Minuten nach 22.00 Uhr aus dem Seitengang des ersten Stocks ins Treppenhaus trat, kam sie ihm bereits entgegen. Sie trug ein sommerliches grünes Kleid, wirkte verführerisch und wie eine andere Person. Er musste durchatmen, aber sein Entschluss stand fest. Er durfte nicht davon abweichen. Sie schien seine Gedanken nicht zu erahnen, sondern fragte ihn, ob er ihr die Glastür öffnen könne. Sie habe den Badge im Büro vergessen und müsse nochmals rasch auf die Toilette.

Langsam und lautlos folgte er ihr. Keine drei Minuten später lag sie tot in ihrem Blut.

»Ich kann nachfühlen«, meinte Hauri verständnisvoll, als hätte er die Gedanken lesen können, »dass Ihr Einsatz mit äußerst unangenehmen Momenten verbunden war. Ich kenne das noch von meiner Zeit als Fremdenlegionär. Aber manchmal muss man Dinge tun, die unschön sind, um einer größeren Sache zu dienen!«

»Zu Diensten«, antwortete der Mann. »Ich werde sehen, was ich tun kann, muss aber auch auf meine Tarnung achten. Vielleicht kann ich heute Abend ein Zeichen setzen oder schon am Mittag.«

»Sehr gut«, lobte Hauri und wusste, dass er sich auf seinen Untergebenen verlassen konnte. Somit war gewährleistet, dass die Polizei auch weiterhin im Dunkeln tappte.

KAPITEL 22

»Sie schicken eine Streife«, rapportierte Nico und legte sein Handy auf den Eichentisch vor dem Haus. Er ging trotz der Schmerzen, die er immer noch spürte, ein paar Meter durch seinen Garten. Hanni war zufrieden, denn sie erkannte, dass Nico zu stolz gewesen wäre, die Polizei zu benachrichtigen – ohne sie. Was mit ihm passiert war, durfte nicht ohne Antwort bleiben, und da war falscher Stolz, wie ihn Männer nach verlorenem Kampf häufig zur Schau stellten, fehl am Platz. Sie wollte, dass die Polizei herausfand, welche Schurken Nico so schwer zugesetzt hatten. Der erwartete jedoch nicht viel. Er hätte es sich lieber erspart, innerhalb einer Woche zwei Mal von der Polizei belästigt zu werden. Aber um Hannis These zu widerlegen, wonach er sich über das Erlebte schämte und deshalb nicht darüber reden wollte, rief er bei der Polizei an.

Es dauerte gut und gern eine Dreiviertelstunde, bis er das Brummen eines Motors vernahm, das unmittelbar vor seinem Garten verstummte. Ein paar Minuten später tauchte ein Mann auf, der trotz ziviler Kleidung nichts anderes als ein Polizist sein konnte.

Hanni eilte gleich zu ihm und begrüßte ihn, als wäre er ein alter Bekannter. Der Beamte, ein Mann mit Schnauzbart und lustigen braunen Augen, im Alter irgendwo zwischen 50 und 60, kam auf Nico zu, der sich unter die Laube an den langen Tisch gesetzt hatte. Als der Polizist den zerkratzten Kopf und die ebenso malträtierten Arme sah, wirkte er einen Moment lang überrascht, fand jedoch schnell zu seiner Routine zurück.

Und während er mit Nico den Tathergang nachzeichnete, stellte Hanni dem, wie sie vermutete, sicherlich durstigen

Beamten ein Glas mit frischem Holundersirup auf den Tisch. Er bedankte sich und blickte sich um: »Schön haben Sie es hier, umso schlimmer, dass man in diesem Land nicht mehr friedlich leben kann. Es kann doch nicht sein, dass Anarchie herrscht!«

Nico staunte ob der fast schon politischen Äußerung seines Gegenübers und konnte sich nicht verkneifen anzufügen, dass diese Gruppierung kaum anarchistisch wirkte, eher rechtsextrem, mithin also für *mehr* Ordnung und Heimatschutz eintrete.

»Wissen Sie, für mich sind linksextreme und rechtsextreme Gruppierungen unterm Strich dasselbe«, konterte der Polizist. Beide würden ihre eigenen Maximen über diejenigen der Mehrheit stellen und agierten damit terroristisch, weil ideologisch unfähig, einen Konsens zu erreichen.

Wieder staunte Nico über den Beamten. Dennoch konnte er das Gesagte nicht einfach stehen lassen. Bislang habe er stets das Gefühl gehabt, fügte er deshalb an, die Polizei sei tendenziell auf dem rechten Auge zu lang blind gewesen. Und er frage sich, wie man diese Extremismen noch in den Griff kriegen könne.

Auch da hatte der Polizist eine Antwort parat: Er plädierte für mehr Geschichtsbewusstsein, dann würden diese Jungen, die im Grunde genommen nur falschen Führern hinterherliefen, eher bemerken, dass es keine Heil bringende Wahrheit gebe.

Wahrlich, dachte Nico mit einem Schmunzeln, mit diesem Mann konnte man glatt diskutieren. Wenn der nicht Polizist gewesen wäre, würde er gern mal mit ihm eine Flasche Wein trinken und wissen wollen, worauf seine Meinung gründete.

Doch Hanni, die bisher still dem Gespräch der beiden gelauscht hatte, sah es für angezeigt, anstelle einer politischen Grundsatzdiskussion das vordringliche Problem zu betrachten. Aus diesem Grund fuhr sie ganz nebenbei über Nicos nackten Arm. Postwendend schrie der ob des Schmerzes auf.

»Sie müssen sich vorstellen«, meinte Hanni, ohne die Empörung in Nicos Augen zu beachten, »so wie dieser Arm sieht der ganze Körper aus. Und wenn ich sage, der ganze Körper, dann meine ich den ganzen Körper!«

Der Polizist nickte und machte Anstalten, den Tathergang zu protokollieren. Nico erzählte, was passiert war, beschrieb die Täter, so weit er es konnte.

Der zuhörende Beamte notierte alles und blickte dann in die Runde. »Ja, das deckt sich weitgehend mit der Anzeige, die wir gestern Abend erhalten haben. Mit Ausnahme eines Punktes!«

»Es gab noch einen Vorfall?«, fragte Hanni.

»Ja«, fuhr der Beamte fort. Eine Familie aus Sri Lanka sei oben auf dem Gubrist von Skinheads bedrängt worden, als sie am Grillieren war. Wäre nicht eine Gruppe von Sportlern zu Hilfe gekommen, hätte es wohl eine Keilerei mit bösem Ausgang für die Familie gegeben.

»Und was ist die Ausnahme?«, wollte Nico wissen.

»Beim Vorfall oben auf dem Gubrist waren es fünf Männer.«

Hanni erbleichte. Dann habe sie also wirklich einen dieser schrecklichen Gesellen zum Arzt gebracht, ereiferte sie sich. Sie erzählte dem Polizisten die ganze Geschichte, der alles auf seinem Protokoll festhielt. Dann wollte er den Schauplatz des Überfalls sehen. Die drei stiegen hinter dem Haus zum Waldweg hinauf und gelangten nach einigen Minuten dahin. Nico erschrak, als er realisierte, wie tief er gefallen war und dass er Glück im Unglück gehabt hatte: Die Brombeerhecke hatte die Wucht des Sturzes entscheidend abgefedert.

Hanni wirkte geschockt. Sie hatte sich das Gelände aufgrund von Nicos Erzählungen weit harmloser vorgestellt: »Mein Gott, du kannst deinen Schutzengeln wahrlich danken!«

Selbst der Polizist schien beeindruckt. »Wären Sie auf einen Baumstrunk gefallen, dann könnten Sie jetzt querschnittgelähmt, wenn nicht tot sein!«

Man konnte es in seinem Gesicht lesen, dass er wütend und fast persönlich betroffen war. »Das ist kein Kavaliersdelikt mehr, sondern meines Erachtens ein qualifizierter Tatbestand mit möglicher und in Kauf genommener Todesfolge! Ich werde dies umgehend weiterleiten.«

Wenige Minuten später war der Beamte gegangen. Anstatt eines Abschiedsgrußes hatte er gute Besserung gewünscht. Nico und Hanni saßen schweigend am Tisch unter der Laube. Es war Mittag geworden. Als wäre Hanni schon einige Male hier gewesen, ging sie in die Küche und machte etwas zu essen. Nico hielt sie nicht auf, freute sich über die Fürsorge und ihre Anwesenheit. Es tat gut, einen Menschen in der Nähe zu spüren, und dass es ausgerechnet Hanni war, erschien ihm plötzlich logisch. Sie war neben Alice die Einzige, die er aushielt. Ihm war, als hätte das Schicksal, an das er nie glauben wollte, schon immer vorgesehen, dass sie sich finden würden. Vor 15 Jahren war schlicht die Zeit nicht reif gewesen. Doch jetzt stimmte alles, und Alice, das spürte er, hatte nichts dagegen.

Hanni zauberte aus Schinken, Käse und den Eiern der Zwerghühner ein luftiges Omelett, das Nicos Lebensgeister weckte.

»Und dieser Mechaniker, den du zum Arzt gebracht hast, der arbeitet in einer Smart-Garage?«

»Mindestens hat er sich mit Smarts ausgekannt, wollte wissen, ob ich mit den Sonnenpaneelen zufrieden bin.«

»Wo hast du den Wagen gekauft?«

»In einer Smart-Garage in Schlieren.«

Nico nahm sein Handy, wählte die Auskunft und ließ sich die Nummer der Werkstatt geben.

»Da, ruf an und frag, ob sie einen Mitarbeiter haben, der den Arm gebrochen hat.«

»Wieso ich? Das kannst du besser!«

»Eine Frau kommt weiter. Zumal du nicht mal zu lügen brauchst. Du willst dich bloß erkundigen, wie es dem armen Kerl geht, dem du heute geholfen hast.«

Widerwillig führte Hanni den Auftrag aus, kam jedoch nicht sehr weit. Die zwar freundliche, aber nicht eben hilfsbereite Stimme am anderen Ende der Leitung erklärte, dass sie über Mitarbeitende keine Auskunft geben dürfe, versicherte immerhin, dass derzeit niemand krankgeschrieben sei.

Nico lächelte. So gehe es den Journalisten dauernd, dozierte er. Nur schon für die kleinste Information müsse man manchmal stundenlang telefonieren. Er sei aber ohnehin von der alten Schule und zöge es vor, vor Ort zu recherchieren.

»Willst du somit bei allen Smart-Garagen vorbeigehen und herumschnüffeln?«

Nico überlegte. Soweit er wisse, gebe es rund um Zürich nur noch in Wallisellen eine weitere Garage. Sie müssten ohnehin fürs Wochenende einkaufen gehen und könnten das mit einem Besuch verbinden.

Hanni schmunzelte und fügte schnippisch an: »Heißt das, dass du mich schon fürs ganze Wochenende eingeteilt hast? Stillschweigend annehmend, dass ich nichts anderes vorhabe?«

»Nicht annehmend, sondern hoffend!«

»Gut, ich kann dich ja nicht in deinem Elend allein lassen, aber glaub ja nicht, dass ich die ideale Krankenschwester mime, die dir gleichzeitig auch den Haushalt schmeißt!«

»Würde ich nie wagen!«

Kurze Zeit später saßen sie im kleinen Auto und legten die 20 Kilometer nach Wallisellen, als Folge des Hybrid-Antriebes, fast lautlos zurück. Sie fanden die Garage dank des Glasturms, in dem die neuen Modelle ausgestellt waren, problemlos und parkierten an der Rückseite des Gebäudes. Hanni folgte Nico, der ohne zu zögern in die Werkstatt eintrat und sich umsah. An mehreren Autos arbeiteten Mechanikerteams. Sie schienen die Eindringlinge gar nicht zu beachten. Ganz im Gegensatz zu einem leicht untersetzten Mann mit schütterem Haar und üppigem Schnauz, der eben aus seinem Büro geschritten kam und auf die beiden zuging. Als er Nicos zerkratztes Gesicht sah, wirkte er einen Moment lang verunsichert. Dennoch fragte er mit deutlicher Stimme, ob er helfen könne.

»Sind Sie der Werkstattchef?«, wollte Nico wissen.

»Und wenn es so wäre?«

»Dann wäre ich beim Richtigen!«, antwortete Nico mit einem Grinsen.

»Womit kann ich also helfen?«

»Meine Frau«, fuhr Nico fort und war über seine Wortwahl nicht weniger erstaunt als Hanni, die neben ihm stand und ihn mit großen Augen anblickte, »hat heute Morgen einem Mitarbeiter von Ihnen geholfen, der sich den Arm gebrochen hat. Sie fuhr ihn zum Arzt, und wir wollten nur wissen, ob es ihm besser geht?«

Der Werkstattchef blickte Nico misstrauisch an. Irgendetwas kam ihm merkwürdig vor.

»Sind Sie von der Polizei?«

»Gott bewahre!«

»Wir haben niemanden, der den Arm …«

Der Mann blickte sich um. Als würde er seine Mitarbeiter im Kopf durchgehen, stutzte er plötzlich. »Moment«, sagte er und ließ die beiden stehen. Er durchquerte die Werkstatt und passierte eine Glastür zum Ausstellungsraum, wo er sich an eine Frau wandte, die an einem Verkaufs-Desk stand. Sie redeten kurz miteinander, und der Chef verwarf seine Hände, wurde wütend. Als er aus dem Augenwinkel heraus bemerkte, dass ihm Nico und Hanni in der Zwischenzeit in den Verkaufsraum gefolgt waren, beruhigte er sich augenblicklich und ging zu ihnen.

»Wie ich Ihnen schon sagte, wir haben keinen Mitarbeiter mit gebrochenem Arm. Sie entschuldigen mich!«

Ohne eine Antwort abzuwarten, stapfte er an ihnen vorbei und verschwand hinter der Glastür in sein Reich. Wie Nico beobachtete, trat er zum erstbesten Auto, wo ein Mechaniker über die geöffnete Motorenhaube gebeugt war, und stauchte ihn zusammen.

Mittlerweile wandte sich Hanni an die Dame am Desk: »Ist immer dasselbe mit den Chefs: Informiert man sie, regen sie sich auf, sagt man nichts, passiert dasselbe!«

»Genau so ist es«, pflichtete die andere mit einem Lächeln bei, die gemäß eines Namenstäfelchens Angelica Slungo hieß und zuständig für die Werkstattdisponierung war.

»Wissen Sie«, fuhr Hanni fort, »ich hab heute Morgen einen Ihrer Mechaniker an einem Waldrand aufgefunden und ihn zum Arzt gefahren, weil er den Arm gebrochen hatte.«

»Nein, der Arm ist unverletzt, der Simon hat sich das Schlüsselbein gebrochen und fällt für mehrere Wochen aus. Ich wollte es dem Herrn Lutz sagen, aber hab es im Rummel vergessen«.

»Ach, das passiert doch jedem einmal, abgesehen davon müssen Sie ja disponieren und Ersatz finden, nicht der Lutz!«

Die junge Frau freute sich sichtlich über Hannis wohlwollende Beurteilung der Situation, durchschaute, dass sie quasi Leidensgenossinnen waren. Hanni nutzte die Gunst der Stunde: »Sagen Sie, diesen Simon, wo finde ich den?«

Frau Slungo zögerte kurz, da sie wusste, dass sie persönliche Daten nicht herausgeben durfte, doch dieses Mal erlaubte sie sich eine Ausnahme.

Einige Minuten später schritten Hanni und Nico zu ihrem Auto. Wie eine Trophäe hielt Hanni das Zettelchen mit der vollständigen Adresse von Simon Lutz in der Hand. Was die beiden nicht bemerkten, waren die Blicke eines jungen Mannes, der sie von der Werkstatt aus beobachtete und Nico trotz seines zerkratzten Gesichtes wiedererkannte, schließlich war er gestern Nacht mit dessen Fahrrad gefahren.

Obschon es der Chef gar nicht gern sah, ging er in einen Nebenraum und nahm das Handy hervor. Hastig wählte er eine Nummer.

»Hey, Trümpi, da ist der Remo. *Heilandsack,* du glaubst nicht, wer eben in unsere Garage gekommen ist: der Typ von gestern!«

»Welcher Typ?«

»Na der mit dem Velo, den der Ebinger den Hang hinuntergeworfen hat!«

»Der kann schon wieder laufen? Erstaunlich!«

»Deinen Humor will ich haben! Dieses Arschloch schnüffelt uns nach!«

»Ach wo, wie soll der wissen, dass du da arbeitest. Das ist ein Zufall!«

»Ich wäre mir da nicht so sicher!«

»Hat er dich gesehen?«

»Nein.«

»Nach dir gefragt?«

»Auch nicht.«

»Also dann war es ein dummer Zufall!«

»Meinst du wirklich? Also mir ist einen Moment lang das Herz in die Hose gerutscht.«

»Blödsinn! Was mich viel eher Wunder nimmt: Hast du den Lutz gesehen?«

»Nein, er kam weder heim noch ist er bei der Arbeit erschienen.«

»Liegt denn dieser Penner immer noch im Wald und schläft den Rausch aus?«

»Vielleicht ist er verletzt!«

»Seich*! Der hat nur Angst aufzutauchen, weil er weiß, dass wir ihm eine über die Rübe ziehen. Wenn du ihn siehst, richte ihm aus, dass wir nur dann nachtragend sind, wenn er nicht zum Treffen erscheint! Heute Abend werden wir von Major Hauri höchstpersönlich für den Sonntag instruiert. Er soll also ja nicht auf die Idee kommen, kneifen zu wollen!«

»Sicher! Ich werde es ihm ausrichten, bis später ...«

KAPITEL 23

Max Bertschi fand es eine absolute Zumutung, dass sich seine Sekretärin für einen Arzttermin abgemeldet hatte und gleich den restlichen Tag wegblieb. Auf der anderen Seite kam ihm das gerade recht, konnte er doch ungestört die junge Moderatorin eines lokalen Radiosenders empfangen, die er für ein erstes Gespräch eingeladen hatte. Pünktlich um elf stand Sonia Arnold in Hannis Büro und blickte sich scheu um, sich wundernd, dass das Sekretariat der Medizinsendung verwaist war.

* Seich: eigentlich Urin, jedoch meist im Sinne von Unfug oder Blödsinn gemeint

Dann ging die Tür auf, und Bertschi füllte mit seiner einnehmenden Art den Raum.

»Ah, Sonia, da sind Sie ja! Kommen Sie herein!«

Die junge Frau folgte der Aufforderung und strich an Bertschi vorbei. Ihr Parfum verfehlte seine Wirkung nicht, und ihm gefiel, was er sah.

Derweil setzte sich Sonia auf den zugewiesenen Platz, ließ ihre rehbraunen Augen umherschweifen und war sich ihrer Reize durchaus bewusst. Sie hatte ein anthrazitfarbenes Kostüm gewählt, dessen Schlitz im Rock weit genug nach oben reichte, um anregend aber nicht billig zu wirken. Max Bertschi nahm in seinem Stuhl Platz. Er lächelte und betrachtete die junge Frau eingehend: »Wie geht's?«, begann er möglichst unverfänglich, denn eigentlich war es ihm nicht ums Reden. Am liebsten hätte er dieses hübsche Ding ausgepackt und vernascht.

Sonia schlug die Beine übereinander, was die Wirkung ihrer edlen Stiefel potenzierte. »Mir geht es sehr gut, danke«, hauchte sie. »Ein schönes Büro haben Sie!«

Bertschi grinste, er genoss die Möglichkeiten, die sein neuer Sonderauftrag bot, kannte aber auch die Risiken. Speziell bei den Moderatorinnen musste er eine gewisse Distanz wahren, auch wenn sie mehr hierarchischer als physischer Natur war. Aus diesem Grund stand er auf und tigerte in seinem Büro auf und ab. Er erklärte der artig zuhörenden Bewerberin, welcher neuen Persönlichkeiten das Fernsehen bedürfe. Unverbrauchte Gesichter mit Charme und schweizerischem Flair und einer spritzigen, frechen Natürlichkeit, die das Vielseitige dieses unverwechselbaren Landes ausmachten, das wolle der Direktor auf dem Bildschirm sehen. Dazu gehöre die Bereitschaft vonseiten der Moderatorinnen und Moderatoren, sich mit Haut und Haar für diese Aufgabe zu empfehlen und aufzuzeigen, dass sie professionell dächten und handelten. Und auch bereit wären, mehr als das Übliche zu geben!

Sonia war nicht auf den Kopf gefallen. Sie hatte ein Studium der Politologie abgeschlossen und sich auch dank mehrerer Auslandsaufenthalte einen breiten Horizont erarbeitet. Seit einigen Jahren arbeitete sie als Teilzeitjournalistin bei einem Zürcher Radiosender und moderierte da eine spätabendliche Diskussionssendung mit gesellschaftlichen und politischen Themen, die besonders beim jungen Publikum auf ein erstaunliches Echo stieß. Dennoch konnte sie nicht sofort nachvollziehen, auf welche Art von Moderation Bertschi anspielte und was daran so neu sein sollte. Erst als er konkreter wurde, obschon er sich in Stehsätze verrannte, begriff sie, was er meinte. Sie wirkte erleichtert, dass die Eignung für den Job nicht a priori mit ihrem relativ kleinen Erfahrungsschatz in Sachen Fernsehjournalismus zu tun hatte. Umso mehr begriff sie, dass sie an die Bereitschaft gekoppelt war, sich flach legen zu lassen.

»Damit ich den Job kriege, wollen Sie mit mir ins Bett, hab ich das richtig verstanden?«, fragte sie deshalb ungeschminkt und formte ihre Lippen zu einem Schmollmündchen. Der zuvor selbstsichere Bertschi kam kurz ins Trudeln. Sie solle ihn Max nennen, brachte er nur hervor.

Als Sonia auf ihn zutrat, kippte er vollends aus der Rolle. Er blickte in zwei hypnotische Augen. Immerhin fand er wieder zu Worten und skizzierte das weitere Vorgehen: Alle Bewerber würden ausgiebige Tests durchlaufen, um deren Talente und Fähigkeiten von der Sohle bis zum Scheitel auszuleuchten. Sonia stand nun unmittelbar vor dem Fernsehmann und legte ihre rechte Hand auf dessen Schulter. Ihre Lippen waren nur noch Millimeter von den seinen entfernt. Dass es gleich so raketenhaft abgehen würde, hätte sich Bertschi nicht erträumen lassen. Kein Wunder überhörte er das Klopfen, das durch die hölzerne Tür drang.

Chefredakteur Peter Imgrüt staunte nicht schlecht, als er die beiden in ihrer Umklammerung erblickte. Max Bertschi war einen Moment lang sprachlos, doch Sonia reagierte blitzschnell, setzte den Blick eines beim Naschen ertappten Mädchens auf und meinte keck: »Hallo, Herr Imgrüt, schön, Sie zu sehen. Wir sind mitten im Casting, aber Sie stören überhaupt nicht …«

Imgrüts Mund klappte auf, als müsste er Luft holen. Bertschi wirkte erstarrt, aber schien immer noch verzaubert. Sonia lief zu Höchstform auf: »Also, Max, dann sehen wir uns heute Abend, um die nächste Testeinheit durchzuspielen. Bis dann!« Sie warf ihm eine Kusshand hin, zwinkerte in Richtung des Chefredakteurs und verließ das Büro. Die beiden Männer blickten ihr hinterher. Dann herrschte ein Moment lang Stille, ehe Imgrüt zu Worten fand:

»Wie nannte sie das? Casting? Läuft das neuerdings so?«

Der aggressive Unterton weckte Bertschi, und er fand zu seiner distanzierten Tonalität zurück: »Ich mache nur, was mir der Direktor auftrug!«

»An allen Gremien, an mir als Chefredakteur, an sämtlichen Auswahlverfahren vorbei?«

»Rolf will neue Gesichter auf den Sendern.«

»Und die Wahl triffst du – der Schattenminister vom Leutschenbach! Das würde dir so passen!«

»Ich mache lediglich eine Art Vorcasting, trenne quasi die Spreu vom Weizen.« Und mit maliziöser Stimme fuhr er fort: »Allerdings hast du schon recht: Es weht ein neuer Wind am Leutschenbach. Gewisse Leistungsträger bringen es nicht mehr, sind ausgepowert und müssen ersetzt werden: vor und hinter der Kamera!«

»Oh, der Herr geht aufs Ganze! Hast wohl das Gefühl, mit Zahner im Rücken kannst du dir alles erlauben! Dann sage ich dir etwas: Solang mir Zahner nicht klar den Auftrag entzieht, als Chefredakteur zu fungieren, wirst du nicht mehr auf dem Bildschirm erscheinen! So einfach ist das!«

»Das trifft sich gut, da ich das auch nicht mehr vorhabe. Ich werde andere Aufgaben übernehmen!«

Imgrüt, der zwar schon geahnt hatte, dass mit dem neuen Direktor einiges anders werden würde und wusste, dass er bei ihm nicht hoch im Kurs stand, konnte nur mit Mühe seine Fassung wahren. Alles, was über seine Lippen kam, war die dürre Frage nach dem Termin seiner Absetzung.

»Du wirst nicht abgesetzt. Du bleibst, was du bist. Aber ich werde Stabschef und stellvertretender Direktor. Zahner wird euch das wohl an der nächsten Geschäftsleitungssitzung verkünden, und die findet bekanntlich nächste Woche statt.«

»Bravo, dann hast du ja erreicht, was du immer schon wolltest: uneingeschränkte Macht und die Möglichkeit, alle loszuwerden, die dir je Paroli geboten haben. Aber eines kann ich dir schon jetzt sagen: Auch dein Waterloo wird kommen! Früher, als du glaubst. Und wenn ich selber …!«

»Höre ich da eine Drohung? Wie dumm von dir! Muss ich wirklich nach oben melden, dass du kein loyaler Mitarbeiter mehr bist und dem Ansehen von DSF schaden willst?«

Imgrüt schäumte vor Wut. Er hatte Bertschi schon immer als Schlange gesehen, verachtete dessen eitles Karrieredenken. Bislang konnte er es verhindern, dass er zu viel Macht bekam. Doch nun schienen die Tage also gezählt. Anstelle von Transparenz und Leistung traten nun Willkür und Selbstherrlichkeit auf den Plan.

»Weißt du, was du bist, Bertschi? Ein verdammter, egozentrischer Schleimer! Ein unfähiger, selbstherrlicher Geck!«

»Das sehen einige anders. Vielleicht liegst also du mit deiner Einschätzung falsch! Aber ich verzeihe dir deinen präpotenten Ausbruch. Wir werden nach den Wahlen weiterreden. Nun muss ich mich auf meine Gespräche für den Sonntag vorbereiten. Du entschuldigst!«

Imgrüt verließ das Büro wie ein begossener Pudel. Bertschi lächelte. Auf diesen Moment hatte er jahrelang gewartet: Endlich konnte er damit beginnen, all seinen Feinden einen Tritt in den Arsch zu versetzen.

Dann griff er zu seinem Handy, wählte die Nummer von Sonia Arnold.

»Kleine Programmänderung: Die nächste Castinglektion findet heute im Hafen von Küsnacht statt. Ich hab da eine kleine, schmucke Jacht.«

»Oh, ich wusste gar nicht, dass ich eine nautische Sendung moderieren soll …«

»Keine nautische, aber eine, die Wellen schlägt. 18.30 Uhr, sei pünktlich!«

»Aye, aye, Käpten!«

KAPITEL 24

»Hier ist es: Altmattstraße 64. Hier wohnt Simon Lutz, zusammen mit einem Remo Villinger. Wohl eine WG.«

Hanni fröstelte trotz des warmen Wetters, das der Nachmittag beschert hatte. Eigentlich wäre sie am liebsten nach Hause gefahren, hätte gern Ruhe gehabt. Stattdessen stand sie mit Nico vor diesem Mehrfamilienhaus in einem Außenquartier Zürichs und war drauf und dran, einen wildfremden und unberechenbaren jungen Mann zu besuchen, der nicht nur ein Rechtsextremer war, sondern dessen Kollegen auch vor Gewalt nicht zurückschreckten.

Doch Nico dachte nicht ans Aufgeben. Er war jetzt in seinem Element. Er wollte Klarheit bekommen, alles aufdecken und das Wespennest ausräuchern. Er brauchte diese Worte nicht laut, weil er wusste, dass Hanni wohl zurückgekrebst wäre. Aber ihm ging es nicht mehr allein um seine persönliche Gefühlslage, um die Überwindung seiner Scham und Ohnmacht: Er kämpfte nun für Aufklärung, diese höchste aller journalistischen Tugenden!

Trotz seiner Bereitschaft, Risiken einzugehen, bemerkte er den ängstlichen Blick von Hanni. Deshalb schlug er vor, sie solle im Auto warten, während er ins Haus gehe. Sie begehrte auf, ließ sich jedoch überzeugen, dass es vernünftiger sei. Sie könne so aufpassen und sofort melden, sollte sich auf der Straße etwas tun.

Nico brauchte nicht lang beim Eingang zu warten, bis die Tür aufging und ein sieben- oder achtjähriges Mädchen mit schwarzen Locken und einem Springseil in der Hand nach draußen schritt. Nico grüßte freundlich, und das Mädchen blickte ihn an, als wäre er der schwarze Mann, was angesichts seines zerkratzten Gesichts nicht verwunderte. Nico rechnete bereits mit einem ersten Problem, als das Mädchen prustend zu lachen begann. Sie fand die Striemen im Gesicht offensichtlich lustig und fragte unverblümt nach der Ursache.

»Das war der Samichlaus«, antwortete Nico mit einem verschmitzten Lächeln.

»Den gibt es gar nicht!«, insistierte das Mädchen.

»Stimmt«, antwortete er, »sag kennst du den Simon? Einer mit fast keinen Haaren auf dem Kopf?«

Wieder lachte sie. Ja, der sei zu Hause. Sie habe laute Musik gehört, als sie bei seiner Tür vorbeigegangen sei.

Nico bedankte sich, trat in das Treppenhaus und ging in den zweiten Stock. Mit einem mulmigen Gefühl stand er vor der Tür, hörte den dumpfen Bass und die krächzende Stimme eines Rocksängers und überlegte, wie er vorgehen wollte.

Obwohl er keine klare Strategie hatte, klingelte er. Es dauerte eine Zeit, bis er beim Spion eine Lichtreflexion sah. Doch es tat sich nichts. Nico pochte gegen die Tür.

Langsam und nur einen Spaltbreit öffnete sich die Tür. Ein paar erstaunlich jugendliche Augen blickten ihn fragend an.

»Entschuldigung, dass ich störe«, sprudelte es aus Nico heraus, »ich bin ein Nachbar vom anderen Haus und habe vernommen, dass Sie Automechaniker sind. Ich hab einen neuen Smart mit Solar-Paneelen. Aber irgendwie ist die Ladekapazität immer erschöpft, obschon die Batterie leer ist. Können Sie mir sagen, was ich falsch mache?«

Der junge Mann öffnete die Tür einen Spalt mehr, und Nico sah die Riemen des Rucksackverbands, der seine Schultern stabilisierte. Lutz blickte immer noch misstrauisch, wirkte jedoch alles andere als gefährlich. Ein Eindruck, der auch durch die Glatze und sein dunkles T-Shirt, das den Schriftzug ›Patriot‹ trug, nicht relativiert wurde. Das angeschnittene Thema schien sein Interesse zu wecken.

»Überfüllen können Sie die Batterien nicht, das unterbindet die elektronische Schaltung. Irgendwie muss das integrierte ECD kaputt sein!«

»Das was?«

»Das Electronic Controlling Device, das die Hybridschaltung steuert.«

»Aha!«

Lutz merkte, dass der Mann mit den merkwürdigen Striemen im Gesicht keinen blassen Schimmer hatte. »Also am besten bringen Sie das Auto in die Garage! Wo haben Sie ihn gekauft?«

»In Schlieren …«

»In Schlieren? Wieso nicht in Wallisellen, liegt näher und ist ein größeres Smart-Center!«

»Spielt das denn eine Rolle?«

»Sicher, wir haben den besten Service weit und breit!«

»Sie arbeiten dort, nehme ich an?«

Lutz nickte nicht ohne Stolz, wie Nico bemerkte.

»Die Bude gehört meinem Onkel, ich bin dort Mechaniker!«

»Oh, dann sind Sie quasi der Nachfolger?«

»Schon möglich.«

Nico wusste nicht mehr weiter. Er war in eine Sackgasse geraten und hatte sein Pulver verschossen.

»Gut, dann danke ich für Ihre Hilfe, kann ich Ihnen das Auto am Montag bringen?«

»Kaum, ich hatte einen Unfall.«

»Oh, Sie auch?«

Zum ersten Mal lächelte Lutz. »Sie sind wohl einer Peitsche zu nahe gekommen?«

»Fast, ich stürzte und fiel in eine Brombeerhecke.«

»Autsch! Muss wehgetan haben.«

Nico nickte. »Und bei Ihnen: unter die Hebebühne geraten?«

»Nein, gestolpert und einen Hang hinuntergeflogen.«

»Den Arm gebrochen?«

»Nein, das Schlüsselbein …«

Dann machte Nico hinter seinem Rücken etwas, was er noch eine Sekunde zuvor als idiotisch abgelehnt hatte. Er kratzte sich einige Wunden am linken Unterarm auf, sodass es blutete. Rote Tropfen quollen aus dem Arm, und Nico tat überrascht. Lutz wirkte irritiert.

»Scheiße«, fluchte Nico, »immer wieder brechen die Wunden auf. Dürfte ich rasch bei Ihnen ins Bad, um das Blut abzuwaschen, bevor ich alles antropfe?«

Lutz wich erschrocken einen Schritt zurück, und Nico trat in die Wohnung ein. Auf dem Weg zum Bad passierte er das Wohnzimmer, das auf den ersten Blick wie ein typisches

WG-Zimmer aussah: braunes Klötzchenparkett, eine abgewetzte Couch vor einem Fernseher, daneben eine Stereoanlage, ein Büchergestell, in dem alles Mögliche gelagert war außer Bücher. Nur die riesige Schweizerfahne, die über dem TV-Gerät hing und ebenfalls den düsteren Schriftzug ›Patriot‹ trug, verlieh dem harmlosen Raum etwas Bedrohliches. Obschon klar war, wo das Badezimmer zu finden wäre, öffnete Nico absichtlich die Tür zu einem der Schlafzimmer.

»He, stopp!«, schrie Lutz, als würde Nico in ein fahrendes Auto rennen. »Das Bad ist geradeaus!«

»Entschuldigung«, antwortete Nico und war sich nicht sicher, ob er wirklich das gesehen hatte, was er glaubte. Über dem Bett hing ein Schlachtbild aus dem Mittelalter und darüber prangte der Schriftzug ›Rache 1515‹.

Die aufgekratzten Wunden versiegten bald, und Nico kam wenig später aus dem Bad zu Lutz zurück, der in der kahlen Küche hockte. Offenbar tat ihm seine Schulter weh.

»Kann ich Ihnen irgendwie helfen?«, fragte Nico.

Lutz schüttelte den Kopf. »Muss warten, bis die Schmerzmittel wirken.«

»Tja, mit dem Wochenende wird's dann wohl nichts!«

»Wem sagen Sie das. Dabei …« Lutz stockte, wollte diesem Unbekannten nicht mehr sagen.

Nico nickte. »Also, nochmals vielen Dank. Ich muss jetzt. Gute Besserung!«

Als Nico aus dem Haus trat, winkte er Hanni, damit sie ihn dort einladen würde, wo Lutz sie nicht sehen konnte. Hanni fuhr mit zackigem Tempo heran, war bleich und wirkte verängstigt: »Sag mal, wo warst du so lang? Wolltest du gleich übernachten?«

»War ganz interessant, habe mit ihm über dies und das geredet. Ist ein ganz netter Bursche. Aber er verbirgt etwas. Und in seinem Schlafzimmer – oder dem seines WG-Genossen – habe ich ein altertümliches Schlachtenbild gesehen mit dem Schriftzug ›Rache 1515‹.«

»Das ist vielleicht eine dieser Rechtsextremen-Bands. Diese Typen hören doch so scheußliche Musik.«

»Möglich, irgendwie klingelt bei mir etwas, aber ich weiß noch nicht, welches Glöckchen.«

»Können wir jetzt endlich diese Aktion abschließen und das Wochenende in Angriff nehmen?«

»Sobald du eingekauft hast.«

»Was soll das wieder heißen?«

»Während du in Oerlikon einkaufst, gehe ich surfen!«

»Also ehrlich!«, entrüstete sie sich, »kannst du das nicht bei dir daheim?«

»Mein Internetanschluss ist … kaputt.«

Hanni seufzte. Langsam aber sicher neigte sich ihre Geduld dem Ende zu. Deshalb schlug sie vor: »Wie wär's, wenn wir zu mir gingen. Da habe ich alles für ein Abendessen und auch einen Computer!«

»Geht leider nicht. Ich muss meine Hühner vor dem Fuchs schützen.«

KAPITEL 25

Normalerweise war der Freitag der schwächste Tag in der Kantine, doch heute platzte sie aus allen Nähten. Wer es nicht anders einrichten konnte und gegen zwölf Uhr essen wollte, der musste lange Warteschlangen vor den Schöpfeinheiten und den diversen Buffets in Kauf nehmen und fand nur noch mühsam einen Sitzplatz.

Nach Tagen der Verwirrung und Unsicherheit hatte sich bereits wieder eine gewisse Normalität eingestellt, die man auch als Pragmatismus deuten konnte. Denn das ganze Haus bereitete sich aufs Wochenende vor: Die National- und Ständeratswahlen standen vor der Tür, das bedeutete für alle einen absoluten Großkampftag.

Für einmal war es wirklich offen, wer als Gewinner aus der Wahl hervorgehen würde. Seit den letzten Wahlen, als neue Mitte-Parteien mit großem Trara ins Parlament einziehen konnten, hatte sich beim Stimmvolk eine gewisse Ernüchterung eingestellt. Immer mehr zeigte sich, dass auch die neuen Kräfte mehr versprochen hatten, als sie halten konnten. Weil zusätzlich die wirtschaftliche Situation in ganz Europa und dadurch auch in der Schweiz nach wie vor düster aussah, versprachen sich nun die radikaler politisierenden Parteien wieder einen Aufschwung. Mittlerweile war in breiten Schichten traditionell gesonnener Bürgerinnen und Bürger ein regelrechter Hass auf die Europäische Union entstanden. Man machte den Moloch in Brüssel dafür verantwortlich, dass die Arbeitslosenquote und die Lebenskosten stark gestiegen waren. Auf der anderen Seite war es zu weitreichenden Allianzen zwischen ökologisch radikalisierten Gruppierungen und antikapitalistischen Bürgerbewegungen gekommen, sodass sich im linken Spektrum ebenfalls einiges bewegte.

Erstmals lag es im Bereich des Möglichen, dass die rechtskonservative ›Nationale Opposition‹, ebenso wie die ›Liga der linksökologischen Gesinnung‹ in einigen Kantonen ein Nationalratsmandat erringen könnten. Dementsprechend nervös ging es auf der schweizerischen Politbühne zu.

DSF-Chefredakteur Peter Imgrüt hatte es gegen die massiven Widerstände aus Bern und trotz der Einsprache der welschen Programmdirektorin geschafft, das logistische Zentrum der Wahlen erneut nach Zürich in die Studios des Deutschschweizer Fernsehens zu holen. Allerdings als weit umfangreicheres Projekt als noch vor vier Jahren.

Deshalb herrschte seit Tagen eine Hektik, die keinen Platz für die Ereignisse vom Anfang der Woche ließ. Praktisch alle verfügbaren Studiotechniker, weit über 100 Journalisten und ein Dutzend Moderatoren waren eingeteilt, das Großereignis adäquat über die diversen Sender der Schweizer Medien Gesellschaft flimmern zu lassen. Die Logistik dahinter war enorm. So benötigte allein die zusätzliche Computerarmada für die Hochrechnungen und die unzähligen Fremdterminals für Radio-, Online- und Printjournalisten sowie diverse Lokalfernsehanstalten eine zusätzliche Stromversorgung. Techniker waren seit Wochen an den Vorbereitungen. Einer von ihnen war der athletisch gebaute und groß gewachsene Lukas Ebnöther. Seit mehreren Wochen verlegte der gelernte Elektriker Kabel um Kabel. Als Teamleiter der Einheit ›Electric Supply‹ war er verantwortlich dafür, dass am entscheidenden Tag nicht plötzlich die Sicherungen ausfielen, weil zu viele Geräte und Stromfresser gleichzeitig eingeschaltet wurden. Ebnöther galt als fleißiger, wenn auch wortkarger Kollege, doch seine Vorgesetzten wussten, dass sie ihm vertrauen konnten. Und Lukas arbeitete viel, manchmal fast bis zur Erschöpfung. Allerdings nicht nur für das Fernsehen, sondern auch für die ›andere‹ Sache. Und so würde es auch diesen Mittag sein. Das wusste Ebnöther und fand – wie häufig – eine Ausrede, warum er nicht mit den anderen in die Kantine gehen wollte.

»Was, du gehst schon wieder joggen? Ist das noch gesund?«, fragte ihn Müller, ein Kollege, und setzte einen mitleidigen Blick auf.

Ebnöther nickte. »Die Kantine ist eh zu voll, und der Fraß ungesund!«

»Ich finde sie gar nicht so schlecht«, rechtfertigte Müller seinen Hunger und schloss sich den Kollegen an, die sich pünktlich wie immer um 11.58 Uhr auf den Weg zu den Esstöpfen machten. Ebnöther genoss die eingekehrte Ruhe, blickte in die Weite des Studio 1. Als er sicher sein konnte, dass er allein war, kroch er unter die Bühnenverbauung und besuchte sein Baby, das unscheinbar wirkte und lediglich dank eines regelmäßig blinkenden Rotlichts eine gewisse Aktivität verriet. Gemäß Hauri hatte er das Feuerwerk auf 16.00 Uhr eingestellt, was ihn nun etwas spät dünkte. Schließlich würden dann schon einige Hochrechnungen vorliegen, auch stünden die ersten Gewinner fest. Ebnöther konnte sich gut erinnern, dass Major Hauri in Unkenntnis des genauen Ablaufs der Wahlsendung willkürlich die Zeit bestimmt hatte. Nun aber war er klar, und Ebnöther sah auf dem mehrseitigen Ablauf-Papier, wann, wo, was stattfinden sollte. Die erste VIP-Runde war auf 15.10 Uhr anberaumt, bei der die Präsidentinnen und Präsidenten der im Parlament vertretenen Parteien auftraten. Mit anderen Worten wäre es besser, die Bombe würde bereits um 15.00 Uhr hochgehen. Die Warnung müsste folglich um 14.30 Uhr erfolgen. Das würde für ansehnlich viel Wirbel sorgen. Erst recht, wenn es dann wirklich krachte!

Ebnöther zögerte nicht lang und stellte die Uhr der Bombe vor. Dann kroch er wieder hervor, vergewisserte sich, dass er nicht gesehen worden war, und verließ das Studio. Er spürte durchaus ein bisschen Hunger, hätte gern einen Salat oder ein Stück Fleisch gegessen, doch es galt, keine Zeit zu verlieren. So musste einmal mehr eine Banane genügen.

Wie immer, wenn es schön war, gingen einige Angestellte des Fernsehens über Mittag joggen. Die Umkleidekabinen samt

Duschen waren im Untergeschoss eines Nebengebäudes untergebracht, das auf der anderen Seite des Leutschenbachs lag.

Ebnöther betrat das Gebäude durch den Haupteingang an der Westseite und wollte eben in den Keller hinabsteigen, als ihm drei Frauen im Alter zwischen 30 und 40 entgegen kamen. Er kannte sie vom Sehen. Sie trugen eng anliegende Laufanzüge und wirkten sportlicher, als sie es wohl waren. Sie grüßten freundlich. Er erwiderte den Gruß und wünschte einen guten Lauf. Den würden sie bestimmt haben, antwortete die erste und lächelte. Ob er auch rennen gehe, fragte die zweite. Sicher, antwortete Lukas. Und wie lang seine Runden seien, wollte die dritte wissen. Die kurze Strecke sei 60 Minuten, die mittellange 80.

Wow, antwortete die erste beeindruckt. Sie seien nur etwa 35 Minuten unterwegs. Lang genug, antwortete Lukas und lächelte. Lang genug, um alles für euch vorzubereiten, dachte er im Stillen.

Die drei Frauen rannten los, und Lukas stieg die Treppe ins Untergeschoss hinab. Er kannte sich gut aus, da sich hier unten das Kabellager befand, und er vor zwei Jahren die Stromleitungen verlegt hatte. Er öffnete den Sicherungskasten, der hinter einer Tür untergebracht war, die ein Totenschädel mit zwei Blitzen zierte. So einfach dieses Mittel auch war, es nützte, das wussten alle Elektriker. Kein ›normaler‹ Mensch würde freiwillig diese Tür öffnen, dabei war es in diesem Raum nicht gefährlicher als irgendwo sonst. Er kippte den Hauptschalter vom automatischen Programm in den Schaltuhrmodus. In genau 45 Minuten würde im ganzen Trakt das Licht ausgehen. Sodann programmierte er die Bodenheizung auf maximale Leistung und schloss den Sicherungskasten wieder ab. Den Schlüssel steckte er ein und verließ den Raum mit dem Totenkopf. Als wäre es das Selbstverständlichste der Welt ging er in die Umkleidekabine für Herren, schlüpfte in seinen Joggingdress. Er war allein und lauschte, ob er von der Damengarderobe herüber Geräusche höre. Alles schien ruhig. Er griff nach dem Plastikfläschchen, das er eingepackt hatte und ging hinüber.

Vorsichtig öffnete er die Tür, horchte nochmals in den stillen Raum. Ein Geruchsgemisch von Schweiß und Parfum schlug ihm entgegen. Dann trat er ein. Er passierte den Umkleideraum, registrierte anhand der hängenden Kleider, dass nur die drei Frauen, die er zuvor angetroffen hatte, unterwegs waren, und ging zu den Duschen. Wie bei den Männern gab es einen offenen Bereich mit vier Duschen und einige abgetrennte Kabinen, die man abschließen konnte. Er öffnete die hinterste, wo sich der gesammelte Wasserablauf befand, und kontrollierte, ob der Boden trocken war. Um sicherzugehen, holte er vom Waschbecken einige Papiertücher und rieb die Kacheln ab. Dann öffnete er das Fläschchen und verteilte fingernagelgroße, weiße Tabletten, die wie Traubenzucker aussahen.

»Zuerst das Wasser, dann die Säure, sonst passiert das Ungeheure!« Dieser alte Spruch seines ehemaligen Chemielehrers kam ihm in den Sinn, und er wusste, dass Ungeheures passieren würde, wenn zu den ausgebrachten Natrontabletten Wasser stieß. Die Lauge würde förmlich explodieren, und durch die zusätzliche Wärme der Bodenheizung entstünden ätzende Dämpfe. Die Weiber werden also ein schönes Feuerwerk erleben, wenn sie sich nach dem Joggen duschen wollen, dachte er zufrieden. Sollte dann auch noch das Licht ausgehen, wäre die Panik perfekt.

Danach verließ er die Garderobe und ging seelenruhig joggen. Er wählte die kurze Strecke, rannte zum nahen Wald zwischen Kloten und Wallisellen hoch und schmiss das Fläschchen mit den Natrontabletten in einen Papierkorb bei einer Feuerstelle. Nach einer erholsamen Stunde auf den Waldwegen joggte er zurück und kam zum lang gezogenen Seebecken, das die Stadtplaner vor einigen Jahren in der Meinung errichtet hatten, das urbane Wohnen in diesem Quartier attraktiver zu gestalten. Obschon noch über 500 Meter vom TV-Studio entfernt, hörte er bereits den Lärm von Sirenen. Dann sah er die rot-weißen Rettungswagen mit ihren züngelnden Blaulichtern und zwei Polizeiautos. Polizisten waren bereits dabei, den Eingangsbereich des Nebengebäudes abzusperren, um Schaulustige abzuhalten. Als Ebnöther herangetrabt kam, trugen gerade zwei Sanitäter eine Frau auf einer Bahre aus dem Gebäude heraus. Man hatte ihr eine Sauerstoffmaske und eine kühlende Decke übergelegt. Sie schien bewusstlos. Ebnöther erkannte sofort, dass es sich um eine der Joggerinnen von vorhin handelte. Hinter der Bahre folgte ein weiterer Sanitäter, der die zweite Sportlerin stützte. Sie hustete und war bleich. Angst stand in ihrem Gesicht. Dicht dahinter wankte die dritte Frau heraus. Auch sie würgte, aber war imstande, allein zu gehen, obschon auch sie einen Sanitäter zur Seite hatte. Als sie Ebnöther erblickte, ging sie zu ihm hin und umarmte ihn mit Tränen in den Augen. Er wusste nicht, was er tun sollte und ließ es einfach geschehen. Sie stammelte etwas von einer Explosion, von Dunkelheit und einem ätzenden Gas. Dann brach sie zusammen. Er konnte sie gerade noch auffangen und übergab sie dem heraneilenden Sanitäter.

Was passiert sei, fragte er, und der Sanitäter meinte, er habe Glück gehabt. In den Garderoben sei ein Anschlag verübt worden. Als man in den Duschen das Wasser aufdrehte, seien giftige Dämpfe entstanden. Eine der Sportlerinnen habe zudem ernste Verbrennungen erlitten.

Ebnöther stand einen Moment da und wusste nicht so recht, was er denken sollte. Irgendwie taten ihm die drei Kolleginnen leid, dennoch durfte er sich keine derartigen Emotionen leisten. Er musste an die Samirovic denken, und wie sie ihn angeblickt hatte, als der Hammer ihre Schädeldecke sprengte. Hart bleiben, Mann!, befahl er sich.

In dem Moment trat ein muskulöser Typ auf ihn zu. »Verdammte Scheiße!«, sagte er. Ebnöther nickte.

»Mein Name ist Zuppinger, Kripo Zürich. Darf ich Ihnen ein paar Fragen stellen?«

Wieder nickte er.

»Sie waren auch joggen. Haben Sie sich auch in den Katakomben umgezogen?«

»Ja.«

»Wann war das?«

»Kurz, nachdem die drei Frauen losgelaufen sind, also vor etwas mehr als einer Stunde.«

»Haben Sie die drei Frauen gesehen?«

»Ja, wir haben miteinander gesprochen. Aber was genau ist denn passiert?«

»Das wissen wir noch nicht. Aber es dürfte eine Art Anschlag passiert sein. Um ein Haar hätte es wieder Tote gegeben. Offenbar ging das Licht aus, als die drei Damen duschen wollten, und dann gab es eine chemische Reaktion mit Reizgasen. Unsere Spezialisten werden das sicher bald herausgefunden haben.«

»Kann ich mich umziehen gehen? Meine Kleider und meine Sachen sind noch unten.«

»Nein, im Moment darf niemand hinunter, solang die Gefahr nicht gebannt ist.«

»Aber die ist doch vorbei, oder?«

»Wer weiß das schon? Ich werde veranlassen, dass man Ihre Sachen hochbringt. Haben Sie ein Schließfach benutzt?«

Ebnöther stockte. So schnell wie die zischende Reaktion von Natronlauge mit Wasser raste ihm eine Frage durch den Kopf: Könnte man an seinen Kleidern Spuren der Chemikalie finden? Sogleich verwarf er diesen Gedanken und antwortete. »Ja, für mein Portemonnaie.«

»Warten Sie hier!«

Zuppinger verschwand im Gebäude, und Ebnöther kam sich plötzlich einsam vor, obschon er von anderen Menschen umringt war, und einige auf ihn einschwatzten, ihm Fragen stellten oder ihre Betroffenheit ausdrückten.

KAPITEL 26

Hanni hatte sich breitschlagen lassen und war ins Einkaufszentrum gegangen, um ein paar Sachen einzukaufen. Obschon sie nachvollziehen konnte, dass Nico wissen wollte, wer hinter dem Angriff auf seine Person stand, hatte sie sich diesen Abend etwas anders ausgemalt. Sie wollte dort weitermachen, wo sie gestern Nacht aufgehört hatten. Dies, obwohl sie wusste, dass anstrengende Arbeitstage auf sie warteten. Denn auch sie war für die Wahlsendung eingeteilt. Doch daran wollte sie im Moment überhaupt nicht denken. Sie wollte endlich das bekommen, was sie seit Jahren vermisste: Zärtlichkeit, Zuwendung, Geborgenheit. So nahe wie jetzt war sie ihrem Ziel schon ewig nicht mehr gewesen. Umso mehr befürchtete sie, dass es zu verschwimmen drohte. Mit jeder Sekunde mehr. Sie konnte sich gegen dieses Gefühl nicht wehren, spürte eine dräuende Schwere aufsteigen. Es war ihr egal, was die Leute dachten, als sie zwischen Käse- und Fleischabteilung jämmerlich zu schluchzen begann und ihren Tränen freien Lauf ließ. Erst als ihr eine ältere Dame ein Taschentuch reichte, wurde sie wieder gewahr, wo sie stand. Sie bedankte sich und wollte nur noch raus. Ohne Konzept griff sie nach irgendwelchen Artikeln und warf sie in ihren Einkaufswagen. Natürlich waren viel zu wenige Kassen offen, sodass sich lange Schlangen gebildet hatten. Sie biss die Zähne zusammen, wartete geduldig, bis sie ihre Waren auf das Förderband legen konnte, staunend, was sie sich da alles eingepackt hatte. Doch sie traute sich nicht, die unnötigen Artikel wieder auszuladen, steckte alles in farbige Papiersäcke, zahlte und ging. Sie hatte sogar noch die Nervenstärke und kramte in ihrem Portemonnaie nach der Kundenkarte und reichte sie der Frau an der Kasse, die danach gefragt hatte.

Sie war froh, als sie an die frische Luft kam, überquerte die Straße und ging zum Parkplatz. Als sie die Säcke im Fond ihres Smarts verstaut hatte, kam Nico angerannt. Er wirkte merkwürdig erregt.

»Hanni, du glaubst nicht, was im Fernsehen passiert ist!«

Hanni spürte, wie sich ihr Magen verkrampfte. Nicht schon wieder, dachte sie bang.

»Vor drei Stunden ist ein Giftgasanschlag verübt worden. Mehrere Personen sind verletzt!«

Hanni zitterte, wieder kamen Tränen. »Was? Woher weißt du das?«

»Habe eben mit Mario Ettlin telefoniert, einem Kollegen von der Tagesschau.«

»Ja, ich kenne ihn. Aber was genau ist passiert?«

Nico erzählte, was er wusste. Zu wenig, wie Hanni fand, um Klarheit zu bekommen. Sie verstand nur, dass es diesmal glücklicherweise keine Toten gegeben hatte. Wenigstens das.

»Und dann habe ich noch was im Zusammenhang mit unserem eigenen Fall herausgefunden!«

Was würde jetzt noch folgen, fragte sich Hanni besorgt.

»Rache 1515 bezieht sich wahrscheinlich auf die Schlacht bei Marignano! Du weißt ja, damals verloren die Eidgenossen gegen die französischen Truppen und mussten sich zum ersten Mal in ihrer recht kurzen Großmachtgeschichte zurückziehen. Was für die einen der Beginn einer neutralen Ära war, bedeutete für andere eine untilgbare Schmach!«

»Okay, aber was hat das mit uns zu tun?«

»Rate, wann der 500. Jahrestag stattfindet?«

Hanni schüttelte den Kopf, Geschichte hatte sie schon in der Schule gehasst, doch Nico schien dies nicht zu bemerken. Er fuhr feurig fort:

»Übermorgen! Mit anderen Worten, am Tag der Parlamentswahlen: am 13. September!«

»Und?«

Nico stutzte. Konnte es wirklich sein, dass sie die Zusammenhänge nicht checkte?

»Mit anderen Worten«, fuhr er etwas langsamer fort, damit sein Gegenüber diesmal mitkam, »Hanni, da braut sich etwas zusammen! Ich bin fast sicher, dass gewisse nationalistische Gruppierungen irgendetwas geplant haben. Fast wie ein geheimes Komplott. Sie wollen die Schande von Marignano tilgen, vielleicht, indem sie die Wahlen stören!«

»Jetzt mach mal einen Punkt! Ich glaub, mit dir geht die Fantasie durch! Das mit dem Jahrestag von Marignano mag ja sein. Aber dass die Burschen, die dich vermöbelt haben, am Sonntag die Schweiz von einer 500-jährigen Schande reinwaschen wollen, das ist nicht nur sehr unwahrscheinlich, sondern geradezu hanebüchen!«

Nico schluckte leer. Er spürte, wie ihn Hannis Kommentar verletzte. Deshalb meinte er leicht beleidigt: »Ettlin fand meine Theorie nicht so abwegig. Nachdem schon wieder einige Jahre seit Anders Breiviks Massaker in Norwegen und diesen Döner-Morden in Deutschland vergangen sind, lechzt die rechte Szene nach neuen Taten – und diese Gruppierungen sind weit vernetzter, als wir meinen. Aus diesem Grund will Mario uns helfen.«

»Was helfen?« Nun wurde es ihr zu bunt, denn sie ahnte, was gleich folgen würde. Doch Nico kam ihr zuvor: »Versteh doch: Wir müssen Lutz im Auge behalten. Vielleicht trifft er sich mit anderen Gesinnungsgenossen, um …« Weiter kam er nicht mehr, weil Hanni ihn anschrie: »Okay, tu, was du willst, aber ohne mich! Ich hab es satt. Wenn du mich irgendwann wieder mal sehen möchtest, dann weißt du ja, wo du mich findest!« Wutentbrannt stieg sie ins Auto, startete den Motor und fuhr weg. Nico stand da wie ein begossener Pudel. Dann griff er zum Handy und rief erneut bei Ettlin an.

»Mir ist eben meine Mitagentin abgesprungen. Sie hat unsere Theorie in Fetzen zerrissen.«

»So sind Frauen«, lachte Ettlin in den Hörer, »aber du kannst dich trösten, als ich Sara erzählt habe, dass ich mit dir Rechtsextreme beobachten wolle, hat sie mich auch für verrückt erklärt.«

»Vielleicht sind wir das ja auch. Sag, wann können wir uns treffen? Ich spüre so ein Kribbeln, das mir einflüstert, zur Wohnung dieses Lutz zu fahren.«

»Jetzt ist es Viertel vor fünf. Ich denke, ich kann im Büro abhauen. Soll ich dich in Oerlikon abholen?«

»Das wäre sehr zuvorkommend, denn ich habe mit dem Gehen nach wie vor Probleme; ab und zu piekst es immer noch …«

KAPITEL 27

In Zahners Büro war es düster, obschon draußen heller Nachmittag herrschte. Der Direktor hatte die Sonnenstoren heruntergelassen, als würde er sich gegen eine Lichtallergie schützen wollen. Martelli musste sich erst an die dämmrige Atmosphäre gewöhnen. Für ihn konnte es nie hell und warm genug sein.

Doch er sagte nichts, setzte sich auf den zugewiesenen Stuhl beim Sitzungstisch und blickte in die Runde. Rütimann und Zuppinger flankierten ihn links und rechts, ihm gegenüber hatte Direktor Zahner Platz genommen. Neben ihm saßen Chefredakteur Imgrüt und Max Bertschi, die einander keines Blickes würdigten. Am unteren Ende des Glastisches hatte Erwin Liechti, der Chef für Gebäudesicherheit und Einrichtungsschutz, Platz genommen. Er wirkte zerknirscht und betroffen, sagte nur etwas, wenn man ihn direkt fragte.

Martelli begann ohne Umschweife mit seinen Ausführungen: »Reden wir nicht lang um den heißen Brei herum: So wie die Dinge liegen, war es nur ein Glücksfall, dass es keine weiteren Toten gab. Abgesehen von der bedauernswerten Julia Wegmüller, die an den Beinen mittelschwere Verbrennungen und eine leichte Lungenverätzung erlitten hat, sind die beiden anderen Frauen mit einem Schock davongekommen. Alle drei werden medizinisch und psychologisch betreut. Aufgrund unserer Ermittlungen unterscheidet sich aber der letzte Übergriff von den früheren in einem weiteren markanten Punkt: Der Täter – und ich gehe immer noch davon aus, dass es ein und derselbe Täter ist – verfügt über spezifische Kenntnisse, die es ihm erlaubten, Sicherungskästen zu öffnen und Manipulationen an Zeitschaltuhren und Apparaten vorzunehmen.

Was schätzen Sie, Herr Liechti, wie viele Mitarbeiter haben diese spezifischen Fähigkeiten und – nicht zuletzt – wie viele Leute besitzen einen Schlüssel zu den elektrischen Schaltkästen?«

Liechti erschrak, als er seinen Namen hörte, und blickte erst fragend zu Zahner, der ihm zunickte und zum Reden ermunterte. Der Sicherheitschef redete langsam, als müsste er jedes Wort abwägen, bevor es ausgesprochen wurde. Nach und nach erfuhren die Anwesenden, dass rund zwei Dutzend Personen über die nötigen Schlüssel verfügten, beziehungsweise wüssten, wo sie zu finden wären. Und das Wissen, einen Schaltkasten zu manipulieren, das besäßen all jene, die daheim auch eine Heizung oder eine Schaltuhr bedienen müssten, mit anderen Worten: praktisch jeder.

Martelli nickte, auch wenn ihn das Gehörte nicht weiterbrachte. Er verlangte von Liechti eine Liste mit allen Namen und war erfreut, dass sie der Sicherheitschef bereits bei sich hatte.

Zuppinger nahm sie an sich und verließ den Raum. Martellis Befehl, spätestens in zwei Stunden die ersten Ergebnisse vorzulegen, hallten ihm nach.

Der Direktor lächelte sanft, als sich die Tür wieder schloss. Aber sein Gesicht zeigte an, dass ihm einiges nicht passte: Er glaube schon, begann er vorsichtig, dass die Polizei alles unternehme, die Vorfälle aufzuklären. Dennoch erstaune es ihn aber, wie wenig bisher bei den Ermittlungen herausgekommen sei. Der Täter plane vielleicht schon seinen nächsten Angriff, und wie alle Anwesenden wüssten, fänden dieses Wochenende die Wahlen statt. Die Studios des Senders seien gleichsam der Nabel der gesamtschweizerischen Medienberichterstattung. Und schon heute hätten mehrere Zeitungen lautstark infrage gestellt, dass die Sicherheit für Politiker, VIPs und Medienleute gewährleistet sei.

»Wir sind uns dieser Problematik bewusst«, antwortete

Martelli und fügte an, dass die Sicherheitsfrage nicht nur aufgrund dieses mutmaßlichen Serientäters virulent sei, sondern auch wegen der politischen Instabilität, die momentan im Land herrsche. »Außerdem hat das Fernsehen ja zusammen mit der Stadtpolizei ein ausgereiftes Sicherheitsdispositiv erarbeitet, oder nicht?«

»Schon«, meinte der Direktor, »aber die Leute in Bundesbern sind momentan sehr nervös und gereizt. Jedes weitere Ereignis könnte katastrophale Auswirkungen haben, mithin den ganzen Wahlsonntag stark beeinträchtigen! Vielleicht sogar über den Haufen werfen. Das muss unter allen Umständen vermieden werden!«

Imgrüt, der bisher nur zugehört hatte, fuhr dazwischen, bevor Martelli beschwichtigen konnte. »Sie haben eben von einem Serientäter gesprochen, meinen Sie damit eine Art Jack the Ripper? Jemanden, der aus welchem Motiv auch immer wahllos auf Frauen losgeht?«

Der angesprochene Beamte lächelte, als hätte er diese Frage erwartet: »Ob das sein Hauptmotiv ist, kann ich nicht sagen, aber es würde in gewisser Weise passen.«

»Ja, reden wir denn plötzlich von einem Triebtäter, von einem Frauenhasser?«, schaltete sich Zahner ein. Sein Blick verriet, dass er langsam die Übersicht verlor.

»Triebtäter sind wie schlummernde Vulkane«, dozierte Martelli geduldig. »Jahrelang können sie unauffällig und alles andere als gewalttätig leben, bis sie durch ein Ereignis oder einen Auslöser zum Killer mutieren. Dann aber agieren sie unglaublich gewalttätig, durchbrechen jede Schranke moralischen Denkens und geraten in einen Strudel der Gewalt. Ob unser Täter in dieses Schema passt, ist fraglich. Dennoch braucht es ein spezielles psychologisches Momentum, um mit dem Hammer zwei Menschen zu erschlagen. Das macht kein *normaler* Mensch.«

»Das mag ja stimmen«, antwortete Bertschi, der sich dank seiner medizinischen Kenntnisse befugt fühlte, über das Psychogramm des Täters mitzudiskutieren, »aber ist es dann nicht untypisch, dass er die letzten Opfer nicht umgebracht hat? Gibt sich ein Triebtäter, so wie Sie ihn schildern, mit Leichtverletzten zufrieden?«

»Vielleicht kam ihm etwas dazwischen,« spann Rütimann den Faden weiter, »konnte sein Ziel nicht erreichen.«

»Dann wäre er jetzt wohl ziemlich wütend«, vermutete der Direktor und folgerte: »Also müssen wir damit rechnen, dass er bald wieder zuschlägt, um seine Hormone in den Griff zu bekommen.«

»Ja, wir gehen davon aus«, meinte Martelli säuerlich lächelnd, »dass der Täter bald wieder auf die Pirsch geht, seinen Adrenalinspiegel noch nicht runtergeholt hat. Wir haben deshalb weitere Leute aufgeboten, um gewappnet zu sein!«

»Und wenn nichts passiert«, schaltete sich der Chefredakteur dazwischen, »wäre das nicht ein Indiz, dass etwas anderes dahintersteckte?«

»Für mich gibt es da zu viele Wenns«, beschloss Zahner die Diskussion, weil schon der nächste Termin auf ihn wartete, »auf Konjunktiven will ich nicht aufbauen. Seien wir also wachsam und hoffen wir, dass die Geschichte ein baldiges Ende nimmt!«

Als die Polizisten den Raum verlassen hatten, kehrte einen Moment lang Stille ein. Und weil weder Imgrüt noch Bertschi Anstalten machten, das Büro zu verlassen, blickte Zahner fragend in die Runde: »Gibt's noch was?«

Imgrüt fasste sich ein Herz: »Ich habe gehört, du willst die GL* umstrukturieren. Wäre es nicht fairer gewesen, das zuerst mit Ulli und mir zu besprechen?«

---

* GL: Geschäftsleitung

Zahner blickte einen Moment lang verdattert drein. Dann warf er Bertschi einen ärgerlichen Blick zu. Doch schon Sekunden später waren diese Emotionen aus seinem Gesicht gelöscht, fast freundschaftlich lächelnd meinte er: »So, hat sich das also schon herumgesprochen? Aber Peter, du weißt doch, nichts wird so heiß gegessen wie gekocht. Ich will weder dir noch Ulrike irgendetwas wegnehmen. Ihr zwei seid Stützen, auf die ich baue. Aber ich sehe, dass ihr beide mit euren Abteilungen so viel um die Ohren habt, dass ich euch entlasten will. Aus diesem Grund habe ich Max beauftragt, die künftige Expertenkommission für die Rekrutierung der Moderatoren zu präsidieren. Ebenso werde ich ihn zu meinem Stabschef ernennen. Was das genau bedeutet, hätte ich euch kommenden Mittwoch an der GL-Sitzung erläutert. Ganz transparent und fair! Aber ich wollte dich vor diesem Wochenende, das für den Sender so wichtig ist und ganz in deiner Hand liegt, nicht verunsichern!«

Imgrüt nickte. »Okay, freut mich zu hören, dann werde ich wohl an die nächste Sitzung gehen. Bis dann …«

Der kurze, feste Händedruck, der männlich und vertrauensbildend wirken sollte, gelang den beiden nur halbherzig. Als Imgrüt zur Tür hinaus war, wandte sich Zahner seinem letzten Gast zu: »Musstest du ihm das gleich unter die Nase reiben? Ist ja klar, dass er diese Umstrukturierung nicht gern hört!«

»Ich hab ihm gar nichts unter die Nase gerieben, aber er kam mir ziemlich dreckig, wollte mir einmal mehr die Diskussionsleitung für den Sonntag entziehen, da musste ich meine Zähne zeigen.«

»So, und das wollte er ohne Grund?« Zahners Stimme klang wenig überzeugt.

»Es ist ein offenes Geheimnis«, antwortete der Angesprochene, »dass mich Imgrüt lieber heute als morgen absetzen möchte. Aber er wird sich noch wundern, wer da allenfalls zuerst den Hut nehmen muss!«

»Moment, Moment, lass mich eines klarstellen: Personalentscheide treffe immer noch ich! Ich brauche Peter, weil er einen wichtigen Job macht, und ich will deine Talente anderweitig nutzen. Wenn ihr euch aber wie Kindergärtler prügeln wollt, dann tut das im Sandkasten!«

KAPITEL 28

Es war kurz nach fünf Uhr, als Mario seinen alten und klapprigen Renault in der Nähe des Eingangs der Altmattstraße 64 parkierte. Nico saß neben ihm, und sie kamen sich vor wie zwei schauspielernde Privatdetektive in einer Krimi-Serie. Jedenfalls schwiegen beide, um sich nicht über ihre Mission lustig zu machen. Mehr um die Zeit zu überbrücken als aus investigativen Gründen fasste Nico für Mario nochmals den Wissensstand zusammen: »Lutz gehört zu einer Gruppe von Skins, die sich anscheinend ›Patrioten‹ nennen. Im Internet fand ich hierzu eine Page, die leider nicht viel mehr hergab, als ein paar dürftige Dekrete über den hehren Kampf ihrer Ahnen für Freiheit und Gerechtigkeit. Erst über den Umweg eines Links habe ich diesen Aufsatz gefunden«.

Nico zeigte das Blatt, das er ausgedruckt hatte. »Der Autor kommt sich anscheinend als intellektueller Vordenker vor.«

»Und worüber äußert er sich?«

»Jetzt musst du aufpassen! Ich zitiere:

Disziplin und Autorität sind im Leben unverzichtbar. Denn

gibt es ein Wolfsrudel ohne Rangordnung und Verhaltensregeln? Der Rechte will Gehorsam dort, wo es um die Solidarität oder Gemeinschaft mit dem Großen und Ganzen geht. Autorität ist die Achtung und der Respekt vor der nachweisbar größeren Erfahrung und Wissen, in der Anwendung am Großen und Ganzen, auch im Vorleben der Tauglichkeit und Tüchtigkeit!«

»Wie bitte?«, fragte Mario mit Stirnrunzeln.

»Genauso steht es hier! Mit all den inhaltlichen Loopings und Verdrehungen. Zudem packt er zu viel in zu wenige Sätze, verliert darob die Zusammenhänge. Typisches Problem eines Menschen, der seinen Ergüssen ohne Distanz gegenübersteht.«

»Wenn ich mir diese Neonazis so vorstelle, dann frage ich mich tatsächlich, ob die verstehen, was der schreibt.«

»Versteht der sich selber? Der Clou ist jedoch, dass das gar keine Rolle spielt. Die Anhänger schnappen Worthülsen und Slogans auf und vergessen den Rest, aber das reicht. Nach diesem Prinzip arbeiteten schon Hitler und Goebbels. Letztlich auch Castro und Stalin. Sie quasselten so lang, bis alle froh waren, wenn ein Ende kam. Aus diesem Grund achten diese Demagogen darauf, dass sie am Schluss die kernigen Botschaften setzen, anscheinend rechtmäßig hergeleitet und daher richtig. Auch unser Kollege macht das, so beendet er sein Pamphlet mit den Worten:

Das Böse droht! Mit Faust- und Gotteskraft wird es besiegt! Ein Blitz, ein Donner – da steht Tell!«

»Uff!«

»Ja, das knallt, gell? Genauso wie der Satz, der am Schluss einer anderen Page steht: Um Angst zu überwinden, musst du Angst werden!«

Mario wiederholte den Satz und musste lachen, was Nico überraschte. Ihm war ein Schauer über den Rücken gekrochen, als er ihn zum ersten Mal gelesen hatte.

»Was ist daran so lustig?«, wollte Nico wissen.

»Dieser Satz stammt, wenn ich mich recht erinnere, von Batman.«

»Der Comicfigur mit der Fledermauskappe?«

»Genau von der. Im Film ›Batman begins‹ wird gezeigt, wie Bruce Wayne, das Alter Ego von Batman, panische Angst vor Fledermäusen hatte. Und um diese Angst zu überwinden, wurde er selber eine Fledermaus und rächte den Tod seiner Eltern, indem er dem Bösen den Krieg erklärte.«

Nico wunderte sich. Weniger über die Herkunft des Zitats, als über die Botschaft, die mitschwang. »Könnte es sein«, versuchte er seine Gedanken in Worte zu fassen, »dass diese Skins wirklich einer ausformulierten Ideologie folgen? Dass sie nicht einfach dumpf und dröge eine Blut- und Bodenmystik zelebrieren, sondern wirklich etwas im Schilde führen?«

»Glaubst du, dass sie die Stärke dazu haben? Auch intellektuell?«

»Die, die mich gestern verprügelten, wohl nicht. Aber vielleicht gibt es sehr wohl Lenker im Hintergrund, die eine fixe Idee im Kopf haben und die Schweiz, wie sie es sehen, retten müssen!«

»So, wie schon andere vor ihnen«, meinte Mario und spürte, dass sie im Zuge ihrer Recherche schnell in ein Wespennest geraten könnten. »Wie viele Pages mit derartigem Inhalt gibt es eigentlich?«

»Ich habe ohne Probleme innert zehn Minuten mehr als ein Dutzend gefunden. Meistens miteinander verlinkt, allerdings ohne Angaben über Verfasser und Hinterleute. Nicht selten basieren ihre Thesen und Meinungen auf Ereignissen aus der Schweizer Geschichte, greifen irgendeine Begebenheit aus dem Zusammenhang heraus und überhöhen sie.«

»Das erinnert mich fatal an meinen Geschichtsunterricht in der Primarschule. Unser Lehrer war auch so ein verkappter Nationalist, wählte wohl die Schweizer Demokraten. Der erzählte uns nur von Morgarten, vom Triumph gegen Karl den Kühnen und vom Sieg der Eidgenossen bei Sempach. Hab erst viel später kapiert, dass die Stammburg der Habsburger bei Brugg im Aargau liegt, und die Innerschweizer Potentaten eigentlich einen Kampf gegen mittelländische Adlige führten.«

»Ja, das würde wohl manch einen dieser neuen Patrioten wundern, wenn sie erführen, dass ihre hehren Vorfahren im 14. Jahrhundert keinen Freiheitskampf im Sinne einer Demokratisierungsbewegung lieferten! Damals regierten auch in der Innerschweiz einige einflussreiche Clans, die mit gewissen Königshäusern lukrative Geschäfte machten. Indem sie Söldner lieferten und den Verkehr über den Gotthardpass regelten, erhielten sie die Bestätigung der sogenannten Reichsunmittelbarkeit, aber damit waren sie beileibe nicht aller Autoritäten entledigt. Aber eben, mit Differenzierung rekrutierst du keine Schläger.«

»Apropos Schläger«, fuhr Mario trocken dazwischen, »dort kommt einer, wenn ich mich nicht irre!«

100 Meter vor ihnen stieg ein Glatzkopf aus einem Auto und ging über die Straße zum Eingang des Blocks. Bevor er eintrat, öffnete er den Briefkasten und nahm die Post mit.

»Verdammt, das ist einer der vier von gestern Nacht …«

»… und er scheint da zu wohnen.«

»Dann ist das der WG-Genosse von Lutz: ein gewisser Remo Villinger. Ich hab den Namen an der Klingel gelesen.«

»Wenn die beiden da wohnen, ist es allerdings fraglich, ob sie heute nochmals fortgehen.«

»Ich denke, es ist nicht die Frage ob, sondern wann. Wenn ich mit meiner Vermutung über die Marignano-Aktion recht habe, dann kann ich mir nicht vorstellen, dass die heute Abend zu Hause hocken und Däumchen drehen. Die werden garantiert eine Art Einsatzbesprechung oder so etwas haben. Aber ich verstehe, wenn du keine Lust hast, den ganzen Abend zu vertrödeln …«

»Nein, nein«, beschwichtige Mario, »ich hab alle Zeit der Welt. Allerdings meldet sich ein kleiner Hunger, und wer weiß, wie lang es heute Abend noch dauern wird. Sollen wir schnell ein paar Sandwiches holen gehen?«

»Keine schlechte Idee, mach das! Aber ich bleibe hier, sonst verpassen wir am Ende noch etwas.«

»Okay, wenn etwas passiert, ruf an!«

KAPITEL 29

Samuel Trümpi öffnete die Tür zum Einfamilienhaus seiner Eltern in Oberglatt. Obschon 24 Jahre alt, lebte er immer noch bei ihnen. Am Tag ging er seinem Job nach und am Abend tauchte er in seine Welt ab, von der seine Erzeuger keine Ahnung hatten.

Wie immer schmiss er sein Sakko über die Truhe beim Eingang, löste den Krawattenknopf, entfloh seinen engen Schuhen und massierte sich die Zehen. Zehn Stunden waren seine Füße in diesen Dingern eingesperrt gewesen, ebenso lang saß er in seinem Büro und bearbeitete Schadensmeldungen. Was ihm die Leute tagtäglich an Geschichten andrehen wollten, ging auf keine Kuhhaut! Speziell diese Ausländer glaubten, dass sie alles vergolden könnten, wenn sie mal einen Schaden meldeten. Dann war nicht nur die teure Vase des Schwagers zu Bruch gegangen, sondern gleich noch dessen Fotoapparat und die neue Gucci-Tasche der Großtante. So durchsichtig die einen logen, so raffiniert waren jedoch andere. Manchmal bildeten sie regelrechte Zweckgemeinschaften, um die Versicherung zu betrügen. Genau gegen solche Machenschaften hatte man die Abteilung eingerichtet, in der auch Trümpi mit Erfolg arbeitete. Er war ein eifriger Fahnder und hatte ein detektivisches Gespür entwickelt, auf das er stolz war.

»Samuel, bist es du?«, fragte die Mutter aus der Küche.

»Ja, wann gibt's was zu essen, ich muss bald wieder los.«

Samuel ging ins Wohnzimmer, wo der Fernseher lief. Zu seiner Überraschung saß der Vater davor und schaute die 18-Uhr-Nachrichten.

»Hallo, Vater, auch da?«

»Wie du siehst! Konnte heute früher Schluss machen.«

Samuel hatte keine Lust auf ein längeres Gespräch mit seinem Alten und beeilte sich, in sein Zimmer zu kommen. Er startete seinen Computer, wollte sehen, ob dieser Satz, den er ins Forum gestellt hatte, schon Früchte trug. Es waren nur wenige Worte, doch sie hinterließen bei ihm eine nachhaltige Ergriffenheit:

Um Angst zu überwinden, musst du Angst werden!

Er wusste, dass er diese Worte bei seinem früheren Comic-Helden Batman ausgeliehen hatte. Aber mittlerweile passten sie in sein Leben ebenso wie zu Bruce Waynes Geschichte, die in Gotham-City, dieser heruntergekommenen Stadt an der Ostküste Amerikas, spielte. Auch Samuels Welt war schlecht, dreckig und infiziert von international operierenden Banden. Auch er wollte diese Verbrecher zur Strecke bringen, ausmisten und die Schweiz von ihnen säubern. Und weil er nicht über die Talente seines Vorbilds verfügte, musste er Verbündete und Gleichgesinnte suchen. In der HBZAG fand er sie! Nun würde auch er an der größten Heldengeschichte seit Marignano mitschreiben. In Samuel loderte ein Feuer, und mit großer Genugtuung sah er, wie sein Satz im Forum eine leidenschaftliche Diskussion ausgelöst hatte. Diese Worte passten bestens in die Gefühlslage vieler seiner Leser; die meisten von ihnen waren noch jung und in politischen Dingen unerfahren. Ihnen stand eine große Bewährungsprobe bevor, die sie mit Gottes Hilfe zu einem guten Ende führen würden. Die Schmach von Marignano würde getilgt werden, indem man diejenigen bestrafte, die auch heute nur redeten und das Vaterland verrieten. Diejenigen, die diesen europäischen Vögten die Heimat zu einem Schleuderpreis verschacherten, die würden an diesem 13. September zur Kasse gebeten!

»Um Angst zu überwinden, musst du Angst werden? Was bedeutet das?«

Jean-Jacques Trümpis Stimme war leise, doch sie drang in Samuels Gehörgang wie ein Störsender.

»Vater, hab dich gar nicht reinkommen gehört!«

»Verdammt noch mal, Samuel, hatten wir nicht abgemacht, dass du nicht mehr in diesen rechtsextremen Pages herumsurfst?«

»Das ist mein Zimmer, und ich mache, was ich für richtig halte!«

»Nein, nicht solang du bei mir im Haus lebst!«

»Ich tue nichts Unrechtes, und politisch haben wir das Heu sowieso nicht auf der gleichen Bühne! Dabei kämpfst du im Grunde genommen gegen dieselben Verbrecher, die auch wir bekämpfen!«

»Ich kämpfe nicht, sondern ich versuche, der Gerechtigkeit auf die Sprünge zu helfen!«

»Gerechtigkeit? Dass ich nicht lache, selbst, wenn ihr mal irgend so einen balkanesischen Scheißdealer oder rumänischen Einbrecher fasst, lasst ihr ihn ja wieder laufen!«

Trümpi musste sich zusammenreißen. Er spürte, wie eine Wut aufstieg, doch er hatte in den vielen Jahren seines Polizeidienstes gelernt, die eigenen Emotionen im Zaum zu halten. So atmete er durch und blieb mit verschränkten Armen unter der Tür stehen. »Übrigens, wo warst du gestern Abend?«

»Ist das ein Verhör, oder was?«

»Ich fragte, wo du gestern Abend warst!«

»Lass mich in Ruhe …«

Die Bewegung war kurz und schnell, eingeübt bis zum Überdruss, aber effektiv. Samuel schrie auf, kippte vornüber, um den Schmerz, der in seinen linken Arm gefahren war, abzumildern.

»Samuel, ich frage dich zum letzten Mal: Warst du gestern Abend auf dem Gubrist, zusammen mit vier anderen Glatzen?«

»Vater, du tust mir weh!« Er schrie und winselte, wissend, dass der einzige Weg, aus dieser Sackgasse herauszukommen, über seine Mutter führte, die er aus der Küche herlocken musste. Sein Plan gelang:

»Jean-Jacques, bist du noch bei Trost? Lass Samuel los!«

Der Polizist gehorchte schnaubend und widerwillig. Samuel nutzte den Moment, packte seine Bomberjacke, eine in der Ecke stehende Reisetasche und rannte nach draußen. Er wusste, dass er bis zum Sonntag nicht mehr heimkommen würde. Doch das war ihm egal, danach wäre die Schweiz anders!

Jean-Jacques Trümpi ging wortlos ins Wohnzimmer, seine Frau Lydia folgte ihm, war immer noch aufgebracht, schrie und gestikulierte. Was ihm einfalle, ob er noch bei Sinnen wäre! So könne er die Verbrecher behandeln, aber nicht sein eigen Fleisch und Blut!

Irgendwann sah Trümpi keinen Ausweg mehr. Er konnte sie nicht mehr schonen und erzählte, was er seit Wochen an Fakten zusammengetragen hatte. Lydia wurde leichenblass. Sie wollte aufbegehren, relativieren, widerlegen. Doch musste sie sich eingestehen, dass sie schon längst geahnt hatte, dass ihr Sohn in fragwürdiges Fahrwasser geraten war.

Trümpi ärgerte sich über sich selbst, dass er ihr nicht

schon früher reinen Wein eingeschenkt und seinen Verdacht geschildert hatte. Vielleicht hätte man damals noch reden können …

Derweil setzte sich Lydia an den hellbraunen Esstisch aus massiver Eiche, der wie ein Bollwerk schweizerischer Bodenständigkeit wirkte. Er stand zwischen Küche und Wohnzimmer und war für drei gedeckt. Sie begann zu schluchzen. Die wenigen Sätze ihres Mannes hatten genügt, dass sie durchschaute, hier nie mehr zu dritt in familiärer Geborgenheit zu essen. Ihr Sohn – ein gewaltbereiter Rechtsextremer, der nachts Ausländer bedrohte und Andersdenkende verprügelte? Das konnte doch nicht wahr sein! Natürlich hatte sie seine äußeren Veränderungen bemerkt. Aber so viele junge Männer trugen heutzutage eine Glatze, da hatte sie sich nichts dabei gedacht, als die Haare kürzer und kürzer wurden. Und dass er ein großer Verehrer der alten Eidgenossen war, dagegen war doch nichts einzuwenden? Heute würden ja schon Bundesräte ein rotes T-Shirt mit dem Schweizerkreuz auf der Brust an Fußballspielen tragen, wieso also nicht auch ihr Samuel?

Bevor sie ihre Gedanken geordnet und die Tränen getrocknet hatte, stand ihr Mann auf, nahm die Lederjacke und schlüpfte in seine Schuhe. »Ich muss nochmals raus, Lydia! Den Kopf auslüften!«

Durch ihren Tränenschleier sah sie ihn nur verschwommen, dennoch realisierte sie, dass er äußerst erregt war, wohl selber vor einem Rätsel stand.

»Aber komm nicht zu spät, hörst du?«, bat sie.

Trümpi nickte und ging.

KAPITEL 30

Es war kurz vor halb acht, als in der Altmattstraße ein Auto hielt. Samuel Trümpi stieg aus, schritt zur Tür und betätigte die Glocke. Kurz darauf kamen zwei Männer aus dem Haus. Der eine hatte seinen Arm eingebunden und wirkte selbst aus der Ferne zerbrechlich. Der andere stützte ihn. Obschon es bereits dämmerte und die Lampe über dem Eingang nur schwach leuchtete, wusste Nico sofort, dass er auch dem dritten Mann gestern Nacht begegnet war.

»Die werden doch nicht so blöd sein und den Lutz mitnehmen. Der kann ja kaum gehen!«, tönte Nico besorgt, was Mario Ettlin kurz erstaunte. Anscheinend war dies auch das Thema des kurzen Gesprächs, das die drei führten. Doch Lutz schien sich durchzusetzen. Er stieg mit den beiden anderen ins Auto.

Trümpi startete den Motor und schaltete das Licht an. Mario und Nico mussten sich reflexartig ducken und stießen dabei so heftig mit den Köpfen zusammen, dass sie nur noch stiebende Funken sahen und aufschrien. Sekunden vergingen, bis sie wieder scharf sahen, und die Köpfe nicht mehr so arg brummten.

»Wir müssen aufpassen«, meinte Nico und rieb sich die Stirn oberhalb seiner linken Augenbraue, »wenn wir uns weiterhin so amateurhaft anstellen, überleben wir diese Nacht nicht.«

Die warnenden Worte des Älteren hallten bei Mario nach. Er nickte und startete den Motor. Als er gewendet hatte, war von Trümpis Auto nichts mehr zu sehen. Mario preschte durch die 30er-Zone und kam zu einer Querstraße.

»Das ist eine Einbahn, sie sind nach links gefahren!«, rief

Nico und zeigte in die Richtung, in die sie fahren sollten. Doch zuerst musste Mario ein anderes Auto vorbeilassen, das von rechts kam. Keine zehn Meter weiter machte der Lenker Anstalten, rückwärts einparken zu wollen.

»Auch das noch!« Mario trommelte nervös auf das Lenkrad, bis der Fahrer seinen alten Mercedes endlich in die Parklücke gebracht hatte. Als sie passieren konnten, gelangten sie zur Winterthurerstraße, einer breiten und in beiden Richtungen befahrbaren Kantonsstraße.

»Verdammt, wo soll ich hin?« Marios Tonfall verriet eine gehörige Portion Verzweiflung. Nico dachte kurz nach: »Fahr nach rechts!«

»Bist du sicher?«

»Fahr einfach!«

Mario tat, wie ihm befohlen wurde, und fuhr in Richtung Dübendorf. Nach einigen Hundert Metern erreichten sie die Kreuzung zur doppelspurigen Überlandstraße, die Zürich mit den großen Einkaufszentren vor der Stadt verbindet.

»Spur links ein!«

Wieder staunte Mario über Nicos Bestimmtheit. Da die Ampel grün war, bog er ab.

»Wusst ich's doch«, schrie Nico aus voller Kehle, »da vorn sind sie! Fahr langsamer, ganz unauffällig!«

Mario hielt sich an das vorgeschriebene Tempolimit, weil überall Radarkästen lauerten. Ein paar Hundert Meter weiter vorn fuhr der Toyota, ebenfalls mit vorgeschriebener Geschwindigkeit. Auf Marios Gesicht lag ein Grinsen: »Woher, verdammt noch mal, hast du das gewusst?«

»Gewusst habe ich nichts, aber ein Gefühl sagte mir, dass sie in Richtung Fernsehstudio fahren würden! Ein weiteres Indiz, dass wir mit unserer Vermutung nicht so falsch liegen: Diese Typen haben irgendetwas mit den Leutschenbach-Morden zu tun und gehen nun die Gegend erkunden!« Nico freute sich wie ein Schneekönig, und Mario nickte seinem ehemaligen Chef beeindruckt zu. »Sackstark, ich hätte die Typen verloren …«

Umso erstaunter waren die beiden, als der Toyota keine Anstalten machte, zum Fernsehareal einzubiegen, sondern in Richtung Flughafen weiterfuhr.

»Jetzt schlägt's 13!«, entkam es Nicos Lippen. »Wo, verdammt noch mal, fahren die hin?«

Der Enthusiasmus im Verfolgerauto war nullkommaplötzlich abgekühlt. Sie hatten einfach nur unglaubliches Schwein gehabt, dass sie den anderen Wagen nicht verloren hatten, aber tappten jetzt komplett im Dunkeln. In einem hässlichen Industriequartier in der Nähe des Airports blieb das Auto plötzlich stehen. Am Straßenrand standen ein zwei Meter großer Hüne und daneben ein kleinerer Typ mit einer Narbe über dem Auge. Villinger überließ dem Großen den Beifahrersitz und kletterte zusammen mit Lautenschlager zu Lutz in den Fond. Der Kleinwagen lag etwas schräg auf der Fahrbahn, wohl, weil Ebingers Gewicht schwer auf die Federn drückte.

»Der Riese ist das Schwein, das mich in den Graben gestoßen hat!« Nicos Stimme klang leise, als dürfe er nicht zu viel Lärm machen. Mit gebührendem Abstand folgten sie dem Toyota, der am Flughafen vorbeifuhr. Da es mittlerweile eindunkelte und reger Verkehr herrschte, war die Verfolgung äußerst anstrengend. Sie passierten Rümlang und nahmen die Abzweigung nach Oberhasli. Kurz vor dem Dorf bogen die Skins in ein kleines Sträßchen ein, das zu einem Wald hochführte. Einen Moment lang war Mario unachtsam, und schon hatte sich der Abstand zum Toyota gefährlich verringert. Weil Trümpi abrupt stehen geblieben war, fuhr Mario fast auf.

»Fahr weiter, überhol!«, schrie Nico und duckte sich gleichzeitig. Mario gehorchte, obschon er sah, dass die Straße einige Meter weiter vorn in einen schmalen Waldweg überging. Schweiß kroch aus seinen Poren, und er blickte bang in den Rückspiegel. Er sah, dass das rote Auto nun ihm folgte. Kaum hatte er diesen Umstand geschildert, tauchte Nico aus seinem Versteck auf und blickte vorsichtig zurück. In seinem Gesicht las Mario Angst.

»Da vorn geht es nicht weiter. Ich werde jetzt einfach wenden.«

»Das schaffst du nicht mit einmal!«

»Ich weiß, aber wenn ich es schnell mache, komme ich vielleicht an ihnen vorbei. Duck dich!«

KAPITEL 31

»Glaubst du, dass das einer von uns ist?«, meinte Ebinger trocken, »wenn du mich fragst, hat der sich ebenfalls verfahren.«

»Glaube ich auch, da vorn ist Endstation.«

»Achtung, der Trottel wendet! Ja, spinnt denn der?« Ebingers Stimme klang gleichermaßen überrascht wie empört.

Trümpi stieg voll auf die Bremse, Ebinger stemmte seine Beine in Richtung Motor, Lutz stöhnte, er war mit seiner Schulter gegen den vorderen Sitz geprallt.

Die Schnauze des Toyotas kam 30 Zentimeter neben Marios Tür zum Stehen. Er sah die aufgerissenen Augen der Skins, aber auch, wie der große Kerl auf dem Beifahrersitz plötzlich die Tür aufriss und Anstalten machte, auszusteigen, sich aber im Sicherheitsgurt verhedderte. Mario war einen Moment lang wie gelähmt, doch dann legte er krachend den Rückwärtsgang ein. Der Motor heulte auf, und sein Renault schoss nach hinten und prallte unsanft gegen einen Zaun. Schnell warf Mario den ersten Gang ein, sah aus dem Augenwinkel heraus, wie der Hüne schon fast bei ihm war und die Tür öffnen wollte. Er gab Gas, wieder heulte der Motor auf, schoss unkontrolliert in die Straße zurück, touchierte den Toyota an der Stoßstange. Blech knirschte und Glas splitterte, dennoch gelang es Mario, am anderen Auto vorbeizukommen. Trümpi blickte ihm blass und verständnislos nach, während Ebinger dem Renault nachrannte, ihn jedoch nicht einholen konnte. Wütend griff er nach einem Stein und warf ihn nach. Krachend schlug der Brocken auf der Heckscheibe auf. Wie durch ein Wunder zerbrach das Glas nicht.

In der Zwischenzeit hatte Trümpi seinen Wagen gewendet. »Diesen Krüppel fassen wir uns!«, schrie Trümpi, als sich Ebinger förmlich ins Auto warf.

»Den machen wir fertig! Das war sicher ein Spion, vielleicht sogar einer von der Polizei«, vermutete Ebinger.

»Also, wenn ich es richtig gesehen habe«, meinte Lutz angeschlagen, seine Schulter tat höllisch weh, »dann war da noch ein zweiter Mann im Renault!«

»Das werden wir bald herausfinden!«, rief Trümpi und gab Gas. »Villinger, schau, ob du zu den Baseballschlägern im Kofferraum hinkommst!«

Der Angesprochene kletterte auf seinen Sitz und erreichte mit seiner Linken zwei hölzerne Prügel. Einen behielt er, den anderen reichte er an Ebinger weiter.

»Los, Mann, tritt aufs Pedal, du verlierst sie sonst!«,

Der Renault preschte mit über 100 Sachen in Richtung Regensdorf davon, einige Hundert Meter dahinter folgte der Toyota. Nach einigen Kilometern – der Abstand war nicht kleiner geworden bremste Trümpi unvermittelt ab.

»Wir müssen ihn ziehen lassen!«

»Bist du bei Trost? Den holen wir ein!« Ebinger war stocksauer.

»Nein, es ist jetzt kurz vor halb neun. Wir müssen zur Versammlung, können es uns nicht erlauben, zu spät zu kommen!«

Ebinger hätte mit dem Baseballschläger am liebsten alles kurz und klein geschlagen.

»Ebinger«, Trümpis Stimme klang militärisch, »das ist ein Befehl! Beruhige dich! Immerhin habe ich einige Zahlen des Nummernschildes lesen können. Und so viele schwarze Renaults mit 89.000er Nummer gibt es nicht. Den finden wir – früher oder später!«

Widerwillig gehorchte der Hüne.

»Aber weißt du denn überhaupt, wo wir hin müssen? Hast dich ja vorhin verfahren!«, schrie Lautenschlager von hinten, und seine Stimme verriet, dass er den Abbruch der Verfolgung ebenfalls nicht goutierte.

»Ja, es muss gleich hier sein, war vor Jahren zum letzten Mal da.«

Trümpi fuhr einige Meter weiter. Die Sicht war nicht gut, da nur noch ein Scheinwerfer funktionierte. Dann sah er das kleine Sträßchen, das zwischen verlotterten Gewerbegebäuden in die Hauptstraße mündete.

»Hier muss es sein!«

Der Toyota holperte den Waldweg hinauf, als plötzlich eine Gruppe von Glatzköpfen aus dem Dunkeln auftauchte und den Weg versperrte. Einer ging aufs Auto zu, und Trümpi ließ das Fenster herunter.

»He, Zollinger, wir sind's!«

»Ziemlich spät, ihr Saftsäcke! Abgesehen davon brennt bei dir nur ein Licht!«

»Ich weiß, drum sind wir etwas spät.«

»Stell die Karre da rechts hin und geh mit deinen Leuten in die Hütte hoch. Der Major ist noch nicht da – zum Glück für euch!«

Trümpi konnte Zollinger nicht leiden. Dieser aufgeblasene Wichtsack hatte es geschafft, sich bei Hauri einzuschleimen, wollte Karriere machen, auch mal einen Sonderjob bekommen. Doch dafür langte seine Intelligenz nicht, das wusste Trümpi. Nur Dreinschlagen allein reichte nicht, man musste auch führen können und mit Leuten umgehen. Trümpi hoffte, dass der neue Leutnant, der heute Abend ebenfalls erwartet wurde, das auch so sah. Dann hätte er, Trümpi, endlich eine echte Chance zu zeigen, was in ihm steckte. Denn es brauchte Leute mit Grips.

KAPITEL 32

Der Hafen von Küsnacht lag in spätsommerlichem Abendlicht. Max Bertschi hatte eben das Boot startklar gemacht und den vorgekühlten Champagner in den Kühlschrank gestellt, als er auf der anderen Hafenseite eine groß gewachsene, brünette Frau erspähte. Sonia Arnold war pünktlich zum vereinbarten Platz gekommen und trug passend zum Ort ein blaues Matrosenhemdchen, weiße Hosen und algenfarbene Retro-Turnschuhe. Lässig baumelte ein Täschchen auf Hüfthöhe, in der Hand hielt sie einen flauschigen Fleecepullover. Bertschi, dessen Schiff noch auf dem Bootsplatz vertäut lag, fuchtelte wie wild, doch Sonia schien ihn nicht zu sehen. Sie stand etwas verloren am Pier, wo sonst das Kursschiff anlegte, und spazierte hin und her.

»Hat denn die Frau keine Augen im Kopf?«, fragte sich Bertschi ärgerlich und beeilte sich, das Schiff loszubinden und zum gegenüberliegenden Hafenende zu schippern. Da er etwas zu schnell unterwegs war, rammte er beinahe ein Segelschiff, das eben daran war, in seinen Liegeplatz einzubiegen. Den empörten Wutausbruch des Besitzers überhörte Bertschi geflissentlich, er wollte sich ganz auf die kommenden Stunden einstellen.

Als er am anderen Hafenende angelegt hatte, stieg Sonia mit einem sportlichen Schritt ins Boot. Sie zeigte sich erfreut und küsste Bertschi auf die Wangen. Der wäre lieber anderswo geküsst worden, doch er wollte nichts überstürzen. Zuerst hieß es, aus dem Hafen zu kommen, zumal das Kursschiff nahte und energisch tutete. Derweil blickte sich Sonia um und staunte über die schnittige Jacht, die Luxus und Sportlichkeit miteinander verband und auch auf dem Meer eine gute Figur gemacht hätte.

»Sicher ein sündhaft teures Ding«, rief sie dem Kapitän zu, der verschmitzt lächelte, weil er diese Feststellung als Kompliment wertete.

»Ja, das ist mein Baby: ein Bowrider. Im Sommer verbringe ich jede freie Minute auf dem Wasser.«

Dann, um noch ein bisschen mehr Eindruck zu schinden, beschleunigte Bertschi unvermittelt seinen Motor. Etwas zu früh, wie Sonia vermutete, da die Uferzone noch sehr nah war, und einige Enten panisch fliehen mussten. Tapfer hielt sie sich mit beiden Händen fest und lächelte überrascht.

»310 PS«, schrie Max und freute sich am Schreck seiner Begleiterin. Wenige Minuten später, als sie mitten auf dem spiegelglatten See angekommen waren, bremste er unvermittelt ab und mimte plötzlich den entspannten Grandseigneur, der jede Form von Hetzerei hasste.

Sonia fragte sich angesichts der überschaubaren Dimensionen dieses Gewässers, was so ein Boot brächte. Doch sie machte gute Miene zum albernen Spiel und beobachtete den Süßwasserkapitän, wie er routiniert eine Champagnerflasche öffnete, den edlen Saft in zwei Flûtes* einschenkte und ihr ein perlendes Glas entgegenstreckte.

»Das ist mein Motorenöl«, meinte er lachend und prostete ihr zu. Sein Gesicht verriet, dass dieses Getränk so etwas wie den Auftakt zum Vorspiel darstellte und er lieber früher als später zur Sache kommen wollte.

Während im Westen die Sonne blutrot versank, überlegte sich Sonia fieberhaft, wie sie aus dieser Situation wieder herauskommen würde. Sie war ja – im Gegensatz zu ihrem Gastgeber – nicht zum Spaß hier.

Derweil setzte sich Max neben sie auf die weiße Ledercouch. Seinen linken Arm parkierte er bereits hinter ihr auf der bequemen Lehne. Als durchschaute sie seine Absicht nicht, begann sie mit Konservation und wollte wissen, ob er angesichts der nahenden Wahlsendung nicht schrecklich nervös sei. Sie würde sicher vor Aufregung fast sterben, wäre sie an seiner Stelle.

Er grinste geschmeichelt, faselte etwas von Routine und mentalem Training, während die Finger seiner linken Hand in Richtung Sonias Hals wanderten. Als wäre sie nach wie vor ahnungslos, setzte sie sich ruckartig auf und fragte mit naivem Augenaufschlag, ob er ihr zutrauen würde, auch einmal so eine entscheidende Moderatorenrolle übernehmen zu können.

Er rutschte näher und erwiderte den Blick. So, wie sie auf ihn wirke, sagte er und legte seine Hand auf ihre Schulter, sei sie ein Talent. Allerdings wäre es noch etwas früh, um

---

* Flûtes: der französische und auch in der Schweiz gebräuchliche Begriff für Sektflöten

abschätzen zu können, wie groß es sei. Aber er würde die Frage gern ergründen und sei geneigt, ihr eine Chance zu geben. Seine Fingerkuppen krabbelten Richtung Hals und berührten die makellose Haut.

In diesem Moment wurde das Boot von den Wellen eines passierenden Kursschiffes erfasst, sodass es unerwartet heftig schlingerte. Sonia musste nicht mal schauspielern, um augenblicklich eine heftige Übelkeit zu spüren. Ihr überaus empfindliches Gleichgewichtsorgan hatte es ihr schon als Kind unmöglich gemacht, die Freuden eines Jahrmarktbesuches in vollen Zügen zu genießen. Während ihre Altersgenossen von den krassen Bahnen schwärmten, verspürte sie hernach lediglich einen heftigen Schwindel und war schon froh, sich nicht übergeben zu müssen.

Heute schätzte sich Sonia zum ersten Mal glücklich über dieses Phänomen, das augenblicklich alle Anzeichen einer gesunden Hautfarbe aus ihrem Gesicht löschte. Bleich wie ein Leintuch saß sie da und fixierte mit aufgerissenen Augen den Horizont, um den inneren Seegang wieder zu beruhigen.

Max war trotz seiner hormonell gesteuerten Abenteuerlust genug Mediziner, um einzusehen, dass die Bootspartie ein frühzeitiges Ende gefunden hatte. Hinzu kam die wachsende Befürchtung, dass Sonia sein Schiff versauen könnte. So schipperte er so sanft wie möglich in den Hafen zurück, schluckte die Enttäuschung über die verpatzte Gelegenheit hinunter und mimte den mitfühlenden Arzt.

Erst als Sonia wieder festen Grund unter ihren Füßen hatte, gelang ihr so etwas wie ein Lächeln. Die nächste Casting-Lektion würde wohl besser nicht auf dem Wasser durchgeführt, meinte sie entschuldigend. Noch immer schwankte es in ihr. Max dachte derweil an das neue Sofa in seinem Ferienhäuschen, das er gern mit ihr probeliegen würde, sagte jedoch nichts, sondern hörte nur Sonias Bitte, am Sonntag ins Studio kommen zu dürfen, um ihn aus der Ferne zu beobachten und von ihm zu lernen.

Augenblicklich fiel ihm ein, dass er ja über eine der geräumigen Solistengarderoben verfügte, und sogleich keimte seine Fantasie. Es würde ihn freuen, meinte er dann mit väterlichem Unterton, sie in die Fernsehwelt einzuführen. Doch sie solle schon morgen um halb zwei zum Empfang des Fernsehens kommen. Er werde ihr dann einen Badge geben, damit sie bereits die Proben verfolgen und dabei lernen könne. Denn diese seien, so dozierte er in lehrerhaftem Ton, mehr als nur ein lästiges Übel. In der Probe wurzle die Spontanität der Premiere, meinte er theatralisch.

Sonia bedankte sich überschwänglich und gab ihm ein Küsschen auf die Wange. Mit einem gehauchten »Ciao« drehte sie sich um und schritt in Richtung Parkplatz. Sie spürte seine Blicke noch lang auf ihrem Gesäß.

KAPITEL 33

Die fünf Skins um Trümpi hatten eben den Fußweg zur Waldhütte erklommen, als beim Parkplatz ein kleiner Konvoi von drei Autos heranpreschte. Zuvorderst fuhr ein schwarzer Geländewagen, dahinter folgten ein Kleinbus und ein schwarzer Mercedes mit verdunkelten Scheiben und Berner Nummernschild.

Zollinger salutierte, als die Autos vorbeirollten, und befahl seinem Kollegen, die hohen Gäste einzuweisen. Sogleich eilte der zum letzten Wagen und riss die Tür im Fond auf. In der sicheren Meinung, gleich Major Hauri zu erblicken, machte er fast einen Rückwärtssalto, als er Kappeler erkannte. Unvermittelt vor seinem leuchtenden Vorbild, seinem verehrten Führer, zu stehen, verschlug ihm kurz den Atem. Geistesgegenwärtig salutierte er und brüllte: »General Kappeler, was für eine Ehre!«

Der Angesprochene kümmerte sich nicht um den strammstehenden Mann, sondern blickte sich um, bis sich Hauri, der aus dem Geländewagen ausgestiegen war, zu ihm gesellt hatte.

»Etwas dunkel ist es hier«, fand Kappeler, während sich hinter ihm ein halbes Dutzend groß gewachsener, athletischer Männer aufstellte, die wohl eine Art Leibgarde für den Alt-Nationalrat bildeten. Allesamt waren sie dunkel gekleidet, wirkten wie Soldaten einer Sondereinheit und nicht wie primitive Schläger.

»Eine Sicherheitsmaßnahme, General! War mein Befehl.«

»Schon gut, das Licht wird übermorgen entzündet, dann brauchen wir uns nicht mehr zu verstecken. Also gehen wir!«

Derweil hatten Trümpi und seine Kollegen die Waldhütte betreten und staunten über deren Ausmaße. Mehrere Dutzend Männer waren bereits anwesend, tranken Bier und unterhielten sich in gedämpfter Lautstärke. Trümpi kannte nur die wenigsten, dennoch machte sein Trupp nicht zuletzt dank Ebingers Körpergröße einen gewissen Eindruck. Lediglich Lutz, der bleich und mit eingefallenen Wangen hinterherstolperte, wirkte schwächlich, was nicht so recht passen wollte. Dies bemerkte auch ein groß gewachsener Mann, der an einer improvisierten Bar lehnte und die Hereinkommenden genau musterte. Er wollte eben zu Trümpis Trupp hinübergehen, als

Zollinger mit zackigem Schritt eintrat, sich breitbeinig neben den Eingang stellte und rief: »Männer, Achtung! Begrüßt General Kappeler, Major Hauri und die Garde!«

Die Männer im Raum, die ebenfalls nicht geahnt hatten, dass auch Kappeler kommen würde, nahmen sofort ehrfürchtig Achtungsstellung ein und salutierten wie ein Mann.

Der General kam mit Hauri in den Saal und ging wortlos zur kleinen Bühne, die an der Stirnwand aufgebaut war. Er genoss die Ergebenheit der Anwesenden, spürte sie wie einen zackigen Marsch im 4/4-Takt mit Pauken und Trompeten. War der kurze Waldweg für den 80-Jährigen anstrengend gewesen, hier wirkte er jung und agil. Seine stechenden Augen wanderten durch die Reihen, dann streckte er sich und rief: »Rührt euch, Männer!«

Rund 100 Augenpaare waren auf ihn gerichtet, und Kappeler genoss den Moment. Dann begann er zu lächeln. Nicht, weil er etwas amüsant gefunden hätte, auch nicht, weil er einen fast väterlichen Stolz und eine erotische Anziehung spürte, als er seine strammen ›Söhne‹ betrachtete. Sondern sein Lächeln war ein siegesgewisses, ein vorwegnehmendes, ein unbeirrbares. Er wusste, dass er in Kürze den größten Triumph seines Lebens genießen würde, auf den er so lang hingearbeitet hatte. Nochmals ließ er seinen Blick durch die Reihen der Männer schweifen, dann begann er leise, fast flüsternd zu sprechen. Weil es im Raum so still wie in einer Kirche war, drangen seine Worte überall hin: »In nicht mal mehr 48 Stunden, Männer, wird die Schweiz eine andere sein. 500 Jahre nach unserer schmachvollen Niederlage bei Marignano, 70 Jahre nach dem Ende des letzten Weltkrieges wird ein neues Kapitel geschrieben werden! Endlich wird unser Vaterland wieder auf den Pfad der Tugend und der rechten Gesinnung zurückfinden. Unser Weckruf wird erschallen, und unser geliebtes Land wird aus der Lethargie erwachen. Aber wehe jenen, die den Schall der neuen Zeit nicht vernehmen wollen, ihn ignorieren oder achtlos bleiben: Sie werden die Konsequenzen am eigenen Leib zu spüren bekommen und sehen, aus welchem Holz wir geschnitzt sind!«

Kappelers Stimme war mittlerweile laut und schmetternd geworden, sein Blick war unnachgiebig, und seine Arme, mit denen er wild fuchtelte, zeugten von der Kraft und der Dynamik, die im alten Mann noch steckten. Er spielte mit seinen Worten wie ein Konzertpianist auf den Tasten. Jeder Akkord saß.

»Bevor euch Major Hauri die Einzelheiten erklärt, und ihr eure Einsätze und Befehle erhaltet, will ich euch zwei Dinge sagen. Wenn ihr mit euren Männern morgen und übermorgen tut, was ihr zur Rettung unseres Vaterlands tun wollt, dann werden eure Söhne und deren Söhne und unzählige Generation danach noch euer gedenken und für euren Einsatz danken! Ihr werdet euren Familien Ruhm und Ehre bereiten, weil ihr diese Bürde auf euch genommen und den Wagen aus dem Dreck gezogen habt! Ihr seid auserwählt und gehört zu den Wenigen, die vor unseren Schöpfer treten und mit dem Brustton der Überzeugung sagen können: Ja, wir haben dem Guten gedient und gottgefällig gehandelt!«

Dann veränderte sich sein Gesichtsausdruck. Der alte Mann wirkte versöhnlicher und strich mit seinem Blick über die Männer, sodass jeder hernach das untilgbare Gefühl spürte, für ihn etwas ganz Besonderes zu sein. Dann fuhr Kappeler in beschwörendem Ton fort:

»Eines muss uns jedoch bewusst sein: Es wäre blauäugig anzunehmen, dass es nicht auch Verluste auf unserer Seite geben wird. Aber wir wissen wenigstens, wofür wir kämpfen und allenfalls auch sterben. Und eines sei euch versichert: So, wie man für Winkelrieds Weib und Kinder sorgte, so wird man auch für eure Liebsten sorgen. Keiner, der diese Bürde auf sich lädt, wird leer ausgehen! Und so wahr uns Gott helfe, werden wir siegen und unserem Vaterland wieder eine Zukunft geben! Ich bin stolz auf euch, Männer, und höre schon den Klang unseres Marsches: ein kräftiger Takt, geschlagen von wirbligen Trommlern, eine Ode an die Freiheit, durchdrungen von Fanfarenklängen und schmetternden Trompeten! Kein Stein der alten Ordnung wird auf dem anderen bleiben: Jetzt ist die Zeit gekommen, auszumisten, neu anzufangen und der Welt wieder Sinn und Richtung zu geben! Uns allen wird die Gnade zuteil, den wichtigsten Moment der jüngeren Schweizer Geschichte mitprägen zu können! Ein dreifaches: Heil dir, Helvetia!«

Die Männer, bis zur Haarspitze ergriffen, skandierten dreimal ein Heil und schlugen sich die Faust auf die Brust. Trümpi, der erstmals einer Rede von Kappeler beigewohnt hatte, war berührt wie noch nie in seinem Leben. Er wagte kaum mehr zu atmen, um die Worte nicht zu verlieren, die sich in seinen Gehörgängen eingenistet hatten. Und so ging es auch seinem Trupp. Selbst Lutz vergaß die Schmerzen in seiner Schulter, stand mit offenem Mund da und starrte auf die Bühne, wo mittlerweile Major Hauri vor die Männer getreten war.

»Männer, kommen wir zu den Details! Der Stand unserer Vorbereitung ist dank eurer Leistungen bereits auf einem hohen Niveau. Vielen von euch muss ich nicht mehr erklären, was genau am 13. September passieren wird. Den anderen sage ich nur so viel: Es wird krachen, und wie! Und was für die einen wie ein Donnersturm klingt, ist für die anderen ein großartiges Feuerwerk, das endlich entzündet wurde! Wir werden die Tempel der linksliberalen Selbstgefälligkeit in die Luft sprengen! Diese Stätten der Landesverräter und Wahrheitsverdreher vernichten und die Drahtzieher dieser gottlosen und schändlichen Religionen von der Bildfläche verschwinden lassen! Die Hauptleute und Zugführer unserer Bewegung wissen en détail Bescheid und werden nun ihre Operationen mit ihren Männern durchsprechen und die Befehle ausgeben. Wir werden die Panik und Verunsicherung ausnützen und für so viel Wirbel sorgen, dass unseren Gegnern Hören und Sehen vergeht. Die Operation ›Marignano‹ läuft am Sonntag um 15.00 Uhr im Studio 1 des Deutschschweizer Fernsehens an und wird wie ein Flächenbrand durch die ganze Schweiz rasen!«

KAPITEL 34

»Sie sind abgebogen!« Nicos Stimme überschlug sich fast vor Erleichterung. Allein in seinem Gesicht stand noch die Beklemmung, die er zuvor gespürt hatte. Auch Mario glaubte zu träumen, als er in den Rückspiegel blickte, und das einäugige Licht des verfolgenden Toyotas verschwunden war. »Verdammt, das war knapp«, stammelte Nico.

»Sehr knapp«, ergänzte Mario und vergewisserte sich erneut im Spiegel, dass ihr Eindruck stimmte. »Und wenn's nur eine Falle ist? Sie uns anderswo auflauern?«

»Wie sollten sie wissen, wo wir herkommen und hingehen?«

»Sie haben sicher meine Nummer lesen können. Dann ist es ein Leichtes, auch mich zu finden!«

»So nah sind sie uns nicht gekommen«, beschwichtigte Nico und ergänzte mit einem Grinsen im Gesicht, »für das bist du zu schnell gefahren. An dir ist ein Rennfahrer verloren gegangen!«

Mario versuchte ein Lächeln. »Aber wenn die abgebogen sind, muss es einen Grund haben. Soviel ich weiß, ist da aber nur Wald …«

Weiter kam Mario nicht, da er in diesem Moment einem schwarzen Geländewagen ausweichen musste, der in halsbrecherischer Manier eine Kurve schnitt und dabei weit in die Gegenfahrbahn geraten war. Hinter ihm folgten zwei weitere Wagen mit überhöhter Geschwindigkeit.

»Ja, hat der noch alle Tassen im Schrank?«, schrie Mario, riss das Steuer nach rechts und touchierte einen Straßenpfosten aus Kunststoff. Immerhin konnte er das Auto unter Kontrolle halten.

»Drei Berner Autos!«, rief Nico, der trotz der brenzligen Situation die Geistesgegenwart hatte, die Nummernschilder zu betrachten. »Das kann kein Zufall sein«, fuhr er fort. »Wenn die jetzt auch in den Wald abbiegen, dann gibt's dort irgendein Treffen!«

»Das werden wir gleich herausfinden. Festhalten!« Mario wendete wie ein Stuntfahrer. Während Reifen quietschten, wurde Nico gegen die Tür gedrückt und hätte sich fast den Kopf an der Scheibe angeschlagen. »Langsam, langsam«, war alles, was er herausbrachte. Mario raste derweil mit über 100 Stundenkilometern dem Konvoi hinterher. Bald sahen sie die aufleuchtenden Bremslichter des letzten Wagens und beobachteten, wie die Autos bei einer heruntergekommenen Garage nach rechts in das Waldsträßchen abbogen.

Mario bremste ab, passierte in normalem Tempo die Abzweigung, ehe er nach einigen Dutzend Metern rechts anhielt und das Auto auf einem Kiesstreifen neben der Straße parkierte. Mit schmalen Augen betrachtete er Nico, der still geworden war. »Da oben muss ein Treffen stattfinden. Jedenfalls gehören diese Berner zu den Irren, die wir verfolgt haben.«

Nicos Blick verriet, dass es ihm nicht sonderlich gut ging,

wohl eine Folge der rasanten letzten Minuten. Seine Mundschleimhäute waren staubtrocken, sein Magen signalisierte Übelkeit. Dennoch meinte er aufreizend lässig: »Das ist so sicher wie das Amen in der Kirche. Da findet ein Geheimtreffen statt. Die ganze braune Soße der Schweiz wird dort oben sein!«

»Dann gehen wir nachschauen!«, schlug Mario vor, und seine Stimme tönte entschlossen.

»Da sind vielleicht 30 oder 40 Skins im Wald«, wagte Nico einzuwenden, »nicht ganz ungefährlich. Zudem sieht man im Wald die eigene Hand nicht vor Augen.«

»Umso besser, dann sehen sie auch uns nicht. Komm!«

Nico konnte nichts anderes tun, als Mario zu folgen. Der junge Mann hatte sich bereits einen Plan überlegt und zeigte mit der Hand in südliche Richtung. »Wir gehen über dieses Feld, kommen dort bei der Anhöhe zum Wald und schleichen im Schutz der Bäume zum Weg, auf dem die Autos hochgefahren sind. Irgendwo müssen die ja parkiert sein, ergo finden wir sie.«

»Super Plan«, antwortete Nico leicht ironisch und fragte sich einen Sekundenbruchteil, warum er sich das antat. Seine Knochen schmerzten, und sein Wunsch nach Ruhe war so groß wie noch nie. Dennoch folgte er Mario, der bereits die Böschung erklommen hatte. Nur mit Mühe konnte er dessen schnellen Schritt halten, keuchte wie ein asthmatischer Raucher. Nach wenigen Minuten erreichten sie den Wald, und Mario horchte ins Dunkel hinein. Seine Augen hatten sich an das fahle Licht gewöhnt und trennten die anthrazitfarbenen Schemen der Bäume und Sträucher vom noch schwärzeren Hintergrund.

»Geht's?«

Da Marios Frage ohnehin nur rhetorisch war, nickte Nico schwer schnaufend. Einigermassen beruhigt realisierte er, dass sich auch seine Netzhaut an die Dunkelheit angepasst hatte.

»Halte vorsichtshalber eine Hand vors Gesicht, wenn du durchs Unterholz gehst. Ihr tut's weniger weh als deiner Nase«, sagte Mario noch, als er bereits wieder losging. »Alte Pfadiweisheit*«, fügte er an.

Nico schlich hinter ihm her und hielt sich, wie geraten, seine Hand vors Gesicht. Immer wieder peitschte ein Ast, den er nicht hatte kommen sehen, gegen den Handrücken. Doch Mario schien in der Rolle des Pfadfinders wortwörtlich aufzugehen. Ohne allzu große Umwege erreichten sie bald den Weg, der wie ein verwunschener Zauberpfad im fahlen Licht nach oben führte.

»Wir bleiben besser im Schutz der Bäume«, flüsterte Mario und ging voran. Nico musste sich so stark auf seine Schritte konzentrieren, dass er kaum mehr Furcht oder Unwohlsein spürte. Er hatte momentan nur eine Mission: den Schatten vor sich nicht zu verlieren. Dennoch war er von dessen abruptem Bremsmanöver komplett überrascht und lief auf Mario auf.

»Pass auf!«, zischte der und deutete an, dass er etwas erspäht hatte. Nico blickte in die Ferne. Einige Dutzend Meter vor ihm machte er den schwachen Widerschein eines flackernden Lichtes aus, das sich in matt glänzendem Metall spiegelte.

»Wart hier«, flüsterte Mario, »ich geh mal schauen, ob sie eine Wache aufgestellt haben.«

Nico nickte, und bald war Mario entschwunden. Kurze Zeit später sah er, wie dessen fahle Körperkontur das Weglein überquerte, sich den Autos näherte und gleich wieder von der Dunkelheit verschluckt wurde. Dann vergingen Minuten, die Nico wie Stunden vorkamen. Im Wald war es beängstigend still, kein Windhauch strich durch die Bäume, kein Tier, das einen Laut von sich gegeben hätte. Doch die Stille war nicht angenehm, ganz im Gegenteil. Nico wurde es

---

* Pfadi: Schweizerdeutsch für Pfadfinder

mulmig zumute. Angst kroch ihm ins Hirn, nahm von ihm Besitz, lähmte ihn. Als bereits über zehn Minuten vergangen waren, musste er die aufsteigende Panik unterdrücken. Nur mit Mühe schaffte er es, nicht einfach davonzurennen und diesen verfluchten Ort hinter sich zu lassen: Schutz, Ruhe und die Nähe eines wohlwollenden Menschen. Was hätte er dafür gegeben? Hanni! Was sie jetzt wohl machte?

KAPITEL 35

Sonia Arnold parkierte ihr Auto im Hinterhof einer alten Druckerei im zürcherischen Kreis 5. Aus der Ferne schwappte der Lärm von den Ausgehmeilen dieses Quartiers herüber, die an diesem Freitagabend wieder unzählige Konsumhungrige anzogen. Die junge Frau öffnete die schwere Metalltür und trat in den unbeleuchteten, schmucklosen Gebäudekomplex ein. Hier war sie schon als kleines Mädchen häufig ein und aus gegangen, hatte damals ihren Großvater besucht, der während Jahrzehnten Zeitungen, Broschüren, Prospekte und Plakate für die ›richtige‹ Gesinnung druckte. Als grafisch überaus talentierter Drucker hatte er bereits in den 50er Jahren des letzten Jahrhunderts für Aufsehen gesorgt, als er der kommunistischen Arbeiterbewegung eine Serie von Wahlplakaten entworfen hatte, die später sogar im Museum für Gestaltung ausgestellt wurden.

Kein Wunder waren ihr schon als Achtjähriger Worte wie

Sozialismus, Antikapitalismus und Neomarxismus so vertraut wie Gleichaltrigen die Begriffe Adidas oder McDonald's. Als Zehnjährige hatte sie mitbekommen, wie die Druckerei Konkurs anmelden musste. Die Auftragslage war prekär geworden, weil Großvater keine neuen Maschinen mehr anschaffen wollte, die der digitalen Revolution Tür und Tor geöffnet hätten. Er verabscheute Computer und erblickte in den Herstellern dieser Geräte die neuen imperialistischen Volksverhetzer, die den mündigen Bürger vergifteten, weil sie die wahre Welt verstellten und eine virtuelle vorgaukelten. Kam hinzu, dass die Menge an Drucksachen für linksorientierte Gruppierungen nach Ende des Kalten Krieges drastisch abnahm, und selbst die sozialistische Partei der Stadt ihre Erzeugnisse neuerdings im Digitaldruck herstellen ließ. Als dann noch das alte Kampfblatt ›die Brücke‹ nach 35-jährigem Bestehen seine Redaktion schloss, stand 1996 nicht nur die alte Zylinderdruckmaschine still, sondern auch Großvaters Herz.

Sonia durchquerte die große Halle, in der seit Jahren nicht mehr gedruckt wurde, sondern wo heute Meditations- und Yogagruppen in ihren Exerzitien das innere Gegengewicht zur urbanen Zerstreuung suchten. Mit mehr oder weniger Erfolg, wie sie angesichts ihrer eigenen Versuche wusste.

Immerhin hatte Großvater testamentarisch vorgeschrieben, was mit seinem ›Arbeiterhaus‹ zu geschehen hatte, sodass es noch immer in Familienbesitz war und nicht schon längst einer Versicherung oder einer Bank gehörte. An Angeboten hatte es in den letzten Jahren nicht gemangelt, und die Beträge, die offeriert worden waren, machten bisweilen schwindlig. Umso zufriedener war Sonia, dass genau in diesem Haus die Keimzelle entstanden war, die dafür sorgen wollte, wieder mehr Gerechtigkeit und Menschlichkeit in die Gesellschaft zu bringen. Opa hätte seine Freude an ihr gehabt, das spürte sie.

Als sie in den Keller hinabstieg, hörte sie schon von Weitem Wortfetzen, die aus dem ehemaligen Papierlager durch den Gang hallten. Hinter der angelehnten Tür diskutierten einige Stimmen mit großem Einsatz und Stimmvermögen, als ginge es um Leben und Tod. Sie kannte alle Stimmen und musste angesichts des angeschlagenen Themas schmunzeln. Wenigstens hörte sie auch die Wortmeldung eines Mannes, der klarstellte, dass man mit einer Entscheidung warten müsse, bis Sonia zurück sei.

Mit einem siegessicheren Lächeln im Gesicht und den richtigen Augenblick für einen Auftritt spürend, trat sie ins Lager. Um einen einfachen Holztisch saß eine Gruppe von jungen Menschen. Die Luft war zum Schneiden dick, es roch nach selbst gedrehten Zigaretten und Bier. Alle blickten überrascht auf, als sich Sonia in ihrem Matrosenhemdchen vor ihnen aufbaute und rein äußerlich so gar nicht zu den dunklen Gestalten in Kapuzenpullovern und abgewetzten Jeans passen wollte. Doch sie genoss die Blicke – auch die der beiden Frauen, die sie missbilligend musterten und augenblicklich realisierten, dass sie gegen Sonia wie alte Krähen wirken mussten. Die Blicke der Männer waren von anderer Qualität. Der übergewichtige Matthis brachte seinen Mund kaum zu, während Sven, ein hagerer und babygesichtiger Mittzwanziger lüstern grinste, als wäre Sonia nackt. Vladimir, ein ukrainischer Student, war augenscheinlich zu besoffen, um noch klar zu sehen, und Renzo, ein muskulöser Bursche aus Wallisellen, stand nur auf Blonde, wie er stets beteuerte. Andi und Dago wiederum freuten sich des ungewohnten Anblicks, aber respektierten, dass Sonia zu Alain gehörte.

Alain, der Anführer der ›Roten Zelle‹, musste nur ihren Blick sehen, um zu ahnen, dass sie es geschafft hatte! Er stand auf und schien verunsichert. Zu welchem Preis, so fragte er sich unvermittelt, war es seiner Freundin gelungen, ihnen den Zugang zum Fernsehstudio zu öffnen? Um seine besitzorientierten Gedanken sogleich wieder zu ersticken, rief er: »Na, hast du es diesem Arsch gezeigt?«

Sonia genoss einen Moment lang die eingekehrte Ruhe, ließ ihre Augen über die Runde kreisen. Und nachdem sie ein Bier reklamiert hatte, das ihr Matthis unverzüglich holen gegangen war, erzählte sie, wie die Gruppe in die Studios kommen würde. Im Zuge ihrer Ausführungen wiederholte sie nochmals jede Einzelheit ihres Plans, der Wahlsendung eine entscheidende Wendung zu geben.

KAPITEL 36

Hanni staunte über sich selber. Als wäre es das Selbstverständlichste der Welt, war sie ins Auto gestiegen und durchquerte nun im Abendverkehr das Limmattal. Eigentlich hatte sie sich vorgenommen, das Gestern abzuhaken und das Heute in eine ferne Erinnerungsschublade zu versenken. So wie eine Episode, die man im Urlaub erlebt: weit weg von daheim. Es war ja auch nur eine Art Ferienflirt gewesen. Mit dem Unterschied, dass dieser Fremde nur einige Kilometer Luftlinie entfernt wohnte und Hühner besaß, die der Fuchs holen käme, würden sie sich am Abend nicht in einen sicheren Käfig begeben. Und nur wegen dieser Hühner – denn was konnten die dafür, dass ihr Besitzer einer wild gewordenen Idee hinterherlief und darob die Realität vergaß? – fuhr sie nach Engstringen und erklomm die steile Treppe zu Nicos Garten. Die Hühner drückten sich bereits ängstlich äugend an die hölzerne Wand ihres Holzverschlags und begannen wild zu gackern, als Hanni auf sie zukam. Vor Menschen hatten sie offensichtlich keine Angst, denn sie forderten sichtlich empört, endlich in ihr Ställchen gelassen und gefüttert zu werden. Hanni fand sich schnell zurecht und machte alles zur Zufriedenheit des Geflügels, das sich gurrend und gackernd über die Körner hermachte.

Aus einem antrainierten Reflex heraus schaute sie, ob die Eingangstür zu Nicos Häuschen auch wirklich verschlossen war. Denn sie konnte sich nicht daran erinnern, wann er das getan haben sollte. Und tatsächlich: Zu ihrer Überraschung und nicht minderen Empörung sprang die Tür auf und gab das Innere preis. Da könnte also jeder hereinspazieren und wer weiß was anstellen, dachte sie, als sie ins Wohnzimmer trat. Sie machte das Licht an und blickte sich um. Erst kürzlich hatte sie eine Sendung gesehen, in der sich ein TV-Moderator in fremden Wohnzimmern umsah, Schränke und Kisten öffnete, als wäre er da zu Hause und auch vor dem Schlafzimmer nicht haltmachte, Wäsche durchwühlte, Pyjamas und Negligés betrachtete. Nun kam sie sich ebenso indiskret vor. Mit dem Unterschied jedoch, dass sie sich hier irgendwie daheim fühlte, was sie gleichermaßen erschreckte wie erheiterte. Die kleine Wohnung strahlte etwas Warmes und Gemütliches aus. Der Schwedenofen, der zwar kalt war, aber schnell wieder Wärme abstrahlte, als sie einige Holzscheite zum Brennen brachte, tat das Übrige. Sie betrachtete die Küche, die einfach, aber zweckmäßig eingerichtet war, und fand einige Lebensmittel, die im Kopf zusammenpassten und ein schmackhaftes Essen ergeben hätten. Doch so weit wollte sie nicht gehen, das wäre doch ein wenig dreist gewesen, dachte sie. Weil ihr Magen jedoch knurrte, machte sie sich ein Sandwich mit den Resten von Nicos Vollkornbrot und dem Käse, der aufgrund seines Geruchs ein fortgeschrittenes Reifestadium verriet. Sie mochte räße* Käse und während sie genussvoll zubiss, fiel ihr ein, dass sie schon als Kind einen reifen Appenzeller einem nichtssagenden Emmentaler vorgezogen hatte. Gleichzeitig fragte sie sich, ob es Zufall war, dass sie auch schon immer reifere Männer bevorzugte? Sie musste über diesen Gedanken schmunzeln und griff aus einer Laune heraus zum Handy. Mit flinken Bewegungen tippte sie ein SMS:

»hab deine hühner gerettet und esse nun deine vorräte. warte noch bis 22 uhr: wer zu spät kommt, den bestraft das leben! guk hanni«

Zu ihrem großen Erstaunen tutete ihr Handy ein paar Minuten später. Und mit einem Gemisch aus Freude und Anspannung las sie, was Nico geantwortet hatte:

»hocke im rümlanger wald und warte auf mario, der zur waldhütte mit den skins geschlichen ist. unsere spur ist heiß, doch wald ist scheißkalt. warte noch, ich komme bald. Was heißt: guk? nico«

Dummerchen, dachte Hanni, weiß nicht mal, was guk heißt. Schnell tippte sie die Erklärung ins Telefon und fügte an, dass sie sich freue und schon mal den Ofen angeworfen habe. Mit der Bemerkung, dass sie ihn schon wieder aufzutauen wisse, schickte sie ihre Kurzbotschaft ab, gleichzeitig ein prickelndes Gefühl der Vorfreude spürend.

Um sich die Zeit ein wenig zu vertreiben, wandte sie sich Nicos Bibliothek zu und stöberte ziellos in den Regalen herum. Je höher sie kam, desto spezieller wurde die Sammlung. Fast zuoberst stieß sie auf Klassiker der erotischen Literatur, fand eine unzensierte Ausgabe von ›1.000 und eine Nacht‹, ›Die Geschichte der O.‹ und neben einigen Werken von de Sade auch gleich mehrere Bücher über das Kamasu-

* Räss: überreif, rezent; meist bei alten Käsen gebraucht, die dann ins Scharfe tendieren

tra. Dass sich auch Werke wie ›Emmanuelle‹ in der Sammlung befanden, überging sie mit nachsichtiger Gelassenheit, staunte aber, welch namhafte Autoren sich schon zu diesem facettenreichen Thema geäußert hatten. Die Lektüre ließ die Zeit wie im Flug verstreichen. Als sie wieder mal auf ihre Uhr blickte, war es schon fünf Minuten nach zehn. Wie eine Woge fuhr ihr der Schreck durch die Glieder. Sie ging zum Küchentisch, auf dem ihr Handy lag – versunken in einen tiefen Schlaf. Nervös tippte sie eine Kurzbotschaft in die Tastatur, fragend, wo er sei. Minuten vergingen, doch Antwort bekam sie keine. Vielleicht, so mutmaßte sie, konnte er gerade kein SMS schreiben, oder vielleicht war die Batterie ausgegangen. Das passierte ja immer im dümmsten Augenblick. Als das Handy 22.13 Uhr anzeigte, wurde sie zappelig, stand auf und ging um den Tisch herum. Auf dem Fensterbrett fand sie die Visitenkarte des Polizisten, der am Mittag hier gewesen war. Jean-Jacques Trümpi, las sie. Daneben stand die Telefonnummer.

Was würden rechtsextreme Schläger mit einem herumspionierenden Mann anfangen? Noch dazu, wenn sie ihn am Abend zuvor ohne Grund einen Abhang hinuntergestoßen hatten? Wohl kaum ein Bier trinken!

Hanni wurde es heiß und kalt. Plötzlich war sie sicher, dass etwas passiert sein musste, und Nico und Mario in großer Gefahr schwebten. Angst regierte, dennoch zögerte sie, ehe sie zum Telefon griff und die Nummer dieses Polizisten wählte. Trümpi nahm so schnell ab, dass sie erschrak. Als der Mann ihre Stimme erkannte und freundlich fragte, was sie wolle, da schoss sie los, erzählte, was passiert war, und was Nico zusammen mit seinem jungen Kollegen Ettlin im Rümlanger Wald beabsichtigte.

Trümpi beruhigte sie. In väterlichem Ton relativierte er ihre Bedenken, indem er anfügte, dass er Nico als vorsichtigen

Menschen einschätze, der keine unvorhersehbaren Risiken eingehe. Nach seinem gestrigen Aufeinandertreffen mit dieser Gruppe werde er kaum ins offene Messer laufen, sondern umso überlegter handeln. Mit dem Versprechen, sich dennoch darum kümmern zu wollen, beendete er das Gespräch. Hanni stand in Nicos Wohnzimmer und wusste nicht, was sie tun sollte. Am liebsten wäre sie ins Auto gestiegen und hätte die Suche aufgenommen, doch sie wusste, dass dies dumm war. Nico konnte jeden Moment auftauchen, und vielleicht gab es ja wirklich einen ganz banalen Grund, warum sie ihn nicht erreichte.

KAPITEL 37

»Renn!«, rief Mario aufgeregt und spurtete in seine Richtung. Dennoch zögerte Nico einen Moment, ob er wirklich aus der sicheren Deckung auftauchen sollte, um Marios dringlich tönenden Befehl auszuführen. So vergingen Bruchteile von Sekunden, bis Nico seinen Kollegen zwischen den Bäumen auftauchen sah und gewahrte, dass ihn eine Horde von keuchenden Männern verfolgte. Nico hatte wohl noch nie in seinem Leben allein aufgrund der Abstoßkraft seiner Beine eine derartige Beschleunigung zuwege gebracht. Er rannte, was sein Organismus hergab. Äste peitschten ihm ins Gesicht, und eine Weile konnte er Marios horrendes Tempo, der dicht vor ihm rannte, mithalten. Doch die stampfenden Schritte der

Verfolger kamen immer näher, und als Mario einen Moment nach hinten blickte, stolperte er über einen Baumstrunk. Fast hätte er sich auffangen können, doch Nico konnte nicht mehr bremsen und lief von hinten auf. Der Sturz wäre zu verkraften gewesen, doch das Gefühl, das Rennen gegen die Verfolgermeute verloren zu haben, schmerzte wie 1.000 Messerstiche. Dann spürte Nico Schläge und Tritte, roch den Schweiß der Verfolger. Wie ein Donnerwetter brach das Unheil über sie herein, entlud sich in verheerender Art, die panisch machte. Verzweifelt deckte Mario sein Gesicht ab, krümmte sich in Embryohaltung, hoffend, dass sie von ihm ablassen würden, als plötzlich ein Befehl durch den Wald schallte.

»Halt!«, befahl einer, der anscheinend erst jetzt angekommen war, aber dennoch die nötige Autorität besaß, sodass die anderen von den im Dreck liegenden Opfern abließen. »Bringt die zwei Arschlöcher in die Hütte!«

Kurz darauf betraten Mario und Nico die Waldhütte: blutverschmiert und mit verdreckten Kleidern. Angst stand ihnen im Gesicht, dazu Verzweiflung, Wut und Scham. Von je zwei Schlägertypen festgehalten, standen sie da, beobachtet von unzähligen Augenpaaren, in denen Verachtung und Hass zu lesen war. Wäre dieser groß gewachsene Typ nicht gewesen, der klare Befehle erteilt hatte und einige Jahre älter als die meisten der anwesenden Männer wirkte, das Blutbad wäre unvermeidlich gewesen. Doch so stand die Horde der Skins nur um sie herum und beäugte sie wie Schlachtvieh, während sie auf die Knie gezwungen und mit einem rohen Strick so fest gefesselt wurden, dass die Hände zu kribbeln begannen.

Dann tauchte Josef Hauri auf, der sich breitbeinig vor ihnen aufpflanzte. »Gebt mir ihre Portemonnaies und Handys!«

Sogleich machten sich die Bewacher daran, den Befehl auszuführen.

»Ah, sieh mal an: einer vom Deutschschweizer Fernsehen!«, rief er erstaunt, als er Marios Portemonnaie auseinandergenommen hatte und den Badge mit Foto entdeckte. »Heißt Mario Ettlin! Kennt den einer? Ebnöther?«

Hauri blickte in Richtung des erstaunten Zugführers, der zusammen mit seinen Männern die Eindringlinge gefasst hatte. Und während im Saal ein Getuschel aufflackerte, betrachtete Ebnöther das Bild auf dem entgegengestreckten Ausweis und verglich es mit Marios verdrecktem Gesicht. »Ja«, sagte er dann, »den kenne ich, ist eine dieser Journalistenratten von der Information!«

Mario konnte sich nicht erinnern, diesen Mann auch schon mal gesehen zu haben, und begann, unverständliche Laute zu stammeln. Sogleich klatschte ein Handrücken mit voller Wucht in sein Gesicht, sodass er zur Seite kippte und Blut schmeckte. Die Schmerzwelle, die durch seinen Körper rollte, ließ ihn schockartig erstarren.

»Du hast hier nichts zu melden, ist das klar?«

Mario richtete sich langsam wieder auf, versuchte zu nicken.

Nun nahm Hauri wieder den Faden auf. Er hatte Nicos Brieftasche durchstöbert und einen Fahrausweis gefunden. »Der andere heißt Vontobel Nicolas. Kennt den auch jemand?«

Einige Sekunden war es still, ehe eine Stimme ertönte:

»Ja, ich kenne den, Major!«, antwortete Lutz zur Überraschung der Anwesenden. Dieser Typ sei diesen Nachmittag vor seiner Tür gestanden und habe ihn um Rat wegen seines Autos gefragt. Seine Stimme verriet, dass er sich diesen Umstand nicht recht erklären konnte.

Nun fiel es auch den restlichen Mannen um Trümpi wie Schuppen von den Augen. Und Ebinger sprach für alle, als er schilderte, wie sie Nico gestern Nacht begegnet waren, und er sie provoziert hatte.

»Euch provoziert? So, so …«, wiederholte Hauri vieldeutig,

kam aber nicht weiter, weil eine feine Stimme durch den Raum drang: »Nicolas Vontobel? Das nenn ich aber eine Überraschung!« August Kappeler kam vom anderen Ende des Saals näher. Der bedächtige berndeutsche Dialekt tönte plötzlich eisig und hart. Langsam schritt der Alte durchs Spalier, das ihm die Männer augenblicklich bildeten. Man hätte eine Stecknadel fallen hören können. Nico zuckte zusammen, als er die vor Wut funkelnden Augen des ehemaligen Nationalrats erblickte. Obschon er sich das hätte denken können, dass der alte Nazi noch immer die Fäden der rechtsextremen Bewegung in der Hand hielt, erstaunte ihn seine Anwesenheit maßlos. Umgekehrt war es ähnlich. Kappeler hätte mit vielen Feinden gerechnet, aber nicht mit diesem. Mit Widerwillen erinnerte er sich an die Zeit vor 15 Jahren, als er gegen diese journalistische Schmeißfliege ein erbittertes Duell geführt hatte. Wie ein unappetitlicher Parasit war ihm dieser auf Schritt und Tritt gefolgt, hatte ihm hinterhergeschnüffelt und das Leben als Politiker schwer gemacht. Nur mit viel Mühe und unter Einsatz aller zur Verfügung stehender Mittel und Wege konnte er verhindern, dass die unbelegten Thesen und Behauptungen an die Öffentlichkeit gelangten. Wie hatte er diesen Vontobel gehasst! Gleichzeitig befürchtet, er würde tatsächlich ihre geheimen Pläne durchschauen und aufdecken. Er hätte alles zerstört, bevor es überhaupt spruchreif war. Aus diesem Grund musste er von der Bildfläche verschwinden. Dank eines Mittagessens mit dem damaligen Generaldirektor, mit dem er einst im Militärdienst zu tun gehabt hatte, war Vontobel bald darauf zum Nachrichtenproduzenten der Tagesschau aufgestiegen und damit von der Newsfront wegbefördert worden. In seiner neuen Position war er nicht mehr Journalist, sondern eher Funktionär, und hatte keine Zeit mehr, die Rolle des investigativen Pitbulls zu spielen.

Kappeler musste innerlich grinsen. Wären doch alle Probleme so einfach zu lösen gewesen, dann wäre seine Vision schon längst kein Wunschtraum mehr. Doch nach wie vor galt es, all die Werte und Errungenschaften, welche die Altvorderen der Geschichte abgetrotzt hatten, nicht durch Elemente, wie sie Vontobel für ihn repräsentierten, zunichtemachen zu lassen! Das Wohl seines Landes hing davon ab, dass dieser gesellschaftlichen Verluderung Einhalt geboten wurde!

Auch in Nico keimten Erinnerungen. Sie gründeten in der Befürchtung, was aus der Schweiz würde, könnten Männer wie Kappeler nur zehn Prozent ihres Gedankenguts verwirklichen. Unerträgliche Zustände wären das, die an die 30er Jahre des letzten Jahrhunderts in Deutschland gemahnten und das freie Denken und Handeln massiv einschränkten. Die mit Repressionen eine künstliche Ordnung schüfen und das Rad der Zeit zurückdrehten. Aus diesem Grund war es seine journalistische Pflicht gewesen, die Augen auf diese rechtskonservativen Machenschaften zu richten und die Wahrheit herauszubrüllen, auch wenn sie nicht gern gehört wurde. Allein die Tatsache, dass sein Film mit superprovisorischen* Verfügungen und weiteren Rechtsmitteln verhindert wurde und nie so zur Ausstrahlung kam, wie er es beabsichtigt hatte, war ein Zeichen, dass die Medien als vierte Kraft im Staat nichts mehr zu melden hatten. Die freie politische Meinungsäußerung war bereits damals bedroht gewesen, und das journalistische Schaffen aufgrund einiger unverständlicher Bundesgerichtsentscheide in Schieflage geraten. Wenn Anwälte und Richter verhindern konnten, dass belegbare politische Aktivitäten, die auf einen Staatsstreich hinausliefen, nicht transparent gemacht werden durften, und wenn sogar der Inlandsge-

---

* Superprovisorische Verfügung: Ein Rechtsmittel in der Schweiz, um einer dringenden und unmittelbaren Gefährdung entgegenzuwirken. Zum Beispiel kann eine Einzelperson die Ausstrahlung einer Sendung vorübergehend verhindern, wenn sie eine rufschädigende Berichterstattung befürchten muss.

heimdienst die Augen vor diesen Machenschaften verschloss, dann war es bereits später als ›fünf vor zwölf‹.

Kappeler stand nun dicht vor dem knienden Nico und blickte ihn verächtlich an. Gern hätte er ihm einen Tritt in die Eier gegeben, doch er konnte sich beherrschen. Er war ein Mann des Kopfes, Handwerkliches überließ er anderen, auch wenn er die Befriedigung, die seine Männer empfunden haben mussten, als sie ihn wie eine Jagdtrophäe gestellt hatten, nachempfinden konnte.

»Vontobel, bist wieder mal ziemlich tief in die Scheiße geraten, was! Stellt sich die Frage, was wir mit dir machen sollen. Das Einfachste wäre natürlich, dich zusammen mit deinem Gehilfen in einem See zu versenken, oder euch den Wölfen im Tierpark zu verfüttern. Aber das würde deiner aufsässigen Gesinnung nicht gerecht. Töten werden wir dich später. Zuerst wirst du unseren Triumph miterleben! Wirst teilhaben an der Geburtsstunde der neuen Schweiz, für die uns unsere Nachfahren noch 1.000 Jahre lang dankbar sein werden!«

»Hatten wir diesen Wahn nicht schon im letzten Jahrhundert?«

»Schweig, du Arsch!«, brüllte Hauri, der neben Kappeler stand und Nico einen kräftigen Tritt in die Seite verpasste, sodass er nach Luft schnappte.

»Wir nehmen die beiden mit auf die Festung. Nichts kann uns aufhalten! Männer, an die Arbeit!« Kappelers Worte waren das Zeichen für den Aufbruch. Während Hauri jedem Zugführer ein Couvert mit dem genauen Einsatzbefehl für die beiden kommenden Tage überreichte, kümmerte sich Kappelers Leibgarde um Nico und Mario. Eine halbe Stunde später saßen sie verschnürt wie Postpakete auf einem Sitz im Kleinbus. Weil man ihnen einen Sack über den Kopf gestülpt hatte, verlor Nico schon nach wenigen Kurven die Orientierung. Sein ganzer Körper schmerzte höllisch, und der Sack stank grässlich nach Öl. Er durfte jetzt einfach nicht in Panik geraten. Er musste ruhig bleiben, hoffen, dass irgendwann irgendwie ein Wunder passierte. Wie es wohl Mario ging? Wenn es ihn nicht täuschte, hörte er ihn hinter sich rasselnd atmen. Er hatte stark aus der Nase geblutet und elend ausgesehen.

KAPITEL 38

Jean-Jacques Trümpi war zum Polizeiposten Rümlang gefahren, wo er den diensthabenden Beamten gut kannte. Rasch fand er heraus, nach welchem Auto er suchen musste. Mario Ettlins Renault Clio aus dem Jahr 2001 war zwar unauffällig, wirkte aber neben modernen Autos schon fast wie ein Oldtimer. Er informierte die Streifen, die an diesem Abend unterwegs waren. Erstaunlich schnell bekam er eine erste Rückmeldung. Man habe den Renault mit dem besagten Nummernschild am Ortsausgang von Oberhasli in Richtung Regensdorf gefunden. Die linke vordere Seite sei eingedrückt, vom Fahrer und seinem Begleiter fehle jede Spur.

Bereits wenige Minuten später stand Trümpi beim Renault und blickte sich um. Die Kollegen der Streife waren wieder weitergefahren, und die Uhr zeigte ein Viertel vor elf. Auch wenn während des Tages warme Temperaturen geherrscht hatten, erschien ihm die Luft nun feucht und kühl. Zu kühl für einen Septemberabend, wie Trümpi befand – schließlich war es noch eine Woche lang Sommer. Der Ort, an dem der Renault abgestellt war, schien alles andere als zufällig, und bald fand der Polizist Spuren, die in den Wald führten. Kurz überlegte er, ob er Verstärkung anfordern sollte, doch er verwarf diesen Gedanken, als ihm einfiel, dass auch sein Sohn im Wald sein könnte. Und nachdem bisher nichts passiert war, wollte er keine schlafenden Hunde wecken. Langsam und vorsichtig tastete er sich vorwärts, kam zum Waldrand, fand einen Pfad, dem er folgte. Da er sich nur vage auskannte, war er überrascht, als er auf eine breite Waldstraße stieß. Eben wollte er zwischen mannshohen Sträuchern hervortreten, als er durch die Bäume eine Kette von Autoscheinwerfern ausmachte. Schnell versteckte er sich hinter einem Holzstapel und beobachtete den Konvoi. Nach einem Geländewagen mit Berner Nummernschild, einem schwarzen Mercedes und einem dunklen Kleinbus folgte fast ein Dutzend Privatautos. Darunter auch der Toyota seines Sohnes, der nur über ein Abblendlicht verfügte. Passt ja wie die Faust aufs Auge, dachte der Polizist, als er sich in Erinnerung rief, dass Ettlins Renault an entsprechender Stelle eingedrückt war.

Dank der Lichterkette konnte er recht deutlich sehen, wie viele Männer – und es waren ausnahmslos finster blickende Männer mit geschorenen Köpfen – an ihm vorbeifuhren. Nur von den beiden Fernsehtypen sah er nichts. Besorgt blickte er dem Konvoi nach und griff zum Handy. Schnell war die Nummer der Kollegen gewählt, die immer noch in der Nähe sein mussten.

»Da ist der Jean-Jacques, wo seid ihr?«

Der Beamte am anderen Ende der Leitung, der Hanspeter Lampert hieß, nannte seinen Standort.

»Sehr gut, peilt mein Handy an, ich bin im Rümlanger

Wald auf der Suche nach zwei Vermissten. Habe da ein ziemlich mulmiges Gefühl ...«

Nach wenigen Minuten hörte Trümpi das Knirschen von Gummi auf einer Kiesstraße. Er wollte schon auf das Auto zugehen, als er im letzten Moment realisierte, dass es aufgrund seiner Form kein Streifenwagen sein konnte. Doch es war schon zu spät. Drei Männer rissen die Türen auf und rannten auf Trümpi los, waren jedoch umso überraschter, als der seine Dienstwaffe zog und auf die Burschen zuging.

»Trümpi, Kantonspolizei, stehen bleiben!«

Verunsichert blickten sich die Männer um. Der vierte, der im Wagen geblieben war, erkannte das Problem und legte augenblicklich den Rückwärtsgang ein. Mit heulendem Motor setzte er zurück, kam aber nicht weit, da in dem Moment die Streife heranfuhr. Trümpi atmete auf, denn er war schon am Überlegen, was er allein gegen vier Skins ausrichten sollte. Der Glatzkopf am Steuer war aber nicht gewillt aufzugeben, versuchte zuerst, am Polizeiauto vorbeizukommen, was dessen Fahrer jedoch nicht zuließ, dann warf er geräuschvoll den ersten Gang ins Getriebe und preschte auf Trümpi und die drei Männer los. Geistesgegenwärtig sprang der Polizist zur Seite. Dasselbe taten die Skins, nutzten jedoch die Gunst der Sekunde und flohen in den Wald. Trümpi zielte mit seiner Waffe auf die fliehenden Schatten, die sogleich vom Wald verschluckt wurden, aber gab keinen Schuss ab.

Mit einer gehörigen Portion Wut im Bauch stieg er ins Dienstfahrzeug seiner Kollegen und befahl die Verfolgung des Wagens. Der Fahrer ließ sich nicht zweimal bitten und bretterte durch den Wald. Bald machten sie die Rücklichter zwischen Bäumen aus, doch plötzlich verschwanden die roten Punkte.

»Der Spinner fährt ohne Licht«, brüllte Aebischer, der neben Lampert saß. »Oder er hat sein Auto irgendwo versteckt«, meinte Trümpi.

»So schnell kann er das nicht«, gab Lampert zurück und fuhr mit Karacho weiter. Der Weg wurde immer enger und holpriger. »Der kann da unmöglich ohne Licht gefahren sein!«, schrie Trümpi von hinten, »der muss eine Abzweigung genommen haben!«

Widerwillig bremste Lampert ab und überlegte. »Da vorn kann ich wenden«, knurrte er verärgert und tat das in bester Bond-Manier, sodass sich die beiden anderen festhalten mussten. Als sie einige Meter gefahren waren, erblickte Aebischer einen Pfad, der breit genug war, dass ein Auto durchkam. Der Weg war mehr schlecht als recht befahrbar, Schlaglöcher testeten die Stoßdämpfer. Kurze Zeit später wurden sie vom Wald ausgespuckt. Vor ihnen lag der Katzensee, in der Ferne auf dem Hügel blinkte der Sendemast der Technischen Hochschule.

»Der ist weg«, resümierte Aebischer.

»Der Typ fuhr einen schwarzen Hyundai«, meinte Lampert, »habt ihr die Nummer gesehen?«

»Das war ein Kia, und der war grau«, entgegnete Aebischer, »und die Nummer war ZH 566 und noch was!«

»Das war nie und nimmer ein Kia«, korrigierte Lampert etwas gereizt, »und ich würde sagen, es war eine Aargauer-Nummer!«

»Okay, mit anderen Worten wissen wir so gut wie nichts, und die anderen sind sicher über alle Berge. So können wir nicht mal eine Fahndung herausgeben«, bilanzierte Trümpi trocken und ärgerte sich über die Situation. Aber auch ihm war es zu schnell gegangen, sodass er keine Chance gehabt hatte, sich die Nummer zu merken. »Wärt ihr so nett und bringt mich zu meinem Auto? Und könntet ihr die Zentrale anfragen, wem das Berner Nummernschild 4.298 gehört. Dieses Auto, ein Geländewagen der Marke Subaru, hat den Konvoi angeführt.«

Als sie bei Trümpis Wagen angelangt waren, hatte die Zentrale bereits den Halter des Berner Autos eruiert. »Josef Hauri?«, fragte Trümpi nach. »Kantonsrat? So, so. Und er wohnt in Rüegsauschachen im Emmental? Interessant …«

»Was glaubst du denn, was da im Wald passiert ist? Und welche beiden Typen suchst du eigentlich?«, wollte Lampert wissen, als sich die Zentrale verabschiedet hatte.

Trümpi erklärte in kurzen Worten, wen er suchte, unterließ es aber, Details zu erwähnen.

»Könnt ihr mir noch einen letzten Gefallen tun?«, fragte Trümpi, als er schon aussteigen und zu seinem Wagen gehen wollte. »Würdet ihr mir eine Handynummer anpeilen?«

»Du weißt, dass dies nur bei begründetem Verdacht geschehen darf. Bei Fluchtgefahr oder dergleichen!«

»Es ist«, fuhr Trümpi zögernd fort, »die Nummer meines Sohnes, der möglicherweise mit von der Partie ist.«

Aebischer blickte seinem Kollegen kritisch in die Augen. »Mit welcher Art von Partie haben wir es da zu tun?«

»Mein Sohn«, begann Trümpi bedächtig und spürte den Kloß in seinem Hals, »ist möglicherweise in einen Zirkel von rechtsextremen Skins geraten.«

»Nicht alle Skins sind rechtsextrem«, erklärte Lampert besserwisserisch.

»Mag sein«, lenkte Trümpi ein, »könnt ihr also bitte folgende Nummer anpeilen? Ich will Klarheit!«

Aebischer zierte sich immer noch, doch Lampert gab ihm ein Zeichen, Trümpis Nummer einzugeben. Schon bald erschienen auf dem Display eine Karte sowie ein wandernder Punkt. »Urdorf, A4, Richtung Affoltern am Albis«, sagte Aebischer.

»Vielen Dank!« Jean-Jacques Trümpi stieg in seinen Dienstwagen und startete den Motor. Als er außer Sichtweite seiner Kollegen war, pflanzte er das Blaulicht auf, erreichte nach wenigen Minuten den Nordring und fuhr in halsbrecherischem

Tempo in Richtung Urdorf. Obwohl er wusste, dass es verboten war, wählte er eine Nummer und hielt das Handy an sein Ohr.

»Ruedi, bist du's?«

Am anderen Ende meldete sich die Stimme seines alten Kollegen Ruedi Denzler. »Hast du zufällig heute Dienst?«

Der andere bejahte. »Das trifft sich ausgezeichnet! Hör mir zu. Da fährt auf der A4 ein Konvoi von zehn Autos von Birmensdorf her in Richtung Affoltern. Der vorderste Wagen trägt das Nummernschild BE 4.298. Könntest du schauen, wo die hinfahren?«

»Wie bitte? Und wie stellst du dir das vor?« Wäre ein anderer als sein langjähriger Freund Trümpi am Draht gewesen, mit dem er vor 30 Jahren die polizeiinterne Ausbildung absolviert hatte, er hätte an dessen Verstand gezweifelt.

»Ich erklär's dir später, und sag deinen Jungs, dass ich demnächst mit 180 durch die Birmensdorfer Tunnel fahre!«

»Meinetwegen, mein Lieber«, schloss Denzler das Gespräch ab, »aber ich muss dir ja nicht in Erinnerung rufen, wo der Kanton aufhört, gell!«

»Keine Angst, bis dann habe ich sie eingeholt …«

Denzler gab das gesuchte Nummernschild in den Computer, und schon bald fokussierte das neue Verkehrsleitsystem automatisch den dunklen Geländewagen, der von neun weiteren Fahrzeugen verfolgt wurde und mit moderater Geschwindigkeit Richtung Osten fuhr. Nachdem sie die Autobahnraststätte Knonaueramt passiert hatten, fuhr der Konvoi beim Rastplatz Eitenberg ab. Da auch hier eine Kamera mit dem Leitsystem verbunden war, konnte Denzler alles bestens beobachten.

»Du hast mehr Glück als Verstand«, rapportierte er das Gesehene seinem Kollegen. »Übrigens darf ich dir noch mitteilen, dass Fahren mit dem Handy am Ohr 200 Franken kostet! Hast du keine Freisprecheinrichtung?«

»Ich seh kein Handy«, lachte Trümpi in den Apparat, »vielen Dank!«

»Keine Ursache, brauchst du Hilfe oder so?«

»Nein, hoffe nicht …«

»Mach keinen Blödsinn, die sehen nicht gerade aus, als würden sie zu einem Kaffeekränzchen fahren!«

»Sind sie ausgestiegen?«

»Ja, einer, ein älterer Herr ist in die Toilettenanlage gegangen. Ein paar von den Typen stehen in der Nähe des ersten Autos. Meine Herren, das sind ja alles Skins!«

»Was du nicht sagst …«

»Jean-Jacques, was geht da vor? Glaubst du nicht, dass die Typen eine Nummer zu groß für dich allein sind? Und überhaupt – seit wann interessierst du dich für Skinheads?«

»Ruedi, ich sagte schon, ich erklär's dir zu gegebenem Zeitpunkt. Jetzt muss ich schauen, dass ich den Anschluss nicht verliere.«

»Schau du lieber, dass du die Legalität nicht verlierst! Übrigens, einige von den Typen verabschieden sich vom Fahrer des Berner Geländewagens, sind alles recht junge Männer … Furchtbar, was die für ein Brimborium machen … Ah, jetzt kommt der Alte wieder … Auch der verabschiedet sich und geht wieder zu seinem Mercedes, ebenfalls mit Berner Nummernschild!«

»Bin gleich da, kannst du mal rausfinden, wem der Mercedes gehört?«

Denzler schnaufte laut, dann vernahm Trümpi das schnelle Tippen auf einer Tastatur.

»Er ist auf eine Firma immatrikuliert, eine Handelsgesellschaft, deren Inhaber ein gewisser Josef Hauri ist.«

»Ah, der Kantonsrat aus dem Emmental, der im Geländewagen. Gut, das war voraussehbar. Nun bräuchte ich noch den Namen des Alten. Könntest du ihn mal einscannen?«

»Trümpi, du kennst die Vorschriften.«

»Es ist verdammt wichtig!«

Wieder stieß Denzler einen hörbaren Seufzer aus, aber er scannte das Bild des alten Mannes ein, der neben seinem Auto stand und mit einigen anderen angeregt diskutierte. Derweil ließ der Polizist das Programm laufen.

»Du glaubst nicht, wer das ist«, entfuhr es Denzler kurze Zeit später. »Das ist der ehemalige Nationalrat der Patriotischen Demokraten, dieser August Kappeler!«

»Kappeler? Jetzt schlägt's 13! Was hat der da zu schaffen?«

»Hör mir zu, Trümpi, du bist schon auf verdammt dünnes Eis geraten! Die Typen haben sich verkehrstechnisch nichts zuschulden kommen lassen, und ich habe dir schon zu viele Informationen weitergegeben, kann nur hoffen, dass niemand die Aufzeichnungen checkt.«

»Mach dir nicht gleich ins Hemd! Manchmal muss man einfach seinem Bauchgefühl nachgeben und etwas tun, was vielleicht nicht ganz den Vorschriften entspricht. Ich danke dir jedenfalls, bin gleich da. – Ach noch etwas, sollte ich dich bis morgen um acht Uhr früh nicht angerufen haben, dann melde alles meinem Chef weiter: Severin Martelli von der Kripo. Und sag ihm, dass wahrscheinlich zwei TV-Journalisten entführt worden sind. Eine Hanni Pulver, die beim Fernsehen arbeitet, weiß mehr!«

»Das wird ja immer besser. Du machst mir Angst!«

»Erst morgen, verstanden?« Damit beschloss Trümpi das Gespräch und folgte in sicherem Abstand dem Konvoi. Beim Zuger Kreuz verließen drei Wagen die Autobahn. Hauri, Kappeler und der Kleinbus fuhren jedoch in Richtung Gotthard weiter. Ebenso der Toyota seines Sohnes, wie Trümpi registrierte. Er entschied spontan, die Verfolgung weiterzuführen, auch wenn er schon längst im Hoheitsgebiet des Kantons Zug unterwegs war.

Wenn die beiden TV-Leute wirklich entführt werden, dann sind sie am ehesten im Kleinbus, dachte er und gab Gas.

KAPITEL 39

Es war unzweifelhaft die schlimmste Nacht in ihrem bisherigen Leben. Eingesperrt in einem fensterlosen, kalten Raum mussten sie sich eine schmale Pritsche mit einer alten Militärwolldecke teilen. Es roch abgestanden und nach Urin. Sie froren, obschon sie Rücken an Rücken lagen, um sich gegenseitig zu wärmen. Seit die Schergen das Licht gelöscht hatten, erschien ihnen die Situation noch unheimlicher und bizarrer. Sie hörten ihr eigenes Herz schlagen, spürten die aufgeschürften und schmerzenden Stellen an ihren Handgelenken. Immerhin hatte man ihnen den stinkenden Sack vom Kopf und die Fesseln abgenommen. Sie wussten, dass sie hier auf verlorenem Posten waren. Angesichts der Brutalität ihrer Peiniger mussten sie mit allem rechnen.

»Es tut mir leid, in was ich dich da reingezogen habe«, flüsterte Nico, und seine Stimme zitterte nicht nur wegen der Kälte.

Mario sagte nichts. Er dachte an Sara, die er vielleicht nie mehr wieder sehen würde. Zum x-ten Mal ging er die Optionen durch. Wann würde Sara Alarm schlagen und etwas unternehmen? Aber selbst wenn sie zur Polizei ginge, was wollte die schon machen?

»Hast du irgendeine Ahnung«, fragte Mario in die Stille, »wo wir sein könnten?«

Nico schwieg einen Moment, ehe er antwortete. Er hatte gerade an Hanni gedacht, und es war ihm eingefallen, dass er ihr aus dem Wald ja noch ein SMS geschickt hatte. Wann würde sie eins und eins zusammenzählen? Aber er verwarf den Gedanken wieder und sagte stattdessen:

»Nein, ich habe keinen Schimmer. Wohl eine Art Keller oder Luftschutzbunker. Einige Minuten, bevor wir ankamen, dachte ich, ein merkwürdiges Geräusch gehört zu haben. Es tönte wie ein Surren oder Schwirren, rhythmisch und repetitiv.«

»Ja, so etwas hab ich auch gehört!« Leise imitierte er den Klang, wie er ihn noch im Ohr hatte.

»War das vielleicht eine Windturbine?«

»Ja, das wäre möglich!« Vor seinem geistigen Auge ging Mario die Gegenden in der Schweiz durch, wo es diese Windräder gab. »In der Nähe von Winterthur gibt's solche Turbinen. Meinst du, die haben uns da hingebracht?«

»Kaum«, antwortete Nico, »für das war die Fahrt zu lang. Hat Kappeler nicht etwas von einer Festung gesagt?«

»Ja, das hat er!« Erinnerungsfetzen der Gefangennahme rauschten Mario durch den Kopf. Er fühlte sich elend, dann fiel es ihm wie Schuppen von den Augen. »Gibt es nicht oberhalb von Andermatt mehrere militärische Festungen aus der Zeit des letzten Kriegs? Und hat es da nicht auch Windturbinen? Ich glaub, ich hab da mal einen Beitrag drüber gesehen.«

»Ja, das macht Sinn«, nahm Nico den Faden auf. »Kappeler ist ein alter Verfechter der Réduit-Strategie*, steckt noch

---

* Réduit: Militärischer Verteidigungsbau; die Schweizer Armee erbaute in den Alpen ein ganzes Netz von Anlagen, um sich im Zweiten Weltkrieg gegen einen Angriff zu schützen.

immer im letzten Jahrhundert! Und da würde es nicht überraschen, wenn er für seine Operationen eine alte Gotthardfestung requiriert hätte.«

»Du scheinst ihm schon ein paar Mal in die Quere gekommen zu sein. Ist der wirklich zu einem Putsch fähig?«

»Einem Putsch? Nein, aber ihm und seinen Mitläufern könnte es gelingen, das System zu korrumpieren, sodass es an die Zeiten des Schnüffelstaates anknüpft!« In Nico stiegen Bilder aus längst vergangenen Tagen auf, als er sich wiederholt mit Kappeler und seinen Getreuen angelegt hatte. Zu seinem Leidwesen konnten sie stets den Kopf aus der Schlinge ziehen. Statt ihrer hängte man kleine Fische. Wie oft hatte er gegen sie angeschrieben, recherchiert und Zusammenhänge aufgedeckt. Doch so richtig packen konnte er sie nie. Ironie der Geschichte, dass er nun doch recht bekommen hatte und am eigenen Leib erfahren würde, zu welch schändlichen Taten sie fähig waren. Führten sie sich früher als Wölfe im Schafspelz auf, hatten sie diese Maskerade endgültig abgelegt und bleckten ihre Zähne. Arme Schweiz!

Irgendwie gelang es den beiden Gefangenen doch noch, in einen unruhigen Schlaf zu sinken. Umso erstaunter waren sie, als sie von einem grellen Licht geweckt wurden. Zwei der kahl geschorenen Hünen waren zurückgekommen, und einer stellte ihnen einen Topf mit Haferbrei auf den Boden.

»Je schneller ihr den Fraß geschluckt habt, desto eher verfügt ihr über eine Pissschüssel!« Grölend schlossen die beiden Skins die Tür wieder hinter sich zu. Immerhin ließen sie das Licht an. Wie Nico unschwer feststellte, waren sie tatsächlich in einem Bunker oder einem Festungskeller eingesperrt. Derweil hielt Mario seine Nase über den Haferbrei und probierte. »Nicht schlechter als beim Militär«, sagte er dann fast erleichtert und griff in Ermangelung eines Löffels mit den Fingern in die Schüssel. Nico war der Hunger vergangen, aber er sagte nichts. Eigentlich wäre es vernünftig, etwas zu essen, dachte er. Wer weiß, was noch folgen würde? Aber er brachte keinen Bissen runter.

Nach weiteren Minuten hörten sie erneut Schritte. Wieder erschienen die beiden Wächter und stellten nun eine Schüssel mit warmem Wasser in die Zelle.

»Der General will euch Stinktiere sehen! Macht euch sauber, sodass ihr wieder wie Menschen ausseht. Und wenn ihr es nicht selber macht, helfen wir nach! Verstanden?«

Wieder schepperte die Tür zu und hinterließ Stille.

Die beiden Gefangenen blickten auf die dampfende Schüssel.

»Wohl besser«, meinte Nico, »wir tun für einmal, was sie sagen. So, wie wir aussehen, würde uns unsere eigene Mutter nicht erkennen!«

Eine halbe Stunde später traten drei Skins in die Zelle und legten ihnen Handschellen an. Das kalte Metall schmerzte, aber Nico und Mario schwiegen. Wortlos folgten sie den Wächtern durch lange, finstere Gänge, bis sie unvermittelt ins Freie traten und angesichts der Schönheit der Welt erschraken. Über ihnen wölbte sich ein azurblauer Himmel, im Osten trat die Sonne zwischen gezackten Bergkuppen hervor und warf ihr Licht wie flüssiges Magma ins Tal. Das Gleißen ihrer Strahlen traf die Netzhaut der Gefangenen wie ein Geschoss, ließ sie unwillkürlich die gefesselten Hände vor die Augen halten. Immerhin war die Luft, die sie einatmeten, rein und würzig. Sie weckte die Lebensgeister, auch wenn sie ob des eisigen Windes froren.

Wie sie richtig vermutet hatten, befanden sie sich in einer Festung aus dem Zweiten Weltkrieg mitten in einer schroffen Bergwelt. Um sich herum sahen sie geduckte Gebäude und versteckte Eingänge. Der Zahn der Zeit hatte an den militärischen Einrichtungen genagt, aber offenbar waren gewisse Teile noch intakt. Die Wächter führten sie über den Platz. Am anderen Ende befand sich das aus grauem Granit gehauene Offiziersquartier. Im Speisesaal saßen rund ein Dutzend der Skins und grinsten, als man die beiden Gefangenen an ihnen vorbei bugsierte.

»So, habt ihr die Vollpension genossen!«, rief einer.

»Noch mehr könnt ihr euch auf das vormittägliche Animationsprogramm freuen«, doppelte ein anderer grölend nach.

Nico und Mario gingen wortlos an den Männern vorbei und folgten den Wächtern in den ersten Stock, wo die Büros untergebracht waren. Bei einer Tür angekommen, auf der das Schild ›Kompaniekommandant‹ mit Reißnägeln angebracht war, hieß man sie stehen bleiben. Einer der beiden Skins klopfte an die Tür und öffnete sie, als ein »Eintreten« erschallt war. Sodann schob man die Gefangenen in den Raum.

An einem mit weißem Leinen gedeckten Tisch thronte Kappeler in einem mächtigen Lederstuhl und hatte eben sein Frühstück beendet. Links und rechts flankierten ihn zwei Leibwächter, neben ihm saß Hauri. An der Wand hinter Kappeler prangten die Porträts der Generäle Dufour und Guisan. Mit demonstrativer Langsamkeit fuhr sich Kappeler mit einer Stoffserviette über die Mundwinkel, ehe er süffisant lächelnd meinte:

»Ah, die Herren Vontobel und Ettlin. Ich hoffe, Sie hatten eine angenehme Nacht! Sie war mit Sicherheit angenehmer als diejenige Ihres Verfolgers, der sich wohl gewünscht haben dürfte, sich nie in fremde Angelegenheiten eingemischt zu haben!«

Mario und Nico blickten sich überrascht an. Von wem konnte die Rede sein?

KAPITEL 40

Trotz der morgendlichen Stunde herrschte auf dem Areal des Deutschschweizer Fernsehens hektische Betriebsamkeit. Dutzende Techniker waren bereits an der Arbeit, um alles für die Durchlaufprobe bereitzustellen, die auf 14.00 Uhr anberaumt war. Wie üblich wollte man die ganze Sendung eins zu eins durchspielen, um das Zusammenwirken der verschiedenen Studios und Außenstellen zu üben, ebenso, um die technischen Abläufe und die Computeranimationen auf ihre Tauglichkeit hin zu überprüfen.

Max Bertschi freute sich auf seine Aufgabe und ließ es sich nicht nehmen, selbst für die Probe eine Maskenbildnerin zu bemühen, die ihm eine Gesichtsfarbe verpasste, als käme er direkt von einem mehrwöchigen Strandurlaub. Doch der alte Fernsehfuchs wusste genau, warum er sich dieses Privileg gönnte. Unter keinen Umständen wollte er weiß wie ein Leintuch wirken, sondern von der ersten Sekunde an frisch, kompetent und eloquent erscheinen. Und weil sie bekanntlich in einem optischen Medium arbeiteten, konnte ein schlechter Ersteindruck verheerend sein. Insbesondere, wenn unzählige Augenpaare das Geschehen verfolgten und viele von ihnen nichts mit dem Fernsehen zu tun hatten. Diese externen Journalisten warteten nur darauf, jeden Patzer und jede Unprofessionalität sogleich ihren Online-Redaktionen weiterzumelden. Am liebsten mit Bild und Ton!

Bertschi blickte auf die Uhr. Es war kurz vor halb zwei. Mit beschwingtem Schritt eilte er zur Empfangshalle, in der erstaunlich viele Leute warteten. Uniformierte Hostessen schwirrten umher, um die Gäste für die Gesprächsproben einzusammeln. Sonia Arnold wartete wie ein eingeschüchtertes Kind in einer hinteren Ecke des länglichen Raumes und wunderte sich über den Rummel. Wie würde es hier erst morgen sein, fragte sie sich, wenn bereits zur Probe so viele Leute kamen?

Bertschi bahnte sich einen Weg durch die Menschenmenge. Mit einem Schmunzeln registrierte er, dass sie sich etwas dezenter als am Vortag gekleidet hatte. Dank ihrer Größe wirkte sie wie ein Model und zog die Blicke wie magisch an. Umso geschmeichelter war Bertschi, als ihn die schlanke Schöne wie einen alten Freund begrüßte, ihm drei Küsschen auf die Wangen setzte und ihm dankbar aus dem Getümmel zu den Studios folgte.

Sonia staunte, als sie die Dimensionen der morgigen Sendung erfasste. Selbst das Studio 1, so groß wie eine überdimensionale Sporthalle, reichte nicht aus, um Platz für alle Gespräche, Auswertungen und Moderationspositionen zu bieten. Aus diesem Grund brachte man im zweitgrößten Studio die ganze Hochrechnungsabteilung mit Dutzenden von computerisierten Arbeitsplätzen unter. Im leergeräumten Studio 9 befanden sich die Tische für die Radio- und Online-Leute und im Studio 4 war die Küchenmannschaft eben dabei, ein zehn Meter langes Selbstbedienungsbuffet aufzubauen. Bereits lagen unter dem roten Licht einer Wärmelampe einige schrumplige Hamburger und ein paar Bratwürste – wohl die Resultate eines ersten Grillversuchs.

Als es gegen zwei Uhr ging, verabschiedete sich Bertschi von seinem Gast und übergab ihn seiner Produktionsassistentin. Diese Hanni, so bemerkte Sonia, war freundlich, aber schien mit ihren Gedanken irgendwo anders. Anstelle des Leihbadges hätte sie ihr fast ihren eigenen in die Hand gedrückt. Dann vergaß sie zweimal ihren Namen und schaute die ganze Zeit auf ihr Handy, als würde sie ein wichtiges SMS erwarten.

Doch das war Sonia im Moment egal. Sie stand mitten im Studio 1, umgeben von Dutzenden von Journalisten, Technikern und Medienleuten. Keiner fragte sich, was sie hier verloren hatte. Sie gehörte dazu! Das gab ihr ein gutes Gefühl, auch wenn sie wusste, dass sie eigentlich gekommen war, um genau diese Stimmung zu zerstören. Oder besser gesagt: in die richtigen Bahnen zu lenken. Denn letztlich wurde hier eine imperialistische Zirkusshow aufgeführt und den Machthabern ein roter Teppich ausgelegt. Und die sonnten sich im besten Licht und strahlender Selbstgefälligkeit. Dabei kümmerte es keinen dieser selbst ernannten Problemlöser, was im Land wirklich passierte! Diese Weltmeister im Versprechen scherten sich nicht drum, dass Tausende Menschen jeden Tag acht Stunden malochten, aber am Schluss keinen Franken im Portemonnaie vorfanden! Dass unzählige Leute im Alter ihr Angespartes nicht erhalten würden, da die Pensionskassen erneut in Schieflage geraten waren, weil einmal mehr irgendwelche Abzocker den großen Reibach machten! Dass die Steuerreformen immer zugunsten der Reichen ausgelegt wurden, und gleichzeitig jede zweite Familie an der Existenzgrenze lebte. Ganz zu schweigen von den Arbeitslosen, den Randständigen und den Alleinerziehenden, denen man die Alimentenbevorschussung gestrichen hatte!

Sonia spürte, wie in ihr Wut aufkeimte. Doch sie musste sich beherrschen: Noch war der Zeitpunkt nicht gekommen, diese Wahrheiten herauszuschreien!

Deshalb nahm sie auf der kleinen Tribüne Platz, von der sie einen vorzüglichen Blick auf Bertschis Talkrunde genoss. Sie saß erste Reihe fußfrei und wartete ab, was nun passieren würde.

Um zwei Uhr begannen die Proben. Man spielte den Ablauf der morgigen Sendung durch, schaltete von Studio zu Studio, nahm Kontakt mit Korrespondenten auf, die in Bern, Luzern, Basel und anderswo stationiert waren, und tat so, als wisse man das Ergebnis bereits. Würde es nach der Einschätzung der Fernsehleute gehen, hätten die Grünliberalen zugunsten der Rechten massiv verloren. Irgendein Spaßvogel tat so, als wäre es in der Innerschweiz einer rechten Splitterpartei gelungen, einen Nationalratssitz zu erobern. Dafür, so behauptete ein anderer, hätten die Genfer Sozialdemokraten ein historisches Debakel erlitten, während die Walliser CVP* beide Ständeratssitze verlöre.

Max Bertschi parlierte indes mit seinen Gästen so intensiv und langatmig, dass er von den Aufnahmeleiterinnen mehrfach unterbrochen werden musste. Er übersah augenscheinlich, dass es sich ja nur um Statisten handelte, die einen Parteipräsidenten mimen mussten. Aber er war in seinem Element, das spürte er. Er fühlte sich wohl und wollte es allen zeigen, gleichsam die für Jahre bindende Definition bieten, wie man mit gewichtigen Gästen zu talken hatte.

KAPITEL 41

Martelli stand allein im Gang zwischen seinem Büro und der Cafeteria. Es war 8.33 Uhr gewesen, als er das Gespräch beendet hatte. Das wusste er deshalb so genau, weil er noch einige Sekunden auf das Display gestarrt hatte, als würden da die Antworten auf die Fragen stehen, die ihn nun umtrieben.

* CVP: Christlichdemokratische Volkspartei

Er hatte diesen Ruedi Denzler von der Verkehrssicherheit nicht gekannt, umso überraschter war er über das Rapportierte. Sein Untergebener Jean-Jacques Trümpi sei gestern Abend einem Konvoi von Skins gefolgt, die zwei Fernsehjournalisten entführt haben sollen. Und hinter den mutmaßlichen Entführungen stecke nicht nur ein Emmentaler Kantonsrat, sondern auch der bekannte Alt-Nationalrat August Kappeler.

Martelli konnte sich keinen Reim darauf machen, aber ärgerte sich maßlos über Trümpis eigenmächtiges Handeln. Was dem einfalle, schrie er aufgebracht in den Hörer, als Denzler mit seiner Meldung zu Ende war. Gleichzeitig musste er sich insgeheim eingestehen, dass er sich nie für die Arbeit dieses altgedienten Polizisten interessiert hatte, obschon er seit zwei Jahren zu seiner Abteilung gehörte. Aber einfach allein gegen eine Meute von Rechtsextremen zu ermitteln – und das noch dazu außerhalb des Kantons – das brachte das Fass zum Überlaufen. Da zufällig gerade Baldini vorbeiging, um sich einen Kaffee zu holen, bekam dieser die ganze Wut seines Chefs zu spüren. Zuerst stauchte er ihn zusammen, weil die Ergebnisse des Giftgasangriffs von gestern nicht auf seinem Tisch lagen, dann sollte er umgehend herausfinden, was diesen Trümpi geritten hatte. Dass in diesem mysteriösen Fall erneut der Name Hanni Pulver fiel, damit eine bereits bekannte Person in den Fokus rückte, die auch im Zusammenhang mit den Mordfällen am Leutschenbach eine gewisse Rolle spielte, machte das Ganze noch merkwürdiger.

Baldini seufzte hörbar, als er den Namen Trümpi hörte. Was ging ihn an, was dieser Eigenbrötler anstellte, dachte er ärgerlich. Widerwillig drehte er sich um, strich im Geist den Kaffee und begab sich zu seinem Schreibtisch. Er öffnete in seinem Computer das Rapportfile, das laufend Auskunft über die Aktivitäten der Zürcher Polizei gab. Er brauchte nicht lang zu suchen, bis er den Eintrag einer Patrouille fand, die gestern Nacht zusammen mit Trümpi im Rümlanger Wald eine Personenverfolgung durchgeführt hatte. Keine drei Minuten später sprach er mit dem Fahrer der Patrouille und ließ sich berichten, was vorgefallen war. Als er hörte, dass Trümpis Sohn in die Sache involviert sei, stutzte er. In was für einer Welt leben wir, fragte sich der Beamte und wählte die Hauptnummer des Fernsehens. Kurz darauf war er im Besitz der Handynummer von Hanni Pulver. Sekundenbruchteile nach dem ersten Läuten nahm eine hörbar aufgeregte Stimme ab:

»Nico, bist das du?«

Baldini räusperte sich und verneinte. Er stellte sich vor und wollte eben mit seinen Fragen beginnen, als die Stimme am anderen Ende der Leitung loslegte:

»Um Himmels willen! Dann sind die beiden wohl den Skins in die Hände gefallen! Haben Sie sie gefunden? Und wie geht es ihnen?«

Baldini musste förmlich in den Hörer schreien, um Hanni zu unterbrechen. In kurzen Sätzen erklärte er ihr, was er wusste. Hanni zuckte zusammen, als sie das Wort »entführt« vernahm. Erst nach Baldinis zweitem Nachfragen drang dessen Frage zu ihr durch: »Wer sind die beiden Personen, die entführt wurden?«

Sie nannte die beiden Namen und fügte an, dass Nico pensioniert sei, aber vorgestern Abend bereits schmerzhafte Bekanntschaft mit diesen Banditen gemacht habe. Baldini hörte sich die Geschichte an, während er gleichzeitig auf seinem Server den Eintrag dazu suchte. Wieder dauerte es nicht sehr lang, bis der ganze Rapport ausgedruckt auf dem Tisch lag. Er wollte ihn eben überfliegen, als ihn Hanni aus seinen Gedanken riss:

»Haben Sie in der Zwischenzeit von Ihrem Kollegen Jean-Jacques Trümpi gehört?« Baldini verneinte, und Hanni seufzte. Sie habe, so erzählte sie weiter, ihn kurz nach Mitternacht nochmals angerufen und auch erreicht. Er habe sehr nervös geklungen und nur abgehackte Antworten gegeben. Das habe möglicherweise auch daran gelegen, weil er in diesem Moment habe losrennen müssen. Sie habe seinen Atem gehört, dann ein Krachen und Knacken, wohl, weil sein Handy zu Boden gefallen sei. Es sei aber eingeschaltet geblieben, und sie habe in der Ferne Stimmen und einen Schrei, der ohne Zweifel von Trümpi gekommen sei, vernommen. Dann habe irgendwer das Handy ergriffen und es ausgeschaltet. Sie habe die Nummer erneut gewählt, doch sei sie nicht mehr durchgekommen. Die Leitung sei tot gewesen.

»Und das erzählen Sie uns erst jetzt?« Baldinis Stimme klang vorwurfsvoll.

»Na hören Sie«, wehrte sich Hanni, »ich hab noch gestern Nacht versucht, eine Meldung bei der Polizeinotnummer zu machen. Als ich da endlich jemanden am Draht hatte und ihm erklären konnte, was ich wusste, hat der mich zuerst gar nicht ernst genommen. Ich bin mir nicht mal sicher, ob der den Sachverhalt notiert hat!«

Baldini war bereits auf dem Protokollserver und suchte die Dienststelle der vergangenen Nacht, welche die Telefonate entgegengenommen hatte. Schnell sah er, dass es die Meilemer Kollegen waren, aber er fand keinen Eintrag.

»Wann haben Sie telefoniert?«

»Gegen ein Uhr.«

»Merkwürdig, da ist … nichts.«

»Sag ich Ihnen ja: Der hat mich als hysterisch eingestuft und nicht ernst genommen!«

»Ich werde dem mal nachgehen. Ist Ihnen beim Telefonat mit Trümpi noch irgendein Detail aufgefallen, vielleicht ein Geräusch oder dergleichen?«

Hanni überlegte. »Nein, der Empfang war leider sehr schlecht, es rauschte ziemlich stark. Fast wie in einer Waschküche. Ich hab auch nicht verstanden, was die Typen mit Trümpi gesprochen haben. Nur den Schrei habe ich deutlich gehört.«

Baldini beendete das Gespräch mit der Aufforderung, im Moment niemandem davon zu erzählen und sich zur Verfügung zu halten.

Sie müsse aber jetzt arbeiten gehen, antwortete sie kleinlaut.

Das sei kein Problem, sagte der Polizist, sie werde von ihm hören, wenn es Neues zu berichten gebe.

Schwer seufzend beendete Hanni das Gespräch und verließ wie in Trance ihre Wohnung, setzte sich ins Auto und machte sich auf den Weg zum Fernsehstudio.

Derweil recherchierte Baldini in Trümpis Rapporten und nahm mit wachsender Bewunderung zur Kenntnis, dass der Alte ein erstaunliches Dossier über die rechtsextreme Szene zusammengetragen hatte. Schnell brachte er das System dazu, weitere Querbezüge und Namen auszuspucken, die auch hier involviert sein könnten. Zu seiner Überraschung las er, dass sich Marignano in diesem Jahr zum 500. Mal und die Schlacht am Morgarten zum 700. Mal jährte, und dass die ganze Szene aufgerufen sei, diesen Ereignissen das nötige Gewicht zu verleihen. In den Foren wurden abstruse Dinge vorgeschlagen, wie man diese Jubiläen begehen sollte, doch dazwischen waren auch klare Kampfansagen und kernige Botschaften zu finden.

Beim Eintrag ›Patrioten‹, der von Trümpi noch gestern um 21.20 Uhr ergänzt worden war, las er den Satz: »Um Angst zu überwinden, musst du Angst werden«. Darunter stand: Mutmaßlicher Verfasser: Samuel Trümpi, Sandacherstraße 23, 8154 Oberglatt.

Es war ein Leichtes für Baldini, herauszufinden, dass dies

auch die Adresse seines Kollegen war. Man kann ihm nicht vorwerfen, auf dem rechten Auge blind zu sein, dachte er und empfand zum ersten Mal so etwas wie Respekt für ihn.

KAPITEL 42

Nico und Mario trauten ihren Ohren nicht. Mit sichtlichem Genuss referierte Alt-Nationalrat Kappeler, wie seine Männer den herumschnüffelnden Polizisten gefangen genommen, ihn im Freien auf eine Bank gefesselt und mit kaltem Wasser überschüttet hatten.

Da die Temperatur in der Nacht bereits empfindlich sinke, dozierte der Alt-Nationalrat, sei der Körper schnell ausgekühlt, und Trümpi wohl eingeschlafen und nie mehr aufgewacht. »Man sagt, es sei ein schöner Tod«, fügte Kappeler süffisant an. Ein maliziöses Lächeln umspielte das fahle Gesicht mit den eingefallenen Wangen, und der Blick glühte.

Das sind die Augen eines sadistischen Folterknechts, dachte Nico, eines Menschen, der am Tag Leben zerstört und am Abend im Kreis seiner Familie den fürsorglichen Vater spielt. Er spürte aufbrandende Wut, aber er hatte sich im Griff. Er wusste, dass ein falsches Wort eine weitere irrationale Tat dieses Psychopathen auslösen konnte.

Kappeler schien sich indes in der Rolle des Erzählers zu gefallen. Ohne Umschweife kam er auf den Grund zu sprechen, warum sie ihr Hauptquartier gerade hier oben zwischen

Gütsch und Lutersee, rund 400 Höhenmeter über dem Oberalppass, eingerichtet hatten.

»In dieser Festung habe ich als junger Oberleutnant zum ersten Mal eine Rekrutenschule geleitet. Hier kenne ich jeden Stein und jeden Tunnel! Und von hier aus hat man nicht nur einen atemberaubenden Blick ins Urserental und hinauf zum Gotthard, sondern sieht auch die Schöllenen und das Reusstal. Da liegt einem quasi das Kernland der alten Eidgenossenschaft zu Füßen! Und genau um den Erhalt dieses einmaligen Territoriums, dieses heiligen Landes der aufrechten Gesinnung, geht es an diesem Wahlwochenende!«

Kappeler redete wie ein Propagandaminister, ließ seine Stimme im rechten Moment anschwellen und drosselte sie gleich wieder, wurde beschwörend oder bedrohlich. Hauri und die beiden Leibwächter lauschten mit Hingabe, verinnerlichten die Worte des Alten wie ein Vermächtnis.

Die Schweiz, fuhr Kappeler flüsternd fort, sei an einem Scheideweg. Sodann schlug seine Stimme ins Gegenteil um, und er schmetterte: Entweder werde sie an den unsäglichen und unheiligen Verpflichtungen mit anderen Staaten, namentlich der EU, zerrieben, oder sie verabschiede sich endlich von dieser Knechtschaft! Erst wenn sie diese fremden Vögte wieder heimschicke und mit ihnen all diese eingewanderten Heuschrecken vertreibe, die nur ihren Vorteil suchten und das Wohl des Gastlandes mit Füßen träten, könne sie wieder in dem Licht erstrahlen, das die Vorväter entzündet hatten!

Kappeler fuchtelte mit seinen Armen und schnitt furchterregende Grimassen, in seinen Mundwinkeln bildete sich ekliger Schaum, da er in seinem Eifer das Schlucken vergaß. Unbeirrt fuhr er fort:

»Endlich ist es Zeit, einen Umkehrpunkt zu setzen! Morgen wird Geschichte geschrieben! Und schon am 15. November dieses Jahres, am 700. Jahrestag der siegreichen Schlacht am Morgarten, werden wir den wahren Bund der Eidgenossenschaft erneuern!«

Und indem er nun die beiden Journalisten mit seinem festen Blick fixierte, veränderte sich seine Mimik. Er mutierte zu einem Lehrer, der seinen Schülern die Welt begreiflich machen will:

»Haben Sie überhaupt eine Ahnung, welches Ereignis sich morgen jährt? Vontobel, Ettlin, höre ich Vorschläge?«

Und weil die beiden schwiegen, fuhr er selber fort: »Natürlich wissen Sie es nicht. Weil Sie ja auch zu den Menschen gehören, die das Alte verachten und dem schrecklichen Neuigkeitswahn erliegen. Morgen, meine Herren, jährt sich die Schlacht von Marignano zum 500. Mal, dieses Mahnmal fehlgeleiteter Brüderlichkeit! Die Schweiz könnte nach wie vor eine Großmacht sein, hätte Europa den Stempel aufdrücken, sich ausdehnen können, wenn die Beteiligten nicht an ihrer eigenen Kleingeistigkeit gescheitert wären. Und schon damals waren es die fremden Einflüsterer, die die Solidarität zwischen den Eidgenossen aufweichten. Hätten alle zusammengehalten, wäre das Schweizer Heer nicht zum Rückzug gezwungen worden. Im Gegenteil: Unsere tapferen Mannen hätten diese französischen Weicheier in alle Winde zerschlagen und den wohl größten Triumph ihrer Geschichte feiern können!«

»Soviel ich weiß«, entgegnete Nico mit standhafter Stimme, »waren diese französischen Weicheier zu einem großen Teil ebenfalls eidgenössische Söldner und zum zweiten haben die Schweizer Truppen verloren, weil sie waffentechnisch auf dem Stand des vorhergehenden Jahrhunderts stehen geblieben waren!«

»Papperlapapp!«, schrie Kappeler dazwischen. »Das ist purer Unsinn, unsägliche Doktrin einer intellektuell verfärbten Geschichtsschreibung, deren Ziel es ist, all die Werte und Errungenschaften unserer Vorväter zu zerstören, kleinzureden und abzuwerten. Gerade Ihr Sender, der sich groteskerweise Deutschschweizer Fernsehen nennt, ist stets an vorderster Front beteiligt, wenn es darum geht, den Beginn unseres ehernen Bundes in den Dreck zu ziehen! Der Bundesbrief von 1291 sei nicht von Belang gewesen, die Schlacht bei Morgarten wird zu einem besseren Scharmützel degradiert, und die alten Orte hätten sich damals gar nie vom Deutschen Kaiser loslösen wollen – das wird allen Ernstes behauptet! Was für eine armselige Selbstdemontage.«

»Sie nennen es Selbstdemontage, andere nennen es Wahrheitsfindung!« Nicos Antwort fiel einen Tick zu laut und angriffig aus, aber er wollte diesem unerträglichen Geschwätz wenigstens ein bisschen Paroli bieten.

Kappeler blickte ihn verächtlich an, wandte sich dann zu Hauri: »Da sieht man es einmal mehr, wie dringend nötig unsere Taten sind! Wollen wir nicht untergehen, müssen wir diese vom Zeitgeist infizierte Kleingeistigkeit ausmerzen! Aus diesem Grund«, der Blick des Alten ruhte wieder auf den Journalisten, »werden wir morgen die Schweiz retten! Wir werden diese fehlgelenkten Potentaten von ihren Rössern zerren, wie damals die Waldstätter die österreichischen Ritter mit ihren Hellebarden heruntergeholt haben. Und dann werden wir die Spreu vom Weizen trennen. Unnachgiebig und unzimperlich werden wir den Augiasstall ausmisten!«

»Und das mit Ihren paar Männern, die teilweise nicht mal das geistige Niveau eines Sechstklässlers besitzen? Lachhaft!«

Hauris Faustschlag mitten in Nicos Gesicht saß. Blut quoll hervor, tröpfelte über dessen Kinn zu Boden. Ein Moment lang herrschte Ruhe, doch dann zischte Mario:

»Das nenn ich demokratisch: Jedes Argument, das nicht ins Konzept passt, wird niedergeprügelt!«

Gern hätte Hauri auch ins andere Gesicht geschlagen, doch

Kappeler machte eine flüchtige Handbewegung, die ihn innehalten ließ.

»Mach dich nicht dreckig an diesem Gesindel. Sie sollen Zeugen unseres Triumphes werden, ehe wir sie dann endgültig zum Schweigen bringen. Sie und die anderen, die ebenfalls nicht verstehen wollen!«

KAPITEL 43

Severin Martelli hörte sich Baldinis Zusammenfassung ungerührt an. Dann blickte er in die Runde und betrachtete seine Untergebenen, die ebenfalls betreten schwiegen. Sie alle hatten Trümpi nie wirklich als einen Teil ihres Teams verstanden, ihn ausgegrenzt, oder besser gesagt: ihn nie integriert.

»So sehr ich sein eigenmächtiges Handeln verdamme«, meinte Martelli, »so sehr muss ich attestieren, dass seine Erkenntnisse ein gewisses Licht auf unseren Fall werfen. Auch wenn objektiv betrachtet kein direkter Zusammenhang besteht, dünkt es mich mehr als zufällig, dass sich Exponenten einer ultrarechten Partei gerade jetzt sammeln und zwei Fernsehjournalisten entführen. Wir sollten daher darüber nachdenken, wie sich diese beiden Ereignisse zueinander verhalten. Ideen?«

Der Chef blickte erwartungsvoll in die Runde.

Rütimann antwortete als Erster: »Wir haben versucht, den jungen Trümpi aufzuspüren. Aber leider konnte uns seine

Mutter nicht weiterhelfen. Er sei häufig an den Wochenenden weg, sage aber nie, wo er hingehe.«

»Wer hat die einschlägigen Internetforen durchforstet?«, fragte der Chef.

Aspirantin Lena Salzmann meldete sich. Sie habe alles durchgesehen, aber leider weder Namen noch Versammlungsorte oder dergleichen gefunden. Allerdings wurde in mehreren Foren darauf hingewiesen, dass morgen der 500. Jahrestag einer Schlacht sei.

»Welcher Schlacht?«, fragte Martelli.

»Die Schlacht von Marignano«, antwortete die Angesprochene und fügte verlegen lächelnd an, dass sie zuerst bei Wikipedia nachschauen musste, was damals passiert war, denn Geschichte habe sie nie interessiert. Doch es dünke sie interessant, dass damals die Eidgenossen verloren hätten. Und einige Einträge nahmen Bezug zur Tatsache, dass auf den Tag genau 500 Jahre später eine nationale Wahl anstünde. Vielleicht sei hier ein Zusammenhang, mutmaßte sie.

Martelli musterte die junge Polizistin: »An welche Art von Zusammenhang denkst du?«

»Nun, morgen findet im Fernsehstudio die nationale Wahlsendung statt. Alles, was Rang und Namen hat, wird dort sein. Knapp eine Woche vor diesem Ereignis werden im oder um das TV-Areal zwei Menschen getötet. Einige Tage später gibt es einen Giftgasanschlag, und gleichzeitig werden zwei Fernsehleute entführt. Da braut sich doch etwas zusammen, meine ich!«

»Sehr gut«, lächelte Martelli, »das deckt sich mit meinen Überlegungen. Wenn ich der Schweiz irgendwie schaden möchte, würde ich es ebenfalls ausnützen, dass die ganze Politprominenz an einem Ort versammelt ist. Mit anderen Worten müssen wir breiter denken! Was würdet ihr machen, um ein möglichst großes Tohuwabohu anzurichten?«

Sofort kamen Ideen und Vorschläge, und bald lagen sie wie Schlachtpläne auf dem Tisch.

Martelli schmunzelte angesichts der Ideen, die von Geiselnahmen, Bomben legen bis hin zu Putschversuchen reichten. »Ich bewundere eure kriminelle Fantasie«, sagte er dann. »Sollte auch nur ein Korn Wahrheit bei unserer Theorie liegen, müssten wir Hinweise finden! Ergo werden wir das ganze TV-Areal minutiös untersuchen. Und wenn wir jeden Stein umdrehen müssen, wir werden etwas finden!«

»Das Problem ist allerdings«, wagte Baldini einzuwerfen, »dass bereits heute Nachmittag die Proben stattfinden, und die TV-Leute nicht sehr angetan sein dürften, wenn wir den Ablauf stören.«

»Wisst ihr«, fuhr Martelli dazwischen, »wie scheißegal mir das ist, was die Fernsehheinis finden! Ich würde mir nur eines nicht verzeihen: Wenn wir unseren Job nicht gemacht hätten!«

Und während alle aufstanden, wandte sich der Chef nochmals an Baldini:

»Hast du die Fahndung nach Trümpi und seinem Wagen herausgegeben?«

Der Angesprochene nickte. »Bislang gab es aber noch keine Rückmeldungen. Das Auto scheint, wie Trümpi, vom Erdboden verschluckt.«

KAPITEL 44

Sandro Rizzo schluckte leer, als Martelli mit mindestens 20 Beamten vor ihm stand und ihm mitteilte, was sie vorhatten.

»Ich fürchte«, sagte er dann so bestimmt, wie er konnte, »das ist nicht so einfach! Die Durchlaufproben dauern bis 20.00 Uhr, und die haben absolute Priorität!«

»Wir stören die Proben überhaupt nicht, sondern halten uns im Hintergrund«, antwortete Martelli und ging am Studiochef vorbei. Nochmals stemmte sich Rizzo gegen das Unvermeidliche: »Hören Sie, Sie können wirklich nicht einfach ins Studio 1 reinplatzen und alles auseinandernehmen! Das ist unmöglich!«

»Wäre es Ihnen lieber, wenn es morgen Tote oder Verletzte gibt?« Der Blick des Polizisten zeigte keinen Anflug von Ironie, was den Fernsehmann sichtlich verunsicherte. »Gut, ich gebe Ihnen die genauen Probenpläne. Auf denen sehen Sie, wann wo was abgeht. Und ich bitte Sie eindringlich, möglichst wenig Aufsehen zu erregen. Das Haus wimmelt schon jetzt von auswärtigen Journalisten und Beobachtern, die jedes Detail sogleich veröffentlichen würden.«

Martelli versprach, dass sich seine Leute möglichst diskret verhalten würden. Gleichzeitig bat er Rizzo, dafür zu sorgen, dass er sich mit Direktor Zahner und Programmleiter Imgrüt in einer halben Stunde treffen könne.

Die Abmachung war schnell erledigt und löste beim Direktor alles andere als Freude aus. Dass sich Martelli mit seinen Leuten im Haus aufhielt, gefiel ihm nicht. Zumal die Kripo bislang nicht viel zur Klärung der Fälle hatte beitragen können. Ergo war es ein frostiger Empfang, als der Einsatzleiter mit seinen Kollegen Zuppinger und Rütimann im Direktorenzimmer auftauchte. Neben Zahner stand Imgrüt, der mit jedem Muskel seiner Gesichtsmimik ausdrückte, dass er eigentlich Wichtigeres zu tun hatte, als in einer weiteren Sitzung mit den Polizisten die Zeit zu verplempern. Martelli ließ sich davon nicht beeindrucken. Ohne Umschweife begann er mit seinen Ausführungen und erntete bestürzte Gesichter, als er von der mutmaßlichen Entführung der beiden Journalisten erzählte. Speziell Imgrüt, der beide Männer gut kannte, schluckte leer und wollte Genaueres wissen. Doch Martelli ließ sich nicht stoppen und fuhr unbeirrt fort:

»Aufgrund unseres heutigen Wissensstandes und aufgrund von Indizien, die im Zusammenhang mit den Entführungen stehen, gehen wir mittlerweile davon aus, dass die Morde wie auch der Giftanschlag nur ein Teil eines übergeordneten Angriffes sind. Ebenso schließen wir aus, dass es sich um einen Einzeltäter handelt. Vielmehr vermuten wir, dass hinter diesen Machenschaften eine weit diffusere und gefährlichere Täterschaft steckt. Vielleicht gar eine Gruppe, die staatspolitisch überaus brisante Ziele verfolgt!«

»Und welche Ziele könnten das Ihrer Meinung nach sein?«, fragte Zahner überrascht.

»Wir denken da an Sabotage! Durchaus möglich, dass die Wahlsendung von morgen das eigentliche Ziel des Angriffs ist!«

Ungläubiges Schweigen hing im Raum. Imgrüt, als Verantwortlicher für das Projekt ›Parlamentswahlen 2015‹, schüttelte den Kopf.

»Sie glauben, dass jemand die Wahlen sabotieren will, indem er bei uns die Berichterstattung durcheinanderbringt? Das kann nicht Ihr Ernst sein! Da würde er besser das Bundeshaus in die Luft sprengen!«

»Nach meinem Wissensstand ist das Bundeshaus am Sonntag verwaist. Alle, die was zu sagen haben und sich feiern lassen wollen, sind hier in den Studios! Daneben sind …«, Martelli ließ sich von Rütimann, der neben ihm saß, ein Papier geben, »insgesamt 206 Journalisten und Techniker anderer Medien akkreditiert, das macht also zusammen mit den geladenen Gästen, den Politikern und Honoratioren weit über 2.000 Personen, die zusätzlich zu den hausinternen Mitarbeitern vor Ort sein werden. Gewissermaßen wird am Sonntag die gesamte Schweizer Politprominenz samt medialer Entourage zugegen sein!«

»Wenn Sie schon so genau Bescheid wissen«, warf Imgrüt dazwischen, »dann wird Ihnen nicht verborgen geblieben sein, dass an die 100 Personen aus privaten Bewachungsdiensten aufgeboten sind. Ganz zu schweigen von der Stadtpolizei, die ebenfalls vor Ort ist!«,

»Das ist mir nicht verborgen geblieben«, meinte Martelli gespielt freundlich, »aber die Einsatzkräfte regeln primär die Eingangskontrolle und den Verkehr und sind nicht unbedingt darauf vorbereitet, gegen einen gewaltsamen Überfall zu bestehen.«

Zahner wurde es zu bunt. »Was genau wollen Sie uns sagen, Herr Martelli? Was sollen wir tun?«

»Gar nichts«, antwortete der Beamte mit einem leicht herablassenden Lächeln. »Lassen Sie uns machen. Sie kümmern sich um Ihre Sendung, wir um unseren Job. Wenn wir recht haben, dann werde ich Ihnen sofort Bescheid geben.«

Mit diesen Worten stand der Polizist auf, nickte anstelle eines Abschiedsgrußes und verließ zusammen mit seinen Leuten das Büro.

Kurz herrschte Stille, dann meinte Imgrüt:

»Wenn die mir meine Proben durcheinanderbringen, dann gnade ihnen Gott!«

Zahner schürzte seine Lippen: »Ja, das wäre für deine Karriere nicht sehr förderlich …«

Imgrüt blickte seinen Chef verdutzt an. »Ah, so wird jetzt gespielt! Ich das Bauernopfer, wenn etwas passiert, du und Bertschi die Helden, wenn's gut geht! Das könnte euch so passen!« Doch bevor Imgrüt wutentbrannt das Zimmer verlassen konnte, meinte der Direktor: »Nicht so schnell, mein Lieber. Jeder, der hoch im Sattel sitzen möchte, muss schauen, dass er nicht vom Pferd fällt. Das ist nun mal eine Grundregel in unserem Spiel!«

KAPITEL 45

Der Raum war still, feucht und kahl. Aber wenigstens war es nicht mehr so kalt. Eine nackte Glühbirne hing von der Decke herab und tauchte die unwirkliche Szenerie in ein gelbliches Licht. Die alte Wolldecke, die er um seine Schultern geschlungen hatte, stank zwar fürchterlich, aber sie wärmte. Der heiße Tee weckte die Lebensgeister, auch wenn die Zehen noch immer wie gelähmt waren. Gleichzeitig kribbelten sie unangenehm, als hause ein Ameisenhaufen in ihnen. Immer wieder versuchte er, sie zu bewegen, doch sie gehorchten nicht, waren wie abgeschaltet. Wie lang er bereits hier war, wusste er nicht. Er konnte sich nur noch daran erinnern, wie sie ihn verfolgt hatten. Erinnerungen tauchten auf, als kämen sie aus einer fernen Zeit. War da nicht das verräterische Klingeln seines Handys? Just zu dem Zeitpunkt, als er zum Eingang dieser militärischen Anlage geschlichen war? Warum hatte er es auch nicht auf lautlos geschaltet!

Er musste Hals über Kopf fliehen, rannte in halsbrecherischem Tempo die Krete hinunter, sah kaum die Hand vor seinen Augen. In seinen Ohren mischte sich das surrende Geräusch der Windturbinen mit den näher kommenden Schritten der Verfolger. Er hörte ihren Atem, realisierte, wie ihm das Handy aus der Hand glitt. Dann warfen sie ihn zu Boden, einer legte sich mit vollem Gewicht auf ihn drauf, sodass er kaum mehr Luft bekam. Sie fesselten ihn so fest, dass die Hände anschwollen, weil sich das Blut staute. Wie Schlachtvieh trieben sie ihn mit Hieben auf Rücken und Beine nach oben. Dann kamen weitere finstere Gestalten und beäugten ihn, als wäre er ein abartiger Zwerg in einer Freakshow. Später tauchte auch Hauri auf und schien leicht irritiert, dass sie einen Zürcher Kantonspolizisten gefangen hatten, einen Schnüffler, wie er ständig wiederholte. Gleichzeitig, als wäre es ein neuer Volkssport, verpassten sie ihm Knüffe und Schläge. Sie geilten sich an dem Exzess förmlich auf, bis Hauri dem ganzen Einhalt gebot. Man solle den Gefangenen auf die Festung bringen, ihn auf die Bank beim Eingang binden und mit kaltem Wasser einweichen. Die Kälte der Nacht auf 2.000 Metern werde den Rest erledigen. Mit diebischer Freude machten sich die Schergen ans Werk, holten gleich mehrere Eimer Wasser. Zwei banden Trümpi auf die hölzerne Sitzgelegenheit, die sonst von Wanderern benutzt wurde, wenn sie nach anstrengendem Aufstieg die Gegend betrachten wollten. Der Wind pfiff ihm eiskalt um die Ohren. Sie kippten die Eimer über ihn. Das kalte Wasser drang in jede Pore, schmerzte und lähmte gleichermaßen. Sie lachten und fanden das Spiel lustig. Einer riss ihm noch das Hemd auf und verklebte ihm den Mund mit einem Klebeband. Dann gingen sie und ließen ihn einfach liegen. Die Kälte drang in ihn hinein, er zitterte, der Kiefer klapperte, alles tat weh. Irgendwann schloss er die Augen, einfach, weil er keine Kraft mehr hatte, gegen die Kälte und den Schmerz anzukämpfen. Er ließ sich übermannen und wollte nur noch wegdösen. Als würde er von einem Sog angezogen, floatete er in ein schwarzes Loch hinein, ließ sich treiben und entglitt dem Hier und Jetzt.

Umso schockierender war die Rückkehr der Kälte, das Erwachen des Schmerzes. Wie er in den Raum gekommen war, wusste er nicht. Ebenso wenig, wer ihm die nassen Kleider ausgezogen und durch trockene Militärklamotten ersetzt hatte. Nun saß er da, eingeschlossen, aber wenigstens nicht gefesselt, nippte am heißen Tee, als er von fern ein Geräusch vernahm. Es waren schwere Schritte, die vor der hölzernen Tür haltmachten. Dann schoss der metallene Riegel zur Seite, und langsam knarrend öffnete sich der Eingang. Drei Männer betraten die Zelle. Das fahle Licht erhellte das Gesicht des einen nur schwach, aber Trümpi erkannte seinen Sohn sofort.

»Huere Siech*!«, hörte er ihn fluchen, »was, verdammt, soll das? Glaubst du wirklich, allein gegen uns vorgehen zu können! Und wie immer hältst du dich für oberschlau und unantastbar! Aber spätestens jetzt sollte dir klar sein, dass du auf verlorenem Posten stehst! Du bist ein Auslaufmodell, verstehst du?«

»Hast du mich vor dem Tod gerettet, um mir das zu sagen? Wie nett!«

»Deinen Zynismus kannst du dir sonst wo hinstecken. Außerdem versichere ich dir, dass wir dich kein zweites Mal verschonen werden. Aber du sollst Zeuge werden, wie sich

---

* Huere Siech: Schweizerdeutscher Kraftausdruck, der große, zornige Erregung oder Empörung ausdrückt.

die Welt innerhalb von Stunden verändert, erneuert und verbessert! Morgen um diese Zeit wird die Schweiz eine andere sein, und dann wirst du verstehen, wofür ich kämpfe!«

»Samuel«, Jean-Jacques Trümpis Stimme war kaum mehr als ein Hauch, »du bist da in etwas hineingeraten, das niemals funktionieren wird! Dein großes Vorbild August Kappeler ist ein Psychopath, ein Geistesgestörter …!«

»Schweig, oder wir brechen dir schon jetzt alle Knochen!«

Mit einem Krachen ließ Samuel die Tür hinter sich ins Schloss fallen. In den Ohren des Alten klang die Antwort seines Sohnes nicht mehr ganz so martialisch. Dann wurde das Licht gelöscht, und eine undurchdringliche Dunkelheit breitete sich aus. Während der folgenden Stunden durchforstete der Polizist seine Erinnerungen auf der Suche nach dem Moment, als ihm sein Sohn entglitten war.

KAPITEL 46

Die Proben in den Studios dauerten bereits einige Stunden. Bislang waren keine nennenswerten Probleme aufgetaucht, selbst die Schaltungen zu den Korrespondenten funktionierten zumeist einwandfrei. Mit jeder Minute schien bei den Beteiligten die Angst vor dem Scheitern abzunehmen, und die Stimmung wurde dementsprechend lockerer. Selbst in der Hauptregie, wo alle Fäden zusammenliefen und angespannte

Hektik geherrscht hatte, machte sich eine gewisse Gelassenheit breit. Die Produzenten ließen ihre Moderatoren von der Leine, was die weidlich ausnützten. Bald schon waren deren Gespräche mit ihren Sparring-Partnern nur noch entfernt realistisch. Viel mehr machten sich alle einen Sport daraus, mit schrägen Bemerkungen oder träfen Sprüchen für Lacher zu sorgen. Jeder wollte den anderen mit Sprachwitz und Doppelzüngigkeiten, die zuerst ins Kabarettistische, dann ins Derbe abglitten, überbieten.

Im Gegensatz zu den Journalisten und Talkern blieben die Techniker zumeist bei der Sache. Für sie war das Ganze noch nicht ausgestanden, denn jede Sekunde konnte eine Panne passieren und das Gefüge wieder ins Wanken bringen. Dann hätten sie den Schwarzen Peter gepachtet und würden die Ungeduld der Programmleute am eigenen Leib spüren. Denn nichts war mühsamer, als ein technisches Problem lösen zu müssen, wenn einem ein Dutzend besserwisserische Journalisten im Nacken saß und mitredete. Das wusste jeder, weshalb alle konzentriert blieben.

Sonia Arnold beobachtete eine Weile das Geschehen von ihrem Sitz aus. Fast wie ein konditioniertes Hündchen setzte sie reflexartig ein Lächeln auf, wenn Bertschis Blick kurz zu ihr herüberwanderte. Auch wenn sie sich dafür fast ein bisschen schämte, spielte sie die Rolle des braven Groupies. Fast zu gut, wie sie bemerkte, denn Bertschi kam in den Probenpausen stets zu ihr herüber und versuchte sich in Small Talk. Dabei war einem Blinden klar, dass er sich nur den Kopf zerbrach, mit welchem Vorwand er sie in die Solistengarderobe entführen konnte.

Mit zunehmender Probendauer wurden die Avancen des Moderators klarer, bzw. dessen Wortwahl zweideutiger. Aus diesem Grund schien es ihr angezeigt, in einem günstigen Moment das Feld zu räumen. Sie schlich, von Bertschi unbemerkt, aus dem Studio und gelangte über einen garagenartigen Vorraum in einen nüchternen, langen Gang, der als Zwischenlager für Kulissenteile, Beleuchtungskörper und technisches Equipment diente und hausintern Werkstraße genannt wurde. Obschon einige Personen herumwuselten, bemerkte sie drei Männer, die auffallend unauffällig erscheinen wollten und fast demonstrativ langsam die ganze Länge des Gangs abschritten. Während sie das taten, blickten sie mal hierhin, mal dorthin. Ab und zu bückte sich auch einer und schaute unter einen Kulissenwagen oder warf einen Blick in eine Kiste hinein.

Für Sonia war sofort klar, dass es sich um Polizisten handeln musste, und sie fragte sich, was die wohl suchten. Auf dem Weg ins Studio 2 passierte sie die gut frequentierten Aufenthaltsräume und ging zu einem der Getränkeautomaten. Während sie sich eine Flasche kalorienfreien Colas zog, hörte sie Fetzen einer Konversation, die von einer der Großgarderoben zu ihr herüberschwappten. Eine Männerstimme gab Befehle aus:

»Rütimann und Zuppinger, ihr nehmt fünf Leute und beginnt in der Pause von 17.15 Uhr mit den Studios 2 und 9. Ziegler und Schwaller, ihr und eure Leute durchsuchen die Lounges, die Werkstraße und danach das Studio 4. Um 19.00 Uhr erwarte ich euch wieder hier. Ab 20.00 Uhr können wir uns dann das Studio 1 vornehmen. Solltet ihr vorher etwas finden, gebt umgehend Bescheid.«

Ein Murmeln, das wohl Zustimmung bedeutete, brandete kurz auf. Sonia hatte zwischenzeitlich ihr Getränk geöffnet, einen Schluck genommen und schlenderte wie zufällig in Richtung der Stimmen. Sie sah, wie rund 20 Personen aufstanden und an ihr vorbeigingen, sie aber kaum beachteten. Nur Rütimann warf ihr ein Lächeln zu, als er sie passierte.

All das kam Sonia sehr merkwürdig vor. Wenn die halbe

Zürcher Polizei in den Räumlichkeiten des Fernsehens herumschnüffelte, dann suchte sie etwas Konkretes. Mit anderen Worten war etwas faul. Und was hieß das für ihren Plan? Mussten sie sich anders organisieren?

Schnell schritt sie in die Werkstraße zurück. Sie wollte eben ihr Handy hervorklauben, um mit ihrem Freund Alain über diese Neuigkeiten zu sprechen, als ihr Name quer durch den langen Gang schallte. Bertschi hatte sie offenbar gesucht – und gefunden.

Sonia versuchte ein Lächeln, aber es gelang ihr nicht so recht. Doch Max schien das weder zu irritieren noch bremste es seinen Redeschwall. Wo sie denn hingegangen sei, fragte er mit launigem Unterton und fügte bedauernd an, dass sie seinen besten Auftritt verpasst habe. Er habe soeben die sogenannte Elefantenrunde abgehalten, und es sei spitzenmäßig gelaufen, lobte er sich selber.

Der verwechselt sich tatsächlich mit einem Zirkus-Dompteur, dachte Sonia amüsiert, dabei hat er ja nur mit ein paar Statisten geübt, die sich als Parteipräsidenten ausgaben. Sie tat so, als würde sie das sehr beeindrucken.

»Ah, du hast dir etwas zu trinken geholt«, fuhr der Moderator fort, »hast sicher sogar dafür bezahlt. Dabei hättest du in meiner Garderobe alles gratis haben können!« Und mit einem zweideutigen Grinsen fügte er an: »Und nicht nur Getränke, wenn du verstehst, was ich meine …«

»Nein, tut mir leid«, antwortete Sonia etwas kühl, »ich verstehe nicht, was du meinst, aber vielleicht kommt das noch.«

Max blickte einen Moment lang irritiert. Einen Spaß wird man ja noch machen dürfen, dachte er pikiert und ärgerte sich über das bockige Verhalten seines Gegenübers.

»Nun gut«, sagte er dann, »ich muss wieder ins Studio. Wir sehen uns nachher?«

Den befehlsartigen Unterton, der stimmlich nur am Schluss zu einer Frage mutierte, überhörte Sonia. Sie warf ihre Stirn in Falten und säuselte:

»Tut mir leid, ich habe fürchterliches Kopfweh, wohl ein Migräneanfall. Ich glaube, ich muss an die frische Luft und vielleicht gehe ich besser heim ins Bett, um morgen fit zu sein, wenn es richtig zur Sache geht!«

Nun schaffte sie es, wieder den Augenaufschlag zu machen, den sich Max gewünscht hatte. Wie auf Knopfdruck änderte sich dessen Gesichtsausdruck.

»Migräne? Ja, das ist übel. Dann geh besser nach Hause. Morgen geht's dir wieder besser, und dann finden wir sicher eine Gelegenheit, um mit einem Glas anzustoßen!«

Sonia nickte und tat ein bisschen verlegen, dann verabschiedete sie sich. Kurz darauf betrat sie einen Seitengang, der an der Schreinerei vorbei nach draußen führte. Die frische Luft tat ihr tatsächlich gut, und schnell klaubte sie das Handy hervor, wählte die Nummer ihres Freundes und wartete.

Alain nahm nach dem zweiten Klingeln ab, und sie schilderte ihm, was sie beobachtet hatte. Er konnte ihre Bedenken zerstreuen und glaubhaft erklären, dass die Polizei wohl aus Sicherheitsgründen alles durchsuchen müsse. Das gehöre zur Routine und würde keiner Änderung ihres Planes bedürfen, zumal sie ja wie ein Milan zuschlagen würden: überraschend, schnell und präzis.

Sonia musste innerlich schmunzeln. Immer wieder drückte bei Alain das abgebrochene Biologiestudium durch. Speziell dessen Begeisterung für Raubvögel.

So verdrängte sie bereitwillig ihre Bedenken und freute sich auf einen ruhigen Abend in ihrem Adlerhorst.

KAPITEL 47

Lukas Ebnöther war um sieben Uhr von der Festung aus aufgebrochen und fuhr in Richtung Zürich. Er hatte den BMW des Polizeischnüfflers für sich rekrutiert, weil er schon immer mal in einem Auto fahren wollte, das über ein Blaulicht verfügte.

Eigentlich wäre er lieber bei seinen Leuten geblieben, doch er wusste, dass er im Fernsehstudio Präsenz zeigen und bei allfälligen Strompannen zur Stelle sein musste. Viel geschlafen hatte er nicht, doch das machte ihm nichts aus. Zwei, drei Stunden genügten. Er ging im Kopf nochmals alle Punkte durch, die für das Gelingen der morgigen Mission wichtig waren. Und er kam – einmal mehr – zum Schluss, dass die Vorbereitungen auf einem guten Stand waren. Zusammen mit seinen Leuten, die er mittlerweile etwas besser kennengelernt hatte, war er für die Erstürmung des Studios sowie – in einer zweiten Phase – für die Unterbringung der ›Gäste‹ auf der Festung zuständig. Er hatte seine Untergebenen gut instruiert und in Samuel Trümpi einen verlässlichen Stellvertreter gefunden.

Er schätzte diesen jungen Mann, weil er schnell begriff, worauf es ankam. Dennoch war Ebnöther einen Moment lang überrascht gewesen, als er vernommen hatte, dass der gefangene Polizist dessen Vater war.

Und er brauchte nicht lang, um sich die Konsequenzen einer Polizistenleiche vor Augen zu führen. Aus diesem Grund konnte er Hauri noch mitten in der Nacht überzeugen, den Beamten vor dem sicheren Kältetod zu bewahren. Schließlich, so argumentierte er, war ihre Mission auf kooperierende Behörden angewiesen. Nur so ließ sich die neue Ordnung herstellen. Da wäre ein feiger Mord an einem Gesetzeshüter möglicherweise kontraproduktiv, zumal dessen eigener Sohn mit leuchtendem Beispiel vorausgehe und die neue Ordnung begrüße.

Hauri hatte nach anfänglichen Bedenken seine Sichtweise übernommen und war auch einverstanden, dass Samuel Trümpi zum Korporal ernannt wurde und die Koordinierung der Unterkünfte regelte. Während Ebnöthers Abwesenheit sollte er dafür sorgen, dass alle Zellen und Räume, in denen ab Sonntag Politiker und Medienleute einsitzen würden, parat waren. Sie rechneten mit etwa 30 Personen, könnten aber auch 50 aufnehmen. Die Vorräte aus Armeebeständen reichten für ein halbes Jahr, und die Munitionierung der Festung war beachtlich. Dank Kappelers Kontakten zur Armeespitze, speziell bei der Gebirgsinfanterie, verfügten sie über ein gut ausgerüstetes Waffenarsenal mit Dutzenden von Sturmgewehren, verschiedenen Maschinenpistolen, Revolvern und sogar zwei Panzerabwehrraketen. Auch wenn die Waffen vielleicht nicht auf dem allerneuesten Stand waren, reichten sie sicher aus, um einen zwar unwahrscheinlichen, aber möglichen Gegenangriff parieren zu können. Schon allein wegen der vom General geschickt gewählten Lage der Festung, die für Bodentruppen von drei Seiten praktisch uneinnehmbar war und selbst aus der Luft kaum Angriffsfläche bot, waren sie für die kommenden Tage und Wochen in einer komfortablen Ausgangslage.

Ebnöther wusste dies und hätte mit einer guten Portion Gelassenheit in den Tag starten können. Doch in ihm brodelte es. Entgegen seinem Naturell war er nervös und kribbelig. Morgen würde nicht nur das Große und Ganze neu geregelt, sondern er käme vielleicht dazu, auch einen Schlussstrich unter ein dunkles Kapitel seiner eigenen Vergangenheit zu setzen. Lang hatte er recherchiert und das Wenige zusammengetragen, das noch verwertbar gewesen war. Leider war der Freitod seiner Mutter, dessen Jahrestag sich heuer zum 32. Mal jährte, nicht eben förderlich gewesen, um das Rätsel seiner Herkunft zu lösen. Und die Pflegeeltern, ein kinderloses Ehepaar namens Schmid, bei denen er aufgewachsen war, hielten es pädagogisch nicht für sinnvoll, die düsteren Hintergründe zu beleuchten. Man wollte dem Knaben ein Milieu bieten, das ein sorgenfreies Aufwachsen ermöglichte. Nur widerwillig gaben sie die wenigen Informationen weiter, die sie wussten. Zum Beispiel, dass Lukas' Mutter bei Radio DS1* gearbeitet hatte, bis sie krank wurde, und dass vom Vater nichts bekannt sei. In einem unbedachten Moment, als die Ersatzeltern auf einer langen Autofahrt über den Jungen redeten, während er sich schlafend stellte, sagte Martin Schmid, er habe unlängst einen Anruf von einem Max Brotschi oder Gertschi erhalten. Leider sei die Tonqualität schlecht gewesen, weshalb er ihn nicht recht verstanden habe. Jedenfalls habe der sich nach dem Jungen erkundigt. Auf die Rückfrage, was ihn das angehe, habe der andere aufgelegt.

»Gertschi? Klang es nicht eher nach Gautschi?«, meinte Petra Schmid bedeutungsschwanger, »beim Radio heißt doch einer so!«

»Genau«, antwortete Martin bestimmt, »Max Gautschi ist einer dieser Diskussionsleiter, die glauben, alles besser zu wissen.«

»Meinst du, er hat angerufen, weil er der …?« Das Wort Vater brachte sie nicht über die Lippen, und ihre Stimme wurde brüchig. »Ich gebe Lukas nicht mehr her«, sagte sie so bestimmt, wie sie konnte.

»Keine Angst, Petra«, beschwichtigte er sie, »niemand kann uns das Kind einfach wieder wegnehmen. Nicht mal der leib-

* Radio DS1: Radio der Deutschschweiz 1

liche Vater! Zudem hat der sich ja ganz dreckig verhalten, wie uns die Frau von der Vormundschaftsbehörde erzählt hat!«

Lukas konnte nicht mehr länger still bleiben. Was in seine Gehörgänge geschwappt war, insbesondere der Name Max Gautschi, hatte sich für alle Zeiten eingenistet. Er hätte gern noch mehr erfahren, doch Schmids wechselten sogleich das Thema, als er sich aufrichtete. Fortan mieden sie das Thema wie der Teufel das Weihwasser, solang er in der Nähe war.

Umso enttäuschter und fast schon persönlich beleidigt waren sie, als Lukas mit zunehmendem Alter den wachsenden Drang verspürte, seine Geschichte aufzurollen. Der Bruch mit seinen Pflegeeltern war deshalb fast vorprogrammiert, auch wenn er es sich anders gewünscht hätte. Noch während seiner Elektrikerlehre zog er bei ihnen aus und schlug sich fortan allein durch. Im Militärdienst fiel er durch seinen Einsatz positiv auf, sodass er zum Korporal aufstieg. Beim Abverdienen der Unteroffiziersschule lernte er einen Leutnant kennen, der nicht nur ein Berufskollege war, sondern ihm auch einen Job in einer großen Elektrikerbude vermitteln konnte. Da wiederum machte er nicht nur fachliche Fortschritte, sondern wurde von seinem ehemaligen Leutnant auch in einer anderen Sache unterrichtet. Obschon Ebnöther auf dem Bau keine Probleme mit ausländischen Arbeitskollegen hatte, begannen ihn die Kernaussagen der HBZAG zu faszinieren. Es könne doch nicht sein, dozierte er bald selber gegenüber seinen Lehrlingen, die er mittlerweile auszubilden hatte, dass zunehmend Billigarbeiter aus der EU in die Schweiz strömten, die das ganze Lohngefüge durcheinanderbrächten. Bald säßen die Schweizer Handwerker auf der Straße, weil grenznahe ausländische Firmen die Arbeit zum halben Preis machten. Und weil Qualität immer weniger zählen würde und nur noch das Einhalten der Bauzeit im Vordergrund stehe, sei kein Ende dieses Teufelskreises abzusehen. Schon bald hatte Ebnöther einige junge Kollegen um sich geschart und sie ebenfalls mit den Kernbotschaften der ›rechten Sache‹ indoktriniert. Bei einem der Treffen brachte einer seiner Kollegen einen jungen Informatiker mit, der bei Radio DS1 arbeitete. Der Zufall wollte es, dass er gerade dran war, für die anstehende Fusion mit dem Deutschschweizer Fernsehen die Personaldaten der beiden Unternehmen zusammenzubringen und verschiedene alte Systeme in das neue zu migrieren. Da wurde Ebnöther hellhörig. Er bat seinen jungen Kollegen mal nachzusehen, ob es über seine Mutter noch Daten gebe. Zu seinem grenzenlosen Erstaunen fand der Informatiker tatsächlich ein altes Personalblatt in einem Archiv. Er brachte es Ebnöther, und dieser traute seinen Augen nicht. Das Papier war zwar nur die Kopie einer Karteikarte, dennoch eröffnete es ihm eine neue Welt. Steckbriefartig war die Person der Mutter samt AHV-Nummer und Krankenkasse erfasst. In der Rubrik ›Bemerkungen‹ fand er einen maschinengeschriebenen Eintrag, wonach Klara Maria Ebnöther am 17.11.1982 aus medizinischen Gründen den Schwangerschaftsurlaub angetreten und am 8.1.1983 einen Sohn geboren habe. Sie sei bis auf Weiteres aus medizinischen und psychiatrischen Gründen arbeitsunfähig geschrieben worden. Und handschriftlich wurde ergänzt: ›Vaterschaft wird abgeklärt. Es liegt ein Antrag für die Anpassung des Kindergelds an die SMG-Richtlinien vor, da es sich beim Vater um einen Angestellten des Fernsehens DSF handeln soll.‹ Der Eintrag wurde mit dem Datum 23.4.1983 und einem Kürzel mit den Buchstaben H.P. versehen. Der letzte Eintrag im Dossier war das Todesdatum: 17.7.1983. Grund: Selbsttötung.

Lukas Ebnöther war wie elektrisiert. Das gefundene Stammblatt war für ihn der erste direkte Link in seine Vergangenheit. Nun hatte er es schriftlich, dass sein Vater zwar nicht beim Radio, aber dafür im Fernsehen gearbeitet hatte.

Das war zwar schon eine Weile her, aber immerhin ein Hinweis, dem er nachgehen wollte.

Noch im selben Jahr kam ihm der Zufall ein weiteres Mal zu Hilfe. Er sah, dass der Hausdienst des Deutschschweizer Fernsehens einen Elektriker suchte. Er bewarb sich und wurde genommen. Gleichzeitig wechselte er bei der HBZAG in eine Fachgruppe, die auf elektronische Sabotageangriffe spezialisiert war. Lukas Ebnöther spürte, wie es in seinem Leben plötzlich vorwärtsging.

Als der 32-Jährige kurz nach neun Uhr ins Studio kam, wurde er ruhiger. Er ging wie gewohnt seinen Arbeiten nach, behob einige kleine Stromprobleme und war Ansprechpartner für alle, die irgendwo noch einen Computer installieren oder ein Ladegerät einstecken wollten, aber keine freie Steckdose mehr fanden. Selbst für die Küchenmannschaft organisierte er kurzfristig einen weiteren 400-Volt-Anschluss, weil die Sicherung für die Buffetstation schon mehrere Male rausgesprungen war. Kein Wunder, dachte er, hatte man doch entgegen früheren Angaben seitens der Kantinenleitung eine viel größere Kaffeemaschine in Betrieb genommen.

Während er von einer Baustelle zur nächsten eilte, blieb ihm nicht verborgen, dass zusätzlich zu den normalen Sicherheitskräften rund zwei Dutzend weitere Polizeibeamte das ganze Areal durchkämmten. Solang sie außerhalb von Studio 1 blieben, war ihm das egal. Brenzlig wurde es erst, als ihn der Studiochef zu einem gewissen Martelli von der Kripo bestellte.

KAPITEL 48

Martelli hatte seine Leute in der Großgarderobe um sich geschart. Es war halb acht Uhr abends. Der Rapport war kurz und nicht sehr ergiebig. Seine Untergebenen hatten alles minutiös durchsucht, aber nichts gefunden. Martelli hatte zwar nicht mehr erwartet, aber war dennoch enttäuscht. In seinem Inneren wollte er einfach nicht glauben, dass sie falsch lagen. Was würden die Mosaiksteinchen sonst für einen Sinn ergeben? Keinen.

»Gut«, richtete er sich an die Beamten, »dann bleibt uns eigentlich nur noch das Kernstück: das Studio 1. In wenigen Minuten sind die Proben vorbei, dann können wir loslegen. Wie ihr wisst, ist es nicht nur das größte Studio, sondern auch randvoll mit Aufbauten, Kulissen, Tribünen. Ganz zu schweigen von den technischen Details, von denen ich zu wenig verstehe. Aus diesem Grund habe ich den Studiochef gebeten, uns einen Fachmann zur Seite zu stellen!«

Martelli machte ein paar Schritte und öffnete die Tür der Garderobe. Draußen warteten Rizzo und ein junger Mann, dessen Gardemasse selbst Martelli beeindruckten. Mit seiner Größe, seinem kantigen Schädel und den kurz geschorenen Haaren erinnerte er ihn an einen amerikanischen Footballspieler.

Als sie eingetreten waren, stellte Martelli den Studiochef vor, und dieser Lukas Ebnöther. Mit einer ausladenden Geste bezeichnete Rizzo den jungen Mann als den ›Herrn über 1.000 Kilometer Stromkabel‹. Alle lachten kurz über seinen Scherz, doch Ebnöther blieb stumm, blickte nur etwas verunsichert in die Runde, fragte sich, was sie von ihm wollten.

Als Martelli ihm seine Wünsche kundgetan hatte, atmete

Ebnöther erleichtert durch. Ja, es sei kein Problem, unter die Tribünen zu kriechen, allerdings müsse er vorgehen, um den Beamten zu zeigen, wo sie durchkommen könnten, ohne Schaden anrichten. Denn unter den Sitzreihen herrsche ein undurchdringliches Chaos von Kabeln und Leitungen, da müsse man etwas aufpassen.

Martelli nickte verständnisvoll und teilte drei Männer ein, die mit Ebnöther mitgehen sollten. Ausgerüstet mit Taschenlampen starteten sie einige Minuten später bei der Bühne und verschwanden unter den ersten Aufbauten. Gleichzeitig schwärmten die anderen Beamten aus und durchpflügten die Halle. Nach wenigen Minuten kam der Trupp mit Ebnöther wieder unter der großen Zuschauertribüne hervor. Sichtlich beeindruckt vom Kabelwirrwarr und den versteckten technischen Geräten, von Servern und Starkstromweichen zeigten sie an, nichts gefunden zu haben.

Was sie denn suchen würden, fragte Rizzo den im Zentrum des Studios wie ein Feldherr aufgepflanzten Martelli. Dieser rührte sich nicht, sondern beobachtete seine Leute mit wachsamen Blicken. »Wir suchen nach der berühmten Stecknadel im Heuhaufen«, sagte er mit einer Stimme, die seinen Unmut nur schwach kaschieren konnte. Rizzo begriff, dass Weiterfragen sinnlos war, und ging in Richtung Studioausgang. Derweil krochen die Beamten hinter Ebnöther unter die seitliche Tribüne. Da diese fast die gesamte Länge des Studios einnahm, vergingen einige Minuten, bis sie wieder am anderen Ende auftauchten. Martelli sah es ihren Gesichtern an, dass sie auch hier nichts gefunden hatten. Da meldete sich Zuppinger, der auf einer schmalen Brücke zwischen den herabhängenden Scheinwerfern stand und von zehn Metern Höhe herunterblickte. »Chef, da oben in der Ecke steht eine merkwürdige Kiste, die raucht!«

Im Laufschritt erklomm Martelli die Treppe, die an den

Regieräumen vorbei zum Lichtboden des Studios führte. Rizzo kam dicht hinter ihm her. Kurze Zeit später hatten sie Zuppingers Standort erreicht. Und tatsächlich: In einer Ecke des Beleuchtungsgrids* befand sich eine metallene Kiste, aus der Rauch austrat.

»Was ist das?«, fragte Martelli.

»Das weiß ich auch nicht so recht …«, antwortete Rizzo verunsichert. Langsam ging er auf die Kiste zu und griff nach seinem Handy. Schnell wählte er eine Nummer und wartete.

»Ah, Philipp, da ist Sandro. Du sag, warum raucht es aus einer Kiste im Beleuchtungsblock D?«

Rizzos Gesicht entspannte sich nach kurzem Zuhören, dennoch klang seine Stimme gereizt. »Super Zeitpunkt, um die neue Rauchmaschine zu testen! Wirklich! Wir glaubten schon an eine Bombe, verdammt!«

Martelli verzog sein Gesicht, aber sagte nichts. Wieder Fehlanzeige! Wenn mich das nur nicht meinen Job kostet, dachte er verärgert, ließ sich aber nichts anmerken. Irgendwo musste doch der Einstieg in die Lösung des Falles sein, versuchte er sich zu beruhigen. Sein Bauchgefühl sagte ihm, dass sie hier am richtigen Ort suchten, und auf dieses konnte er sich in der Regel verlassen. Hatte er also irgendein Detail übersehen?

Während er seinen Gedanken nachhing, beobachtete er, wie seine Leute hinter der dritten Tribüne beim schwarzen Rundhorizont auftauchten und sich von Ebnöther verabschiedeten. Rütimann blickte zu seinem Chef hinauf und schüttelte den Kopf.

Einige Minuten später war die Suche eingestellt. Martelli entließ seine Leute in den Feierabend. Allerdings nicht, ohne

---

* Mit Grid wird die begehbare Hängekonstruktion an der Decke eines TV-Studios bezeichnet, an der die Beleuchtungskörper festgemacht werden.

ihnen die Dringlichkeit ihrer Präsenz am morgigen Tag in Erinnerung zu rufen. Doch er wusste nur zu gut, dass er sich seine mahnenden Worte hätte sparen können. Seine Mitarbeiter waren allesamt Topprofis, die wussten, worauf es ankam.

»Trinken wir noch ein Bier in der Kantine?«, fragte Zuppinger in die Runde. Rütimann nickte, ebenso zwei weitere Polizisten.

»Darf ich auch mitkommen?« Martellis Stimme klang eigentümlich zurückhaltend, fast kindlich.

»Klar, nach so viel Erfolg braucht es einen krönenden Abschluss!« Alle lachten ob Zuppingers ironischen Untertons. Selbst Martelli.

Das Grüppchen verließ eben den Studiotrakt, um über die Passerelle zum Hochhaus hinüberzugelangen, als Martellis Handy klingelte. Es war Baldini.

»Wo seid ihr?«

»Gehen in die Kantine. Brauchen ein Bier«, antwortete Martelli.

»Sehr gute Idee, bin gleich bei euch. Übrigens, ich seh schon Gespenster. Hatte eben das Gefühl, bei der Ausfahrt des Fernsehparkplatzes den gesuchten BMW von Trümpi stehen zu sehen!« Baldini lachte in den Hörer.

»Und warum bist du sicher, dass er es nicht ist?«

»Weil eben ein groß gewachsener Mann mit kurz geschorenen Haaren einsteigt!«

»Hast du dir die Nummer gemerkt?«

Baldini seufzte. Dann hörte der Chef ein Rauschen und schweres Atmen. Der andere schien einen Spurt hinzulegen. Nach weiteren Sekunden meldete sich eine keuchende Stimme: »Soviel ich noch sehen konnte, war es eine Zürchernummer mit einer fünfstelligen Ziffer: 27.000 und irgendetwas mit einer 1 und einer 6.«

»Und wie lautet Trümpis Nummernschild?«

»Ich check's gleich. Warte!« Baldini lief zu seinem Dienstwagen zurück und startete den Bordcomputer. Nach wenigen Augenblicken hörte der Chef einen erschreckten Aufschrei:

»Verdammte Scheiße! Trümpis Wagen hat die Nummer ZH 27.136!«

In Bruchteilen von Sekunden war bei den Polizisten die Feierabendstimmung verflogen. Stattdessen herrschte eine hoch professionelle Spannung. Martelli verteilte seine Befehle:

»Baldini, du folgst dem BMW. Aber ohne Aufsehen. Nur im Notfall brauchst du das Blaulicht. Bleib ihm einfach auf den Fersen. Er wird uns möglicherweise zu ihrem Versteck führen! Wir bleiben in Kontakt, und ich schick dir Zuppinger und Rütimann zur Verstärkung.«

Baldini startete seinen Wagen. Weil er keine weitere Zeit verlieren durfte, passierte er dicht hinter einem anderen Auto die geöffnete Parkplatzschranke. Die Fahrerin in ihrem neuen Smart quittierte dieses Rowdyverhalten mit einem unschmeichelhaften Handzeichen. Doch Baldini ließ sich nicht aufhalten, pflanzte das Blaulicht aufs Dach und überholte die verdutzte Lenkerin mit Vollgas. Mit quietschenden Reifen bog er in die Hagenholzstraße ein und preschte an der Kehrichtverbrennungsanlage vorbei. Vom BMW sah er nichts, als er in überhöhter Geschwindigkeit auf eine große Kreuzung mit einer Ampelanlage zuraste. Trotz Rotlicht fuhr er mitten in die Verzweigung. Ein korrekt fahrendes Auto musste einen Vollstopp reißen, um eine Kollision zu vermeiden. Der Fahrer fuchtelte enerviert mit den Händen, doch Baldini hatte nur Augen für den BMW. Als er ihn einige Hundert Meter westlich bei der Abzweigung zur Thurgauerstraße erblickte, holte er das Blaulicht vom Dach und verfolgte ihn mit horrendem Tempo.

Derweil beorderte Martelli seine in den Feierabend entlassene Mannschaft zurück. Auch Rizzo wollte es kaum glauben, als er den Polizisten am Ohr hatte und dessen Absichten hörte: »Nochmals alles durchsuchen?«, schrie er aufgebracht in den Hörer. Doch alles Aufbegehren war zwecklos. Keine halbe Stunde später schwärmten die Beamten erneut aus und durchkämmten das ganze Areal.

KAPITEL 49

Die Nacht hatte die Festung verschluckt. Ein eisiger Wind fiel von den schroffen, abweisenden Bergflanken herab und fegte über den menschenleeren Platz vor dem Bunker. Mit der Zeit gewöhnten sich Nico und Mario an die heulenden und seufzenden Windgeräusche und fielen für einige Stunden in einen unruhigen Schlaf. Da man ihnen zwei klapprige Feldbetten in die Zelle gestellt und warme Wolldecken dazugelegt hatte, war es nicht mehr so kalt und unbequem wie in der Nacht zuvor. Als Nico plötzlich erwachte, hörte er draußen auf dem Exerzierplatz Lärm. Wie spät es war, konnte er nur schätzen. Fast gleichzeitig schreckte auch Mario hoch. Gemeinsam versuchten sie, den Geräuschen einen Sinn zu geben. Es klang nach Aufbruch. Männer wurden in Gruppen eingeteilt, es klirrten Waffen und andere Gegenstände, und dann hörten sie das Starten von mehreren Fahrzeugen. Danach war es wieder ruhig. Die beiden Gefangenen fragten sich, ob sie allein zurückgelassen wurden.

Plötzlich vernahmen sie aus einer undefinierbaren Distanz Rufe. Über das Lüftungsrohr übertrug sich die Stimme eines Mannes. Nico antwortete als Erster: »Hallo, wer da?«

Nach einer Pause antwortete die Stimme: »Mein Name ist Trümpi. Ich bin Polizist!«

»Trümpi?«, antwortete Nico und spürte, wie er sich über diese Wendung freute: »Sie leben! Das stellt uns auf! Wie geht es Ihnen? Wir dachten, man hätte Sie getötet!«

»Das war auch der ursprüngliche Plan. Doch dann haben sie es sich scheinbar anders überlegt!« Trümpi lachte, was auch Mario und Nico überaus lustig fanden. Lachen war das Einzige, was sie tun konnten.

»Was, glauben Sie, machen die mit uns?«, fragte Nico, als es wieder still war.

»Keine Ahnung, hängt wohl vom Erfolg ihrer Mission ab!«

»Was wir mitbekommen haben, wollen die wirklich die Schweiz putschen! Diese traurigen Idioten!«

»Unterschätzen Sie den Anführer nicht: Dieser Kappeler ist zu allem fähig!«

»Ja, wir kennen ihn. Ein Fall für die ewige Verwahrung in einer psychiatrischen Klinik!«

»Dumm nur«, meinte Trümpi trocken, »dass er es immer wieder schafft, junge Menschen mit seinen Ideen zu verblenden! Erschießen sollte man den!«

Nico wollte eben antworten, als sie draußen irritierende Geräusche hörten, gefolgt von einem Schrei. Anscheinend waren doch noch Wächter da und sorgten dafür, dass der Polizist schwieg.

»Lasst den Trümpi in Ruhe, ihr Schweine!«, protestierte Nico, aber verstummte augenblicklich, als er bedrohliche Schritte hörte, die sich der Zelle näherten. Die Tür sprang auf und drei Skins traten ein. Einer mit einer Narbe über dem

Auge kam mit einem Schlagstock auf ihn zu und schlug ihn mit hammerharter Gewalt zu Boden. Mario schrie auf und wollte eben auf den Schläger losgehen, als der zweite auch ihm mehrere Hiebe verpasste.

»So, ihr Ärsche«, sagte nun der dritte, der so etwas wie der Anführer war und Nico bekannt vorkam, »wenn ihr nicht jede halbe Stunde verprügelt werden wollt, dann rate ich euch dringend, ganz schnell ruhig zu sein!«

Nico richtete sich langsam auf, seine Rippen taten höllisch weh, als wären sie gebrochen. Mario half ihm. Trotz der Schmerzen flüsterte Nico: »Hört auf! Das hat doch keinen Sinn!«

»Schweig!«, rief der Anführer. Doch weiter kam er nicht. Unter den erstaunten Blicken aller kippte er plötzlich wie ein Taschenmesser zusammen. Ein gekonnter Schlag ins Genick hatte dafür gesorgt. Gesetzt von einem wütenden Polizisten, der das Tohuwabohu ausnutzen und sich befreien konnte. Nun stand er zur Überraschung aller in der Tür, sah zwar aus wie ein geprügelter Hund, aber wirkte alles andere als unterwürfig. Mario hatte die Lage am schnellsten erfasst und rief: »Jetzt, Nico!« Gleichzeitig trat er dem jungen Skin, der vor ihm stand, heftig in die Seite. Der stöhnte ob der Wucht des Schlages und sank auf die Knie. In der Zwischenzeit war Trümpi bereits beim Dritten, griff blitzschnell nach dessen Arm und drehte ihn unbarmherzig nach hinten. Das Knacken des Knochens erinnerte an das Brechen eines morschen Astes. Der Schrei, der folgte, ging durch Mark und Bein. Trümpi blieb ungerührt und schleuderte den winselnden, jungen Mann in eine Ecke. Er wollte eben jenem Mann einen weiteren Tritt verpassen, der sich nach Marios Schlag wieder langsam aufgerichtet hatte und um Gnade winselte. Dann hielt er inne: »Wir fesseln die Typen, nehmen die Schlagstöcke und die Schlüssel, dann raus hier!« Zwischenzeitlich hatte sich auch Samuel Trümpi in Zeitlupe wieder aufgerichtet und blickte wie ein weidwundes Reh in Richtung des Polizisten: »Vater?«

»Für dich gibt es keinen Vater mehr!«, antwortete Trümpi schroff und verpasste seinem Sohn einen harten Schlag ins Gesicht, sodass dieser nach hinten auf die Pritsche fiel und liegen blieb. »Jetzt raus mit uns!«

Es war für Mario ein merkwürdiges Gefühl, hinter sich die schwere Tür zuzustoßen und den Schlüssel zu drehen. Er spürte ein noch nie gekanntes Gefühl, fast wie ein flüssiges Feuer, das durch seinen Körper strömte. Es war wohl ein Gemisch aus Adrenalin und Endorphin; ein allumfassendes Glücksgefühl, das etwas mit Sieg und Triumph zu tun hatte und wohl die Krieger quer durch alle Jahrhunderte antrieb. Für ihn war diese Empfindung neu und ungewohnt, putschte auf, aber hinterließ bald darauf eine merkwürdige Leere. Wortlos stapfte er den beiden anderen nach.

»Vielleicht sind da noch mehr von diesen Typen«, flüsterte Trümpi und ging vorsichtig durch den schwach beleuchteten tunnelartigen Gang. In der Hand hielt er den Schlagstock wie eine Keule, doch in Gedanken war er bei seinem Sohn. Erneut zerbrach er sich den Kopf, wann er den Kontakt zu ihm verloren hatte. Was war der Auslöser gewesen? Und was hätten er und seine Frau ändern können, um den Jungen vor dem Absturz zu bewahren? Immer wieder kam er zum gleichen Schluss, vermutete ein schleichendes Wegdriften, das sie gar nicht bemerken konnten. Ein Trost war das nicht, aber vielleicht der Schlüssel zur Wahrheit.

Während sie den langen Gang durchquerten, stützte Mario seinen Kollegen, der unter seinen Schmerzen stöhnte. »Eine Rippe«, flüsterte Nico fast entschuldigend, »ist wohl gebrochen. Ich spüre Tausende Stiche in der Brust.«

Derweil öffnete der Polizist die schwere Betontür, die augenscheinlich einem Atomangriff standhalten sollte. Vorsichtig schob er seinen Kopf hinaus. Draußen war es dunkel und kalt, ganz im Osten sah man zaghafte Vorboten des neuen Tages.

»Die Luft ist rein. Nur drüben im anderen Gebäude hat es Licht.«

»Könnte gut sein«, meinte Mario, der nun ebenfalls ins Freie getreten war, »dass sich dort Kappeler, Hauri und die Leibgarde aufhalten. Wir müssen aufpassen!«

Trümpi wandte seinen Kopf. Ohne sichtbare Emotion meinte er dann: »Mit Herrn Vontobel kommen wir nicht weit.«

»Heiße Nico«, raunte es von hinten.

Trümpi grinste. »Guter Zeitpunkt, um Duzis zu machen. Bin der Jean!«

»Mario.«

Ein kurzes Nicken aller genügte.

»Die haben sicher Wachen aufgestellt«, nahm der Polizist den Faden wieder auf, »bleibt mal da, ich prüfe die Lage.«

Und während er davonschlich, musste sich Nico setzen. Die Schmerzen in seinem Brustkorb waren unerträglich. Er konnte kaum mehr atmen. Mario blickte mitfühlend, aber helfen konnte er ihm nicht.

»Ihr müsst ohne mich Alarm schlagen«, flüsterte Nico.

»Wir lassen dich nicht hier! Unter keinen Umständen!«

»Ihr müsst! Nur so habt ihr eine Chance!«

Mario weigerte sich zu antworten und hoffte, dass der Polizist bald zurückkommen würde. Doch es vergingen noch einige Minuten, ehe er wieder auftauchte.

»Sie haben nur zwei Wachen aufgestellt. Beim Tor vorn. Gehen wir!«

»Nico kann nicht. Er hat wohl eine oder mehrere Rippen gebrochen!«

Trümpis Blick, den er auf Nico richtete, verriet, was er dachte. Mit ihm hatten sie tatsächlich keine Chance.

»Geht ohne mich!«, flehte Nico erneut. »Lasst mich da in einer Zelle zurück und versucht es allein!«

»Nie und nimmer!«, zischte Mario.

»Nico hat recht«, antwortete Trümpi ohne Regung in der Stimme. »Wir haben keine andere Wahl!«

»Aber wenn die ihn finden, werden sie ihn töten!«

»Das Risiko gehe ich ein!« Nicos Stimme war fest, und er trotzte Marios empörtem Blick. »Geht jetzt!«

KAPITEL 50

Baldini war verzweifelt. Er hatte es fast geschafft, zum BMW aufzuschließen, war ihm die Thurgauerstraße in Richtung Flughafen gefolgt, als plötzlich und komplett unvorhersehbar dieser idiotische Radfahrer von der Seite auf die Fahrbahn geschossen kam und ihn zu einem Ausweichmanöver gezwungen hatte. Trotz seines Reflexes konnte er es nicht verhindern, dass er ihn dennoch streifte. Wie in Zeitlupe fiel der Mann nach rechts in die Wiese, überschlug sich und blieb liegen. Passiert war nicht viel, das sah Baldini sofort, dennoch musste er anhalten und den BMW ziehen lassen. Begleitet von wütenden Flüchen zückte er sein Handy und wählte Martellis Nummer.

Der nahm postwendend ab und war alles andere als erfreut, als er von diesem Malheur hörte.

Kaum war das Gespräch beendet, brauste Zuppinger heran und hielt beim glücklosen Baldini. Anstatt sich um den liegenden Mann zu kümmern, schrie der nur, dass sie in Richtung Autobahn fahren sollten.

»Und was ist mit dem?«, fragte Rütimann, der auf dem Beifahrersitz saß und das Fenster heruntergelassen hatte.

»Dem ist nichts passiert! Dieser Volldepp ist abgesehen davon selber schuld!«

Zuppinger pflanzte das Blaulicht aufs Dach und gab Gas. Auch wenn er sogleich wusste, dass die Verfolgung so gut wie zwecklos war, fuhr er auf die Autobahn in Richtung Flughafen auf. Rütimann gab gleichzeitig die Fahndung nach dem BMW raus und hoffte auf ein Wunder. Beim Flughafen angekommen, machte er eine Schleife, doch vom BMW fehlte jede Spur.

Ebnöther hatte von den Vorkommnissen, die nur wenige Meter hinter ihm passiert waren, nichts bemerkt. Er bog bei der nächsten Abzweigung nach links ab und fuhr ungehindert in den Rümlanger Wald. Hier, in der Waldhütte, erwartete er seine Männer, mit denen er um sechs Uhr früh ins TV-Areal dislozieren würde. Unten, im Keller eines Seitengebäudes, wo die Kabelrollen lagerten, würden sie den Morgen verbringen und wären bereits in der Höhle des Löwen, bevor allfällige Gegner überhaupt begriffen, was los war. Von ihrem Versteck aus gelangten sie in weniger als vier Minuten ins Studio 1.

Keiner würde sie aufhalten können. Ein einfacher Plan, aber überaus effektiv, wie Ebnöther befriedigt resümierte.

KAPITEL 51

Mario hatte das Feldbett so bequem wie möglich hergerichtet. Dennoch litt Nico fürchterlich, als er sich hinlegte. Als steckten Messerklingen im Brustraum, konnte er kaum atmen. Jede noch so kleine Bewegung schmerzte höllisch.

Trümpi beugte sich über den Verletzten und flüsterte: »Nico, die Tür lässt sich nur von außen öffnen und schließen. Sollen wir offenlassen?«

»Nein, sperrt mich ein«, hauchte Nico, »dann versuch ich zu schlafen.«

Der Polizist nickte und richtete sich wieder auf: »In einigen Stunde sind wir wieder da. Solang musst du durchhalten, okay?«

Von Nico kam nur ein kehliger Laut.

»Soll ich nicht da bleiben?«, fragte Mario besorgt, als sie zur Tür gingen.

»Nein, mit ihm können die Skins nicht viel anfangen. Aber mit dir schon.«

Damit war die Diskussion beendet. Trümpi ließ die Tür so leise wie möglich ins Schloss fallen und sperrte zu. »Wenn's nur diesen Schlüssel gibt, brauchen die einen Rammbock, um Nico zu holen.«

Leise schlichen sie zum Ausgang, wuchteten erneut die Betontür auf und horchten in den frühen Morgen. Ein milchiger Schleier drängte den schwarzen Himmel zur Seite.

»Schnell, es wird Tag. Und sie haben Kameras positioniert.«

»Wie sollen wir vorgehen?«, fragte Mario.

»Sie haben die Zufahrten und Wälle Richtung Andermatt mit Stacheldraht verstärkt. Da kommen wir nicht durch. Wir müssen daher einen Umweg machen und via Oberalppass fliehen. Kein einfaches Gelände …«

Mario sagte nichts, sondern betrachtete seine abgewetzten Straßenschuhe. Zum Überlegen blieb keine Zeit, da Jean-Jacques Trümpi bereits eine Steintreppe in Richtung des oberen Lagers erklomm. In dem Moment wurde das Flutlicht eingeschaltet. Mario erschrak fürchterlich, aber konnte sich gerade noch hinter einem Felsvorsprung verstecken. Im Offiziersgebäude am anderen Ende des Platzes sprang die Tür auf. Angeführt von Josef Hauri schritten rund 15 Männer ins Freie und stellten sich in einem Halbkreis auf. Sie steckten in Soldatenuniformen und wirkten wie eine Elitetruppe.

Mario wusste, dass er hier nicht bleiben konnte und kletterte im Schutz des Felsvorsprungs auf den steinernen Wall, der das Lager umschloss. Auch wenn er den Militärdienst stets als überaus lästigen Abschnitt seines jungen Lebens erachtet hatte, war er zum ersten Mal froh, dass sein damaliger Zugführer viel Wert auf eine umfassende Infanterieausbildung gelegt hatte. Hierzu gehörte auch, dass man lautlos schleichen lernte und das Hinterteil nie höher als 40 Zentimeter aufragen lassen durfte. So gelang es ihm, zum überraschten Trümpi aufzuschließen. Der hatte ihm diese Fähigkeit augenscheinlich nicht zugetraut, sagte indes nichts, sondern schlich seinerseits voran. Als sie in den oberen Lagerteil gelangten, dessen Zustand weit desolater als der untere war, hörten sie vom Platz her einen erzürnten Hauri schreien. Wo denn die Männer des Zugs Ebnöther seien? Sofort brach Hektik aus. Männer rannten umher, und Hauri fluchte.

»Die werden bald rausfinden, wo die Fehlenden sind. Dann wird's hier definitiv ungemütlich«, flüsterte Trümpi und dachte unwillkürlich an seinen Sohn. Ob sie sich je wiedersehen würden? Und wenn ja, unter welchen Vorzeichen? In Gedanken versunken erklomm er eine weitere Felsstufe und erreichte einen Pfad, der sich gegen Osten erstreckte und aus der Festung hinausführte.

Da es mit jeder Minute heller wurde, hatten sie bald keine Mühe mehr, sich zu orientieren. Gleichzeitig löste sich der Schutz der Dunkelheit endgültig auf.

»Wir geben ein gutes Ziel ab«, meinte Mario lakonisch, als er den Pfad betrachtete, der sich quer über eine mehrere Hundert Meter lange Geröllhalde erstreckte und kaum einen Schutz bot.

»Du hast recht«, antwortete Trümpi und sah sich um, »wir müssen die Direttissima wagen und durch diesen Kamin absteigen!«

Mario traute seinen Augen nicht. Vor ihm tat sich zwischen schroffen Bergflanken ein Schlund auf. Irgendwo in weiter Ferne sah man das silbern schimmernde Band der Oberalp-Passstraße. »Das ist nicht dein Ernst! Mit unseren Schuhen rutschen wir schon nach wenigen Metern in die Tiefe …«

Die Proteste des Journalisten verstummten augenblicklich, als sie knapp über ihnen Geräusche vernahmen. Einer von Hauris Männern musste ihnen auf den Fersen sein.

Der Polizist gab seinem Begleiter mittels Kopfnickens das Zeichen, und beide eilten zum Einstieg in den Felstrichter. So leise sie auch waren, in der lautlosen Stille der Berge hallten ihre Schritte wie Paukenschläge wider.

Sogleich peitschten Schüsse durch die Luft. Einer verfehlte Marios Arm um wenige Zentimeter. Felssplitter wurden gegen die Jacke geschleudert. Er bekam es mit der Angst zu tun, sein Puls raste, und er sprang in Deckung. Ohne Trümpi, der ihn gerade noch auffangen konnte, wäre er mehrere Meter in die Tiefe gerutscht. So standen beide nebeneinander und duckten sich hinter einen Felskopf. Marios Puls raste wie nach einem Sprint.

»Hände hoch und schön langsam wieder hochkommen!«,

rief eine Stimme von oben herab, und Mario war nahe daran, der Aufforderung Folge zu leisten.

»Der kann uns nicht sehen, er blufft!«, zischte Trümpi, was Mario nicht wirklich entspannte.

»Der wird uns umbringen«, meinte er verzweifelt.

»Das wird er auch, wenn wir hochgehen. Runter haben wir wenigstens eine kleine Chance.«

Ohne auf eine Reaktion zu warten, stieg der Polizist weiter ab. Bald war er mehrere Meter unter dem anderen. Derweil hörte Mario das Knirschen von näherkommenden Schritten. Er biss sich auf die Lippen, atmete durch und folgte Trümpi, der dank eines weiteren Felsens schon kaum mehr zu sehen war. Mario beeilte sich aufzuschließen. Wieder fielen mehrere Schüsse. Oder war es nur ein Schuss mit mehreren Echos? Mario hätte es nicht sagen können, ebenso wenig, wovor er mehr Angst hatte: erschossen zu werden oder abzustürzen. Beide Varianten dünkten ihn weit wahrscheinlicher, als einen Weg durch diese Steinhölle zu finden. Trümpi, aus welchen Gründen auch immer, schien sich diese Gedanken nicht zu machen. Er kletterte mit den Beinen voraus talwärts. Der Jüngere tat es ihm gleich, auch wenn er gleichzeitig immer wieder nach oben äugte und jeden Moment den Lauf eines Sturmgewehres zu sehen erwartete. Die Geräusche von herabfallenden Steinen zeugten davon, dass der Skin die Verfolgung aufgenommen hatte. Es ist wie in einem Albtraum, dachte Mario. Jeden Moment konnte ihn der schwarze Mann einholen. Nur würde er diesmal nicht aufwachen und schweißgebadet im Bett liegen, sondern in die ewigen Jagdgründe geschickt werden. Mit einem Loch im Kopf. Kaliber 5,6. Die schroffen Felskanten schrammten die Finger auf, der Adrenalinspiegel war unerträglich hoch, dennoch kam er vorwärts. Er verdrängte alle Gefühle und körperlichen Wahrnehmungen, funktionierte nur noch. Umso überraschter war er, als er erneut die Stimme von oben vernahm, die erschreckend nah klang. Die beiden Fliehenden waren eben auf einem 20 Zentimeter schmalen Felsvorsprung angekommen und suchten nach einer Fortsetzung des Abstiegs, als einige Meter über ihnen der Soldat auftauchte. Mit der einen Hand hielt er sich an einem aus der Wand ragenden Stein fest, mit dem linken Fuß fand er Platz auf einem schmalen Felskamm. Grinsend drehte er die Waffe langsam in ihre Richtung. Die Mündung des Gewehrs wirkte wie hypnotisierend.

Trümpi zögerte nicht lang: »Spring auf das Wiesenstück!«

Mario hatte keine Zeit zu überlegen, sah nur die wenige Quadratmeter große, abwärts geneigte grüne Fläche, die sich rund drei Meter unter ihnen ausbreitete. Der Aufprall war heftig. Ebenso der Schrei des Verfolgers, als er realisierte, dass der Stein, an dem er sich festgekrallt hatte, nachgab. So tauchten die drei Körper fast parallel ab, allerdings landete der Soldat nicht auf dem Wiesenstück, sondern rund sechs Meter tiefer auf einer Geröllhalde. Wie ein Gummiball wurde er zusammengestaucht und wieder zurückgeschleudert, auch wenn er kaum mehr an Höhe gewann. Dann blieb er liegen. Die beiden anderen schlitterten auf dem Hosenboden die steile Wiese hinab, bis sie auf fast der gleichen Höhe wie der Soldat wieder Halt fanden. Blut quoll aus dessen Kopf. Seine Augen waren offen, blickten ins Leere. Das Gewehr lag daneben. Trümpi richtete sich auf und hechtete zur Waffe. Augenscheinlich traute er seiner Wahrnehmung nicht mehr, rechnete mit einer Auferstehung des Feindes. Doch die sollte nicht mehr folgen.

Mario konnte es ebenfalls kaum glauben, dass sie es so gut wie geschafft hatten, denn nun trennten sie nur noch wenige Meter vom Magerwiesenteppich, der bis zur Passstraße und weiter zur Bahnlinie hinunterführte. Verglichen mit den bisherigen Wegverhältnissen war der Rest ein Spaziergang. Fast im Laufschritt gelangten sie zur Straße.

»Wie lang wird es dauern, bis uns weitere Männer verfolgen?«, fragte Mario bang.

»Nicht lang. Vor allem haben wir hier keine Möglichkeit, uns zu verstecken«.

»Was sollen wir daher tun?«

»Wir nehmen die Bahn!« Und bevor sich Mario über die Idee wundern konnte, sah er einige Hundert Meter bergwärts, vom Oberalppass herkommend, die rote Eisenbahn, mit der er bislang ferienmäßige Assoziationen verbunden hatte. Nun sollte er also auf einen fahrenden Zug der Matterhorn-Gotthard-Linie aufspringen, der zwar nicht ganz so schnell wie ein Intercity daherkam, aber immer noch 30 Sachen drauf hatte. Trümpi indes rannte wie ein wild gewordener Bandit auf den Zug los und fuchtelte mit dem Gewehr. Als er realisierte, dass der Lokführer keine Anstalten machte, seinen strikten Fahrplan aufzugeben, schoss er in die Luft und hielt die Waffe in Richtung des Führerstandes. Das Quietschen der Bremsen tönte durchs Tal, sodass wohl auch der letzte Mann in Kappelers Haufen bemerkte, wo sich die Flüchtenden befanden. Der Lokführer hielt die Hände hoch und staunte, als der Polizist, der wie ein Soldat aussah, mit mittlerweile gesenkter Waffe auf ihn zukam und ihm verkaufen wollte, dass er ein Hüter des Gesetzes sei. Wenigstens war er nicht weiter nachtragend und erlaubte, dass Trümpi sein Handy benutzte und die Urner Kantonspolizei alarmierte. Was er da mithörte, erschien ihm so abstrus, dass er es kaum glauben wollte. Umso überraschter war er, als der ältere dem jüngeren Mann berichtete, dass die Urner den Ernst der Lage begriffen hätten, mit den Zürcher Kollegen Rücksprache hielten und sie in Andermatt erwarten würden.

Nach wenigen Minuten Fahrt erreichte die rote Bahn das noch schlafende Bergdorf, das in den letzten Jahren ums Doppelte angewachsen war und nun weit ins Urserental hineinwucherte.

Die Bahnhofsuhr zeigte 8.19 Uhr, als der Zug einfuhr. Am Bahnsteig warteten tatsächlich zwei Polizisten, welche die Ankommenden zur Überraschung des Lokführers nicht gleich festnahmen, sondern per Handschlag begrüßten. In kurzen Worten schilderte Trümpi seinen beiden Kollegen, was vorgefallen war. Die Mienen der beiden blieben unlesbar. Mario fragte sich unwillkürlich, ob sie von Kappelers Plänen schon längst wussten, aber sie stillschweigend tolerierten? Oder noch schlimmer: gar sanktionierten?

Man einigte sich darauf, zuerst zum nahen Polizeiposten rüberzugehen und da auf die Verstärkung zu warten. Als man ihnen im zweckmäßig eingerichteten Büro einen Kaffee servierte und gar ein frisches Gipfeli dazulegte, verwarf Mario seine Befürchtungen. In dem Moment läutete das Telefon, und der Postenchef, ein gewisser Titus Bonetti, signalisierte, dass er mit dem Urner Polizeikommandanten Rolf Schuster höchstpersönlich sprach. Sogleich herrschte eine weit geschäftigere Stimmung, zumal die bevorstehende polizeiliche Aktion das übliche Maß weit übertraf. Schuster sprach von 40 bis 50 Beamten aus allen Bereichen und gar von verstärkenden Verbänden aus dem Bündnerland, die dank des jährlich in Davos stattfindenden Weltwirtschaftsforums im Nahkampf geschult waren.

Als ginge sie das Ganze nur am Rand etwas an, genossen Trümpi und Mario derweil ihr heißes Getränk und das frische Gebäck. Bei dieser Gelegenheit fiel Mario siedend heiß ein, dass er schon lang nicht mehr an Nico gedacht hatte.

»Und einen Krankenwagen brauchen wir auch!«, platzte es aus ihm heraus. Bonetti beantwortete seinen Einwurf mit einem fragenden Blick, und Trümpi beeilte sich, das beinah Vergessene nachzuschieben.

»Eine oder mehrere Rippen gebrochen?«, wiederholte der andere Polizist, der Hannes Regli hieß. Er griff ebenfalls zum Telefon, verständigte den Notfallarzt und informierte auch die Rega* schon mal vorab. »Immer am Sonntag werden die Ressourcen knapp«, resümierte er ungefragt, als müsste er sich dafür entschuldigen.

Um 8.45 Uhr trafen die ersten Streifenwagen ein. Gegen neun Uhr kam das Gros der Truppe. An die 30 Mann in Kampfausrüstung. Einige Minuten später landete ein großer Helikopter, dem 14 Grenadiere der Bündnerischen Kantonspolizei entstiegen. Mario spürte, dass den Beamten klar war, dass der Einsatz wenig mit einem Spaziergang zu tun hatte. Sie trugen alle schussfeste Westen, Helme, Bein- und Knieschützer sowie Schnellfeuerwaffen. Kommandant Schuster, der ebenfalls mit von der Partie war, stellte den Männern Trümpi vor und ließ ihn eine Einschätzung der Lage geben. Diesmal vergaß der Zürcher auch die Erwähnung von Nico nicht und beschrieb Schusters Männern, wo die Zellen lagen. Schwerer tat sich der Polizist, als er zum Punkt kam, dass auch sein Sohn zu Kappelers Leuten gehörte, und dass er möglicherweise einem der Skins den Arm gebrochen hatte. Schuster nahm die Informationen ohne Gefühlsregung zur Kenntnis und gab den Einsatzplan durch. Trümpi entschied sich, mitzufahren. Man gab ihm ebenfalls die nötigen Ausrüstungsgegenstände. Um 9.17 Uhr verließ der Konvoi Andermatt, kurz darauf startete auch der Super Puma und flog die Bündner Polizisten zu den Windturbinen auf dem Gütsch. Mario zog es vor, da zu bleiben. Für ihn war die Lust an Heldentaten für Jahre gestillt. Außerdem wollte er mit seiner Freundin telefonieren.

---

* Rega: Schweizerische Rettungsflugwacht

KAPITEL 52

Als Hanni Pulver an diesem Sonntagmorgen erwachte, fühlte sie sich erstaunlich ausgeschlafen. Allein die Tatsache, dass sie nach den letzten aufwühlenden Stunden überhaupt die Augen schließen konnte, grenzte an ein Wunder. Ebenso das Gefühl, welches sie nun erfüllte. Aus einer unerklärlichen Überzeugung heraus wusste sie, dass Nico und Mario lebten, und dass es ihnen den Umständen entsprechend gut ging. Aus diesem Grund war sie nicht überrascht, als ihr Handy wirklich klingelte. Es war kurz vor halb zehn, als sie das Gespräch annahm. Was sie hörte, war jedoch nicht ganz die erhoffte Botschaft. Sara war am Apparat und erzählte überschwänglich, dass sich Mario gemeldet hatte. Aus Gründen, die sie selber noch nicht ganz durchschaue, sei er freigekommen und bei der Polizei in Andermatt.

»Andermatt?«, fragte Hanni nach. »Und Nico?«

Sara tat sich hörbar schwer, auch diesen Teil der Geschichte lückenlos wiederzugeben. Sie merkte erst jetzt, dass ihr Mario offensichtlich nicht alles erzählen konnte oder wollte. Immerhin bestätigte er, dass Nico im Moment nicht bei ihm, aber in Sicherheit sei. Er würde sich sofort melden, wenn die Polizeiaktion beendet sei. Nun gälte es, diesen Halunken das Handwerk zu legen, bevor sie großen Schaden anrichteten.

Hanni konnte sich keinen Reim darauf machen. Alles, was sie aufschnappte, waren die Worte, dass Nico in Sicherheit sei. Im Moment musste ihr das genügen. Denn auf sie wartete in den kommenden Stunden ein Knochenjob.

Sie war verantwortlich für die Namenseinblender einer achtstündigen Live-Kiste, und das war kein Honigschlecken! Auch wenn die Herren aus der Chefetage ihrem Job nicht gerade mit Achtung begegneten, wusste sie, dass sie überaus konzentriert zur Sache gehen musste. Es war an ihr, innert Sekunden den richtigen Namenseinblender parat zu machen, ihn im gewünschten Moment freizuschalten. Sie hatte die Grafiken auf Rechtschreibfehler zu kontrollieren und durfte sich keine Namensverwechslung leisten. Denn nichts fiel mehr auf als ein falscher Name. Dann schrien alle auf. Speziell die Produzenten, die in allen anderen Lebenslagen Tomaten auf den Augen hatten und kaum eine brauchbare Idee lieferten, reagierten bei den Fehlern der anderen, als wäre die Welt am Untergehen. Aus diesem Grund musste sie präzis, zuverlässig und konzentriert arbeiten. Immerhin wusste sie, dass Nico wohlauf war, und konnte sich daher einigermaßen entspannt ihrer heutigen Arbeit widmen.

Gestern war sie einem Roboter gleich durchs Studio gewankt, hatte nur noch wie ferngesteuert funktioniert, ihre Ängste heruntergeschluckt. Nur mit Sara konnte sie sich so einigermaßen austauschen. Jedoch bemerkte sie bald, dass bei ihr nicht viel Trost zu holen war. Im Gegenteil: Sie musste die junge Frau stützen und aufmuntern, da diese sonst zusammengebrochen wäre.

Im Laufe des Tages hatte sie sich Hunderte Male den Kopf zerbrochen, was wohl diesem armen Trümpi passiert war, nachdem sie ihn mitten in der Nacht erreicht hatte. Und was bedeuteten diese Geräusche, die dessen Keuchen begleitet hatten? Als sie einige Stunden später von einem unfreundlichen Polizisten zusammengestaucht worden war, diesen Vorfall nicht eher gemeldet zu haben, war sie am Boden zerstört gewesen und konnte sich nur langsam aufraffen, den Tag anzugehen. Dabei war sie ja nicht für die Fehlleistung der Polizei verantwortlich! Und während sie sich in diese Emotionen hineinsteigerte, bemerkte sie, wie sehr ihr doch in diesem Moment ihr Job zuwider war! Wie kotzte sie ihr

Chef an, der sich in seiner Selbstgefälligkeit suhlte und den großen Zampano mimte! Und wie idiotisch fand sie das ganze Getue um diese Schönredner, die sich in irgendein nationales Amt wählen lassen wollten, dabei aber nur ihren eigenen Egotrip verfolgten und allzu selten das Wohl des Landes im Sinn hatten.

Alles, was sie wollte, war, mit diesem unvernünftigen und sturen Bock namens Nico zusammen sein, mit ihm das Leben teilen und eine schöne Zeit verbringen! Endlich das nachholen, was sie seit Jahrzehnten vermisste! Muße für alles haben, was so lang zu kurz gekommen war. Wie ein Blitzschlag fiel ihr die Szene eines ihrer Lieblingsfilme ein: African Queen. Katharine Hepburn und Humphrey Bogart steckten mit ihrem Schiff in unendlich scheinenden Sümpfen fest und mussten sich mühsam einen Weg bahnen. Sie hatten bereits alle Hoffnung auf das Erreichen des offenen Wassers aufgegeben und waren verzweifelt und ermattet eingeschlafen. Die Ausweglosigkeit hing wie ein Todesurteil über den beiden. Da schwenkte die Kamera langsam nach oben und gab den Blick in die Ferne frei, der zeigte, dass nur noch wenige Meter bis zum See fehlten, in den sie ein nächtlicher Regen hinaustragen würde. Genau diese Bilder im Kopf lösten einen Ruck in Hanni aus. Sie riss sich zusammen und funktionierte, wissend, dass das Ende des Sumpfes bald erreicht war.

Sie kam an diesem Sonntag um elf Uhr ins TV-Areal. Nachdem sie mehrere Polizeipatrouillen passiert hatte, musste sie an der Schranke den Sicherheitsleuten ihren Ausweis zeigen, ehe sie zum Parkplatz fahren durfte. Wohl ein bisschen übertrieben, wie sie fand. Aber sie schickte sich drein, stellte ihren Smart auf eine der kleinen Parkflächen und ging ins Studio hinüber. Dort angekommen, blickte sie in die Weite des Raumes. Sie kannte praktisch alle Techniker beim Vornamen, ebenso die Kolleginnen und Kollegen von den Programmen. Sie grüßte zwar alle, aber war für einmal kurz angebunden und ließ sich in kein Gespräch verwickeln. Denn sie suchte eine ganz bestimmte Person. Nach einigen Minuten fand sie sie endlich: Sara. Für Außenstehende war es schlicht unverständlich, warum sich die beiden Frauen derart innig in die Arme fielen, ihren Emotionen freien Lauf ließen, und was sie sich während Minuten mit ausladender Gestik zu erzählen hatten. Doch keiner wunderte sich wirklich, sondern ging seinen Beschäftigungen nach. Für die beiden Frauen indes vervollständigte sich ein Bild, das die schlimmsten Stunden ihres Lebens umfasste. Immerhin war die ganze Geschichte zu einem Happy End gekommen. Nun konnte bald wieder der Alltag Einzug halten.

Als Hanni den Regieraum betrat, herrschte schon reges Treiben. Der Kamerachef hatte eben die Bilder der Kameras auf den Monitoren verglichen und sein Okay gegeben. Der Tonmeister checkte auf seinem Mischpult nochmals alle Linien durch, und die Bildmischerin schäkerte mit dem gut aussehenden Bildtechniker, der die Einspieler verwaltete. Derweil diskutierte der Senior Produzent mit dem Regisseur über die letzten noch unklaren Details ihres Ablaufs, als hätten sie noch alle Zeit der Welt.

Hanni schritt beschwingt zu ihrem Computer und loggte sich ein. Während die Maschine hochfuhr, begrüßte sie ihre Kolleginnen und Kollegen, machte hier einen Scherz und wünschte da viel Glück. Augenscheinlich freuten sich alle über Hannis frohes und waches Antlitz, zumal sie am Vortag sehr bedrückt gewirkt hatte. Nach ein paar kurzen, oberflächlichen Schwätzereien verwandelte sie sich wieder in die hochkonzentrierte Produktionsassistentin, wie sie alle kannten und schätzten. Wenige Minuten später war auch sie für die Sendung parat. Sie kontrollierte nochmals die endlos lange Liste der Namenseinblender und prüfte, ob sie auf dem Linienbildschirm erschienen. Je näher die Uhr auf 13.00 Uhr vorrückte, desto nervöser und konzentrierter wurde die Stimmung. Auch im Studio unten stieg die Anspannung. Es glich fast einer Erlösung, als das Signet pünktlich die Sendung eröffnete.

KAPITEL 53

Punkt neun Uhr hatten im ganzen Land die Wahllokale geöffnet. Unter einem azurblauen Himmel, der einen Prachttag erwarten ließ, strömten Tausende Wahlberechtigte zu den Urnen. Viele Menschen, speziell die älteren, zogen die persönliche Stimmabgabe nach wie vor der brieflichen oder elektronischen vor. Landauf, landab bildeten sich deshalb Gruppen vor den Gemeindehäusern, und man diskutierte, gestikulierte und politisierte. Es war der Teil der direkten Demokratie, der trotz der Verhärtung der politischen Fronten ein gewisses Maß an Fairness konserviert hatte. Hier verfolgte man zwar mit Interesse den Wahlausgang, aber behielt dennoch einen gewissen Respekt gegenüber Andersdenkenden, ging zum Teil gemeinsam zum Frühschoppen oder in die Kirche. Wieder andere kehrten heim, um den fast zur Religion erhobenen Brunch in Angriff zu nehmen oder fuhren in die Berge. Es war ein Sonntag wie aus dem Bilderbuch, und keiner hätte angesichts des Wetters eine Sturmfront erwartet. Wo sollte sie auch herkommen? Allenthalben breitete sich eine heitere Stimmung aus, welche nach und nach das ganze Land erfasste.

Für die Politiker freilich ging es heute um viel. Sie waren trotz gegenteiliger Beteuerung nervös, sehnten die ersten Hochrechnungen herbei und gönnten sich in den Reihen ihrer Parteigenossen ein paar Minuten Entspannung. Von Genf bis Rorschach, von Basel bis Chiasso schlug die Spannung im gleichen Takt. Jeder Kandidat, der erstmals einen National- oder Ständeratssitz anstrebte, fragte sich, was eine allfällige Wahl bedeutete, und er legte sich insgeheim bereits ein paar Sätze für den Fall zurecht, interviewt zu werden. Auf der anderen Seite überlegten sich jene, die bereits als Kantonsvertreter in Bern agiert hatten, was eine Abwahl heißen würde, und wie sie ihr Versagen rechtfertigen könnten. All das zerrte am Nervenkostüm, aber keiner wollte dies zugeben. Man musste staatsmännisch wirken – auch als Frau. Das war die halbe Miete. Nicht so kurz vor dem Finale einbrechen. Jetzt erst recht zeigen, aus welchem Holz man geschnitzt war. So lauteten die Glaubensgrundsätze, die sich die Kandidaten im Inneren mantraartig vorbeteten, und die sie von ihren Beratern eingetrichtert bekommen hatten. Und half die Autosuggestion doch nicht, dann wirkte vielleicht ein Glas Wein Wunder. Nicht wenige wurden tatsächlich nach dem zweiten Glas Chasselas oder Müller-Thurgau ruhiger und zitterten nicht mehr wie Espenlaub. Dafür mussten sie nun auf der Hut sein, dass ihnen die Zunge nicht davongaloppierte.

Um 13.00 Uhr liefen in allen kantonalen Wahlzentren und in unzähligen Haushalten die Fernsehapparate. Eine abstrakte Melodie auf monotonem Beat, von hastig unterschnittenen Impressionen aus dem Schweizerland begleitet, kündigte den Beginn der achtstündigen Sondersendung an. Dann folgte ein Flug mit der Spidercam durch die Weite des bereits gut gefüllten Studios 1 und landete bei einem strahlenden Max Bertschi, der das versammelte Fernsehvolk mit Pathos begrüßte. Mit jeder Faser spürte der Moderator, wie er in diesem Moment zum Nabel der Welt wurde. Eine Woge des Stolzes durchfloss ihn, doch er hatte sich im Griff, warf all seine Routine in die Waagschale und wirkte alles andere als nervös. Im Gegenteil! Er gab den souveränen Anchorman, begrüßte gleichsam die ganze Schweiz bei sich in der Stube, als wäre er ihr exklusiver Gastgeber. Er wollte jede Sekunde seines Auftritts genießen und strahlte mit den Scheinwerfern um die Wette.

Selbst Sonia Arnold, die am Rande des Studios stand und das Ganze aus der Ferne verfolgte, war erstaunt, wie präsent Bertschi wirkte. War er schon in der Probe hochprofessionell gewesen, so verstand er es nun, sich erneut zu steigern. Er spielte den Talkmaster so gekonnt, dass die anderen TV-Kolleginnen und Kollegen in ihren Schaltungen wie Schulkinder aussahen. Selbst Programmleiter Imgrüt und Direktor Zahner, welche die Sendung von der großen Regie aus mitverfolgten und die Bilder von zwei Dutzend Kameras auf den Bildschirmen vor sich sahen, waren beeindruckt. Bertschi war wie ein Magnet und zog alle Blicke auf sich. Während Zahner dieses Phänomen begeistert kommentierte, fragte sich Imgrüt leicht verstimmt, wie das der alte Fernsehfuchs schaffte. Aber letztlich blieb ihm nichts anderes übrig, als sich über den gelungenen Start der Live-Kiste zu freuen, zumal auch die Schaltungen bislang ohne Probleme über die Bühne gegangen waren. Nach etwas mehr als einer halben Stunde verließen die beiden die Regie und begaben sich ins Hochhaus, wo sie zusammen mit geladenen VIPs die weitere Sendung verfolgen wollten.

Um 14.00 Uhr gab Bertschi etwas widerwillig zum Hochrechnungszentrum hinüber, und ein smarter, junger Moderator in schwarzem Anzug übernahm für die kommenden Minuten das Zepter. Bertschi nutzte die Pause und bahnte sich einen Weg zu Sonia. Als lägen sie für ihn bereit, holte er sich bei ihr und anderen Zaungästen die Komplimente, die er wie die Luft zum Atmen brauchte. Er lächelte und scherzte, aber spürte tief in seinem Inneren den Ärger, dass sich nun andere Akteure in der Gunst des Publikums sonnen durften. Zwar waren es nur 30 Minuten, die er vom Bildschirm verbannt war, dennoch, so gab er Sonia unumwunden zu, hätte er gern alles selber moderiert. Das wäre auch möglich gewesen, sagte er mit Inbrunst, doch Imgrüt wollte ihm diesen Triumph nicht gönnen. Jener hatte darauf bestanden, dass mehrere Moderatoren durch den Wahltag führten. So auch dieser Bergmann, der jetzt dran und Bertschi ein Dorn im Auge war.

»Komm, wir gehen was trinken«, sagte Max deshalb in einem Ton, als interessierte ihn dieser Jungspund überhaupt nicht. Sonia trabte willig hinter ihm her, weil er ihr eine bequeme Gasse durchs Gedränge bahnte. Sie dachte, sie gingen zu einem der Buffets in der Lounge. Umso überraschter war sie, als er plötzlich in einen Seitengang abbog und sie wenig später in seine Einzelgarderobe schob. Der Raum, der einem Standardzimmer eines Dreistern-Hotels ähnelte, war dezent abgedunkelt. In der Ecke flimmerte ein Fernseher mit dem Konterfei Bergmanns. Auf einem Sideboard stand eine Schale mit Früchten und Sandwiches. Daneben wartete eine Flasche Champagner in einem Eiskübel auf ihren Einsatz. Dieser Zeitpunkt war anscheinend noch nicht gekommen, wie Sonia erleichtert zur Kenntnis nahm, denn Bertschi bot ihr Mineralwasser an. Sie trank einen Schluck und war froh, dass er nicht gleich Anstalten machte, über sie herzufallen. Er steckte augenscheinlich noch zu sehr bei der eitlen Selbstanalyse seines Auftritts. Dann griff er nach der Fernbedienung und erhöhte den Lautstärkepegel des Programms. Mit verfinstertem Blick verfolgte er jede Bewegung seines jungen Kontrahenten.

»Der hat ja keine Ahnung von Interviewtechnik!«, schrie er. »Der stellt ja nur geschlossene Fragen, dieser Trottel! Wie soll sich da sein Gast öffnen können, wenn er nur mit Ja oder Nein antworten kann?«

Sonia fand den jungen Mann im Gegensatz zum tobenden Bertschi sehr charmant und keineswegs unfähig, ein spannendes Gespräch zu leiten. Aber sie sagte nichts, sondern bat, die Toilette benützen zu dürfen. Bertschi nickte geistesabwesend.

Das WC war zu Sonias Überraschung mehr ein Badezimmer und wies auch eine geräumige Dusche auf. Auf dem Holztablett über dem Lavabo* hatte Max sein Necessaire abgestellt. Daneben lag ein Rasierapparat samt Aftershave. Sonia blickte in den Spiegel, zupfte ihre Haare zurecht, als ihr Handy ertönte. Ein SMS war auf dem Display erschienen. Es kam von Alain, der meldete, dass sie um 14.30 Uhr beim Seiteneingang warten würden.

Das haben wir ja so abgemacht, dachte sie ärgerlich, warum also meinte er, sie daran erinnern zu müssen?

Sie spürte, wie sie zornig wurde. Schon wiederholt nervte er sie mit seinem Kontrollzwang, als würde er ihr nicht trauen. Sie hasste es, wie ein Kind behandelt zu werden, und versuchte, den Ärger wieder loszuwerden, indem sie tief durchatmete. Bei dieser Gelegenheit erspähte sie am Hinterkopf eine Haarsträhne, die sich gegen die Schwerkraft stemmte, was ihr gar nicht passte.

Sie griff nach dem Kamm, der aus Bertschis Kulturbeutel ragte, um sich die Haare zu richten. Doch bevor sie ihn rich-

---

* Lavabo: Waschbecken

tig in der Hand hatte, kippte das Necessaire um und fiel zu Boden. Der Inhalt verteilte sich über die Fliesen.

Sonia hätte aufschreien können, doch dann erblickte sie ein kleines Briefchen mit einem weißen Pulver.

Hier schlummert also das Geheimnis seiner Präsenz, dachte sie, Bertschi ist ein Kokser!

In dem Moment klopfte es an die Tür: »Hast du Wurzeln geschlagen? Ich muss mich für den Auftritt frisch machen!«

»Entschuldige«, antwortete sie und musste angesichts Max' Wortwahl schmunzeln, »bin gleich fertig!«

KAPITEL 54

Das Handy in Ebnöthers Tasche vibrierte. Er nahm es hervor und blickte auf das Display. Es war 14.20 Uhr. Er nickte. »Okay, Jungs, es geht los. Countdown minus zehn Minuten bis zur Bombenwarnung. Auf geht's!«

Rund 20 Männer, die in dunkelblauen Kampfanzügen steckten und wie Zürcher Polizisten aussahen, Helme trugen und ihre Gesichter mit hauchdünnen Stoffmasken verdeckt hatten, erhoben sich blitzschnell, griffen nach ihren Maschinenpistolen und gingen lautlos zum Ausgang des unterirdischen Raums. Sie waren nun schon seit bald zehn Stunden hier, hatten auf dem kalten Boden des Kabellagers ausgeharrt. Einige konnten die Zeit nutzen und schliefen ein wenig, andere waren zu nervös, um ein Auge zuzubringen. Denn für die meisten war es seit dem Militärdienst der erste richtige Einsatz. Und diesmal war es keine Übung, sondern es galt ernst.

Lukas Ebnöther war äußerlich ruhig, doch er spürte ein flaues Gefühl im Magen. Dabei hatte er vor wenigen Minuten ein Stück Schokolade und eine Banane gegessen. Langsam öffnete er die schwere Tür des Kabellagers und horchte nach draußen. Es war ruhig – so wie immer. Wie ein Rudel lautloser Wölfe schlichen die Männer hinter ihrem Anführer zur nüchternen Betontreppe. Sie waren auf dem Weg nach oben, als sich im zweiten Stock eine Tür öffnete. Gesprächsfetzen drangen nach unten, ebenso Geräusche von Schritten, gefolgt von einem hellen Lachen.

Ein Mann und eine Frau, ging es Lukas durch den Kopf. Wenn die jetzt runter kommen, müssen wir sie aus dem Verkehr ziehen. Ihm stockte der Atem, und er griff nach dem Betäubungsspray in seiner Jackentasche. Doch dann hörte er erneut das Quietschen einer sich öffnenden Tür. Der Lärm erstarb augenblicklich.

»Jetzt!«

Im Laufschritt erklomm die Gruppe den zweiten Stock. Ebnöther stieß die Tür auf und trat in einen Vorraum, der zu einer hölzernen Brücke führte, welche den Leutschenbach überquerte und dieses Gebäude mit dem Studiotrakt verband. Alles war ruhig.

Schnell gab er ein Zeichen, und die Männer verschwanden in einem daneben liegenden Büro, das den Blick aufs Fernsehareal freigab. Draußen vor den Eingängen war ein reges Kommen und Gehen. Mehrere Dutzend Menschen standen herum, schienen zu warten, telefonierten oder rauchten. Links und rechts von den Eingängen hatten sich uniformierte Beamte positioniert, die jeden kontrollierten, der hinein wollte. Sie machten nicht den Anschein, als würden sie nur zum Spaß dort stehen.

»Erstaunlich viele Bullen«, meinte Ebnöther, »aber das kann uns nur recht sein. Das vereinfacht unseren Auftritt!«

Auf der anderen Seite des Leutschenbachs befand sich das gläserne Büro des Sicherheitsdienstes. Drei Männer saßen da und starrten auf Bildschirme. In dem Moment ging die Tür auf, und mehrere uniformierte Personen traten ein. Einer schien etwas zu erklären, sodass sich die anderen erhoben. Gemeinsam verließen sie in Eile das Büro.

»So, der Major hat die Lunte gezündet! Ab jetzt gibt es kein Zurück mehr!«, kommentierte Ebnöther das Gesehene. Die jungen Männer spürten die Mystik des Moments. »Zug Winkelried wird in diesem Moment das Areal von der Ostseite her einnehmen. In Kürze wird Zug Stauffacher* mit den Bussen vor Ort sein. Jetzt sind wir dran! Zug Tellgeschoss mir nach!«

Der Trupp folgte Ebnöther zur Glastür, welche den Weg auf die Holzbrücke freigab. Siegesgewiss hielt er den Badge an die Tür, doch nichts regte sich. Die Tür blieb verschlossen.

Das darf doch nicht wahr sein, dachte er und machte einen zweiten Versuch, doch die Glasschiebetür blieb verschlossen. Anscheinend hatte man die Automatik stillgelegt.

»Ebinger!«, befahl der Anführer, »Aufmachen!«

Der Aufgerufene holte einen Geißfuß aus seinem Rucksack und stemmte die Tür ohne Probleme auseinander.

Wieder vibrierte Ebnöthers Handy: ein weiteres SMS von Hauri, wie er erstaunt registrierte. Er las es durch und stutzte. Wieso befahl der Major, mit voller Härte zuzuschlagen und

---

* Stauffacher: Schwyzer Geschlecht im 13. und 14. Jh., das sich gegen die Habsburger auflehnte und in der Tellgeschichte zu nationalem Ruhm kam.

aus dem Leutschenbach ein Schlachtfeld zu machen? Und was meinte er mit den Worten: Ihr seid auf euch allein gestellt?

Offenbar, so reimte sich der Anführer zusammen, war irgendetwas schief gelaufen. Auf die fragenden Blicke seiner Männer hin meinte er jedoch: »Der Major wünscht uns Glück und Standhaftigkeit. Machen wir ihn stolz!«

Die anderen nickten und folgten ihrem Zugführer über die Passerelle.

Im Laufschritt erreichten sie das Treppenhaus im Studiotrakt und erklommen den dritten Stock.

Da sie sicher sein konnten, dass mittlerweile die Botschaft der Bombendrohung bei den Verantwortlichen angekommen war und es daher nicht verwunderte, wenn Polizisten durchs Haus stürmten, rannten sie weiter und scherten sich nicht um allfällige Augenzeugen. Sie wussten, wo sie hin wollten und waren nach wenigen Minuten vor Ort. Mit Leichtigkeit überrumpelten sie die beiden Türwächter, die den Eingang zur Regie bewachten. Dann riss Ebnöther die Tür auf und drang mit der MP in der Hand ein: »Hände hoch, und keinen Scheiß!«

Er ging zum Techniker und gab ihm eine DVD. »Die spielst du auf mein Zeichen ein! Und ich rate euch, schön brav weiterzusenden. Meine Leute haben auch das Sendezentrum besetzt, und wenn ihr die Leitung kappt, seid ihr tot!«

KAPITEL 55

14.30 Uhr. Sonia öffnete den metallenen Seiteneingang von innen und klemmte ein Stück Holz in die Tür, sodass sie nicht mehr zuschnappen konnte. Sie drehte sich um und eilte zurück zum Studio. Beim Eingang hielt sie den Badge an den Leser, sodass sich die Einfahrt zur Schreinerei wie von Geisterhand öffnete.

Die mächtigen Teile der Glastür schoben sich wie eine Ziehharmonika ineinander und gaben den Weg zu den Studios frei. Sonia blickte zurück. Neun Gestalten traten zu ihr. Sie sahen aus wie Leute vom Fernsehen – oder besser so, wie Laien sich vorstellten, dass diese aussehen würden. Zuvorderst war Alain, der ein Stativ geschultert hatte. Sven und Andi trugen je eine Kamera. Dago hatte einen Ton-Mischer umgehängt, und Matthis hielt eine lange Mikrostange, an deren Ende ein zotteliger Windschutz prangte. Mira und Agatha waren im Vergleich zu ihrer normalen Kleiderwahl, die sich fast ausschließlich auf die Farbe Schwarz beschränkte, für einmal modisch bunt gekleidet. Sie trugen schwarze Perücken und imitierten augenscheinlich Journalistinnen eines Regionalsenders. Als Krönung ihres Auftritts hatte man sie mit Mikrofonen ausgerüstet, als müssten sie jederzeit für ein Promiinterview bereit sein.

Aus denen könnte man glatt gut aussehende Frauen machen, dachte Sonia und verkniff sich angesichts des Auftritts ihrer Kollegen ein Lächeln. Vladimir, der Ukrainer, sah nach wie vor wie ein gestrandeter Student aus. Seine Augen glichen durchgeknallten Sicherungen: Er trug einen Kopfhörer um den Hals und machte wohl den Regisseur. Renzo schleppte einen Monitor aus den Neunzigerjahren mit, als gehörte der zur Standardausrüstung.

Sonia wusste plötzlich nicht mehr, ob diese Aktion eine gute Idee war. Gäbe es keine anderen Möglichkeiten, um sich politisches Gehör zu verschaffen, als diese alberne Manifestation? Zweifel überrollten sie, dabei war sie es selbst gewesen, die den Vorschlag gemacht hatte. Die Jungs waren schnell überredet gewesen, die Frauen brauchten länger. Speziell, als sie die Details geschildert bekamen.

Sonia wollte die Wirkung der Massenmedien ad absurdum führen, indem sie sie für ihre Zwecke ausnützte. Und hierfür brauchte es eine gute Portion Provokation und das perfekte Timing.

Damit wollte sie an legendäre Aktionen aus den Achtzigerjahren anknüpfen, als eine Handvoll junger Leute das Tagesschau-Studio eingenommen und ihre Parolen skandiert hatte. Ihr Großvater war damals hell begeistert gewesen und freute sich wie ein Schneekönig über diese gelungene Aktion. Heute sollte die Geschichte des kreativen Protests weitergeschrieben und für mehr Gerechtigkeit demonstriert werden. Indem sie die nackte Wahrheit verkündeten und damit ein Zeichen gegen den verlogenen Politfilz setzten, würden sie für Schlagzeilen sorgen. Das war sicher!

Dennoch fühlte Sonia plötzlich Übelkeit aufsteigen. Am liebsten wäre sie nach Hause gegangen, hätte sich ins Bett gelegt und die Decke über den Kopf gezogen. Doch die anderen waren anscheinend draufgängerischer und schoben sich gleichsam an der Eingangskontrolle vorbei, die dem Trüppchen ihre Verkleidung erstaunlicherweise abnahm. Kaum waren sie im Studio, schaffte es Sonia wieder, die Führungsrolle zu übernehmen. Sie marschierten im Gänsemarsch hinter einem meterhohen, schwarzen Vorhang zu einem Seitenräumchen hindurch, das als Lager für die großen Pumpstative der Kameras diente. Zurzeit war der Raum leer. Sonia hatte ihn bei den gestrigen Proben zufällig entdeckt und gesehen, dass hier nur selten jemand hereinkam.

Im Zentrum des Studios war Max Bertschi gerade daran, die Gäste der sogenannten Elefantenrunde vorzustellen. Es waren die Männer, die derzeit den sieben großen Parteien vorstanden, und es ging um die ersten nationalen Hochrechnungen, die in Kürze folgen sollten. So, wie es den Anschein machte, hatten die bürgerlichen Kräfte trotz Listenverbindung mit den Grünen und den Grünliberalen an Stimmen verloren, während die Linken und Rechten halbwegs ungeschoren davonkamen. Bertschi eröffnete eben den ersten Teil der Analyse und erklärte den momentanen Stand der Stimmauszählung, als Sonia aus dem Augenwinkel heraus sah, dass sich Alain und die anderen ihrer Requisiten entledigt und bis auf die Unterhosen ausgezogen hatten. Aus einem mitgebrachten Rucksack nahmen sie venezianische Karnevalsmasken und verteilten sie. Mira und Agatha, die ebenfalls nur noch ein Höschen trugen, bemalten sich die Lippen mit einem auffälligen Rot. Die Blöße ihrer Brüste hatten sie durch einen Streifen schwarzen Klebebands kaschiert. Im Grunde sah man nicht mehr als in jeder Badeanstalt, dachte Sonia, dennoch wirkten die Frauen mit ihren Pierrotmasken frivol, glichen Burlesk-Tänzerinnen. Derweil rollten die Jungs rote Stoffe aus und befestigten sie wie Fahnen auf Bambusstecken, die in der Mikrostange versteckt gewesen waren.

Sonia musste sich beeilen. Mit einem Seufzer und unter einem aufmunternden Lächeln von Alain fuhr sie aus ihrem Kleid und stülpte sich eine Maske mit Stupsnase übers Gesicht. Den BH wollte sie zuerst anbehalten. Als sie jedoch bemerkte, dass drei der Jungs bereits ganz nackt waren und anscheinend so auftreten wollten, streifte sie ihn ab. Dann kam Mira und überklebte die Nippel mit breitem Klebeband und färbte

Sonias Lippen ebenfalls scharlachrot. Sodann schrieb sie über Brust und Bauch denselben Spruch, den sie schon bei Agatha aufgemalt hatte: »Lieber nackt als korrupt!«

Dann waren sie parat. Sonia musste nochmals durchatmen. Sie spürte ihren rasenden Puls und eine Hitzewelle, die durch den Körper schwappte. Sie warf einen Blick zu den anderen, die wie gelähmt dastanden und ebenfalls zitterten. Sonia hatte Angst, dass ihre Beine ihren Dienst versagten, dennoch rief sie: »Es gibt kein Zurück mehr! Lang lebe die Gerechtigkeit!« Damit setzte sie das Signal zum Start. Als wäre der Teufel hinter ihnen her, rannten sie mitten zwischen den Pulk der Kameras. Sie umringten die sogenannte Elefantenrunde, führten einen regelrechten Indianertanz auf und skandierten ihre Parolen: »Nieder mit dem Kapital!«, lautete einer der Sprüche, »Gerechtigkeit für die Unterdrückten!«, ein anderer. Mit den roten Fahnen, auf denen ein weißes Anarchismus-Zeichen anstelle des weißen Kreuzes prangte, ähnelten sie entfernt den Fahnenschwingern bei Jodelfesten. Und rein farblich wie auftrittstechnisch stimmte die Wirkung, wie Sonia merkte. Wohl niemand konnte seine Augen vom Spektakel lösen. Dafür wurde zu viel nackte Haut geboten. Nicht ohne Stolz spürte Sonia, dass sie mehr erreicht hatten, als sie zu träumen wagten. Mit Sicherheit schafften sie es mit ihrem Umzug in alle Nachrichtensendungen und auf jede Frontseite der morgigen Tageszeitungen. Vielleicht sogar rund um die Welt!

Weil niemand dem Treiben Einhalt gebot, selbst Bertschi und die Parteipräsidenten nur verdutzt zuschauten, setzten Sonia und die beiden anderen Frauen noch einen drauf. Sie hockten sich auf den Schoß der Männer und starteten regelrechte Kussattacken. Bald waren jene von roten Abdrücken übersät, auch wenn sie sich zu wehren versuchten.

Nach einigen Augenblicken sah sich Max Bertschi dann

doch veranlasst, einzuschreiten. Er wollte sich eben erheben, um den FDP-Präsidenten* von Mira zu befreien, als er aus der Regie eine Botschaft vernahm, die ihn noch ratloser machte. Auch die Aufnahmeleiter, die in der Zwischenzeit zur Stelle waren und für Ordnung sorgen wollten, machten große Augen und blickten sich fragend um. Alle hatten die Anweisungen aus der Regie mitbekommen, auch die Kameraleute, die nach wie vor weiterfilmten. Minutenlang wurde ein überaus seltsames Gesamtbild in die Schweiz hinausgesendet. Während sieben mehr oder weniger nackte Karnevalsfiguren wie Indianer um eine Talkrunde tanzten und Parolen skandierten, küssten drei barbusige Frauen mehrere Parteipräsidenten ab, sodass diese bald wie Clowns aussahen. Und mitten drin war ein Moderator zur Salzsäure erstarrt. Und als wäre das noch nicht genug, bahnte sich im gleichen Moment ein Dutzend schwerbewaffneter Männer einen Weg durchs Studio, die zwar aussahen wie Polizisten, aber die Situation keineswegs aufhoben oder ordneten. Ganz im Gegenteil umstellten sie die ganze Runde und brachten das Tohuwabohu zum Höhepunkt, indem sie wild in die Luft ballerten und einen Regen von Glassplittern auslösten.

Mit einem Mal war es mucksmäuschenstill. Fragende Blicke machten die Runde. Angst kroch in die Gesichter der Anwesenden. Selbst die zuvor frivol anmutende Gruppe um Sonia wirkte überrumpelt und zuckte wie alle anderen zusammen, als auf den Monitoren das Konterfei eines Mannes erschien, der in breitem Seeländer Dialekt seine Stimme erhob:

»Schweizer Bürger, Brüder und Schwestern!«, erklang es über alle Kanäle. »Heute ist der Tag gekommen, an dem unser Vaterland von den Machenschaften linksbürgerlicher Verräter

* FDP: Freisinnig-Demokratische Partei

befreit wird! Heute, am 500. Jahrestag des heiligen Kampfes bei Marignano, ist endlich die Abrechnung fällig, die mit all diesen Altlasten aufräumt! Die jetzigen Machthaber haben allesamt versagt und sich fremden Vögten an den Hals geworfen, haben die Ideen der Schweiz verraten und sie beinahe ins Verderben gestürzt! Unser Gelobtes Land war nahe am Abgrund, doch nun naht Rettung! Heute bricht ein neues Zeitalter an! Die Autoritäten dieses Staates, die weise genug sind, dem Unausweichlichen Folgschaft zu leisten, werden mithelfen, das Land zu befreien und damit zu reinigen! Und zum Zeichen unserer Entschlossenheit und unseres Sieges werden wir dieses Sodom und Gomorra ausmisten und in die Luft sprengen. In Kürze wird eine Bombe das Zentrum der falschen Gesinnung in Schutt und Asche legen!«

KAPITEL 56

Martellis Haut war aschgrau. Wieder lag eine Nacht hinter ihm, in der er kaum geschlafen hatte. Wenigstens hatte sich das Blatt zu ihren Gunsten gewendet. So dachte er bis vor Kurzem. Doch nun war wieder alles anders.

Zusammen mit Zahner und zwei Dutzend Funktionären der Schweizer Medien Gesellschaft, von denen die meisten, wie man ihm beschied, irgendeine Chefposition bekleideten, weilte er im 12. Stock des Hochhauses und blickte auf den überdimensionalen Bildschirm. Um ihn herum hatte noch vor wenigen Minuten eine lockere Stimmung geherrscht, wurde am Buffet genascht und die Getränkebar frequentiert, nun herrschte Totenstille.

»Ist das geplant?«, war das Einzige, das der Beamte fragend in die Runde werfen konnte.

Imgrüt, der neben Zahner saß, war aus seinem Stuhl aufgeschreckt und rieb sich verdutzt die Augen. Vor wenigen Momenten hatte eine Horde Halbnackter die Talkrunde der Parteipräsidenten zu einem Tollhaus gemacht, und nun standen schwerbewaffnete Polizisten im Studio und ballerten wild in die Luft. Was dann kam, trieb dem Journalisten die Zornesröte ins Gesicht. Während die Botschaft des Alt-Nationalrats Kappeler ausgestrahlt wurde, schrie er nur noch ins Telefon: »Abschalten, abschalten!« Doch die Antwort, die er bekam, war nicht die erwartete. Eine weibliche Stimme erklärte in erstaunlich gefasstem Ton, dass die Hauptregie von schwer bewaffneten Polizisten eingenommen worden und in deren Hand sei. Ebenso das Sendezentrum. Wenn sie nicht weiter sendeten, drohe ein Blutbad.

»Polizisten? Das sind nie und nimmer Polizisten«, wehrte sich Martelli, als er von Imgrüt informiert wurde. Sogleich griff er nach seinem Handy und telefonierte mit dem Chef der Stadtpolizei, der ebenfalls ratlos wirkte. Mit vielem hatten sie gerechnet, aber nicht mit dieser Wendung. Die Angreifer, die das Fernsehareal von Osten her einnehmen wollten, waren allesamt gefasst, entwaffnet und in die Hauptwache überführt worden. Ebenso hatte man die Fahrer der Busse aus dem Verkehr gezogen. Die Festung auf dem Gotthard war bereits am Mittag eingenommen und die Gefangenen befreit worden. Doch nun das! Martelli, der in der Hierarchie keineswegs höher als der Chef der Stadtpolizei stand, beendete das Gespräch dennoch mit einem klaren Befehl: »Evakuiert sofort alle Sektoren rund um das Studio 1. Umstellt die Regie und alle Eingänge und verlegt euer Kommando umgehend in den 12. Stock!«

Direktor Zahner glaubte, in einem Albtraum zu stecken. Noch vor wenigen Minuten hatte er sich über die Befreiung der beiden entführten Journalisten informieren lassen. Ebenso die heroische Tat vernommen, wie der Zürcher Polizist Jean-Jacques Trümpi zusammen mit den Kräften der Urner Kantonspolizei die Festung des psychopathischen Alt-Nationalrats Kappeler gestürmt und das Nest der Staatsverräter ausgeräuchert hatte. Doch nun wurde klar, dass ihnen ein Haupt der vielköpfigen Hydra entkommen war. Da operierte immer noch eine autonome Gruppe und sorgte für einen bodenlosen Skandal. So stellte sich Zahner den Supergau vor.

»Ja leben wir denn in einer Bananenrepublik?«, schrie er verzweifelt in die Runde. »Da sind Hunderte von Polizisten auf unserem Areal, und dennoch passiert so etwas!«

Martelli, der mittlerweile mit seiner Chefin in Kontakt getreten war und von ihr den ultimativen Befehl erhalten hatte, alles in die Wege zu leiten, um diesem Chaos ein Ende zu setzen, spürte eine Hitzewallung. Im Moment wusste er nicht, wie er vorgehen sollte. Außerdem musste er erst herausfinden, wie ernst es die falschen Polizisten meinten, die das Studio 1 eingenommen hatten.

Auf dem Bildschirm wurden weiterhin die Bilder aus dem Zentrum der Wahlsendung ins Land und in die Welt ausgestrahlt. Es war nur eine Frage von wenigen Minuten, bis von Amerika bis China sämtliche Sender auf diese Story aufspringen würden. Angesichts der heiß laufenden Telefone rundherum war der Funke anscheinend schon übergesprungen, denn man hörte bereits Sätze in allen möglichen Sprachen.

Derweil betrachtete Martelli das Fernsehbild genauer.

Neben den beiden spärlich bekleideten Frauen, die sich mittlerweile die Masken abgestreift hatten und merkwürdig deplatziert wirkten, saß ein sichtlich verstörter Moderator auf dem Boden und hielt sich die Hände über den Kopf. Rechts daneben hockten zwei Parteichefs, die trotz der roten Farbe im Gesicht leichenblass wirkten. Im Hintergrund sah man im Halbschatten mehrere Personen, die ebenfalls die Hände über dem Kopf verschränkt hatten. Angst spiegelte sich in den Gesichtern, was nicht verwunderte, schritten doch von Zeit zu Zeit bewaffnete Männer mit geladenen MPs an ihnen vorbei. Als hätte jemand den Ton abgedreht, war es beängstigend still. Die Szenerie wirkte wie aus einem dieser menschenverachtenden Machwerke Hollywood'scher Prägung.

Martelli spürte einen Stich in der Magengegend: wohl wieder das Geschwür, das aufbrach, wie er vermutete.

In diesem Moment öffnete sich der Lift. In Begleitung des Chefs der privaten Sicherheitsfirma trat der Einsatzleiter der Stadtpolizei in den Gang. Bereits wurden sie von einigen Kameraleuten und Fotografen erwartet. Das Blitzlichtgewitter sorgte für eine hektische Stimmung, dabei verließen nur zwei Männer den Lift und gingen zum Sitzungszimmer. Wie Martelli beiläufig zur Kenntnis nahm, sorgten einige Sicherheitskräfte dafür, dass sich die Paparazzi nicht gleich im ganzen Stock ausbreiten konnten.

Wenige Augenblicke später saßen sich ein Dutzend Menschen im großen Sitzungsraum gegenüber und machten ernste Gesichter. Als steckten sie alle in demselben Albtraum, blickten sie zu den Bildschirmen hinüber und hofften, dass irgendwer dieses Horrorszenario unterbrechen möge.

Vor Martelli stand das interne Telefon, daneben lag ein Notebook mit der Telefonliste auf dem Display.

Fast bedächtig wählte er die vierstellige Nummer, die ihn direkt mit dem Regieraum verband.

Nach dreimaligem Klingeln wurde abgenommen. Es meldete sich dieselbe Frau, die schon zuvor gesprochen hatte.

»Regie 1, Hanni Pulver am Apparat.«

Martelli stutzte einen Moment lang. Was machte die schon wieder im Auge des Sturms, fragte er sich unwillkürlich, doch er fasste sich schnell wieder:

»Hier spricht Severin Martelli, Einsatzleiter der Zürcher Kriminalpolizei. Ich wünsche den Anführer der Besetzer zu sprechen.«

Der Polizist hatte den Lautsprecher eingeschaltet, sodass alle mithören konnten. Vom anderen Ende der Leitung vernahm man nur undeutliches Getuschel. Allem Anschein nach hatte der Geiselnehmer noch nicht viel Lust, mit der Polizei zu sprechen. Einige Sekunden, die unendlich lang wirkten, gab das Telefon undefinierbare Geräusche von sich. Dann meldete sich ein Mann: »Ja?«

Martelli wunderte sich über die sanft klingende Stimme und wiederholte seine Vorstellung. »Sind Sie der Anführer dieser Einheit?«

Wieder dauerte es einige Zeit, bis eine Antwort kam.

»Hören Sie, wer ich bin, spielt keine Rolle. Aber ich weiß nur eines: In genau zwölf Minuten wird hier eine Bombe in die Luft gehen. Entweder Sie machen, was wir sagen, oder wir lassen alle verrecken!«

Martelli blickte in die Runde. Die Menschen um ihn herum hielten den Atem an. Es war still wie in einem Grab.

»Was wollen Sie?«, fragte er dann.

»Wo ist General Kappeler?«

»General? Sie müssen da was verwechseln. Die Schweiz hat seit dem Zweiten Weltkrieg keinen General mehr …«

»Keine scheiß Belehrungen!«, ertönte es von der anderen Seite. »Solang wir nichts von General Kappeler oder Major Hauri hören, warten wir!«

»Und die Bombe?« Martelli fragte gespielt naiv.

»Pech für die, die nicht rechtzeitig rauskommen!«

Nun wurde es Martelli zu bunt. Sein Ton verschärfte sich, was die anderen Anwesenden nicht gerade als taktisch geschickt bewerteten.

»Hören Sie, Ihre Bombe ist ein Bluff! Wir glauben Ihnen kein Wort!« Und mit einer nonchalanten Handbewegung legte er das Telefon auf. Entsetzen stand in den Gesichtern der Zuhörer. Speziell Zahner und Imgrüt blickten ihn entgeistert an. »Sind Sie wahnsinnig?«, entfuhr es dem Direktor. »Das sind Psychopathen, und woher wollen Sie wissen, dass die nicht wirklich eine Bombe …?«

Martelli lächelte und bückte sich. Aus einer Reisetasche, die neben ihm stand, nahm er ein würfelartiges Gebilde und stellte es auf den Tisch.

»Hier ist diese Bombe. Schon längst von unseren Sicherheitsleuten entschärft! Wäre sie hochgegangen, hätten Sie ein neues Studio bauen müssen. Doch nach aufwendiger Suche haben wir sie gestern Abend doch noch gefunden. Dieser Mann da unten weiß das allerdings noch nicht!«

Wie hypnotisiert wanderten alle Augen zum Bildschirm. War das Bild bis vor Kurzem noch unbeweglich, hatte es nun ein Kameramann geschafft, den Zoomknopf zu betätigen. Aus einer halbtotalen Einstellung wurde eine Totale. Plötzlich sah man einen weit größeren Ausschnitt aus dem Studio. Unzählige verängstigte Menschen verfolgten die Bewegung des Kidnappers, der quer durch das Studio eilte. Mehrere Bewaffnete in dunkelblauen Kampfanzügen schritten hinter ihm her.

Dies also war der Anführer: der große Kerl mit den geschorenen Haaren. Baldini, der neben seinem Chef stand, verwünschte in diesem Moment alle Radfahrer.

»Ah, er geht zum Podest, unter dem die Bombe deponiert war«, kommentierte Martelli derweil wie ein Sportreporter das Geschehen. »Nun werden nur noch Sekunden vergehen, bis er checkt, dass wir ihm einen Strich durch die Rechnung gemacht haben.«

»Und wie wird er reagieren?«, fragte Zahner bang. »Wenn der ein Blutbad anrichtet und wir das live übertragen müssen, dann stehe uns Gott bei …«

»Fällt auch nur ein Schuss, kappe ich das Signal«, rief Imgrüt trotzig.

»Gibt es eine Möglichkeit«, fragte nun Baldini, »die Sendung vom Sender zu nehmen, ohne dass er es merkt?«

Alle Augen richteten sich auf Studiochef Rizzo, der bisher stumm in einer Ecke gestanden hatte.

»In der Regie könnten wir ihm das vorgaukeln«, erklärte er mit leiser Stimme, »aber wenn er gleichzeitig auf einem Handy kontrolliert, was der Livestream überträgt, wäre das zu gefährlich.«

Dann zuckte Rizzo zusammen. Schnell trat er zum Fernsehgerät und blickte gebannt auf das Bild. Soeben war der Anführer wieder unter der Tribüne hervorgekommen.

»Den kenne ich! Das ist einer unserer Elektriker! Lukas Ebnöther heißt der! Das glaube ich ja nicht!«

Und tatsächlich schritt der Hüne auf die Kamera zu, die alles filmte. Er machte den Stinkefinger und ging aus dem Bild. Kurze Zeit später klingelte das Telefon vor Martelli.

»Sie finden sich wohl oberschlau!«, ertönte es von der anderen Seite. »Aber glauben Sie nicht, dass dies auch nur irgendetwas ändert. Wir haben die Menschen hier in der Hand und wir zögern nicht, einen nach dem anderen zu erschießen!«

»Hören Sie, Herr Ebnöther!« Martellis Stimme klang beschwörerisch und hatte offenbar Erfolg. »Bleiben wir doch vernünftig«.

Der Angesprochene schien angesichts seines Namens einen Moment lang verunsichert, doch er fing sich schnell wieder:

»Nachdem Sie nun wissen, wer ich bin, kann ich Ihnen versichern, dass Ihnen das nichts nützen wird! Wir sind zu allem bereit und haben nichts zu verlieren.«

»Was wollen Sie? Was sind Ihre Bedingungen?«

»Zuerst möchte ich mit General Kappeler oder Major Hauri sprechen. Dann geben wir die weiteren Bedingungen bekannt.«

»Das dürfte nicht ganz einfach werden«, antwortete Martelli bedächtig. »Hierfür brauchen wir ein wenig Zeit …«

»Ich gebe Ihnen 20 Minuten. Dann erschießen wir die erste Geisel vor laufender Kamera!«

Die Zuhörer erschraken ob Ebnöthers Stimme, die nur wenig Spielraum ließ.

KAPITEL 57

Martelli und seine Leute hatten sich in ein separates Sitzungszimmer zurückgezogen. Die Frist der 20 Minuten hing wie ein Damoklesschwert über ihnen. Telefonisch standen sie mit dem Urner Polizeikommandanten in Kontakt.

»Kappeler ist tot«, sagte dieser ohne Regung in der Stimme. »So eine Kleinkaliberwaffe kann ganz schöne Schäden anrichten, wenn man sich durch den Kopf schießt. Allerdings muss man anfügen, dass der Mann wohl beim Durchziehen seines Revolvers wackelte, weshalb die Kugel Teile des vorderen

Hirnlappens sowie das rechte Auge durchschlug. Ist jedenfalls eine mordsmäßige Sauerei!«

Wieder verfluchte Martelli seine Vorstellungsgabe. Gleichzeitig fand er die im unnachahmlichen Urner Dialekt vorgetragenen Ausführungen seines Kollegen fast schon amüsant. So viel Coolness besaß nicht mal er.

»Und was wissen Sie über Hauri?«

»Der ist immer noch auf der Flucht und versucht möglicherweise, über die Fellilücke ins Bündnerland zu fliehen. Unsere Männer sind ihm auf den Fersen.«

»Wie kommt es«, konnte sich Martelli nicht verkneifen zu fragen, »dass ihr Urner langsamer seid als so ein trümliger* Politiker?«

»Dieser trümlige Politiker ist Emmentaler und daher berggewohnt. Außerdem ist er Gebirgsgrenadier und war bei der Fremdenlegion. Darüber hinaus mussten wir zuerst herausfinden, in welche Richtung er flieht. Nun verfolgen ihn allerdings unsere Männer und ein Hubschrauber. Aber ich muss gestehen, er ist recht clever und mit gutem Material unterwegs.«

Sich für die Information bedankend und viel Glück wünschend, beendete der Zürcher Einsatzleiter das Gespräch. Dann schaute er in die Runde: »Was haben wir für Optionen?«

Seine Leute blickten betreten zur Seite. Ihre Lage war nicht gerade vielversprechend. Dennoch wollte Martelli nicht einfach aufgeben. Einen nach dem anderen rief er mit Namen auf: »Baldini, was können wir tun? Rütimann, irgendeine Idee? Zuppinger, Salzmann?«

Die junge Aspirantin Lena Salzmann war die Einzige, die den Blick des Chefs erwiderte. »Was wäre«, sagte sie dann,

---

* Trümlig heisst eigentlich ‚schwindlig', wird aber – wie hier – auch als herablassende Umschreibung für ‚charakterlos' und ‚windig' benutzt.

»wenn wir zum Beispiel jemanden auftreiben würden, der Kappeler oder Hauri stimmlich imitieren könnte?«

Baldini musste fast laut herauslachen, auch die anderen grinsten. Martelli blieb ernst. »Was würden wir dann gewinnen?«

»Wir könnten versuchen, Ebnöther und seine Männer zur Aufgabe zu bewegen.«

»Nicht gerade sehr realistisch«, fand nun auch der Chef.

»Vielleicht«, schaltete sich Rütimann ein, »ist Lenas Idee aber gar nicht so schlecht, wenn wir anstelle eines richtigen Gesprächs SMS-Befehle von Hauris Natel* verschickten.«

»Ist das technisch machbar, wenn wir seine Nummer kennen?«

»Vielleicht kommt uns für einmal das Glück des Tüchtigen entgegen, und die Urner haben das Handy sichergestellt. Ist nicht Trümpi noch bei denen?«

Die Nummer des Kollegen war schnell gewählt, doch niemand nahm ab. Baldini versuchte es nochmals.

»Vielleicht gibt es dort oben auf der Festung keinen Empfang«, mutmaßte Rütimann.

»Das lässt sich schnell herausfinden«, antwortete Zuppinger und wählte die Nummer der Zentrale. Diese konnte binnen einiger Sekunden über Polizeifunk mit der Streife von Andermatt Kontakt aufnehmen, die vor der Festung stand.

»Verstanden. Trümpi steht neben mir …«, antwortete der Postenchef und reichte den Funk an Trümpi weiter.

»Rütimann hier. Wie läuft der Einsatz? Antworten.«

»Verstanden. Der Flüchtige ist nach wie vor auf der Flucht. Haben Festung unter Kontrolle, 17 Gefangene, drei Schwer-

---

* Natel: veralteter, wenn auch gebräuchlicher schweizerischer Ausdruck für Handy.

verletzte, fünf Mittelschwerverletzte. Auf unserer Seite zwei Leichtverletzte. Antworten.«

»Verstanden. Sag, Trümpi, habt ihr das Natel von Hauri gefunden?«

»Verstanden. Das Natel von Hauri? Noch nicht identifiziert. Haben zwei Dutzend Handys konfisziert. Aber schwierig zu eruieren, da wir hier keine Natelverbindung haben. Antworten.«

»Verstanden, keine Natelverbindung. Wie schnell kannst du an einem Ort sein, der Verbindung hat, um das abzuklären. Wir versuchen in der Zwischenzeit, Hauris Nummer herauszufinden und melden uns. Antworten.«

Einen Moment lang blieb es ruhig, dann antwortete Trümpi:

»Verstanden. Gemäß Angaben der Kollegen muss ich runter zu den Windturbinen am Gütsch. Dort soll es Empfang haben. Antworten.«

»Verstanden. Wann wird das sein? Sind verdammt knapp an Zeit!«

Wieder vergingen einige Sekunden, bis Trümpi antwortete: »Verstanden. In fünf Minuten sollte ich parat sein. Melde mich dann. Schluss.«

Für die Beamten war es nicht sonderlich schwer, die Nummer von Hauri ausfindig zu machen. Während sie warteten, bis sich Trümpi meldete, floss die Zeit zäh dahin. Noch sieben Minuten und 33 Sekunden hatten sie Zeit, bis das Ultimatum ablief. Dann kam endlich der erlösende Anruf.

»Hier spricht Trümpi. Also wählt mal die Nummer!«

Martelli ließ sich den Hörer geben und schaltete den Lautsprecher ein. Nach einer kurzen Verschnaufpause meinte er: »Jean-Jacques, da spricht Severin. Zu allererst möchte ich dir meine ausdrücklichen Glückwünsche für deinen Einsatz aussprechen. Du hast uns alle tief bewegt mit deiner Leistung, und ich entschuldige mich dafür, dass ich deinen Ermittlungen zu wenig Aufmerksamkeit schenkte. Aber das sei versichert: Ich und wir alle sind lernfähig!«

Trümpi schwieg einen Moment und antwortete dann: »Ich dachte, ihr hättet es eilig.«

»Haben wir auch. Aber das musste zuerst mal gesagt werden!«

»Danke.«

Und im Chor ertönte ein »Bitte.«

In diesem Moment klingelte eines der Telefone, die Trümpi vor sich auf einem Felsen ausgebreitet hatte. Er nahm es ab: »Hauri?«

»Der ist gut«, freute sich Rütimann. »Wir haben Kontakt!«

»Gut«, nahm Martelli wieder den Faden auf, »Jean, du machst jetzt Folgendes …«

KAPITEL 58

Die Situation im Studio war alles andere als angenehm. Die Minuten zerrannen nur langsam, und allen Betroffenen war klar, dass demnächst ein entscheidender Moment für ihr weiteres Leben kommen würde. Immer noch waren rund 100 Personen in der Gewalt der Geiselnehmer, und nach wie vor konnten sie sich weder bewegen noch sprechen. Einmal hatte der Kameramann der Linie versucht, die Linse in eine Unschärfe zu kippen, doch die Skins bemerkten das umgehend und bedrohten ihn mit ihren Waffen. Schnell stellte er wieder auf scharf. Wenigstens konnte er den Bildausschnitt leicht verändern, sodass keine Person in unmittelbarer Nähe mehr im Bild war. Besonders die verängstigten Frauen konnte er rausquadrieren.

Im Regieraum war es ebenfalls bedrückend still. Neben dem Telefon saß nach wie vor Hanni Pulver. Dicht dahinter standen Ebnöther und zwei weitere hochgewachsene Glatzköpfe, die ihre Waffen im Anschlag hatten.

»Noch zwei Minuten«, sagte Hanni, um die Stille zu durchbrechen. »Soll ich das Telefon zuerst abnehmen und es Ihnen dann weiterreichen? Oder wollen Sie gleich selber …?«

»Du zuerst«, antwortete Ebnöther, und seine Stimme klang fast ein wenig flehend. Hanni durchschaute sofort, dass dem 32-Jährigen die ganze Sache langsam über den Kopf wuchs. Und als säßen sie zufällig bei einem Kaffee in der Kantine zusammen, begann sie eine Unterhaltung. Sie entschloss sich, ihn zu duzen:

»Lustig, dein Name ist doch Ebnöther, nicht? Ich habe einmal eine Klara Ebnöther gekannt. Damals, als ich beim Radio arbeitete.«

Lukas antwortete nicht gleich, sondern blickte erneut zur Uhr. Dann checkte er erneut das Display seines Handys, ob sich nicht endlich Hauri oder Kappeler gemeldet hätten. »Wann hast du im Radio gearbeitet?«

»1979 bis 1986.«

»Und wo?«

»In machte zuerst meine KV-Lehre* in der Buchhaltung und wechselte danach in die Personalabteilung.«

---

* KV = Kaufmännischer Verband; in der Schweiz als Synonym gebraucht für eine Ausbildung zum Kaufmann oder zur Kauffrau mit eidgenössischem Fähigkeitsausweis

»Und wie ist dein Name?«

»Hanni, also Hannelore Pulver.«

»Schon immer?«

Hanni verstand nicht genau, was diese Frage sollte, aber nickte: »Seit meiner Geburt.«

Ebnöther schwieg. In Gedanken wiederholte er den eben gehörten Namen. Vor seinem geistigen Auge sah er zwei Konsonanten: H und P. Dann klingelte plötzlich das Telefon. Sofort waren alle im Raum gespannt wie eine Sprungfeder. Wie in Zeitlupe griff Hanni zum Hörer.

»Pulver? Ja, Herr Martelli, ich übergebe …«

Der Anführer des Zugs Tellgeschoss ließ sich den Hörer geben und bedankte sich artig. Sein Herz pochte, aber er wollte sich nichts anmerken lassen.

»Ja?«

»Herr Ebnöther«, begann Martelli, und seine Stimme verriet Verzweiflung, »wir haben alles versucht, um die Kontakte herzustellen. Aber wir müssen Ihnen mitteilen, dass Herr Kappeler abgereist und daher unauffindbar ist. Nach wie vor suchen wir Herrn Hauri, aber auch da haben wir noch keine konkreten Hinweise über seinen Verbleib!«

Ebnöther hörte regungslos zu. Er traute diesem Polypen nicht. Kappeler abgereist? So ein Schwachsinn. Wahrscheinlich war er schon längst an einem anderen Ort, um den Widerstand zu organisieren. Und Hauri unauffindbar?

Führte die Polizisten wohl an der Nase herum. Er wusste: Auch wenn nicht alle Teile der Operation Marignano aufgegangen waren, die Bewegung war noch lang nicht am Arsch!

In dem Moment vibrierte sein Handy. Und tatsächlich: ein SMS von Hauri! Ebnöther frohlockte. Erst recht, als er den Inhalt las.

»Lieber Lt. Ebnöther, Mission lief tlw. schief. Umso bewundernswerter Ihr Einsatz. Gen. Kappeler und ich betrachten die TV-Bilder. Großartig. Sie holen uns die Kohlen aus dem Feuer. Damit Ihre Mission kontrollierbar bleibt, lassen Sie alle Geiseln bis auf 20 frei. Dann fordern Sie 10 Mio. Franken in kleinen Scheinen und freies Geleit zum Flughafen Dübendorf, sowie zwei Super-Pumas. Wir organisieren Verwirrung und melden uns wieder. 1515!«

Lukas Ebnöther las die Botschaft ein zweites Mal. Kurz fragte er sich, ob sie eine Falle sein konnte. Doch der Schluss, die Zahl 1515, beruhigte ihn. Sie stand für ihre Gesinnung und war gleichsam der Erkennungscode.

»Martelli«, nahm er dann das Gespräch wieder auf, »ich glaube Ihnen kein Wort. Aber ich sage Ihnen jetzt, was wir fordern: Erstens verlangen wir zehn Millionen Franken in kleinen Scheinen. Zweitens fordern wir freies Geleit zum Flughafen Dübendorf und zwei Super-Puma-Hubschrauber mit voller Betankung. Als Gegenleistung lassen wir einige Geiseln frei. In spätestens 30 Minuten erwarte ich Ihre Antwort. Wenn Sie auch nur irgendeine Dummheit machen, beginnen wir mit der Liquidierung der Gefangenen. Fertig.«

Ebnöther legte auf. Hanni blickte ihn schockiert an, doch der junge Mann schien in Gedanken schon wieder woanders zu sein.

»Von 1979 und 86 hast du im Radio gearbeitet? Ja, dann wirst du meine Mutter gekannt haben.«

In Hanni, die schon immer feine Antennen besessen hatte, wenn es um verbale Zwischentöne ging, hallte ein Wort nach: Mutter.

»Und wie geht es Klara?«, fragte sie so beiläufig wie möglich.

Wieder stockte der Hüne. Seine ohnehin schon dünnen Lippen verengten sich zu Strichen. »Sie …«, er räusperte sich und blickte sich um. Als würde in diesem Moment ein anderer Mensch von ihm Besitz ergreifen, veränderte sich sein

Gesichtsausdruck. Er wirkte auf einmal unnahbar und kalt wie Eis.

»Villinger«, sagte er dann, »du schießt auf jeden, der sich bewegt!«

Dann verließ er den Regieraum und schritt die metallene Treppe ins Studio hinab, die düster nachschepperte. Die Menschen im Studio blickten bang zu ihm hoch und verfolgten ihn, wie er durch die Menge defilierte. Seine Leute kamen näher.

»Männer, gute Nachricht. Wir haben Kontakt zu Major Hauri. Er führt unsere Mission weiterhin, auch wenn nicht alles so geklappt hat, wie wir es geplant haben. Item, wir lassen nun schrittweise einige Geiseln frei, um unseren Kontrollaufwand zu minimieren. Zuerst die Leute der Technik, dann die Zaungäste, kurz, alle bis auf 10 bis 20 Personen, die ich nun bestimme!«

Den Menschen, die den Worten Ebnöthers gelauscht hatten, stockte der Atem. Wen würde er freilassen, wer musste bleiben? Und konnte man ihm trauen?

Der Hüne wandte sich in Richtung Elefantenrunde.

»Diejenigen, die ich aufrufe, gehen nun auf diese Tribüne und warten dort. Alle anderen bewegen sich langsam und ohne Hast in die andere Richtung.«

Ebnöther blickte in die Runde. Er genoss den Moment, die Macht, die er plötzlich besaß. Langsam hob er seine Hand und deutete auf fünf der sieben Parteipräsidenten, auf Bertschi, auf ein halbes Dutzend Politiker und Politikerinnen sowie auf Sonia und zwei ihrer Leute. »Ihr geht auf die Tribüne. Und gebt diesen Witzfiguren etwas zum Anziehen!« Dann schritt er zu einem seiner Untergebenen, nahm ihm dessen Maschinenpistole ab und ballerte wild in die Luft. Erneut hagelte es Glassplitter und Metallteile. Im Studio herrschte nackte Panik. Als es wieder stiller wurde, blickte er in die Runde. Er genoss es, wie ihn über 100 Augenpaare ängstlich und flehend betrachteten.

»Wer von euch hat einen DSF-Badge?«

Langsam hoben einzelne, dann immer mehr Personen ihre Hand.

»Gut, geht zum Bühnenausgang! Das heißt, alle bis auf die Kameraleute, einen Aufnahmeleiter und einen vom Ton. Die brauche ich noch!«

An die 30 Personen schritten vorsichtig zum hinteren Ende des Studios. Als würden sie der Sache nicht recht trauen, blieben sie vor der als Notausgang deklarierten Tür stehen. Zwei Skins öffneten sie mit der Waffe im Anschlag. Als sie sicher waren, dass ihnen draußen niemand auflauerte, durften die Angestellten gehen. Sie konnten ihr Glück kaum fassen, aber wagten nicht, in Jubel auszubrechen, bis sie durch einen Seitengang in die Lounge gelangten. Dort wurden sie von überraschten Sicherheitsleuten in Empfang genommen.

Erst langsam breitete sich eine überbordende Freude und Erleichterung aus. Tränen flossen in Strömen, doch sogleich dachten die Befreiten an die Menschen, die noch immer in der Hand der Geiselnehmer waren.

KAPITEL 59

Die Gegenwehr von Hauris Männern war beträchtlich gewesen. Kappeler hatte ihnen nochmals so richtig eingeheizt und den heiligen Reduitgedanken in Erinnerung gerufen, als stünden sie im Jahr 1943 und müssten gegen eine deutsche Invasion bestehen. Die rund 25 jungen Männer legten sich ins Zeug und kämpften gegen die anrückenden Polizeiverbände, als würden sie Hof, Frau und Kind verteidigen. Für die meisten war es das erste Mal, dass sie mit scharfer Munition in der Gegend herumballern und auf alles schießen durften, was sich bewegte. Doch je länger das Gefecht dauerte, desto klarer wurde, dass die Männer gegen eine trainierte Polizeieinheit keine Chance hatten, zumal 14 Grenadiere mit dem Helikopter etwas oberhalb der Festung abgesetzt wurden und einen Zangenangriff starteten. Es war der Professionalität und besonnenen Führung des Urner Polizeichefs zu verdanken, dass am Schluss nicht mehr Opfer zu beklagen waren.

Als von den Polizisten der erste Verteidigungswall überwunden war, trat Hauri ins Offizierzimmer zu seinem geliebten Führer.

»Herr General, unsere Männer schlagen sich tapfer, behaupten sich mit unbändigem Willen gegen die feindliche Übermacht. Doch nun gilt es, an die Weisheit der Altvorderen anzuknüpfen und wie damals bei Marignano zum geordneten Rückzug zu rufen!«

Kappeler betrachtete seinen Major mit einem Gemisch aus Verachtung und Hass.

»Rückzug?«, ereiferte er sich. »Wie kannst du so ein Wort in den Mund nehmen! Wir kämpfen bis zum letzten Schuss, und wenn ich selber hinauskommen muss, um diesen Lölibueben* zu zeigen, was Tapferkeit ist!«

»General …«

»Schweig, du Anführer von Halbstarken! Du Mehlwurm der Geschichte! Du Schmalspureidgenosse!«

Nun wurde es Hauri zu bunt. Mit einer schnellen Bewegung packte er den Alten an seiner Krawatte und schüttelte

* Lölibuebe: Torenbuben, dumme Halbwüchsige

ihn wie einen Cocktailbecher. Er staunte, wie leicht der General war, und was für schlenkernde, unkontrollierte Bewegungen dessen Körper machte. So ein Wicht, dachte Hauri entsetzt, und der kommandiert mich und meine Leute herum. Wie lächerlich! Er schleuderte den wimmernden alten Mann in einen Lehnstuhl und hatte unwillkürlich den Drang, sich die Hände zu waschen. Kappeler röchelte, bekam kaum mehr Luft. Mit aufgerissenen Augen beobachtete er seinen Untergebenen, wie der zum Waschbecken ging und sich die Hände wusch. Alles war ihm recht, wenn er ihn nur in Ruhe ließ. Nachdem Hauri seine Hände getrocknet hatte, trat er wieder vor den Alten. In seinen Augen stand Verachtung, als er seinen Revolver zückte, alle Kugeln bis auf eine herausnahm und ihn dann vor Kappeler auf den Tisch legte.

»Deine Mission ist gescheitert, Kappeler. Wenn du auch nur einen Funken Ehre hast, dann bringst du's selber hinter dich!«

Das Gesicht des Alten wirkte plötzlich um Jahre gealtert, zerbrechlich und schon fast wieder kindlich. Mit fragenden Augen betrachtete er den Revolver, dann sein Gegenüber. »Das kann ich nicht«, flüsterte er verzweifelt.

Hauri stieß einen kräftigen Atemstoß aus, griff nach der Waffe und drückte sie Kappeler in die rechte Hand. Weil den scheinbar alle Kraft verlassen hatte, musste der Major auch hier mit Hand anlegen. Er packte den Arm des anderen, führte den Revolver zu dessen Schläfe, dann krachte es.

Bei Hauri sträubten sich alle Nackenhaare, als das Blut spritzte. Ihn übermannte ein Würgereiz. Der Anblick des Toten und dessen zerfetzten Auges hafteten ihm noch Stunden später im Gedächtnis. Gleichzeitig durchfloss ihn ein fast rauschartiges Gefühl der Größe.

Das Geschehen rund um das Offiziersgebäude war in unendliche Ferne gerückt, ebenso das Schicksal seiner Männer, die vor der polizeilichen Übermacht zurückwichen und einer nach dem anderen die Waffen niederlegten. All das interessierte ihn nicht mehr. Er war nun in die Fußstapfen großer Tyrannenmörder getreten. Tell, Brutus, Hauri: Welch eine Reihenfolge!

Erst als draußen keine Schüsse mehr zu hören waren, ging er ans Fenster und betrachtete aus sicherer Distanz, wie sich seine Mannen in eine Reihe stellten und arretiert wurden. Gleichzeitig sah er, dass mehrere Polizeigrenadiere in den Bunker auf der gegenüberliegenden Seite eindrangen und kurze Zeit später mit einem verletzten Mann wieder hervorkamen.

»Was, dieser Vontobel war noch im Bunker?«, fuhr es Hauri durch den Kopf, und er fand das mehr als grotesk. Nachdem anzunehmen war, dass die Polizisten auch hier bald auftauchen würden, wurde es Zeit, einen Abgang zu machen.

Er eilte in den Materialraum, packte einen Rucksack mit allem Nötigen, um einige Tage in den Bergen überleben zu können, nahm sich Kleider und Bergschuhe und verschwand in den Keller des Gebäudes. Kappeler, so erinnerte er sich, hatte einst von einem Geheimtunnel gesprochen, der bis zum Gütsch hinunterführen würde. Er passierte einen Kohlenkeller und durchquerte einen Bunker, der als Notfallkommandozentrale gedacht war. Dahinter, getarnt durch ein überdimensionales Alpenpanorama, das eine laienhafte Anlehnung an Girons Bundeshausbild war, fand er einen schmalen Ausgang. Als er die Stahlbetontür aufstemmte, spürte er einen leichten Luftzug. An der Wand daneben waren Taschenlampen angebracht, die tatsächlich funktionierten. »Die dachten damals wirklich an alles«, freute sich Hauri und schloss die Tür hinter sich. Der Gang war maximal 1,50 Meter hoch, sodass er gebückt gehen musste. Doch nach gut 20 Minuten tauchte er zwischen den Windturbinen aus einem Schacht auf. Die Sonne stand hoch am Himmel und blendete ihn. Irgendwie wollte die prachtvolle Aussicht gar nicht zur Situation passen, in der er steckte. Vorsichtig schlich er hinter den mächtigen Sockel einer Windturbine. Er musste sich zuerst überlegen, wie er nun vorgehen sollte.

In dem Moment summte sein Handy. Ein SMS von Ebnöther, bereits eine Stunde alt, erschien. Da er oben auf der Festung keinen Empfang hatte, war es erst jetzt angekommen. So sehr er sich über diese Kommunikationspanne ärgerte, sie hätte schließlich zu einem ernsten Problem führen können, las er mit Freude und Genugtuung, dass es Ebnöther und seine Männer geschafft hatten, in die Höhle des Löwen vorzudringen. Sie waren parat, um loszuschlagen.

Hauri blickte auf die Uhr. Es war 14.20 Uhr. In 40 Minuten würde die Bombe explodieren. Auch wenn Kappelers Plan nicht aufgegangen war, die Schweiz würde diesen Tag so schnell nicht vergessen! Mit fast fiebriger Ergriffenheit tippte er den Befehl in sein Handy: »Operation Marignano starten! 1515 Hauri!«

Er stellte sich vor, wie nun seine Leute wie abgesprochen durch die Gänge des Fernsehstudios schlichen und sich für den finalen Schlag bereit machten, derweil der andere Verband das Areal von Osten her einnahm.

Da kam ein weiteres SMS. Diesmal vom Anführer des Zugs Winkelried. Der Inhalt war alles andere als erfreulich. In kurzen Worten schilderte er, dass ihr Angriff von einem Großaufgebot der Polizei abgefangen worden war. Hauri ärgerte sich maßlos. Wie war das möglich? Hatten sie einen Verräter in ihren Reihen? Er ging alle Personen durch. Das kann eigentlich nur dieser Trümpi gewesen sein, dachte er. Bei dem hatte er von Anfang an ein ungutes Gefühl. Als Sohn eines Polizisten war der doch geistig gar nicht in der Lage, sich vom Umfeld seines Vaters zu lösen. Und als dieser Schnüffler auch noch leibhaftig auftauchte, hätte er dieses abgekartete Spiel endgültig durchschauen müssen, Himmel Herrgott noch mal!

Hauri wurde wütend, hätte den Verräter mitsamt seinem Vater am liebsten an die Wand gestellt. Doch nun galt es zu handeln, damit wenigstens die letzte Saat aufging. Er wählte die Hauptnummer des Fernsehens, die er wohlweislich gespeichert hatte. Eine weibliche Stimme nahm ab: »Deutschschweizer Radio und Fernsehen, Studio Leutschenbach, Grüezi?«

Hauri wartete eine Sekunde, ehe er antwortete:

»In genau 35 Minuten explodiert in den Studios eine Bombe. Schaut, dass ihr eure Ärsche raus bekommt!« Dann legte er auf. Im Geiste stellte er sich vor, wie diese Medienfritzen nun überlegten, ob sie diese Warnung ernst nehmen sollten. Und wie sie sich dann vor Angst fast in die Hosen machten. Wieder fühlte er sich groß und stark. Hätte er Kappelers Schwäche schon früher erkannt und ihm im rechten Moment die Führung entrissen, dann wäre die Operation Marignano wohl ein Erfolg geworden. Er spürte Wut aufsteigen. Mit Wucht tippte er den Befehl an Ebnöther in die Tastatur: »Macht aus dem Leutschenbach ein Schlachtfeld! Ihr seid auf euch allein gestellt: Kein Erbarmen!!! Rächt 1515!«

KAPITEL 60

Die Stimmung im Studio 1 war auf dem Nullpunkt. Das Grüppchen, das noch wie die letzten Mohikaner bleiben musste, war auf 16 Personen zusammengeschmolzen. Ein paar Minuten zuvor hatten die Skins weitere Geiseln freigelassen, umso bitterer war es für die Verbliebenen, ausharren zu müssen. Jeder von ihnen machte sich bewusst, dass dies möglicherweise die letzte Station auf dieser Erde sein könnte, die sie noch erlebten. Kein schöner Ort zum Sterben, dachten wohl alle.

Sonia war in die Nähe von Bertschi gerückt. Sie fror, obschon sie wieder Kleider trug. Der Moderator schien sie nicht zu beachten, sondern blickte starr geradeaus. Mit einer kleinen Kopfbewegung betrachtete sie deshalb die anderen Gefangenen. Da waren einmal ihre beiden Kollegen Andi und Dago, dann die fünf Parteipräsidenten aus dem linken und liberalen Lager sowie vier National- und Ständeräte, die sie nicht alle namentlich kannte. Vom Fernsehen waren noch fünf Personen da. Ein Tonmann, ein Aufnahmeleiter sowie drei Kameraleute. Wie viele Leute oben in der Regie festgehalten wurden, konnte sie nicht sagen.

Die Gruppe wurde von fünf Bewaffneten bewacht, die kein Wort sprachen und auch nicht sonderlich freundlich wirkten. An den verschiedenen Eingängen und Türen, die einen Spaltbreit offen standen, waren weitere Skins positioniert. Ihr Befehl lautete, auf alles zu schießen, was sich bewegte.

So geschah während zäh fließender Minuten nichts. Wie lang sie einfach nur da hockten und warteten, hätte sie nicht sagen können, aber so oder so waren es die schlimmsten Momente in ihrem Leben.

Dann kam plötzlich Leben in die Bude. Der Anführer schritt erneut die Metalltreppe herab. Das Echo seiner Schritte hallte nach. Hinter ihm folgte eine brünette Frau, die Sonia vom Vortag her kannte. Von ihr hatte sie den Badge erhalten. Sie fragte sich, was nun folgen würde.

Ebnöther ging zur Sitzgruppe und deutete Hanni Pulver an, dass sie sich setzen solle. Diese tat das mit fragendem

Blick. Derweil nahm der Mann im Stuhl des Moderators Platz und gab den Kameraleuten ein Zeichen:

»An die Kameras, Jungs. Es gibt was zu filmen! Und du vom Ton: Gib Hanni und mir ein Mikro!«

Binnen weniger Minuten waren sie mit Bügelmikrofonen ausgestattet, und die Kameras wieder in einer sendefähigen Position.

»Regie, können wir anfangen?«

Über den Lautsprecher kam ein kurzes »Alles parat.«

Der groß gewachsene Mann lächelte leicht unsicher.

KAPITEL 61

»Da ist er! Halt, Polizei!«,

Die Stimme vom Andermatter Polizisten Titus Bonetti riss Hauri aus seinen Gedanken. Er hatte eben ein SMS an Ebnöther gesandt, um ihm klarzumachen, dass er ab nun selbstständig handeln musste und mit diesen unwürdigen Kreaturen kein Pardon kennen sollte, doch nun hatte er andere Sorgen. Er packte seinen Rucksack und rannte davon. Schüsse peitschten ihm um die Ohren, doch er hatte Glück, konnte fliehen. Während er bergwärts eilte und sich dabei verfluchte, das Konditionstraining in letzter Zeit vernachlässigt zu haben, überlegte er fieberhaft, wie ihn die Polizisten hatten finden können. Alles, was ihm dazu einfiel, war die Vermutung, dass sie sein Handy peilen konnten. Handy?

In diesem Moment realisierte er mit Schrecken, dass er es bei den Windturbinen hatte liegen lassen. Er hätte brüllen können vor Ärger, doch genau das durfte er nicht. So, wie es aussah, konnte er die Polizisten abhängen. Da sie in diesem Gelände auch nur zu Fuß unterwegs waren und er ein horrendes Tempo angeschlagen hatte, war der Abstand schnell gewachsen. Dennoch wusste Hauri, dass er ohne sein Natel auf sich allein gestellt war. Wenn er es bis zur Fellilücke schaffte, einem Sattel auf 2.400 Meter Höhe, könnte er sich dort verstecken und im Schutz der Dunkelheit dann talwärts absteigen. In Sedrun oder Disentis würde er sich ein Auto organisieren und dann über den Lukmanier ins Tessin fliehen. Mit ein bisschen Glück könnte er morgen um diese Zeit bereits in seinem abgelegenen Ferienhäuschen im Malcantone sein, wo ihn kein Mensch mehr finden würde, und er nötigenfalls auch einige Wochen untertauchen könnte.

Seine einzige Sorge galt dem Umstand, dass die Urner Polizei wohl bald einen Hubschrauber aufbieten würde. Und so war es auch. Als Hauri den Lutersee, ein kleines Seelein inmitten einer unwirtlichen Geröllhalde am Fuß einer mehrere Kilometer langen Felsflanke, passiert hatte, hörte er von Andermatt her Rotorenlärm. Er versteckte sich hinter einem Felsvorsprung und gönnte sich eine kurze Verschnaufpause. Der Lärm des Helis war ohrenbetäubend. Immer wieder drehte er um, flog eine weitere Schleife, arbeitete sich systematisch durchs Gelände. In einem günstigen Augenblick rannte Hauri zur Felswand und verbarg sich in einer engen Mulde, die wohl vor gar nicht so langer Zeit von einem Wolf benutzt worden war. So klebten an den scharfen Kanten des Felsens noch Fellbüschel. In der Höhle lagen Knochenteile, und der Geruch erinnerte ihn fatal an den Tierpark. Aber es war ein ausgezeichnetes, wenn auch enges Versteck. Aus dem Dunkeln heraus konnte er den Weg über mehrere Hundert Meter überblicken. Von den Polizisten sah er nichts. Als er schon fast wieder hervorkriechen wollte, hob der Lärm des Helis plötzlich wieder an. Der Pilot machte Anstalten, in nächster Nähe zu landen. Hauri erschrak und versuchte, noch tiefer in sein Versteck hineinzukriechen, bis er mit seinen Füßen nicht mehr weiterkam. Es war so eng, dass er seine Beine nicht mehr bewegen konnte.

Wie aus heiterem Himmel stieg Panik in ihm auf. Er hatte nur vor Wenigem Angst, aber diesen Moment, als er einst während einer militärischen Übung bei den Gebirgsgrenadieren in eine Lawine geraten war und verschüttet wurde, konnte er nie mehr überwinden. Seitdem fürchtete er sich davor, festzustecken und eingeklemmt zu sein. Während ihm der Angstschweiß über die Stirn rann, hörte er, wie der Helipilot den Rotor drosselte und dann ganz abschaltete. Nach unendlich wirkenden Momenten vernahm er Stimmen. Anscheinend waren die Polizisten mittlerweile angekommen und diskutierten über den Verbleib des Flüchtenden. Hauri hörte nur Fetzen ihrer Unterhaltung, doch die war ihm in diesem Moment ohnehin egal. Er spürte das klamme Gefühl, das ihn einschnürte, zu ersticken drohte, ihn fast durchdrehen ließ. Er betete. Zum ersten Mal seit Jahren:

»Vater unser, der du bist im Himmel …«

Dann endlich schienen sich die Männer darauf geeinigt zu haben, dass sie die Suche anderweitig weiterführen sollten.

»… geheiligt werde dein Name …«

Der Motor des Helis heulte auf, die Rotorblätter zerschnitten die Luft.

»… dein Reich komme, dein Wille geschehe …«

Die knatternde Maschine hob ab.

»… wie im Himmel, so auf Erden …«

Hauri robbte mit letzter Kraft hervor. Weil ihm seine Beine nicht mehr gehorchten, schlug er auf sie ein, massierte sie. Schließlich setzte ein Kribbeln ein, wie er es noch nie erlebt hatte. Verzweifelt knetete er seine Unterschenkel, doch die Tortur wollte nicht enden. Nur langsam kam das normale Gefühl zurück. Endlich bekam er wieder Luft, der Pulsschlag verringerte sich.

»… und vergib uns unsere Schuld, wie auch wir vergeben unseren Schuldigern!«

Als er die Gewissheit besaß, dass ihn seine Beine wieder tragen würden, setzte er sich in Bewegung. Jede Erschöpfung war wie verflogen. Selten hatte er sich leichter gefühlt. Er rannte förmlich den Berg hinauf. Selbst als er durch matschigen Schnee stapfte, drosselte er das Tempo nicht, eine übermenschliche Kraft zog ihn bergan in Richtung Fellilücke. Er war wie in Trance, und in seinen Gehörgängen wiederholten sich wie ein ewiges Mantra die Zeilen des Gebets.

Dies war wohl der Grund, dass er die Stimme des Mannes mit der Dienstwaffe im Anschlag nicht hörte. Der Polizist rief erneut, doch Hauri rannte weiter.

Dann fiel der Schuss.

»In Ewigkeit, Amen.«

KAPITEL 62

Im 12. Stock des Hochhauses glaubte man zu träumen. Als wäre es das Normalste der Welt, saß Ebnöther auf dem Moderatorensessel, blickte in die Runde und schickte sich an, mit Hanni Pulver ein Interview zu führen.

Martelli und den Einsatzkräften kam diese Wendung nicht ungelegen. Sie konnten sich so besser auf die Erstürmung des Studios vorbereiten. Mehrere Kampfeinheiten waren in die Nähe der Eingänge vorgerückt, warteten nur noch auf den finalen Befehl für den Angriff. Nach hitziger Debatte hatten sich die Verantwortlichen zu diesem Schluss durchgerungen, auch wenn das Risiko nicht unerheblich schien. Aber die Situation war mittlerweile so vertrackt, dass kein anderes Szenario mehr übrig blieb. Martelli wollte gar nicht genau wissen, was rund um das Fernsehgebäude los war, dennoch hatte er mitbekommen, dass laufend Hubschrauber in der Nähe landeten und Dutzende Medienleute absetzten. Mittlerweile waren auch schon mehrere Übertragungswagen angekommen, ihre Satellitenschüsseln ragten in den Himmel. Innerhalb der letzten drei Stunden hatten bereits zwei Dutzend öffentlich-rechtliche Sender in Europa und mindestens 50 private die Bilder des Deutschschweizer Fernsehens übernommen und ergänzten sie mit Statements hastig aufgebotener Kommentatoren, die im Wesentlichen alle gleich wenig zu sagen wussten.

Was im Land der direkten Demokratie passierte, interessierte die Medien quer über den Planeten. Dank des günstigen Zeitpunkts waren japanische Nachtschwärmer ebenso fasziniert von der Intensität einer topaktuellen Liveberichterstattung wie frühstückende Kalifornier.

Alle rätselten, was die Polizei zu tun gedachte. Würde sie, wie die meisten der Korrespondenten sorgenvoll in die Kameras orakelten, zu einem finalen Schlag gegen die Geiselnehmer ansetzen? Und würden die Verantwortlichen der Einsatzkräfte das Leben der Geiseln aufs Spiel setzen, um ihr Ziel zu erreichen?

Martelli blickte auf seine Uhr. Es war 16.30 Uhr. Eigentlich hatte er erwartet, dass sich Ebnöther erkundigen würde, wie es um den Abzug seiner Leute in Richtung Flughafen Dübendorf stand. Stattdessen gefiel er sich in seiner neuen Rolle und interviewte die bleiche Hanni Pulver.

Der junge Mann setzte ein Lächeln auf. »Hanni, würdest du uns bitte sagen, wo du von 1979 bis 1986 gearbeitet hast?«

Hanni schluckte und wunderte sich über die Frage. »Ich«, begann sie mit einem Kloß im Hals, »hab meine KV-Lehre in der Buchhaltung des Radios absolviert und wechselte 1983 in die Personalabteilung.«

»Und was hast du da gemacht? Wie sah dein Job aus?«

»Ich habe Personalakten erstellt, teilweise auch Anstellungsgespräche geführt, halt alles, was man da so tun muss.«

»Diese Personalakten waren damals ja noch nicht computerisiert. Wie muss man sich daher die Personaldossiers vorstellen?«

Hanni wunderte sich über die Frage, wie sie überhaupt die ganze Situation als grotesk und bar jeder Nachvollziehbarkeit empfand. Dennoch antwortete sie artig:

»Jeder Mitarbeiter hatte ein Stammblatt, das wir ausfüllten, auf dem Laufenden hielten und ergänzten. Zumeist mit der Schreibmaschine, manchmal auch handschriftlich.«

»Wenn man Ergänzungen machte, firmierte man da? Zum Beispiel mit einem Kürzel?«

Wieder blickte Hanni fragend zum Mann hinüber und nickte dann. »Ja, wir machten Kürzel, um zu wissen, von wem welche Information stammte.«

Ebnöther zückte ein Blatt Papier, das er feinsäuberlich zusammengefaltet hatte. Es war zwar nur eine Kopie, aber für ihn so wertvoll wie ein echter Picasso. »Ich habe hier ein solches Stammblatt mit einem handschriftlichen Eintrag. Es ist mit dem Kürzel H.P. versehen. Erkennst du es wieder?«

Hanni nahm das Blatt und las es durch. Sie stutzte. »Ja,

das ist meine Schrift.« Dann las sie weiter und stockte. »Ich wusste nicht mehr«, sagte sie entschuldigend, »dass sich deine Mutter das Leben genommen hat. Tut mir leid! Woher hast du das?«

Ebnöther wirkte erschöpft. »Sagt dir der Name Max Gautschi etwas?«

Die Angesprochene zuckte mit den Schultern. »Kenne nur den früheren Amerikakorrespondenten Heiner Gautschy dem Namen nach, sonst kenne ich keinen Gautschi.«

»Gab es im Radio oder beim Fernsehen keinen anderen Moderator mit demselben oder einem ähnlich klingenden Namen?«

»Nein, nicht, dass ich wüsste. Wir hatten einen Mäni Weber, einen Fix Lüthi und einen Max Bertschi.« Hanni blickte zu ihrem Chef hinüber, der wie alle anderen das Gespräch schweigend mitverfolgt hatte und beim Erklingen seines Namens zusammenzuckte.

»Max Bertschi«, Ebnöther drehte langsam seinen Kopf in Richtung des Moderators. Als sähe er plötzlich klar, wurde seine Stimme lebhaft: »Bertschi, aber natürlich!« Und zu jenem gewandt, machte er eine herrische Handbewegung: »Bertschi, setz dich zu uns!«

Der Moderator regte sich nicht, weshalb zwei der Skins zu ihm gingen und ihn wie ein Gepäckstück in den Sessel neben Hanni hievten.

»Martelli«, rief Baldini fast belustigt und riss damit seinen Chef aus dessen Gedanken, »das musst du dir anhören! So etwas Bizarres habe ich noch nie erlebt! Jetzt will er den Bertschi interviewen!«

Der Angesprochene ging in die Nähe eines der TV-Geräte und machte lauter. Er hörte Ebnöther fragen, wie Bertschi zu den Medien gekommen war.

Der Fernsehmann antwortete abgehackt, als müsste er zuerst die Erinnerungen in den Windungen seines Hirns finden. Zögernd begann er dann:

»Angefangen habe ich 1978 als Reporter bei Radio DS1.«

»Was für Reportagen musstest du da machen?«

»Alles Mögliche. Ich war ja jung, erst 22-jährig, hatte mein Medizinstudium ab-, also unterbrochen und machte Radio-Beiträge. Wegen meiner Kenntnisse wurde ich häufig geschickt, wenn Gesundheitsthemen anstanden oder politische Aspekte über die Krankenkassen thematisiert wurden.«

»Schon bald wurde das Fernsehen auf dich aufmerksam!«

»Ja«, antwortete Bertschi und strahlte, er schien immer mehr zu vergessen, wer ihn eigentlich interviewte, »die Anfrage vom Leutschenbach kam plötzlich und hat mich natürlich sehr gereizt. Ich sollte Moderator der Sendung ›Schirmbild‹ werden und wechselte Ende 82 zum Fernsehen.«

»Hattest du damals noch Kontakte zum Radio?«

Bertschi stutzte einen Moment lang. »Nein, das Radio trat in den Hintergrund. Obwohl ich da eine gute Zeit erlebt habe. Aber der Wechsel des Mediums hatte schon eine gewisse Zäsur zur Folge, zudem verdiente ich nun mehr, was nicht zuletzt deshalb von Vorteil war, weil ich eine Familie gegründet hatte.«

»Könnte es dir daher entgegengekommen sein, dass du dich vom Radio entfernen konntest?«

Bertschi blickte fragend in die kalten Augen seines Gegenübers. »Wie genau meinen Sie das?«

»So, wie ich es sagte: Warst du froh, dass du das Radio verlassen konntest?«

»Wie gesagt, die neue Herausforderung …«

»Keine Ausflüchte!« Plötzlich wurde die Stimme des Fragenden schneidend. »Zum letzten Mal: Könnte es sein, dass dir der Wechsel zupasskam, weil du mit ihm auch eine andere Episode beenden konntest?«

Bertschi begann zu schwitzen. »Ich weiß wirklich nicht …«

»Sagt dir der Name Klara Ebnöther etwas?«

Bertschi zitterte. Langsam schüttelte er seinen Kopf.

Der andere verharrte mit seinem Blick auf dem sich windenden Fernsehmann. »Hanni Pulver«, rief er dann, »wie hat meine Mutter ausgesehen?«

Hanni erschrak, klaubte Erinnerungen zusammen: »Sie war rund 1,70 groß, trug ihre langen Haare hellblond mit Zapfenlocken.« Sie blickte leicht verlegen um sich, als sie fortfuhr: »Sie sah ein bisschen wie Bo Derek aus.«

Bertschi riss seine Augen auf.

»Sie war schön, Bertschi«, spann Ebnöther den Faden weiter, »und begehrenswert, und du willst dich an sie nicht mehr erinnern können?«

»An den Nachnamen kann ich mich wirklich nicht mehr erinnern«, stammelte dieser. »Aber ich kannte eine Claire. Flüchtig.«

»Flüchtig?«, wiederholte der junge Mann, und seine Stimme war scharf wie ein Rasiermesser. »So, so, flüchtig. Könnte es sein, dass diese Flüchtigkeit einseitig war?«

»Ich versteh nicht?«

»Könnte es sein, dass nur du diese Bekanntschaft als flüchtig erlebt hast? Dass sie bei der anderen Person jedoch nachhaltige Veränderungen auslöste?«

Bertschi wirkte wie ein geschlagener Hund.

»Hanni«, fuhr Ebnöther unbeirrt fort, »was passierte, als Max Bertschi ins Gelobte Land auszog, um Fernsehreporter zu werden?«

»Klara oder Claire wurde … krank?«

»Krank? Ja, das hat man gesagt. Aber dem war nicht ganz so. Sie drehte fast durch, litt wie eine gequälte Hündin, wollte sich das Leben nehmen. Und warum? Bertschi, was meinst du?«

Wieder schwieg der Angesprochene, das blanke Entsetzen stand ihm ins Gesicht geschrieben.

»Sie wurde in die Psychiatrische Klinik Burghölzli eingeliefert. Da versuchte man, sie aus ihrem psychischen Loch herauszuholen. Das war von der medikamentösen Seite her aber gar nicht so einfach. Schließlich war sie nicht einfach krank, sondern auch schwanger, trug ein Baby unter dem Herzen. Dein Baby, Bertschi! Dem du ebenso die kalte Schulter gezeigt hast wie der Mutter! Beide waren sie dir im Weg, nicht wahr?«

»Ich habe das nicht gewusst«, wehrte sich der Moderator.

»Nicht gewusst?« Wieder brauste Ebnöthers Stimme wie ein Sturm auf. »Nicht gewusst? So ein Schwachsinn! Du wolltest deine Karriere und deine Bilderbuchfamilie nicht durch ein außereheliches Kind in Gefahr bringen. Deshalb hast du es einfach abgestritten, mit Klara ein weiteres Kind gezeugt zu haben. Und man hat natürlich dir geglaubt und nicht der durchgeknallten Frau, die in der Klapsmühle wirre Dinge behauptete!«

»Nein, nein, so war's nicht, bitte glauben Sie mir!«

»Moment«, schaltete sich Hanni wieder ein, »heißt das, dass du der Sohn von Max bist?«

»Bingo!«, antwortete der junge Mann, zog einen Revolver und hielt ihn in Richtung seines Vaters. »Und jetzt schicke ich dich dorthin, wo meine Mutter seit 32 Jahren auf dich wartet!«

Bertschi war unfähig zu reagieren, starrte gebannt ins schwarze Mündungsloch, als ein Schuss fiel.

KAPITEL 63

Die Polizeiaktion dauerte genau sieben Minuten und 36 Sekunden. Die Scharfschützen, die über eine Luke auf den Beleuchtungsboden gelangt waren, operierten routinemäßig und mit beeindruckender Präzision. Jeder Schuss traf sein Ziel zu 100%. Wie in Zeitlupe sackte Ebnöther nach vorn. Seine Eliminierung war aufgrund der Zuspitzung der Situation unausweichlich geworden. Unmittelbar danach sanken weitere Geiselnehmer in die Knie. Die meisten überlebten, obgleich mit mehr oder weniger schweren Verletzungen. Von den Gefangenen kamen alle mit dem Schrecken davon, auch wenn sie den Nachhall dieser Stunden noch lang spürten. Nicht wenige mussten sich in psychologische oder notfallpsychiatrische Behandlung begeben. Nur einer verweigerte jede Hilfe. Er schien um Jahre gealtert zu sein, als er sich aus seinem Sessel erhob und aus dem Studio wankte. Es war das letzte Mal, dass er als Moderator tätig war und er soll, so mutmaßte man später, nach Südamerika ausgewandert sein, nachdem ihn seine Frau vor die Tür gesetzt hatte.

Hanni Pulver indes verließ das Studio über einen Hinterausgang, griff nach ihrem Handy und wählte Nicos Nummer. Als sie seine mitfühlende Stimme hörte, konnte sie zwar nicht reden, aber ihren Tränen freien Lauf lassen. Wie lang sie nur dahockte und weinte, wusste sie hernach nicht mehr, dennoch war sie für jedes seiner Worte dankbar. Irgendwann beendete sie das Gespräch mit dem Versprechen, ihn morgen um zehn Uhr im Kantonsspital Altdorf abzuholen. Er wollte noch etwas sagen, doch seine Worte erreichten sie nicht mehr.

Sie ging um den Studiotrakt herum und betrachtete aus der

Ferne den Rummel bei den Studioeingängen. Mehrere Rettungsfahrzeuge mit blinkenden Blaulichtern standen bereits dort, als hätten sie schon lang auf ihren Einsatz gewartet. Sanitäter mit rollenden Bahren fuhren verletzte Geiselnehmer heraus und verluden sie in ihre Autos. Dutzende Polizisten mussten eine Absperrung bilden, damit die Fotografen, Kameraleute und Journalisten, die wie ein blutrünstiger Mob nach noch mehr Bildern und Tönen lechzten, nicht in das Gebäude eindringen konnten. Es war eine bizarre Situation, die sie anwiderte. Als langjährige Medienfrau wusste sie nur zu gut, wie die Massenmedien funktionierten und dass diese Geschichte jetzt erst richtig losging. Rund um den Erdball würde die Wahlschlacht am Leutschenbach das Hauptthema sein, und noch Tage, wenn nicht Wochen würden weitere Aspekte beleuchtet und ans Licht der Öffentlichkeit gezerrt werden. Der Hunger des Publikums war noch lang nicht gestillt. Da waren fette Quoten zu holen.

Zum ersten Mal schämte sie sich dafür, während der letzten 37 Jahre ein Teil dieses geschichtenfressenden Molochs gewesen zu sein. Möglichst unauffällig schlich sie hinter geparkten Autos zu ihrem Smart. Sie wollte nichts mehr mit diesem Zirkus zu tun haben.

Als sie um die Ecke bog, glaubte sie zu träumen. Neben ihrem Auto stand ein Mann, den sie hier niemals erwartet hätte. Er wirkte etwas angeschlagen und hatte offensichtlich Mühe, aufrecht zu stehen. Doch das war ihr egal. Sie umarmte ihn und ließ erst los, als er wimmernd nach Luft japste.

»Zwei meiner Rippen sind angeknackst«, sagte er entschuldigend, »nicht so fest drücken, bitte.«

»Wo kommst du plötzlich her? Dachte, du seist in Altdorf im Spital.«

»Du hattest schon aufgelegt, bevor ich dir sagen konnte, dass ich bereits unterwegs zu dir war. Im Spital können sie mir meine Rippen ja nicht gipsen. Und Schmerzmittel kann ich überall nehmen. Als ich gesehen habe, dass du so verdammt mutig im Auge des Sturms ausgeharrt hast, wollte ich dir einfach nah sein. Drum hat mich Mario hergebracht«.

Hanni biss sich auf die Lippen. Sie wollte nicht schon wieder zu flennen beginnen, dennoch wurden ihre Augen feucht. Nico umarmte sie schweigend.

»Kaum zu glauben, wie sich das Leben in nur wenigen Stunden komplett auf den Kopf stellen kann, was?«, meinte er leise.

Sie nickte und blickte ihn treuherzig an. »Hat Mario Sara gefunden? Ist sie wohlauf?«

»Ja, sie hatte Glück, war eine der Ersten, die das Studio verlassen durften. Dennoch geht es ihr nicht besonders gut, wie du dir ja vorstellen kannst. Aber Mario kümmert sich um sie.«

Wieder nickte Hanni und betrachtete aus der Ferne das Getümmel bei den Studioausgängen.

»Verrücktes Schauspiel, nicht?«, meinte Nico und fuhr Hanni zärtlich durch die Haare.

»Nein, es ist krank, menschenverachtend und bigott!«, doppelte sie ärgerlich flüsternd nach. »Ich werde nie mehr in diesem Haus arbeiten, bereits morgen werden sie meine Kündigung auf dem Tisch haben!«

Als sie in der Ferne ein Kamerateam bemerkten, das Anstalten machte, in ihre Richtung zu kommen, löste sich Hanni aus der Umarmung.

»Das könnte denen so passen: mich jetzt auch noch filmen! Nie und nimmer!« Empört suchte sie in ihrer Handtasche nach dem Autoschlüssel und als sie ihn hervorgeklaubt hatte, blickte sie zu Nico:

»Wo sollen wir hin?«

»Ich habe gehofft, dass in einem gewissen Privatspital in Schlieren vielleicht noch ein Bett frei wäre …«

Hanni zückte ihr Handy und öffnete mit gespielt ernster Miene ihren Kalender.

»Sie haben Glück, Herr Vontobel, die Luxussuite ist tatsächlich noch frei. Nicht grad billig, aber dafür mangelt es an nichts.«

»Das trifft sich ausgezeichnet. Die nehm ich, Direktorin inklusive.«

ENDE